Midnight Marriage
by Lucinda Brant

愛の誓いは夢の中

ルシンダ・ブラント
緒川久美子[訳]

ライムブックス

愛の誓いは夢の中

主要登場人物

デボラ・キャヴェンディッシュ……名家の娘
ジュリアン・ヘシャム……オールストン侯爵
ジェラルド（ジェリー）キャヴェンディッシュ……デボラの兄
メアリー……ジェラルドの妻
ジャック……デボラの甥
マーティン・エリコット……ジュリアンの名づけ親
ロクストン公爵（レナード）……ジュリアンの父親
アントニア……ロクストン公爵の妻。ジュリアンの母親
ハリー……ジュリアンの弟
イヴリン（イヴ）・フォルクス……ジュリアンのいとこ
ヴァレンタイン卿（ルシアン）……イヴリンの父親
エスティ……ヴァレンタイン卿の妻。イヴリンの母親
ロバート・セシガー……ジュリアンの友人
ルフェーブル……徴税請負人

プロローグ

一七六一年、イングランド、グロスターシャー

深夜の物音に、ぐっすり眠っていたデボラは身じろぎをした。砂利敷きの中庭に馬車が勢いよく走り込む音に続き、寝ぼけまなこの馬屋番の少年たちを怒鳴りつける声が、寝室の窓の外から響いてくる。

夢の一部かと思ったが、ひんやりとさわやかな森の空き地で、馬の蹄《ひづめ》が不安定な小石を踏む音がするとは思えない。夢で彼女は森の空き地にいた。オットーがヴィオラで美しい音楽を奏でているそばで、スカートをふくらませたり、脚に張りつかせたりしながら、ブランコを懸命にこいでいる。全力でこげば、ストッキングに包まれたつま先がそのうち雲に届くと確信しているのだ。さんさんと降り注ぐ日の光を浴びて、ふたりは笑ったり歌ったりしている。けれども突然、太陽が雲のうしろに隠れてオットーの姿が見えなくなり、デボラは空高くのぼったところでブランコから転げ落ちた。

誰かが彼女を揺すっている。せっぱ詰まったささやき声に目を開けると、乳母が細いろう

そくを手にのぞき込んでいた。

目が覚めきらないうちにあたたかい上掛けをはがされ、薄い肩に化粧着を着せかけられた。乳母がかすかに震えている手でデボラの唇にコップを当て、中身を飲み干すように言う。デボラは言われるままにコップを空け、顔をしかめた。寝る前に飲んだときと同じ、いやな味がする。薬湯のおかげで深く眠っていたのに、どうしてもう一度飲まなくてはならないのだろう?

乳母は疑問に答えてくれなかった。レースの縁取りのついたナイトキャップをまっすぐに直したり、一本に編んだ濃い赤褐色の長いおさげを前にまわして白いリボンをきれいに整えたりと、また寝るだけのデボラの身なりをあれこれいじくっている。

いい子にして言われたとおりにすれば、神さまが願い事をみんなかなえてくれますよ、などとささやかれながら、デボラはぼんやりとしたまま靴も履かずに兄の書斎の前まで連れていかれ、そこで乳母に置き去りにされた。廊下は暗くて寒いけれど、書斎の中も同じように見える。男の聖域とでも言うべき部屋の一番奥には暖炉があり、火が燃えているものの、あたたかさや心地よさといったものはまったく伝わってこない。兄のジェラルドに促されて部屋に入ると、見知らぬ客がふたり、紅茶を飲んでいた。ともにマントを脱いでいるが、印象的なわし鼻の持ち主である長身で白髪の男は剣を携えたままで、銀のレースで縁取りをした黒いベルベットのフロックコートの下に、華麗な装飾を施した柄がのぞいている。

この威圧的な雰囲気を放つ見知らぬ老紳士から、デボラは目をそらせなかった。きれいにひげを剃《そ》った頬には歳月を重ねたしるしであるしわが刻まれ、髪と眉はほっそりした白い手にふんわりとかかる袖口のレースと同じくらい白い。左手に見たこともないほど大きなエメラルドのついた金の指輪をはめたこの紳士は、一〇〇歳にはなっているのではないだろうか。

彼は強い光を放つ暗い色の目をデボラに向け、指をくいと動かして呼んだ。彼女はためらってもじもじしていたが、兄の厳しい声に足を前に出した。綿を詰めたような頭でどうにか礼儀作法を思い出し、視線をつつましく床に落とす。威圧的な男の前に立つと体が震えたものの、それは何者かわからない男のせいではなく、開け放たれた窓から入ってくる冷たい夜気のせいだった。ふらつきながらお辞儀をして、目を従順にトルコ絨毯《じゅうたん》に向けたまま、話しかけられるのを待つ。

見知らぬ男の声は年のわりに驚くほど力強く、朗々としていた。

「年はいくつになる?」

「六日前に一二歳になりました」

老紳士は顔をしかめ、うしろに立っている灰色の髪の連れにフランス語で話しかけた。連れの男がうなずいて、やはりフランス語で応えると、老紳士が今度は母国語でジェラルドに言った。

「この子は幼すぎる」

「ですが閣下、妹はじゅうぶんな年齢に達しています!　主教も反対なさいませんでした」

ジェラルドが懸命に笑みを作って反論した。「女性の場合、一二歳はもう結婚できる年齢ですから」

「彼の言うとおりですよ、閣下《モンシニョール》」灰色の髪の男が同意する。「ですが、ご自身の心に従ってお決めになるべきでしょう。ほかにちょうどいい娘の心当たりはありませんが……」

「まさか、思い直されたわけではないでしょうね？」ジェラルドが訴えた。「ここまで来ていただくことに、ラムゼイ主教はいい顔をなさらなかったのです。それなのに結局、式がなしになったら……」

「妹は一五歳だとわたしに思わせたではないか、キャヴェンディッシュ」老紳士が氷のように冷たい声を出す。

ジェラルドは苦笑しようとして、おずおずとした笑みになってしまった。

「一二歳でも一五歳でも変わりませんよ。三歳の違いなど、ないも同然です」

デボラが目をあげると、しわの刻まれた老紳士の顔に嫌悪の表情がよぎるのが見えた。彼はデボラにどんな欠点を見つけたのだろう？　容姿はせいぜい人並で、ジェラルドはふだんから妹の平凡な茶系の色合いの髪や目に失望をあらわにしている。とはいえ、目立つ傷跡があるわけではないし、それなりだ。年齢のわりに背が高いと言われるけれど、不格好なほど骨太というのでもないのだから、見知らぬ男に彼女自身の家で不快そうな顔をされるいわれはない。それにしても、なぜ兄は肉づきのいい丸い顔にばかみたいな笑みを浮かべ、尊大な老紳士の決定にすべてがかかっているとでもいうように、期待のこもった目で彼を見つめているのだろう？　いつも兄におべっかを使っている取り巻きと入れ替わったみたいだ。兄が右足をうしろに引いて深々とお辞儀をする姿なんて初めてで、奇妙きわまりない。

　老紳士が重く垂れたまぶたの下からじっと見ているのを感じて、デボラは懸命にまばたきを抑え、視線を合わせた。けれどもやがて相手の目が下を向き、ストッキングに包まれたつま先から寝間着をまとった下半身をゆっくりと這《は》いあがり、濃い赤褐色のおさげの先が届いている腿やふくらみはじめた胸を通過して、ナイトキャップを顎の下で留めているゆがんだ蝶《ちょう》結びまで行って止まると、赤くならずにはいられなかった。茶色の目へと戻ってきた視線を彼女は臆さずに受け止めたが、さっき飲んだ薬のせいで、視界は油を差されたようにぼやけている。老紳士の薄い唇に、ゆがんだ笑みがかすかに浮かんだ。年を取っているのにずいぶん失礼なふるまいだと指摘する勇気が欲しいと思っていると、彼が兄に信じられない質問をして、デボラの頬から血の気が失せた。

「生理は来ているのか？」

　ジェラルドが驚きのあまり口ごもる。「な、なんとおっしゃいましたか、閣下？」

「聞こえたはずだぞ、キャヴェンディッシュ」灰色の髪の連れが答えを促した。

　ジェラルドは口をぱくぱくさせるだけで、声にならない。

　デボラはぼんやりしてまともに働かない頭で、兄の代わりにのろのろと答えた。

「二カ月――二カ月前に来ました」

　男三人がいっせいに振り向き、彼女を見おろす。ただの人形ではなく考える能力を持った人間だと、初めて気づいたのだろう。

ジェラルドは顔をしかめたが、あとのふたりは微笑み、老紳士は彼女への感謝のしるしに少し頭を傾けた。そして直接話しかけようとしたが、廊下が突然騒がしくなって、みんながいっせいに振り向いた。灰色の髪の男が暗がりへと引っ込み、部屋から出ていく。それから数分間、部屋は静まり返っていた。ジェラルドは何か考え込みながら一、二度妹のほうを不満げに見たものの、老紳士は開いた窓の前に立ち、エナメルと金のかぎ煙草入れの中身を丁寧な仕草で吸っていた。

しばらくして、ひと目で聖職者とわかる格好をした男が部屋に入ってきた。衣装はふだん使いのものではなく、金糸で刺繍《ししゅう》を施したベルベットの生地に白テンの毛皮で縁取りをしてある。持っている聖書は豪華な装丁だし、髪粉を振りかけた古式ゆかしい壮大なかつらは、肉厚の両耳の上にカールが三つずつあるものだ。ラムゼイ主教だと、デボラはすぐにわかった。彼は昼間のうちに屋敷に到着しており、横柄な要求を次々に繰り出して使用人たちを辟《へき》易《えき》させていた。乳母の話では、料理人は困り果てていたらしい。主教は寝間着姿のデボラを見てもじゃもじゃの眉をあげると、屋敷の主人を無視して老紳士の差し伸べた手を取り、深くお辞儀をした。主教がこんなふうにお辞儀をするなんて変だ、とデボラはいぶかしんだ。この老紳士はよほど重要な人物なのだろう。そのとき、小柄な灰色の髪の男が暗がりから戻ってきた。心配そうな顔をしている。

「彼は馬車からおろされました」老紳士にそう告げたあと、彼は言いよどんだ。

「それから、マーティン?」老紳士が連れの躊躇《ちゅうちょ》を敏感に感じ取って促す。

「もう一本、飲んでしまわれて……」マーティンは申し訳なさそうに言った。

「それならやつは、わたしたちよりも楽に式をやり過ごせるだろう」老紳士が淡々と返す。

「では、結婚はこのまま進めるんですね？」ジェラルドの顔が輝いた。

「やむをえまい……」老紳士は振り向かなかった。

幼く人生経験のないデボラにも、穏やかだが疲れきったその声に深い悲しみがこもっているのがわかった。彼は何をそんなに悲しんでいるのだろう？　結婚式をめぐる男たちのやり取りについては、デボラは気にも留めなかった。彼らは別に、彼女に結婚の話をしているわけではない。結婚というのはしかるべき経過で決まるものだ。結婚適齢期になった娘は学校を去り、社交界にデビューする。そしてあちこちの舞踏会に行き、大勢の花婿候補の男性と会う。デボラもそうやって、誰かと恋に落ちるだろう。できればその男性には、彼女を妻に欲しいときちんと兄に申し込んでほしい。結婚は、こんな夜中に見知らぬ男たちに囲まれて決まるものではない。アヘンチンキを飲まされ、寝間着姿でするものではないのだ。女の人生にとってこれほど重要な意味を持つ出来事には、山ほどの手続きや財産に関する複雑な取り決めや適切な手順がある。

だが、デボラは間違っていた。兄に導かれて近づいた主教に父親のような仕草で顎をつねられ、かわいらしい花嫁だと言われて気づいた。主教がさらに、彼女とその家族はロクストン公爵の跡継ぎの妻に選ばれるという名誉を授かったのだと、だめ押しの言葉を吐く。

これは夢だ、とデボラは思った。乳母に飲まされた薬湯が、オットーの出てくる美しい夢を悪夢へと変えたに違いない。シェークスピアの悲劇ばりのこの悪夢では、どうやら彼女が主人公らしい。でも頑張って念じれば目が覚めて、慰めの言葉をかけながらミルクの入ったコップを差し出す乳母が見えるはずだ。

デボラは目をつぶった。体がふらつくし、口の中はからからだ。でも、目は覚めない。狼《ろう》狽《ばい》して声が出ず、体が動かなかった。恐怖感がせりあがってくる。泣きそうになりながら、オットーが帰ってきて助けてくれないかと必死で祈った。閉じたまぶたの裏が熱くなったが、なぜか涙はこぼれない。それなのにすすり泣きが聞こえるのをいぶかしく思い、すぐに自分ではないと気づいた。泣き声は入り口のほうから聞こえてくる。デボラはこれが悪夢であることを一瞬忘れた。

豊かな黒髪が乱れて目の前に垂れた長身で体格のいい少年が、お仕着せ姿のたくましい使用人に両腕を抱えられて入ってきた。歩けないほど酔っ払っているわけではなく、両側の男たちにそう言って抗《あらが》っている。けれども少年が足を蹴り出し拳をかためて暴れれば暴れるほど、両腕をとらえる力は強くなり、やがて彼はふたたび頭をがくりと落としてすすり泣いた。

少年がデボラの隣に連れてこられるのを、一同はぎこちない沈黙とともに見守った。老紳士が物憂げな仕草で手を振って、たくましい使用人たちを暗がりへとさがらせる。

デボラは泣いている少年をちらりと見たが、彼は老紳士のほうに顔を向けてしまった。声を詰まらせながらフランス語で何か訴えているが、早口すぎて彼女には理解できない。ただ、モンペール――〝父上〟と何度も言っているのだけはわかった。まさかこの白髪の老人は、少年の父親なのだろうか？　グランペール――　"おじいさま"と言い間違えたのでは？　デボラがふたりを見つめていると、少年が突然英語に切り替えた。その声は苦々しさに満ちていて、彼女だけでなくほかの者たちの顔も当惑に赤くなった。

「悪いのは父上だ！　全部父上のせいじゃないか」少年が老紳士に向かって怒鳴った。怒りのあまり、拳を握ったり開いたりしている。「父上が犯した罪のせいで、どうしてぼくが追放されなくてはならないんだ。薄汚い真実を知ってしまった息子を見ると、居心地が悪いからですか、モンシニョール？　かわいそうな母上。胸くそ悪い父上の秘密に、母上がこれまでずっと耐えてきたかと思うと――」

「オールストン！　やめるんだ」マーティンと呼ばれた男が割って入る。「きみは酔っ払っている。朝になったら後悔するぞ――」

少年は涙をたたえた目を、父親からその連れに移した。

「後悔だって？　真実を知って後悔すると？　そんなわけはない！」唇をわななかせて、少年が吐き捨てる。「ずっと知っていたんだろう、マーティン？　どうして教えてくれなかったんだ？　跡継ぎのぼくには知る権利がある。け、権利が」彼はふたたびむせび泣き、シルクの袖でごしごしと顔を拭いた。「ぼくは呪われている。呪われているんだ」

「すべてはおまえの空想だ」老紳士が静かに言った。

少年は頭のねじがはずれたかのように、げらげら笑いだした。

「空想だって？　すべては嘘だと？　高潔なロクストン公爵が――ぼくの父親があちこちで

種をまき散らして婚外子を作っていたというのは、ただの嘘だと？」

頬に平手打ちを食らい、少年の体が吹っ飛んだ。公爵が痛む手を反対の手でさする。

デボラの目の前で公爵は息子に背を向け、暗がりへと引っ込んだ。彼女の足元では、少年が膝をついて体を起こし、頬に手を当てている。マーティンが少年の震える肩を抱き寄せ、慰めながらデボラに目を向けた。

「お母上にまた会いたいのなら、この娘と結婚しなさい。そうすればフランスへ出発できる」

少年がぶるぶると定まらない手でマーティンの腕をつかみ、涙に汚れた顔を寄せる。

「言うとおりにしたら、船に乗る前に母上に会えるかな？　お願いだ、マーティン。会わせて。この国を出る前に、どうしても母上に会わなくては。お願いだよ」

マーティンは悲しそうに首を横に振った。「きみの弟を早産して、奥さまは体がとても弱っておられる。ゆっくり静養する時間が必要だ。そのあとにどうなるかは、神の御心《みこころ》にまかせるしかない」

少年は新たにこみあげた涙に身を震わせた。「父上は二度と母上に会わせてくれないよ、マーティン。そうに決まってる。絶対に、二度と」

デボラは茶色い目を見開き、息を詰めて灰色の髪の男の返答を待った。彼が少年の垂れた頭越しにやさしく微笑むと、彼女はすっと気持ちが楽になった。これから起こることを考えれば、気持ちが楽になるどころか恐慌をきたして当然なのに。どうしてだろう？　現実ではないとわかっているからだろうか？　これはアヘンチンキがもたらした夢なのだから、すぐに目が覚めるはずだと。ただ、もう少し、このぼんやりした頭がはっきりしてくれればいいのだけれど。

「結婚式が終わったら、わたしはこの名づけ子をフランスに連れていく。そのあとローマとギリシアにも」マーティンが秘密を打ち明けるように言い、微笑みながら彼女に約束した。「この国には何年も戻ってこない。わかったかな？」

デボラはうなずいた。マーティンの笑みを見ていると心が落ち着いた。このなりふりかまわず泣いている奇妙な少年とあわただしく真夜中に結婚することの結果から、彼女をきっと守ってくれるに違いない。フランスは海の向こうだ。ギリシアやローマはさらに遠く、何カ月も旅をしないと行き着けないとオットーが言っていた。突然、何も心配することはないと思えた。すぐに目が覚めるだろう。自分はただじっと横たわり、乳母が朝食のトレイを持って起こしに来るのを待てばいいのだ。少年は何年も戻ってこない。今夜が過ぎれば、二度と会わないだろう。主教が結婚式を早く執り行えば行うほど、悪夢は早く終わる。

マーティンの説得力に満ちた言葉は少年にも効果をもたらした。年配の男から身を離し、目にかかっていた髪を払う。主教は急いで少年と少女の前に立ち、持っていた聖書を開いて式を開始した。誓いを交わし終えるまで少年がおとなしくしているか、足元がふらついている少女がいつまでちゃんと立っていられるか、不安でならないようだ。突然少年が笑いだし、主教の不安が的中した。焦った主教が二度ほど口ごもる。

何がそんなに面白いのかわからなくて、デボラは少年を見つめた。しばらくして彼が、大理石でできた歩哨《ほしょう》のようにうしろでじっと立っている年老いた父親にそれを伝えた。

「モンシニョール、あなたは自分の跡継ぎの妻に、こんな頭の鈍い娘しか見つけられなかったんですか？　ぼくたち一族にはもっと価値があると思いますが」振り向いて投げつけた言葉は苦々しい。

「彼女もおまえと同じくらい由緒ある家の出だ」

少年はくすくす笑った。「それなら、ぼくたちはすばらしい組みあわせというわけだ！　あなた方みんなが誇りに思うような。やれやれ」

少年は主教に促されてデボラの手を取ると、おとなしく夫婦の誓いを繰り返した。デボラも主教のあとについて繰り返したが、言葉の内容はまったく理解していなかった。少年のクリスチャンネームを言われても、いくつも連なっているという以外、頭に残らない。デボラの意識は彼の顔だけに集中していた。目をそらせず、ひたすら見つめる。悪夢はいつの間にかすばらしい夢に変わっていた。彼女の夫は見たことがないほどハンサムで、その目を見ているだけでくらくらした。ただの緑色ではなく、吸い込まれるように鮮やかな緑色の目。それは一〇〇歳かと思われる老紳士の白い手にはまっている指輪の、大きなスクエアカットのエメラルドと同じ色だった。

1

一七六九年、イングランド、バース

自分は死んで天国にいるのだと、ジュリアン・ヘシャムは最初思った。だが天使なら、ハープを奏でている手を、罵りの言葉とともにしょっちゅう止めたりはしないはずだ。それに天国の音楽は弦をやさしくつま弾くもので、軽快で陽気というより、ゆったりとした旋律なのではないだろうか？　彼は特別音楽にこだわりがあるほうではないが、狂ったような勢いで次々に繰り出される音はひどく耳に障った。徐々に血を流して死ぬのなら、こんな音を聞きながらではなく、静かな春の朝にゆっくりと目覚めていく森の音を聞きながら死にたいものだ。こんな音を出す人間には遠くへ行ってほしい。魂が救済されて天国にいるのだとは、もはや一瞬も思えなかった。

樺《かば》の木の下で、彼はぐったりと座り込んでいた。誰かが通りかかったら、飲みすぎて眠ってしまったのかと思うだろう。刺繍入りのシルクのベストや首巻き《クラヴアット》は乱れ、力なく投げ出した筋肉質の長い脚を包むブーツは泥だらけだ。角張った力強い顎は胸に落ち、リボンでまとめた豊かな黒髪からほつれた毛が目元にかかっている。落ち葉の上の弛緩《しかん》した右手のそばには細身の剣が落ちていた。彼はあばらのすぐ下を剣で刺されており、花柄のベストの内側に差し入れた左手で、たたんだハンカチを傷口に当てて押さえていた。

突然、音楽がやみ、森が静寂を取り戻した。

ほっとして、ジュリアンはため息をついた。

その静けさの中に拳銃の撃鉄を起こす音がはっきりと響いて、彼は顔をあげた。ほんの一メートルほど離れた空き地の端に、青いベルベットの乗馬服を着た少年が立っている。彼が持っているのは拳銃ではなくヴィオラだ。まだ八歳という年の離れたジュリアンの弟と、同じくらいに見える。

少年がヴィオラを顎の下にはさみ、弓を当ててふたたび弾きだそうとしたので、ジュリアンは首を横に振って止めた。神経に響くあの音は、できればこれ以上聞きたくない。この小さな演奏家が次にどんな動きをするのか、興味はあるが。

「きみの演奏は夜に聴けばすばらしいんだろう。でもリハーサルは、ほかの場所でやってくれないか？」ジュリアンはさりげなく声をかけた。少年が弓を落としそうになるほど驚いて振り返るのを見て、つけ加える。「きみの足元にいる」あとずさりする少年に、彼は弱々しく微笑んでみせた。「悪いが、フロックコートを取ってくれるかい？　きみのうしろに落ちている……。右のポケットに携帯用の酒瓶《スキットル》が入っているから……」

少年が顎の下からヴィオラをはずした。

「どうしてスキットルが欲しいの？　もう酔っ払ってるみたいなのに」

「ずいぶんはっきり言うね、きみは」ジュリアンは文句を言ったが、少年がひるんだのを見て続けた。「何もしないから安心していいよ。もしぼくが追いはぎだったとしても、いまはきみに悪さをする元気もない」

これだけしゃべるのもつらく、ジュリアンの息は乱れた。

少年は目の前の男の端整な顔が苦痛にゆがむのを見て、どうすべきか考え込んだ。男の顔は血の気がなく、力強い線を描く唇は青くなっている。呼吸は浅く速い。少年の目が、男の汚れたベストの下に広がる黒っぽいしみをとらえた。

「大変！　けがをしているわ！」

少年とは違う声に、ジュリアンは力を振りしぼって顔をあげた。すると潤んだ茶色い目が心配そうに彼を見つめていて、額にひんやりとした女性らしい手が当てられた。

ジュリアンはにやりとすると、そのまま気を失った。

「もう！　ばかな人！」若い女性は拳銃をしまった。甥が渡した頭文字入りの銀製のスキットルの蓋を急いで開け、てきぱきと指示する。「ジャック、バノックと一緒にドクター・メドローを呼びに行って。けがをしている男性がいるって伝えるのよ。ただし、剣で刺された傷とは言わないでね」

少年はためらった。

「彼とふたりきりになっても大丈夫、デボラおばさん？」

彼女は安心させるように微笑んだ。

「もちろんよ、ジャック。ほら、拳銃があるもの」

甥が小走りに去っていくのを見届けてから、デボラは決闘で傷を負ったらしい男に注意を戻した。彼の顔をそっと上向かせて、冷たく乾いた唇のあいだにスキットルの中身をゆっくりと流し込む。

「あなたが死んでも、わたしのせいじゃありませんからね」悪いことをした子どもを叱るように、彼女は男に言った。「決闘なんてばかなまねをするからいけないのよ！」

「ああ、きみのせいじゃない」ジュリアンは彼女の腕に頭を預け、多すぎるほどの濃い赤褐色の髪に縁取られた紅潮した顔を見あげた。「彼はいつもバイオリンを弾きながら悪態をつくのかい？　曲に彩りを添えていると言えなくもないが、バッハは気に入らないんじゃないかな？」

「バイオリンじゃなくてヴィオラよ。曲もバッハではなくテレマン。それに悪態をついていたのは、ジャックじゃなくてわたし」

「じゃあ――拳銃は？」

「わたしのものよ」デボラは正直に認め、急いで話題を変えた。「わたしたちが練習していた曲はどうだった？」

「まったく好きになれなかったな」

彼女は真珠のように白い歯を見せて、明るく笑った。

「たぶん、きみたちがもう何日か練習を重ねてから、違う場所で聴けば……」彼女の白い首筋からかすかに漂う女らしい香りに気を取られて、ジュリアンは言葉を切った。「いい香りだ」驚いて言う。「女性はふつう、もっときつい香りをつけているものだが。ラベンダーかい？　それとも薔薇水かな？」

「どうかしているわ。こんなに血を流しているのに、なぜお世辞なんか言えるの？」彼女はジュリアンを木に寄りかからせた。ペチコートを払いながら立ちあがる。「そんなに笑ってはだめよ。傷がひどくなるじゃない。わたしが手当てをしなければ、あなたは出血多量で死んでしまう。それだけはやめてね。わたしはもう、山ほど面倒を抱えているんだから」

「きみは何もしてくれなくていい。医者が来るまで持ちこたえられると思う」

彼の言葉に耳を貸さず、デボラはひたすら考えをめぐらせていた。いまここでこの人に死なれては本当に困る。頭のかたい兄には、わざわざエイヴォンの森まで行ってジャックとふたりきりでヴィオラの練習をしていたわけを説明するだけでも、ひと苦労なのだ。ジェラルドはそもそもジャックの存在をうとましく思っているうえ、デボラと甥が熱心に音楽に関わっていることを快く思っていない。とりあえず包帯にできそうなものはないだろうか？　彼女はあたりを見まわして、静かにうめいた。どうやら、いま着ているシャツを犠牲にする以外ないようだ。とはいえ、このシャツはもともとオットーが着ていたもので、犠牲というほどのものではないけれど。自分は代わりに男のフロックコートを借りればいい。

「彼のクラヴァットも使わなくちゃ」そうつぶやきながら、着ていた男物のシャツの喉元のボタンをはずし、頭から引き抜いた。男のフロックコートを拾い、木のうしろに向かう。

「きみは何歳だと言っていたかな?」ジュリアンはさりげなく尋ねた。女性が服を脱ぐといううすばらしい場面に立ち会っているのに、薄い綿のシュミーズに包まれた背中がわずかに見えるだけでがっかりする。

「何歳だとも言っていないわ。ところでヴィオラの腕は評価してもらえなかったようだけど、わたしは緊急事態の対処には自信があるのよ」

「そこで何をしているんだ? ぼくのことなら放っておいてくれて大丈夫だから……」

「ドクター・メドローが来るまであなたが生きていられるように、最低限の手当てをするだけよ」

デボラは木のうしろから出た。男のフロックコートはぶかぶかで、肩は落ち、袖口はだらりと垂れさがっている。顎までボタンを留めているので、詰まった襟が細い首を包み、華奢な耳の下まで届いていた。彼の隣に膝をつき、傷口に巻く包帯を作るためにシャツを裂きはじめる。

「これからあなたのベストとシャツを脱がせるわ。できるだけそっとするから」間に合わせの包帯を見せながら、デボラは言った。

「ああ、信用しているよ」ジュリアンの声はささやきにしかならなかった。

彼女がクラヴァットを苦労してほどき、ダイヤモンドのピンを注意深くはずして脇に置くあいだ、彼はおとなしく身をまかせていた。だが脚を伸ばしたまま上半身が倒れないように保ち、傷口に押し当てていた手を顔をゆがめずに離すためには、かなり意識を集中しなければならなかった。とくに傷から手を離したときは痛みで一瞬意識が飛んだものの、すぐに立ち直って女性の顔を見つめた。表情豊かな茶色い目、ほどよい高さの鼻、かすかに震えている豊かな下唇へと視線を動かす。髪を留めているピンから巻き毛がこぼれて紅潮した頬にかかっているが、髪の色はなんと表現したらいいだろう？　濃いストロベリーブロンドか、あるいは秋の紅葉か。これほど豊かで深い色合いの赤毛を見るのは初めてだ。ほかにはない珍しい色の髪だから、一度でも見れば忘れるはずがない。びっしりと刺繍を施したベストを脱がされ、血で濡れそぼったシャツだけにされるあいだ、彼は真剣に考えをめぐらせていた。

ここからシャツをどうやって脱がせるかが、デボラには難問だった。頭から引き抜くには腕を肩より上にあげてもらう必要があるが、彼には無理だろう。となればシャツを破いて脱がせるしかないけれど、シャツの生地は糊《のり》づけした壁紙のように傷口に血で張りついていて、それも簡単ではない。でもシャツを引きはがす際に男が感じるであろう苦痛は、この際考えないことにした。ほんの一瞬、我慢してもらえばいいだけだ。

デボラは心を決め、シャツの喉元の開口部の左右の端を握って、肩から落とすように左右に一気に開いた。三度目にようやく生地が破れて、腰のところまで裂けた。すると髪と同じつやつやした黒い色の毛に覆われた広い胸が現れて、彼女は驚きに目をみはった。貴族らしい顔立ち、シルクのクラヴァットと高価な生地のベストやフロックコートという洗練されたいでたちの下に、男は鍛えあげた体を隠していたのだ。デボラの中で、彼の回復への希望が高まった。これほどの肉体を持っているのだから、元気になる見込みは大いにある。だが、そのためには出血を止めなければならない。いますぐに。

　ジュリアンは痛みを伴う処置に毅然《きぜん》として耐え、女性の強い意志にひそかに感嘆していた。彼の血を見ても動じず、鼻にしわを寄せただけ。それも怖《お》じ気《け》づいたのではなく、興味を覚えたからのようだ。女性で、しかも音楽家である彼女の感受性についてジュリアンは気のきいた冗談でも言おうとしたが、血の気の失せた唇は動かない。代わりに喉の奥からしわがれたうめき声がもれると同時に、ふいに恐ろしいほどの苦痛に襲われ、体ががたがたと震えだした。

　デボラは濡れたシャツを傷口から慎重にはがし、右のあばら骨の下に開いた深い傷口をあらわにした。傷を調べて、冷静な声で言う。

「決闘の相手は、あなたを殺すつもりはなかったんじゃないかしら。人間の体のつくりに関して知識がなかったという可能性もあるけれど。傷は深いわ。でも、殺すつもりなら左側にしていたはずよ」

　彼女は折りたたんだ布を、警告もなしにいきなり傷口に押し当てた。傷の中まで手を突っ込まれ、内臓ごと背骨まで叩きつけられたような、ものすごい圧力だった。あまりの痛みにジュリアンは頭が真っ白になりかけたが、懸命に意識を保った。彼女は力の抜けた彼の手を当て布の上に重ねた包帯の端に置くと、残りの包帯を巻くあいだ押さえているように厳しい声で命じた。

包帯を巻くのは簡単な作業ではなかった。デボラが男の引きしまった腹部に包帯をなんとか一周させると、それだけで彼は白目をむいて気絶してしまった。あわてて立ちあがり、何層にも重なったペチコートを乱暴に持ちあげ、ストッキングに包まれた脚をあらわにして力の抜けた男の腿の上にまたがる。そしてぐらりと前に倒れてきた彼の上半身を肩で受け止め、地面についた膝が重みで持ちあがりそうになるのをこらえた。その体勢のまま、自由に使える両手を動かして残りの包帯を巻いていく。一周させるごとに引っ張る力を強め、当て布を固定して傷口を圧迫した。

肩にあざができているに違いないと思いながら、デボラは背骨が折れそうなほどの彼の重みに必死で耐えた。ごつごつした木の根元に手を伸ばし、さっき置いたダイヤモンドのピンを探す。見つけたピンを刺して包帯の端を留めると、残りの力を振りしぼって男の上半身を起こした。そのまま樺の木にそっと寄りかからせたものの、ぐらぐらしておさまりが悪い。デボラはしかたなく慎みを忘れることにして、借りたフロックコートを脱ぐと刺繍入りのシルクの生地をたたみ、やわらかい枕を作って男の首のうしろにはさんだ。これで黒髪に覆われた後頭部を固定できる。疲れ果てた彼女は薄い綿のシュミーズ姿で男のたくましい腿の上に腰を落とし、息を整えた。ペチコートは膝までまくれあがり、ストッキングに包まれた長い脚があらわになっている。肩は痛いし、ぼろぼろになった気分で、思わず涙が出そうになった。

「全部あなたのせいよ！」デボラは意識を失った男をなじり、スキットルを拾った。残りの中身を男の喉に流し込むか、それとも顔に浴びせてやるか、一瞬考える。「血を流しているまま放っておかれても当然な、最悪の犯罪者かもしれないのに！　見つけてしまったのが運の尽きだったわ」彼女は身を乗り出し、男の開いた唇のあいだにブランデーを流し込んだ。「何をばかなことを言っているのかしら」相手の骨張った顔を見つめながらつぶやく。「犯罪者になんて見えない。目が正直すぎるもの。それに気絶しそうなくらいハンサムだし——ちょっと！　何をするの！　放して！　痛いわ」彼に手首をつかまれて、デボラは金切り声をあげた。スキットルが草の上に落ちる。

ジュリアンは彼女を引き寄せ、紅潮した顔を見つめて目をしばたたいた。

「逃げないと約束してくれ」

デボラは皮肉めかした笑みを浮かべた。

「置き去りにされて、追いはぎに襲われるのが怖いの？」手首をつかむ力強い手を振り払おうとしながら、嘲るように言う。

「いや、きみと話したいだけだ」

「お医者さまが来るまで、おとなしくしていたほうがいいわよ。もう、放してったら！　あざができちゃうじゃない」

ようやく解放されると、彼女は体を起こした。

「いまのぼくには、きみを無理やり引き止める力はない。だがひとりにされたら、気分がどんどん落ち込んでしまいそうだ」彼はごくりとつばをのみ込んで目を閉じ、しばらく黙って息を整えた。「そんな状態になったら、どんな傷を負うよりも誇りが傷つく」

ふいにデボラは好奇心に駆られた。「いったい誰に刺されたの？」

「取るに足りないやつらだ」彼がいらだったようにため息をつく。「たいした剣の使い手じゃない。ルシアンおじ上はあきれるだろうな」

「ルシアンおじ上？」

「若い頃はフランスでもイングランドでも、第一級の剣士だったんだ。ぼくの動きには優雅さが欠けているといつも言われていたんだが、結局おじが正しかったというわけだ」

「撃ってしまえばよかったのよ！」デボラは荒々しく言った。

ジュリアンは笑みを浮かべた。「ルシアンおじ上を？　おじはぼくを両親にとって嘆かわしいお荷物だと考えていて、一度も褒めてくれたことなどないが――」

「ばかを言わないで！　ルシアンおじさんのはずがないでしょう？　あなたをこんなふうにした卑劣なやつらよ。どうして拳銃で決闘しなかったの？　汗をかく必要もなく、あっという間に決着がつくのに」

「本当にそうだな。ルシアンおじ上も、最近の若者たちの中世の騎士気取りのやり方を嘆かわしく思っているよ」

「だけど、あなたは若者とは――あら、ごめんなさい！」

「ぼくはまだ、それほど老け込んではいないと思うんだが」ジュリアンは冗談めかして言った。「それに六〇代の人間からすれば、二四歳の若造なんて、まだまだひよっこだからね」

「まあ、まだ若いのね！　じつはもっと年がいっているのかと思って――いやだ！　また余計なことを言ってしまったわ。いつもそうなの。頭に浮かんだまま、すぐに口に出してしまうのよ」

「気にする必要はないさ」ジュリアンは淡々と言い、彼女のむき出しの肩やほっそりした腕をちらりと見た。「ぼくの髪はこめかみの部分が白くなっているから、そう見えたんだろう」

デボラは彼と目を合わせた。「相手は何人だったの？」

「三人」

「三人？　それでは公平な勝負とは言えないわ。なんて汚いのかしら」

「そうだな。ところで、きみの名前を教えてくれ」

「名前？」急に恥ずかしくなって視線を落とす。「わたしの名前なんて、どうでもいいわ」

「シャツを台なしにさせてしまって悪かった」少し間を置いて、彼は謝った。デボラが照れくさそうに木々のほうに目をそらすのを見て、やさしく続ける。「きみと――ええと、ジャックだったかな？　そう、ジャックだ。きみとジャックはなぜこんな時間に森の中でヴィオラを弾いていたんだ？　教室にいるのではなくて」

「わたし――もう行かないと……」

「ぼくはジュリアンだ。きみの名前がわからなければ、ちゃんと礼も言えない」

「言ったでしょう。そんなのどうでもいいのよ。あなたでなくたって……そうよ、誰が倒れていても同じことをしたもの」

「なるほど。ところで、きみには拳銃を持ち歩く必要があるのかい？」

彼女はむっとした顔をした。「余計なところを見ているのね」

「何か困ったことに巻き込まれているとか？」

「あなたには関係ないわ」

「もしそうなら、力になるよ」

「ふうん」彼女は皮肉っぽい笑みを浮かべた。「それって、いつから？　一カ月後？　それとも二カ月後？」

「強制するつもりはないさ」ジュリアンは穏やかに返した。

「あなたのご厚意には感謝するわ」彼女はかたくなな表情を崩さなかった。「ただ、助けてもらうのは無理なの。だからここでわたしたちを見たことも、わたしが拳銃を持っていたことも忘れて。もしジェリーにばれたら……。わたし、ドクター・メドローを迎えに行くわ。ここまで案内しなくちゃ」

「拳銃はどうしても必要なのか？」ジュリアンは穏やかな口調を崩さなかったが、しつこくきいた。

デボラは彼をじっと見つめ、少しくらい事情を明かしても害はないだろうと心を決めた。こんなに聞きたがっているし、話をすれば彼の気も紛れるだろう。

「兄のジェリー――ジェラルドは、わたしが拳銃を持っているなんて知らないわ。これはオットーのものだったのよ。ひとりで出かけるときはいつも持っているようにって、亡くなる前にくれたの。オットーも兄で、わたしとは親友みたいに仲がよかった。ジャックの父親は彼よ。すばらしい音楽家で、ジャックは父親の才能を受け継いでいる。あの子がこの先パリに行ってイヴリン・フォルクスに師事するつもりなら、うんと練習しなくてはならないわ。だけどジェリーはわたしたちにヴィオラを弾くことを禁じているから、こっそりここまで来なくてはならないの。使用人たちにばれたら、告げ口されるかもしれないから。これでわかったでしょう？　わたしが拳銃を持っている理由が」

「ジェリーにはいい音楽がわからないのかい？」

彼女が茶色い目を楽しそうに輝かせる。「ジェリーは音痴だから」

「それで、ジャックの才能に理解がないわけか」

「そのとおり！」

ふたたび息が荒くなり、ジュリアンが目を閉じた。また気絶するのではないかとデボラは心配になったが、彼は目を開けると、ぶっきらぼうな口調でさりげなく彼女を批判した。

「ジェリーは女性の美しさについても見る目がないらしい。もしきみがぼくの妹なら、もっと目を配るよ。教室にいるべき時間に、男物のシャツを着てコルセットもつけずに歩きまわるなんて許さない」

「あなたには監視されるつらさがわからないのよ！」彼女は怒って叫んだ。「いちいちメイドを起こしてコルセットをつけてもらっていたら、ジャックと抜け出す意味がなくなってしまうわ。わたしが出ていって五分も経たないうちに、ブリジットが家じゅうの者たちを起こしてしまうもの」

「だったら、しかたがないな」

「それにあなたには女性の年を見る目もないようね。わたしはもうすぐ二一歳よ」

「それは失礼。きみはもっとずっと若く見える。コルセットをつけていないせいかもしれないな……」

デボラは口をぽかんと開けて彼を見た。「コルセットをつけていないせいですって？」呆《ぼう》然《ぜん》として繰り返す。「あなたって本当に礼儀知らずね。けがをしていなければ絶対に――」

「絶対に？」声のない笑いに肩を震わせながら、ジュリアンは先を促した。「絶対にどうするっていうんだ？」

デボラは胸と喉を赤くして彼をにらみ、失礼な態度をどう思っているか言ってやろうとした。ところが、巻いたばかりの包帯に血がにじんでいるのが目に入った。しかも彼の体はがたがた震えている。

「震えているじゃない！」相手の言葉にいらだっていたことを忘れて叫んだ。

「ああ、寒いし、脚を動かせないからね。別にどうってことない。じきに医者が来るだろう」

そのとき初めて、デボラは自分が上半身にきちんと服を着ていない状態でけがをした男性の腿にまたがり、心地よく座り込んでいたことに気づいた。決まり悪さを怒りの下に隠して彼の上からおり、まくれあがったペチコートを撫でつける。

「ぐずぐずせずに早くおりてくれって、言ってくれればよかったのに！」

「そうしてせっかくの楽しいおしゃべりを台なしにするのかい？　それこそ礼儀知らずというものだよ」

「あなた、頭がどうかしているわ！」

「ああ、そうなんだろうな」ジュリアンは笑みを浮かべてそう言うと、目を閉じた。

2

オールストン侯爵ジュリアン・ヘシャムが次に目を開けると、三組の目が心配そうに彼を見おろしていた。まだ森の中にいるのだと思い、ヴィオラ弾きの少年のおばの潤んだ茶色い目を探す。けれどもすぐに、大きなベッドに横たわってやわらかな羽毛の枕に頭をのせているのだと気づき、目を閉じた。ほんの少し何かを見たり考えたりするだけで、ひどく疲れてしまう。ぐったりとした体に、頭があまりにも大きく重い。腕を持ちあげようとしたが、そんな簡単なことさえ、いまの彼には無理だった。

「目を開けたのはいい兆候だ」知らない男が満足げに言うのが聞こえた。「ありがたいことに熱はさがった。明日また来よう。夜、寝苦しそうにしていたら、アヘンチンキを与えなさい――」

「だめだ！　アヘンはいらない」ジュリアンは懸命に声を押し出した。「フルーはどこだ？　医者に言ってくれ。ぼくは絶対に――」

「大丈夫です、旦那さま。アヘンはなしですね」従者があわてて同意する。「どうしても必要なときはティースプーンに一杯だけ――」

「だめだ！」ジュリアンはしわがれた声で言い張り、見知らぬ男をじっと見た。「いつ起きられる？」

「一週間後でしょうな」

「一週間？　ここへ来て何日になるんだ？」

「三日です」

「なんだって？　三日？」

「そのとおり」医者は微笑んだ。「ずいぶんよくなられたんですよ。ミスター・エリコットのおかげで――」

「マーティン？」ジュリアンは医者の言葉をさえぎった。枕の上の頭を動かしてベッドの足元に目を向け、灰色の髪の年配の男を見つける。「ぼくはまた嘆かわしいお荷物になってしまったのかな、おじさん《モンパラン》」

マーティン・エリコットは笑みを浮かべ、首を横に振った。医者を部屋の外に送り出してベッドの横に座り、ジュリアンの従者をさがらせる。

「気分はどうだ？」

フランス語できかれて、ジュリアンもフランス語で答えた。

「まあ、なんとか。頭がずきずきするけどね。本当に、ここに三日も？」

「そうだ。がたがた震えていると思ったら、あっという間に熱があがった。だが、そんなことはいまはどうでもいい。ゆっくり休んで、体力を取り戻しなさい」

「こうやって、ぼくは次から次へと厄介事に足を踏み入れているんだ。そうだろう、マーティン?」ジュリアンは決まり悪さににやりとした。「だが、今回ばかりはぼくのせいじゃない。信じてもらえるかどうかわからないが」

「きみを疑ったことはないよ、ムッシュー」

「ムッシュー? いままで名づけ親のあなたとふたりだけでいるときに、ジュリアン以外の呼び方をされたことはないのに」彼は顔をしかめた。「ああ、わかった。その無表情な顔を見ればわかる。そういう顔をしているときのあなたは父上《モンペール》そっくりだ。父上のまねなのか、それとも逆なのかわからないが、要するにぼくのばかなふるまいに対してお説教をしようとしているんだな」

「いや、いまはしない。何か食べられそうか?」

「わからない。ここ何日か、ぼくの喉に流し込まれていたどろどろの病人食以外のものなら、たぶん」ジュリアンは年配の男が立ちあがるのを見守った。「マーティン? 意識がなかったあいだ、ぼくは何かしゃべらなかったかい?」

「ときどきね」マーティンは珍しく笑みを浮かべた。「いつもフランス語だったが」

ジュリアンはため息をついた。「ほっとしたよ」名づけ親から目をそらす。「けがをしたときの状況についても、何か話していたかな?」

マーティンが何も言わないので、ジュリアンは彼の顔に視線を戻した。

「ご両親には黙っていてくれ、と言っていた。だからそうしたよ。わたしがあの方たちに心配をかけるようなことを教えるはずがないのはわかっているだろう？　だがきみも知ってのとおり、モンシニョールは——」

「ロクストン公爵がぼくの行動を、いつも異常なほど細かく把握しているのは知っている。正気とは思えないくらいだ。でも知られたら、そのときはそのときだよ。ほかには？」

「何も」

「そうか……じゃあ、あれは夢だったんだな……あなたにきいたような気がしていたんだが——」

「茶色い目の若いご婦人のことを？」

「そうだ。彼女は傷の手当てをしてくれたんだ」

「それはそれは」マーティンは目をきらりと光らせて考え込んだ。

「アヘンでもうろうとして見た夢じゃない。血と肉のある本物の女性だ」

「本当にその女性がきみに包帯を巻いてくれたのなら、たしかに礼をするべきだな」マーティンはうなずいた。「さあ、もう休みなさい。フルーに言って、何かおいしいものを持ってこさせるよ。きみを救ってくれた女性をどうやって探すかは、明日話しあおう」

ジュリアンは低い声で笑い、傷に響いて思わず顔をしかめた。

「ルシアンおじ上みたいにいかれていると思わないでほしいんだが——」

年配の男が身を震わせた。「あれほどいかれている人間は、ほかにいない」

「——彼女を見つけるのは難しくないと思う。いつもこっそり家を抜け出して、エイヴォンの森でヴィオラを弾いていると言っていた。彼女が弾くのを、ジェリーがいやがるんだそうだ。ジェリーは音痴だと言っていたから、それで音楽のよさがわからないんじゃないかな」

マーティン・エリコットは意見を述べるのを控え、部屋を出た。アヘンだ。ジュリアンはアヘンのせいで、存在しない女を夢見ている。

オールストン侯爵の白昼夢に登場する茶色い目の若い女性は、ミス・デボラ・キャヴェンディッシュだった。住んでいるのはミルソム・ストリートの東側、オクタゴン・チャペルの二軒隣にある間口の狭い縦長の家だ。生活に便利な立地だし、完成したばかりの社交場、アッパー・アセンブリー・ルームまでは歩いてすぐというなかなかの場所だが、よい家柄の人々が居を構える場所として人気の地区とは言えない。この通りにはチャペルや店が多く、社交シーズン中は人や馬車の往来でかなりうるさくなり、住環境としての快適さに欠けるのだ。そのうえ並んでいる建物には、クイーン・スクエアやサーカス、ゲイ・ストリートに見られる洗練された優雅さが欠けている。つまり一時的に滞在する人間にはじゅうぶんだが、キャヴェンディッシュ家の人間にふさわしいとは見なされない。

けれどもデボラにとっては、立地を含め、この家は理想的だった。商人たちや短い滞在の湯治客、ここのチャペルに出入りする人々は、くだらないおしゃべりに興じる上流社会の人々と違って自らの目的に集中しているため、彼女も変に注目されずにすむのだ。一方、王の浴場で湯に浸かって病を体から追い出そうと日々パンプ・ルームに集う上流階級の人々は、午前中は温泉水のグラスを傾けながら噂話に花を咲かせ、午後は紅茶を飲みながらアッパー・アセンブリー・ルームの最新の噂話を熱心に論じあう。

デボラは別にバースの社交界や、そこに群れる人々を何がなんでも避けているわけではなく、あちこちの催しに呼ばれて出かけていった。パンプ・ルームにも出入りしているし、アッパー・アセンブリー・ルームで開かれる舞踏会で踊ったり、エイヴォン川の向こうに広がるシドニー・ガーデンズまでみなと一緒に朝食をとりに行ったりもしている。一年じゅうバースに住んでいる人々のあいだで彼女はよく知られており、人気があった。元大佐が三人、将軍がひとり、成りあがって勲爵士《ナイト》に叙せられた男性も何人かいるという錚々《そうそう》たる顔ぶれの年配の紳士たちからは、トランプの集まりに引っ張りだこだ。未亡人たちからも引く手あまたで、上流階級や商人階級のさまざまな症状の心気症を患う女性たちが、こぞってミス・デボラ・キャヴェンディッシュに苦しみを打ち明けたがる。

けれども彼女は、名家の子女で構成される排他的な集団からは慎重に距離を置かれていた。この華々しい集団に属する者たちは、公共の場所で行われる催しでは誰とでも気軽につきあうが、自宅に招き入れる相手は厳選する。そこからデボラが排除されているのは家柄のせいではない。キャヴェンディッシュ家の一員である彼女は第五代デヴォンシャー公爵のいとこであり、裕福な相続人でもあるのだから。

彼女がこんな扱いを受けているのは、社会的な規範からはずれた行動を取ったせいだった。まだ一八歳のときに兄の意に逆らって家を飛び出し、病気のもうひとりの兄の世話をするために大陸へと渡ったのだ。とはいえ、一族のはみ出し者だった音楽家の兄を何カ月も看病したという行為は、それだけなら最終的には世間にも許されたかもしれない。兄のジェラルドに逆らったのは、もうひとりの兄、オットーへの献身的な愛ゆえだったのだし、幸いそのオットーは一族の名にそれ以上泥を塗る前にパリで亡くなっている。

しかし大陸から戻り、過去の醜聞の気配もなく新たな生活への期待を漂わせた初々しく美しい姿でバースに現れたデボラは、孤児になった甥を連れていた。オットーの執事だったジョセフ・ジョーンズを忠実な番犬のように従えて。

その甥は、オットーが放浪の民であるロマ族の女性とのあいだにもうけた子だった。ジェラルドはそんな子どもを一族とは認めようとしなかったのだが、代わりにデボラが浅黒い肌の少年の面倒を見ると決めたので、社交界の人々は震撼《しんかん》した。世間はミス・キャヴェンディッシュが大陸でどんな生活を送っていたか大いなる憶測を交えてしゃべりたて、お茶会のテーブルは彼女の噂でにぎわった。

そんな人々のささやきや、評判の悪い男たちからのいやらしい視線、厳格な既婚女性たちからの敵意に満ちた表情に、デボラはちゃんと気づいていた。人にどう思われているか、まったく気にならないわけではなかったものの、いまさら何をしても自分の社会的な評価が変わるわけではないとよくわかっていた。そこで、人々が直接手を出さずに遠巻きにしているかぎり――ジョセフ・ジョーンズがいるので、うかつに何かしてくる人間はいない――彼女はつきあう人間を好きに選べるいまの状態にそれなりに満足していた。

だから今日も椅子かごをおりて支払いをすませると、緑のベルベットの乗馬用スカートを片腕にかけ、大勢の人々でにぎわうパンプ・ルームに毅然と頭をあげて入っていった。義姉であるレディ・メアリー・キャヴェンディッシュの姿を探す。

今朝はフランス語のレッスンをしてもらっている紳士と朝食の約束があったのだが、出かける支度をしているところに、いますぐパンプ・ルームで会いたいというメアリーからの手紙が届いたのだ。ちなみにこの紳士はフランスのさる名門貴族に仕えていたらしいけれど、いまは引退してバースの街はずれにある古風な趣のアン女王様式の屋敷で余生を送っている。

メアリーが社交シーズンのこんな早い時期にバースへ来たことに、デボラは驚いていた。しかも事前になんの連絡もしてこなかったのが、いかにもあやしい。デボラがこの斜陽の湯治場をあとにしてパリへ向かおうというまさにその週にバースへ来るなんて、偶然というにはできすぎている。鼻持ちならない彼女の兄は、いつもどおり自分に代わって妻を説得によこしたのだろう。証拠はないものの、兄は使用人を買収してデボラの動向を報告させているのではないかと、彼女は疑っていた。

メアリーは王の浴場を見渡せる窓際の席に座って、頑固そうな年配の女性と話していた。デボラが近づいてくるのを見て、年配の女性がすぐに立ちあがる。

「そのまま座っていてくださいな、レディ・ライギット」デボラは明るく言った。「レディ・メアリーにちょっと挨拶をしに寄っただけですから」

「デボラ！　来てくれてうれしいわ」メアリーがぱたぱたと扇を動かし、いままで話していた相手に意味ありげな視線を送る。「わたしたちと一緒に温泉水を飲んでいかない？」

デボラはかがみ込んで、義姉の頬にキスをした。「遠慮するわ。味もにおいも嫌いなの」

「ではまたね、レディ・メアリー」レディ・ライギットが手を差し出しながらそう言い、デボラには小さく会釈した。「社交シーズンのこんな初めに親しい方にお会いできて、うれしかったわ。わが家の夜会にぜひいらしてね。あなたのいとこの公爵夫人がどうなさっているか、話をうかがいたいから。息子さんが、また女性関係の醜聞に巻き込まれているそうじゃない。とはいえ、オールストンは責められないわ。あれだけハンサムで男らしいんですもの。ばかなフランス娘たちが彼を見るだけで気絶しても当然よ。でも、お母さまは頭が痛いんじゃないかしら。では、火曜日の夜に待っているわね」

「お招きありがとう」メアリーは応え、レディ・ライギットが背を向けるやいなや、デボラを引っ張って横に座らせた。「ああ、あなたが来てくれてよかった。オールストンの女癖の悪さをあてこすられつづけて、いやになってしまったわ！」そこで彼女は、デボラが乗馬服を着ているのに気づいた。「朝の予定を邪魔しちゃったかしら？」

デボラは王の浴場に浸かっている人々を、微笑みながら見おろしていた。彼らは小さな石けんの塊をのせた浮き板をかたわらに、まぬけな茶色のガウン姿でおしゃべりに興じている。彼女は義姉に顔を戻した。

「いいのよ、お義姉《ねえ》さま。約束があって出かけるところだったけれど、緊急事態のようだったから。シオドラに何かあったわけじゃないわよね？」

「シオドラですって？　まあ、違うわ。あなたの小さな姪はとても元気よ。こんなときに乳母のもとに残してきたくはなかったんだけど、しかたがなかったから。いま、歯が生えかけているの。でもジェラルドは小作人とのあいだに解決しなければならない問題を抱えていて、あと一週間はバースに来られないから。それで代わりにわたしをよこしたというわけ」

デボラは皮肉めかした笑みを向けずにはいられなかった。

「ジェリーが領地の問題で一週間身動きが取れなくてあなたをよこしたというのなら、よほど急ぎの用事なんでしょうね」思ったとおりメアリーがいやみに気づかない様子なので、デボラは首を横に振った。「わざわざ来てもらったのに申し訳ないけれど、旅の計画を変えるつもりはないのよ、メアリー」

「じゃあ、やっぱり本当なのね」メアリーがうめいた。「最初ミルソム・ストリートのあなたの家に行こうと思ったんだけど、いまごろは玄関がトランクでいっぱいだろうから、パンプ・ルームに来てもらったの。ここなら人に聞かれる心配をしなくてすむもの」

「人でいっぱいのパンプ・ルームのほうがわたしの家よりも人の耳を気にしなくてすむと思うなんて、あなたらしいわ。だけど、たしかにうちの玄関は荷物が山積みよ。ミスター・フォルクスから返事を受け取ったらすぐに、ジャックをパリへ連れていくつもりなの。あら、シスルウェイト大佐！　おはようございます」デボラは中年の紳士を見つけ、手袋をした手を差し出した。紳士が連れから身を離し、優雅にお辞儀をする。「義姉のレディ・メアリー・キャヴェンディッシュをご紹介しますね」紫の膝丈ズボン《ブリーチズ》と黒のレースで縁取りをしたサフラン色のフロックコートを着た恰幅《かっぷく》のいい中年の紳士は、メアリーの小さくてふくよかな手を取り、白目が黄ばんで潤んでいる目を輝かせながらお辞儀をした。「大佐がうれしそうにしていても許してさしあげて」デボラは明るく微笑みつつ、義姉に言った。「大佐はきれいな女性がお好きで、しかも相当な目利きなの」

「乗馬に行っていたのかね、ミス・キャヴェンディッシュ」大佐がデボラに注意を戻す。ストロベリーブロンドの義姉は美人だが、軍人である彼には少々おとなしすぎるのかもしれない。「このシスルウェイト大佐に声をかけてくれなかったとは、残念きわまりない」

「今日はご一緒していただくわけにはいかなかったんです、大佐。フランス語のレッスンだから。レディ・メアリー、シスルウェイト大佐とはさいころゲーム《ハザード》のパートナーなの。ね、大佐？」

「そして、みんなから金を巻きあげとるというわけだ！」大佐が声をあげて笑った。「今日の午後の約束は忘れておらんだろうな？」

「ミスター・ブラウンロウたちとの？　まさか、忘れるはずがありませんわ」

大佐が礼儀正しく別れを告げて部屋の向こうにいる仲間たちのもとへ行ってしまうと、メアリーは小さな声で不満をあらわにした。

「まさか、あの人とトランプをしているわけじゃないわよね、デボラ？」

「しているわよ」

「彼の目的が何か、わからないの？」

「あら、もちろんわかっていますとも」

「親しくつきあうのはやめたほうがいいわ」メアリーがたしなめる。「彼やあちらのお仲間があなたを見る様子といったら。もちろん、あの人たちが何者かは知らないけれど——」

「それなら、どんな人間か勝手に決めつけないで。お年を召した害のない人たちよ」

「でも、もしジェラルドが知ったら——」

「退役軍人たちとトランプをしているって？　どうしてわたしがジェリーの非難を気にしなくてはならないの？」

デボラは無頓着にそう言って肩をすくめたが、その声はメアリーにこれ以上立ち入るなと鋭く警告していた。義姉はいつもデボラの気持ちを察することなくひたすら夫を弁護し、ことを大きくしてしまうのだ。

「あなたはあの人たちに害がないと確信しているようだし、実際そうなのかもしれないわ。あなたは人にどう噂されようと、全然気にしないのよね。でもいい結婚をしようと思ったら、まわりにどう見られるかはとても重要なの。とくにあなたはオットーの看病に駆けつけるという無茶を、一度しているでしょう？　わたしのほうが年上だし、結婚もしているから、言わせてもらうけど——」

デボラは立ちあがってペチコートを直した。

「メアリー、パリへ行かないように説得しようとしても無駄よ。ジャックのために、どうしても行かなくては。あの子はもうわたしが教えられる以上に進歩してしまって、ミスター・

フォルクスのような経験を積んだ指導者が必要なの。彼からの返事が来たら、すぐにこの街を出るわ。さあ、シオドラのところへ戻って。母親を必要としている子どものもとに。あなたをここに来させるなんて、ジェリーは勝手よ」

「こんなことは言いたくないけれど、パリへの家出がどんなふうに終わったか覚えているでしょう？　ジェラルドはミスター・フォルクスと駆け落ちしようとしたあなたを、わざわざ連れ戻さなくてはならなかったのよ――」

「言いたくないなら、言わなければいいじゃない！」デボラはぎりぎりと歯を食いしばった。

「彼と再会したら、また恋に落ちないとも限らないわ」メアリーが小声で言う。「何年も経っているけれど、イヴリンはまだあなたを想っているんじゃないかしら。あれから結婚する気配はないし、この先もしないと公言しているもの。ジェラルドは――」

「やめてよ、メアリー！　ばかなこと言わないで！　だいたいミスター・フォルクスがわたしにまた求愛したとしても、何が悪いの？　彼は公爵の甥なんだし、将来は子爵になるのよ。ジェリーは心配するんじゃなくて喜ぶべきだわ。わたしがもっとひどい男性を選ぶ可能性だってあるんだから」

ロバート・セシガーが義妹を追いまわしているという噂が本当なら、たしかにそちらのほうがずっと悪い。メアリーは両手をもみしぼった。義妹との話しあいは、ちっとも計画どおりに運ばない。どうやって話を進めればバースに残るようデボラを説得できるか、夫と話しあってきたというのに。それにパンプ・ルームは、こういう話しあいには向いていない。

「約束に遅れてはいけないわ、デボラ」メアリーは静かに言った。「よく考えたら、あなたの言うとおりね。ジェラルドがなぜイヴリンの求婚に反対するのか、わたしにも理解できないわ」

デボラは眉をあげた。こんなふうに、義姉が夫の言葉に公然と反対の意を表明するのは珍しい。何かよほど気にかかっていることがあるのだろう。

「明日の午前中、お茶を飲みに来てもらえないかしら。ジャックがイートン校から戻ってきているから、会えたら喜ぶわ。ジョセフにいつまでも馬を歩かせておいてもらうわけにもいかないから、もう行くわね。あら、ミセス・オヴァートンといつも歯をむき出して笑っている息子だわ。オヴァートン家は有力なコネのある一族だし、サー・ヘンリーはひと財産残したそうよ。では、ごきげんよう《オ・ルヴォワール》」

沈んだ気分でデボラを見送っていたメアリーは、気をつけるように警告しようと思っていた相手と義妹が出くわすのを目にする羽目になった。

ロバート・セシガーは平均的な背丈に広い肩をした見栄えのいい男性で、その天から与えられた素材をたぐいまれな着こなしのセンスと磨きあげたマナーで最大限に生かしていた。きっちり折り返された袖口と裾の部分に小花模様の刺繡が施されたイタリア製のシルクのフロックコートをまとった彼は、まばゆいばかりの伊達男ぶりだ。手袋のように体に密着した濃紺のカシミアのブリーチズをはき、ベストの上に何本もの金の時計鎖や印章をぶらさげた格好は、今後の流行となるに違いない。ぴかぴかに磨かれた巨大な舌革のついた黒い革靴は、パリの流行に合わせてふつうよりも踵《かかと》が高くなっている。驚くほどハンサムな顔は左頰に走る決闘の傷跡で男らしさも加わって、ロマンティックな心を持つ若い女性たちの心を惹きつけてやまなかった。

けれどもこれほど魅力的な容姿を持ち、由緒ある称号の継承者でもありながら、ロバートは出生に疑問があるとして、望ましい結婚相手と見なされていない。体の調子を崩してバースで療養している現男爵の父親はカトリック、しかもジャコバイトびいきで、ローマにいるチャールズ・エドワード・ステュアートを支持している。だがロバートの血筋が問題ありとされているのは、この父親のせいではない。恥ずべき評判を持つ母親が原因だ。

フランスの女伯爵テレス・デュラス・ヴァルフォンスはセシガー男爵と別れるとき、彼女の産んだ唯一の子は夫の子ではなく、当時愛人関係にあったイングランドの公爵の子だと公言した。彼女は、悪名高い公爵と関係を持ったのはフランス国王との狩りの最中だったという詳細まで明かしている。ちなみにこの公爵はそれから何カ月も経たないうちに、娘と言っても通用する年齢の女性と結婚した。

母親に忠実なロバート・セシガーだが、だからといって孝行息子だと世間の評判があがることはない。母親は金銭的な見返りだけが目的でフランスの徴税請負人の愛人となり、世間からつまはじきにされているのだ。けれどもロバートがバースにいる父親の見舞いに頻繁に通っているという事実は、社交界の既婚女性たちの心証を着実によくして、やがて彼は望ましい義理の息子候補と見なされるようになった。そしてロバートが五万ポンドの持参金を持つイングランド女性、デボラ・キャヴェンディッシュに求愛しているという噂が広まると、社交界でもとくにうるさ型とされる一部の人々以外には、ロバートはやはり男爵家の血筋であるからこそ、由緒正しい家柄の女性との結婚を望んでいるのだと受け止められた。

ロバートは貧乏子爵の美しいがそばかすのある双子の娘たちと一緒にパンプ・ルームを歩きながら、デボラがレディ・メアリー・キャヴェンディッシュと話しているのをちらちら横目でうかがい、話しかける機会が来るのを待っていた。双子の母親であるレディ・ライギットはまわりの女性陣に娘たちの立ち居ふるまいを褒められて鼻を高くしていたが、突然ロバートが双子を置き去りにしてデボラのもとへと行ってしまい、面目を失った。それまで内心嫉妬の炎を燃やしていた友人たちは、レディ・ライギットに大いに同情した。結局のところ、デボラ・キャヴェンディッシュは乗馬用の服を着ているときが一番美しい。やや男性的な形の乗馬服が、彼女のようにしなやかで力強い長身と珍しい赤褐色の髪を持つ若い女性にはすばらしくよく似合うのだ。レディ・ライギットの意見は別かもしれないけれど。

「ミス・キャヴェンディッシュ！　ちょっと待ってください」ロバートはデボラの腕に触れ、穏やかだが有無を言わせぬ口調で呼び止めた。

彼女が驚いて帽子を落としたので、ロバートは不意を突けたと満足し、帽子を拾って差し出した。

「まあ、あなただったの」デボラがぶっきらぼうに返す。「てっきり……いいえ、まさかありえないわ。ご機嫌いかが、ミスター・セシガー？」

ロバートは笑みを浮かべ、彼女の手袋に包まれた手を取ってお辞儀をした。「ものすごく傷つきましたよ。いったい誰と間違えたんです？」

「ごめんなさい。いまはお話しする時間がないの。ジョセフが馬を歩かせながら待ってくれているのよ」

「それは残念だな。乗馬用の服を着ていれば、ご一緒できたんですが。ぼくを探しにいらしたんですか？」

「いいえ、義姉に会いに。彼女がバースまで来たので」

「ああ、お美しいレディ・メアリーですか。まさか、あの堅苦しいサー・ジェラルドはいらしていませんよね？」

デボラは笑い、歩調をゆるめてロバートが彼女と腕を組めるようにした。

「ジェリーが彼の豚と牛を置いて、ここまで来るですって？　ありえないわ」

「では、あとでレディ・メアリーにはご挨拶にうかがいましょう」ロバートはちらりと笑みを見せた。「でもやはり、あなたがここへ来たのはぼくに会うためじゃないかな。演奏会に行かなかったので、怒っているんでしょう。目を見ればわかりますよ」

「そんなふうに考えられるなんて、あなたには驚くわ」デボラがずけずけと言う。「でも誘惑しているつもりなら、まだ修業が足りないみたい。そんな言葉にだまされるほど、わたしはまぬけではないもの」

「ぼくのパリでの用事が長引いたから、あなたは怒っているんだ」

「青い目が関係した用事？　それとも緑の目かしら？」

それを聞いてロバートは低く笑い、白状した。「青い目ですよ。魅力的なドミニクはあなたより美しい。でも彼女には、あなたみたいな頭の回転の速さも情熱もない。どうです、嫉妬しましたか？」

「いいえ。そんな感情をあなたのために抱くなんて、無駄ですもの」

ロバートは軽い口ぶりにだまされなかった。デボラは目をまっすぐ前に向け、一度も彼に向けようとしない。その様子を見れば明らかだ。「ほらね」笑みを浮かべ、すれ違った男女が目を向けてきたので会釈する。「こんなふうにあなたと言葉でやりあうのは楽しい。だが、ぼくたちはもう次の段階に進むべきじゃないかな、ミス・キャヴェンディッシュ」

「全部あなたの妄想よ」デボラはロバートをいなし、ぐるりと一周して正面玄関のそばに来たところで、彼のシルクの上着の袖から手を離した。「ご期待に添えなくて申し訳ないけれど、あなたが望んでいる答えは返せないわ、ミスター・セシガー」

「あなたはぼくを失望させませんよ」

「パリがよほど退屈だったのね」外の通りに目をやりながら、彼女が冷静に言う。

「ぼくはかなり我慢強いほうだが、聖人ではないのだから限度があります」

「返事なら、あなたがパリへ発《た》つ前にしたでしょう？　わたしは気まぐれな性格だけれど、この件に関しては気持ちは変わらないわ」

デボラについて朝日に照らされた通りに出たロバートは、従者に車椅子を押してもらっている年配の男女をよけた。デボラがイタリア系の、背は低いががっちりした使用人のほうへ行ってしまう前に腕をつかむ。それを見て、使用人が一歩前に出た。

「あの答えは受け入れられない」

「こんなふうにすれば、欲しいものが手に入ると思っているの？　力ずくで？」

ロバートはわれに返って手を離した。もどかしさに手を広げ、ぱたりとおろす。

「許してください」こわばった声で言い、小さく頭をさげて引きさがったが、すぐ顔をあげて続けた。「ぼくはなんとしてもあなたを手に入れますよ、ミス・キャヴェンディッシュ」

「あくまでも目標をあきらめないところはすばらしいわ。あなたの長所ね。わたしも自分の行動に、その半分でも自信を持てたらいいんだけど」デボラは帽子をかぶり、羽根飾りにすっと手を滑らせた。「こんなことを言うと女ならではの感傷だと思われそうだけど、感情を置き去りにした結婚の申し込みは受け入れられないの」

「それなら、ぼくの気持ちに訴える女性はあなたしかいないと言ったらどうします？」

デボラはこわばった笑みを浮かべ、ロバートを見つめた。彼のように魅力的な男性にここまで言われたら、うれしい気持ちになっていいはずだ。それなのに戸惑いしかない。彼には同じ気持ちを返せない。この先の人生をともにする男性には、単なる好意以上のものを感じたい。いや、感じるべきだ。結婚を申し込まれたときは、何かもっと説明のつかない感情がこみあげてきてほしい。こんなふうに思うなんて、感傷的にもほどがあるだろうか？　それでもとにかく自分はそう思っていて、これは変えられない。

「青や緑の目の女性たちにも、同じ気持ちを感じているんでしょう？」デボラはそうはぐらかすと、ロバートを残して歩み去った。


デボラとジョセフ・ジョーンズが乗馬と朝の大気を堪能して馬の速度を落としたのは、にぎわいと騒音に満ちた街の中心から少し離れた場所だった。デボラはメアリーにイヴリン・フォルクスはまだ彼女を想っているはずだと言われたことが頭を離れず、彼に会ったらどんな気持ちになるだろうと思いをめぐらせていた。オットーとその音楽仲間たちと過ごした目まぐるしい日々から、すでに三年近く経っている。イヴリンとはいまでもたまに手紙のやり取りをしているものの、オットーの親友だった彼に仲のいい友人以上の気持ちを抱いたことはない。そのときジョセフが馬を寄せ、デボラの物思いをぶっきらぼうに破った。

「やつにまた、押しつけがましく迫られたんでしょう」

「誰のこと？」

「あの退屈な伊達男ですよ」

「ミスター・セシガー？　彼は押しつけがましくなんかないわ。はっきり気持ちを伝えてきただけよ」彼女は穏やかに返した。

「それにしては図々しい態度だ」ジョセフがふんと鼻を鳴らして吐き捨てる。

ジョセフ・ジョーンズが女主人に対して血のつながったおじのように気安い態度を取るの

は、彼女が赤ん坊の頃からのつきあいだからだ。オットーが早すぎる死を迎えたあと、ジョセフはデボラの面倒を見るのを自らの務めと心得、必要なときには遠慮なくものを言う権利があると考えている。

「どうしてミスター・セシガーが嫌いなの？」

ジョセフは馬の耳のあいだを見つめた。

「すみませんが、はっきり言いますよ。やつはイングランド人じゃなくてフランス人みたいにふるまっている。やつの父親は生粋のイングランド人だっていうのに。もうそれだけで許せません」

「それだけでは彼を嫌う理由にならないわ。たしかに彼はフランスにいるほうが長いけど、母親はフランス人なんだし、病気のお父さまのもとに熱心に通っている――」

「そんなのは、爵位を継ぎたいからに決まってますよ」

「彼に対して、ちょっと厳しすぎるんじゃないかしら」デボラはとがめた。「ほかの人たちと同じで」

ジョセフはロバート・セシガーに対する意見を心の中にしまっておくことにした。ふたりは黙って進み、狭い道に入って背の高い門の前に出た。街道からかなり引っ込んだところにあるその門は、三方を森に囲まれた小さな地所への入り口になっている。ジョセフは馬から飛びおりて、門を大きく開けた。両側に大きなオークの木が立ち並ぶ私道の先には、アン女王様式の赤いれんが造りの屋敷が立っていて、そのまわりには広大な緑の庭園が広がっている。手入れの行き届いた庭園の一番低い場所を流れているのはエイヴォン川だ。屋敷が見えてくると、デボラは森で助けた男の消息をどうしても知りたいという気持ちとしばらく闘った末、心を決めて口を開いた。腹立たしいことに、気がつくと彼について考えているし、彼の話をすると必ず顔が赤くなってしまう。

「ジョセフ、ドクター・メドローに森でけがをしていた人についてきいてくれた？」

ジョセフは馬の背にふたたびまたがり、表情を変えずに女主人をちらりと見た。

「メドローが手当てを終えるとすぐに馬車が来て、その男を連れていったそうです。どこへ向かったかはわかりません。医者も使用人たちも、馬車についていた紋章に見覚えはなかったそうです。つまり、彼は消えてしまいました。跡形もなく」

「馬車はどこかちゃんとした宿に行ったに違いないわ。あれだけのけがをしている人を遠くまで運べたはずがないもの」

「ちゃんとしていない宿も含めて、あちこちきいてまわりましたよ。彼は紳士階級の男だという話でしたが、格好だけでは必ずしもそうとは言えませんからね」ジョセフはふたたびデボラに視線を向け、あおるような口調で続けた。「飲んだくれの貧乏貴族から、こぎれいな衣装を手に入れたのかもしれない。そういう例は前に見たことがあります。いくつも称号を持っている貴族みたいに豪華な格好をしている輩《やから》がどれだけいるか知ったら、きっと驚きますよ！　昔、トリノで――」

「ばかばかしい！　彼はちゃんとした紳士よ。顔を見ればわかる――」

「最近は婚外子が本当に大勢いるんです。噂が本当なら、ミスター・ロバート・セシガーもそのひとりということになりますね。貴族たちがこんなにあちこちで子どもを作っているなんて、胸が悪くなりますよ」

デボラは思わず馬の上で体をこわばらせた。

「ミスター・セシガーの出自の問題は彼の責任ではないわ。ああいう母親を持って、彼もいろいろ大変でしょう。でも男爵が彼を認知しているのだから、そんな噂は無視しても平気よ」デボラはジョセフをちらりと見た。「ところで、あのけがをしていた人のことだけど、行方をきいてまわるときは、わたしが言ったとおりに彼の外見を説明してくれたんでしょうね」

「一言一句、間違いなく伝えましたとも。でも、彼を見たという人間は誰もいませんでした。あなたの説明どおりの外見をしているのなら、見て忘れる人間はいないでしょう。つやつやした黒髪と、見たこともないほど美しい緑色の目を持つ長身の男性。筋肉質でたくましく、きわめて魅力的に微笑む。そして何より、脇腹にぱっくり穴が開いている。いやはや、こんな男性を見逃すような人間はおりますまい」

彼女はあわてて言い訳した。「わたしは別に、名前も知らないあの男性に恋をしたわけじゃないわ！　ばかばかしい。彼がどうなったか知りたいだけよ。傷の手当てをしてあげたんだから、そう思うのは当然でしょう？　けががもとで死んでしまっていたら、わたしの努力が無駄になったということなんだから」

ジョセフは彼女が馬からおりるのに手を貸すと、砂利道を近づいてくる屋敷の主人に向かってお辞儀をしながら低い声で言った。

「たしかにそうなっていたら、痛恨の極みですが……」

デボラは彼をにらみつけると、そばに来た屋敷の主人に手袋をした手を差し出した。

「遅れてしまって申し訳ありません、ムッシュー。朝食をちゃんと先に召しあがっていてくださいました？　義理の姉《マ・ベルスール》が突然バースへ来たので、さっきパンプ・ルームで会ってきたんです。狭い街ですから、逃げるわけにもいかなくて」

ふたりはフランス語で話しはじめた。

「それは大変だったね、マドモアゼル」老紳士が彼女の手をやさしく叩きながら応えた。

高齢だし服装は地味だが、彼は聡明《そうめい》な明るい目をしていて、背筋を伸ばしてきびきびと歩く。過去については、さる大貴族のもとで働いていたという以外、デボラはほとんど知らない。彼は当時の主人を〝閣下《モンシニョール》〟と呼び、たびたび会話の中で触れる。だから彼女は〝閣下〟はフランスの公爵ではないかと思うようになっていた。

デボラは初めてバースへ来たときにパンプ・ルームで彼に会い、音楽や絵の趣味が似ていることから意気投合した。非の打ちどころのないフランス語を話す彼は、デボラがフランス語に磨きをかける機会がないのを残念に思っていると知り、会話の相手を申し出てくれたのだ。それ以来、デボラは彼の屋敷に週に一度通っている。けれども先日、彼がしばらく街を出ると連絡してきたため、今回は三週間ぶりだった。どこへ行っていたのか尋ねると、彼は一瞬虚を突かれたような顔になり、笑みを作って話を変えてしまった。

「今日は外に座って話そう」彼は家に入って裏側に抜け、芝生や川に臨む広いテラスに出た。「じつはいま名づけ子が来ていて、仲間に入るように誘ったんだよ。かまわないだろうか？　彼もフランス語が母国語なので、お引きあわせしたくてね」

「名づけ子さんですか？　それは楽しみですわ！」デボラは帽子を逆さにして手袋を入れ、テラスの壁際に置いた。「その方がわたしのつたないフランス語に我慢してくださるといいんですけれど。この前先生にお会いしてから、何週間か空いてしまいましたから。ご存じのとおり、うちの料理人ではとても先生の代わりに会話の相手を務めてもらうわけにはいかないんです。いろいろな言いまわしを教えてくれるんですけれど、先生の耳が赤くなってしまうようなものばかりですわ」

「それはだいたい想像がつくよ」

彼はワインの入ったグラスを渡すと、ひとこと断って家の中に戻った。残されたデボラは夏の庭と涼やかな川の水面を見渡した。あの川に見える小さな桟橋のまわりで、誰かが——おそらくは彼の名づけ子が——泳ぐのだろうか？　もしくはつないである小型の平底船《スキフ》で、舟遊びを楽しむのかもしれない。名づけ子はいったい何歳なのだろう？　まだ学生かもしれない。そうしたら、ちょうど帰省しているジャックが友だちになりたがるだろうか？　つらつらと思いをめぐらせていた彼女は、突然うしろから声をかけられてびくっとした。グラスが手から滑り落ちて石の床で割れ、ワインのしぶきがペチコートの裾に飛ぶ。

男らしくゆったりとした気持ちのいい声を聞きながら、デボラはゆっくりと振り返った。

「失礼《エクスキューゼ・モア》、マドモアゼル。名づけ親が――いや、だめだ」彼は英語に切り替えた。「きみはすばらしいフランス語を話すのかもしれないが、ぼくは英語で自己紹介したい」

彼が言い終わるのと同時に、デボラの目が相手の顔をとらえた。そこに立っていたのは、彼女が森で助けた男だった。床の上の惨状を忘れ、デボラは彼を見つめて立ち尽くした。見たところすっかり回復していて、記憶にあるよりさらにハンサムだ。身長も彼女が考えていたより一〇センチ近く高い。

「信じられないわ！」ぽろりと言葉が出る。「いったいここで何をしているの？」

3

デボラがマーティン・エリコットの屋敷に到着する二時間前。オールストン侯爵ジュリアン・ヘシャムと彼の名づけ親はテラスに座って、濃いブラックコーヒーを飲みながらロンドンの新聞を読み、それぞれの物思いにふけっていた。

マーティンのほうは夜明けとともに起きて、身支度を終えていた。ゆっくり朝寝坊を楽しもうとどんなに頑張っても、若い頃からの習慣はなかなか変わるものではない。彼は庭を散歩して栈橋でしばらく座り、それから家の中に戻った。家政婦に朝食は遅めにするように伝え、ポットに入れたコーヒーだけすぐに持ってくるよう言いつける。そしてテラスに行って腰かけると、前日に来た手紙を読み返しはじめた。ジュリアンの前にも手紙が置いてある。昨日、彼が寝室に引き取ったあとに届いたのだ。

名づけ親のいるテラスに出てきたとき、ジュリアンはまだ身支度をすべて終えていなかった。フルーが彼のひげを剃り、髪をとかして首のうしろにまとめ、大きなベルベットのリボンのついたシルクの袋におさめたところで、もうたくさんだという気分になったのだ。ジュリアンは白い麻のシャツとベルベットのブリーチズを身につけ、口うるさい従者にクラヴァットを結ぶところまでは許したが、刺繍入りのベストを着るのは朝のコーヒーを飲んでからでないといやだと拒否した。主人である侯爵が途中まで完璧に整えた身なりの上にブロケードのゆったりとしたローブを羽織り、そんな寝室で着るべきものをひらひらさせて階段をおりていくのを、フルーはぞっとしながら見守った。

三〇年以上も公爵の従者を務めていたマーティン・エリコットは新聞から目をあげると、名づけ子に厳しい視線を走らせた。ジュリアンは洗練された着こなしという点では父親である公爵に遠くおよばないものの、顔立ちは父親よりも端整だ。ただしそれはしかめっ面をしていなければの話で、彼はいま盛大に顔をしかめ、肩を丸めて部屋着のポケットに両手を突っ込んでいる。マーティンは新聞を持ちあげて笑みを隠した。ジュリアンがこういう顔をしていると、老いた父親にそっくりだ。そう聞いても、親も子も喜ばないだろうが。

「よく眠れたかな？」さりげなく声をかける。

「今朝、いままで考えもしなかった可能性が浮かんだんだ」きれいに刈り込まれた芝生に目をやって、ジュリアンが言った。「ベストを着るよう、フルーにうるさく言われているときに。あなたも父上に、あれをしろこれをしろとうるさく言ったりしたのかな？　そんなことはなかった気がするが」ふう、とため息をつく。「マーティン……もし彼女がバースにいなかったら？　いままでは、彼女がこの街に住んでいると思っていた。だがよく考えたら、ロンドンやウェールズ、いや、ノーサンバーランドに住んでいてもおかしくない。結局ぼくたちは彼女について何も知らないんだ。ヴィオラを弾く女性というだけでは、たいした手がかりにならない。それに拳銃を持って家を抜け出し、森でヴィオラを弾いているなんて、人に言ったら大変なことになってしまう。きれいな茶色い目は印象に残っているが、あとはどんな顔をしていたのかもよく思い出せないんだ」ジュリアンは名づけ親の顔を隠している新聞をじっと見つめた。「本当に、あらゆる伝手《つて》をたどって探してくれたんだろうね？　バースには自称詩人や芸術家や音楽家が山ほどいると思っていたんだが」

「まあ、座って、コーヒーでも飲みなさい」マーティンが砂糖の壺《つぼ》をジュリアンの前に置いた。「ロンドンの新聞は昨日の夜に届いたんだ。公爵からの手紙も一緒に。一通はきみ宛だよ」

「ふむ」ジュリアンはうわの空で応え、コーヒーをすすった。

物思いにふけっていて、マーティンに話しかけられてもほとんど聞いていない。一方、マーティンのほうは謎めいたヴィオラ弾きの女性について聞かされつづけ、そろそろいやけが差していた。

「バースには音楽家が一〇〇人はいるんじゃないかな。でも、全員がヴィオラを弾くわけではない。彼女はヴィオラを教えているか、あるいは逆に習っているだろう。音楽を通して誰ともつながっていないはずはない。だがさっきも言ったように、彼女はこの街を通りかかっただけかもしれないんだ。どこの街にも宿屋はあるんだから。どう思う？」

新聞は持ちあげられたままで、ジュリアンがいくら話しかけても答えは返ってこなかった。とうとう彼は相手の言いたいことを悟って笑いだした。

「ベッドで過ごすうちに、同じ話をひたすらしゃべりつづける退屈な男になってしまったようだ！　あなただって、あのシャツを裂いて作った間に合わせの包帯を見ていなければ、ぼくは幽霊に会ったんだと思っただろうね。ぼくは永遠にこの退屈な話を語りつづけるだろう、と」

「その若い女性が実在していようといまいとね。彼女のおかげできみが早く回復できたのだから、感謝しているよ」マーティンは如才なく言った。「彼女が何者か知りたいという気持ちは、どんな薬よりもきみの回復に効果があったのだから」新聞を横に置く。「だが話し相手といえばわたしのような者しかいない状態で、ベッドに一週間も縛りつけられていたせいで、こんな言い方をして許してほしいが、きみはささいな謎に取りつかれてしまったようだ」

「正直に言ってくれてありがとう」ジュリアンがつぶやくように言った。

「それからあらゆる伝手をたどったのかという質問だが、信頼できる先にはすべて当たった。つまり、こういう問いあわせをした事実を口外しないでくれる人たちには、ということだ。その女性はなんらかの厄介事に巻き込まれているのかもしれないと言っていたね。装塡《そうてん》した拳銃を持ち歩いている女性を見つけても面倒の種になるだけで、わざわざ探す価値はないかもしれないよ。夜明けにちゃんとした付き添いもなく幼い甥だけを連れ、拳銃で身を守りながら森でヴィオラを練習するなんて、淑女とはとても言えない」

ジュリアンの目が泳ぐ。

「マーティン、あなたは父上が大勢の女性たちと不道徳な関係を結ぶのを目の当たりにしてきたからそんなふうに思うんだろうが、ぼくの前に現れる女性が全員ふしだらというわけじゃない。ぼくは浮名を流していた父上とは違う。父上が母上と落ち着いたのは、四〇歳をだいぶ過ぎてからだ。それまでの評判がいまでも語り継がれているんだから、よほどのものだったんだろうね」

「きみのお母上に会ってからは、公爵はひと筋に心を捧げておられる！」

「わかった、わかった」ジュリアンは引きさがった。「そんなに怒らないでくれ。父上がひと筋にならないわけがない。母上はあんなに美しいうえに、とびきりやさしいんだから。ときどき思うくらいさ、母上ももう少し年相応に老けてきてもいいのに、と。あなたも父上と同じくらい母上に夢中なのは、ぼくも知っているよ」

マーティン・エリコットの顔に見る見る血がのぼった。名づけ親が赤くなるのを見るのは初めてで、ジュリアンは赤くなった当人と同じくらい狼狽した。マーティンに新聞のうしろに隠れる暇を与えるため、手紙を取りあげる。表書きは父親の優雅な筆跡だが、開けてみると母親からの手紙だった。いつもどおりフランス語で、申し訳程度に英語がちりばめられている。ジュリアンは二枚にわたってびっしりと書かれた手紙を読み終えると、目をあげないまま言った。

「両親は今月の終わりまでロンドンに滞在するらしい。そのあとハリーを連れて、トリートで休暇を過ごすそうだ。エスティおば上はまた調子が悪いみたいだが、悪くないときなんて聞いたことがないな。ルシアンおじ上も気の毒に！　田舎の空気はおば上にいいと言って、おば上たちもトリートで二、三週間一緒に過ごすよう母上が説得したらしい。母上はあなたにも手紙を書いて、父上の手紙に同封したそうだ。あなたが元気でやっているといいんだけど、と最後に書いてある。トリートで六日に会おう、と」ジュリアンは手紙をたたみ、ローブのポケットにしまった。「今回のぼくの愚行については、知っている気配はまったくない。尊敬すべき父上からの手紙にはなんと書いてあった？　父上にばれていないふりはしなくていい。あなたの顔を見れば、ばれているとわかる」

マーティンがふたりのカップにコーヒーを注ぎ足した。すっかり考え込み、コーヒーに大量の砂糖を入れている。ジュリアンにはちらりとも目を向けない。「熱がさがってきみが最初にきいたのは、ご両親がきみのけがと、そうなった状況を知っているかということだった」

「そしてあなたは、ふたりに話さないと約束してくれた」

「そのとおり。わたしは話さなかった。だが、お父上は知っておられた」

「くそっ！」

「そしてここまでいらしたんだよ」

「だろうな！　ああ、まったく！」

「ひと晩だけだが。もうひと晩いるとおっしゃったが、医師の手当てですでに危機は脱したのだからと説得して、帰っていただいた。そもそもきみがバースに来る予定だと奥さまがご存じだったからよかったようなものの、そうでなければ公爵がひと晩ここに寄られただけでも、何かおかしいと感づかれただろう」

「まぬけな姿を見られてしまったわけだ」ジュリアンは口元を手でぬぐった。「すまない、マーティン。父上はきっと怒っていただろうね。あなたにもいやな思いをさせたかな。父上の怒りは、まわりじゅうを凍りつかせるから。とにかく、父上に全部話さなければならないということだ」自分に言い聞かせるようにそう言って、かぎ煙草入れを取り出す。「すでに知っているのかもしれないが……」

「ひとつ助言をしておくよ、ジュリアン。モンシニョールに隠しておけることはない。家族や名誉に関わること、とくにきみの母上である奥さまに関わることはね。あの方のやり方をすべて知っていると言うつもりはないが、自ら対処すると決めたら絶対にそうなさるお方だし、そのときはどんな代償も払われる。きみは正直にすべてを話したほうがいいと思う」

「あなたへの手紙には、父上がどんなふうに感じているのか書いてあったかい？」

「あの方は誰にも気持ちを打ち明けたりなさらない。ただ、きみの健康状態はどうかという質問があっただけだ。それから、きみに傷を負わせた下劣なやつらがパリに戻っていることは伝えてもよいと書いてあった。連中の名前は書かれていなかったし、わたしも知りたくない」

ジュリアンはかぎ煙草をひと吸いし、金の箱を勢いよく閉めた。緑色の目が険しい光を帯びている。

「それは面白いな。とても」

使用人がやってきてカップを片づけ、朝食の用意をしていいかと尋ねた。マーティンは陰気に口を引き結んでいる名づけ子を見つめながら、うなずいた。もうすぐ客が来るからベストを着てはどうかと言おうとしたが、そのときにはジュリアンはすでにテラスを半分横切っていた。

「もう街まで馬に乗っていけるくらい回復したと思う。だから馬に鞍《くら》をつけさせておいてほしいんだ。夕食はいらないよ」

「馬ではなく馬車にしてはどうだろう。医者は——」

「医者の言うことなんて、くそくらえだ！　ずっとベッドに縛りつけられて、じゅうぶん時間を無駄にした」

「ならば、きみのしたいようにすればいい」マーティンは静かに応え、ジュリアンのあとから奥の居間を抜けて玄関広間に出た。「一応言っておくが、街では剣を携えることは許されていない」

「なんだって？　許されていない？　いったい誰が決めたんだ。だが、忠告はありがとう。剣は必要ない。拳銃を持っていく」ジュリアンは階段の下で立ち止まると、マーティンの肩に手を置いた。「ばかなまねをするつもりはないよ。ただ、森で助けてくれた女性を自分でも探してみたいだけだ。ああ、別の目的かと思ったんだね。違うよ、いまはまだ。その件はあとで片をつける。脇腹につけられたすてきな傷跡のおかげで、忘れる心配はないからね」

テラスの出入り口に執事がいるのを見て、ジュリアンはきいた。「なんだ、フィバー？」

「ミス・キャヴェンディッシュがいらっしゃいました」

「もういい、フィバー」マーティンは執事をさがらせた。「昨日、この繊細な状況にどう対処するのが一番いいか、話しあっただろう？」しかめっ面をしたままのジュリアンに言う。

「そうだったかな？」

「そうだ。きみは負傷しているし、自分の妻にいますぐ素性を明かしたくないと思っている。だから、偶然の出会いを装ったさりげない状況で顔を合わせるのがいいという結論に達したじゃないか。ミス・キャヴェンディッシュは今日、いつもどおりレッスンを受けに来る。そこにわたしの名づけ子がいても、おかしいとは思わないはずだ」

「買う前の品定めというわけだな、マーティン？」ジュリアンがとげのある声を出す。

「実際には、その――売買契約はずっと前に成立しているがね」マーティンは穏やかに指摘した。

「彼女には結婚した晩の記憶がまったくないというのは、たしかなのか？」

マーティンは名づけ子とまっすぐ目を合わせた。

「お父上の指示で、わたしは侯爵夫人――世間的にはまだミス・キャヴェンディッシュだが、彼女と親しくしてきた。そのうえで、彼女はあの晩の出来事を何も覚えていないというのがわたしの印象だ。覚えていないのは、きみ自身が夫として名乗りをあげるまでは彼女に自分は既婚で侯爵夫人なのだということを教えないでおこうと、双方の家族が示しあわせてきた結果でもある。だからこそ、いま、このうえなく慎重な配慮が必要な局面になっているのだ。もっとはっきり言えば、きみの配慮が必要なんだよ」

名づけ親の声に厳しい批判がこめられているのを感じ、ジュリアンは苦々しい笑みを浮かべた。

「誰にでも弱点はある。ロクストン公爵にもね。だから跡継ぎである息子をあんな形で結婚させたからといって、あなたには公爵を責められないだろう。異国へと追い払われ、八年間も放浪生活をしなければならなかったのだから、ぼくが父上への仕返しのためだけでも無分別な結婚をする可能性はじゅうぶんにあった」

マーティンがどう受け取っていいかわからないという顔をしているので、ジュリアンはつやつやしたマホガニー材の欄干に広い肩をもたせかけ、淡々と続けた。

「とにかく、ぼくの妻はあの夜中の結婚式をまるで覚えていない。そして社会の規範に従わず、パリへ家出するような女性に成長したというわけだ。別にぼくはどうでもいい。彼女のもったいぶった兄が、妻の貞操はきちんと守られていると何度も公爵に報告してきているからね。大事なのはそれだけだろう？　しかしぼくがいますぐ彼女を手なずけて、少なくとも跡継ぎをもうけるまではおとなしくさせておかなければ、またパリへの家出を繰り返す可能性があるとあなたは言う。そして今度はわがいとこのイヴリンと駆け落ちするか、あるいはその前に胸くそ悪いロバート・セシガーの誘惑に屈して間違いを起こしてしまうか、どちらかだと。言っておくが、それだけは絶対に許さない」

ジュリアンはにやりとした。「ぼくに会えば、どんな身分か知らなくても彼女は夢中になって、ほかの男たちのことなど忘れてしまうさ」

マーティンは表情を変えずに名づけ子を見つめた。目の前の若者がこれほど自分に自信を持っているのも無理はない。すばらしい血筋に生まれたうえ、ハンサムで、将来は莫大《ばくだい》な財産と由緒ある称号を受け継ぐ。彼は自らの価値をよく知り、欲しいものは手段を選ばずに手に入れる尊大な男たちの子孫なのだ。そういう男たちは政略結婚を、土地や財産を自分たち貴族が独占し、高貴な血を守るための唯一の方法であり当然の手段と見なしている。けれどもマーティンはそういう結婚に完全に納得しているわけではなく、静かに懸念を口にした。

「ご両親は、お父上がきみのために用意した結婚とはまったく違う結婚をしているんだよ、ジュリアン」

ジュリアンは鼻先で笑った。

「ふん！　あれは例外さ。誰だってそう言う」

彼は一段抜かしで階段を駆けあがると、踊り場からマーティンを見おろしてにやりとした。

「あなたにはロマンティックなところがあるんじゃないかと、ずっと思っていたんだ。いまの言葉で確信したよ」

「きみがそういうしゃべり方をすると、ヴァレンタイン卿を思い出す！」マーティンはこわばった声で言った。

「まさか！　ぼくがルシアンおじ上と似てる？　それはあなたも頭が痛いだろうね。とにかく、彼女が少しでも魅力的だといいんだが」
「その判断はきみにゆだねるよ」肩越しにそう言うと、マーティンは玄関を出た。

それから一〇分ほど経って階段をおりてきたジュリアンは、体にぴったり合ったヴェネチア製のシルクに刺繍を施したベストを身につけ、ダイヤモンドのバックルがきらめく靴を履いていた。一六歳の誕生日前に父親に無理やり結婚させられた女性とこれから顔を合わせるというので、ばかばかしいほど神経質になっている。じつは彼自身、あの運命の夜の出来事をほとんど覚えていなかった。したたかに酔っ払っていたし、わずかに残る記憶の断片はつらいものばかりで、心から締め出すようにしてきた。妻の外見も、しかめっ面をした茶色い髪の少女という印象が残っているだけだ。そもそもあれ以来、彼女について考えたこともない。

それでも自分が相手はともかく結婚している身で、しかも花嫁を選択する権利はなかったという事実はまったく気にならなかった。ジュリアンのような身分の人間は、血筋を守るために政略結婚をするのが当然なのだ。ところが突然、彼の頭にいままで考えもしなかった疑問が浮かんだ。妻がすごく太っていたり、あばた面でひどい歯並びだったりしたら、どうすればいいのだろう？　それより最悪なのは、奥歯にものがはさまったようなしゃべり方をするインテリぶった退屈きわまりないジェラルド・キャヴェンディッシュとそっくりな女性だった場合だ。きょうだいなのだから、その可能性はある。ジュリアンはぞっとした。そんな驚くほど厄介な状況に置かれたら、どうやって跡継ぎを作ればいい？　酒か薬を飲むのもひとつの手だ。だが、それでも義務である行為をやり通せなかったら？

ジェラルド・キャヴェンディッシュの女性版とベッドをともにするという恐ろしい可能性におののきながらテラスに出たジュリアンは、妻がひとりで立っているのを見つけた。彼女は庭の景色を楽しみながら、クリスタルのグラスに入ったワインを口に運んでいる。うしろ姿で顔は見えないものの、もし彼がここで落ち着いてよく観察していれば、結いあげられたその髪が秋の木の葉のような濃い赤褐色であることに気づいただろう。けれどもジュリアンには、女性をすっきりと背筋の伸びたうしろ姿だけで判断するような習慣がなかった。それに意図していなかったとはいえ彼女を驚かせた結果、グラスが落ちて割れ、ワインがペチコートにまで飛び散ったので、狼狽してその惨状にばかり目を奪われてしまった。だから彼女が驚きに声をあげるのを聞いて初めて、彼は相手の顔を見た。

彼女は衝撃のあまりぶしつけな言葉を吐いてしまったが、ジュリアンのほうは一瞬まったく声が出なかった。自分の幸運が信じられなかったのだ。目の前にいるのは、森で彼を助けてくれた美しいヴィオラ弾きの女性だった。深緑色のベルベットの乗馬服を凛《りん》と着こなした彼女は完璧だった。スクエアカットの深い襟ぐりに幅広の襟のついたドレスが、クリーム色の肌と赤褐色の髪に美しく映えている。ジェラルドの女性版のイメージが一瞬で吹き飛び、ジュリアンは彼女に近づいて手袋に包まれた両手を取った。

「ごめんなさい」デボラは彼の笑みを浮かべたハンサムな顔をまじまじと見つめた。「あんまり驚いたので、淑女らしくない声をあげてしまって。でも、あなたがすっかり回復しているのを見て、本当にほっとしたわ。どんなに安心したか、わからないでしょうね」彼の笑みが大きくなるのを見て、神経質に笑う。「わたしの不器用な手当てのせいでひどいことになったのではないかと、恐ろしい想像ばかりが頭に浮かんで――」

「全然不器用ではなかったよ」

「不器用じゃなくても、とうてい熟練の技とは言えなかったもの。それは認めるでしょう?」デボラは彼の手を握り返した。好奇心を抑えきれず二度もテラスに出てきた執事の姿は、まるで目に入らなかった。

「だけど、本当に元気そうだわ」安堵《あんど》のため息をつく。

ちり取りとほうきを持った使用人が執事のうしろから現れ、デボラが落として割ったグラスのかけらをすばやく片づけはじめた。彼女はわれに返ってつかまれていた両手を引き抜くと、頬が熱くなっているのを感じながらテーブルに向かった。ジュリアンのほうもしゃがんでいる使用人に鋭くひとことを投げてからあとを追ったが、彼女が顎をあげ、唇を引き結んでいるのを見て、ふたりのあいだに流れていた親密な雰囲気は壊れてしまったのだと見て取った。

「きみの森への遠征を誰かにもらしたと思っているのなら、ぼくという人間を誤解しているよ」ジュリアンは彼女のために椅子を引きながら、耳元にささやいた。

「ありがとう。でも、あなたが人に言うとは思っていなかったわ」

「ミス・キャヴェンディッシュ」彼女が名前を呼ばれて不思議そうにしているので、苦笑しながら向かいの席に腰をおろした。「わからないかい？　きみはマーティンを訪ねてきたんだから、その客人の名前をぼくが知っていても当然だろう？」

彼女が視線を落とし、腿の上に置いていた両手をきつく握りあわせる。

「そのとおりだわ。なんてばかなのかしら」

ジュリアンは微笑み、ふたりが出会うのは運命だったのだと考えた。

「マーティンはきみが森でヴィオラを弾いていることを知っているのかい？」

「いいえ」

「だろうな、そうだと思っていた」マーティンが知っていたら、必ずその事実を公爵への手紙に記していただろう。「彼には悪いことをしたな。きみを探してくれと頼んで、無駄な手間をかけさせてしまった」

それを聞いて、彼女が顔をあげた。驚きに息をのんでいる。

「わたしを探していたの？」

「目立たないように、慎重にね」

「なんてことを！　尋ねられた人たちは、あなたを幻覚を見る病人か何かだと思ったに違いないわ。その噂が伝わらないといいんだけど――」

「音痴のジェリーに？」

彼女は笑った。

「じゃあ、あなたはわたしとした話を覚えているのね？」彼女がカップを差し出す。「コーヒーをいただけるかしら？」

「もちろんさ。ぼくから勧めるべきだった。それにしても、マーティンは何をやっているんだろう。厨房で問題でも起こったのかな。この屋敷のフランス人の家政婦は気難しいんだ」

「それはお気の毒に。うちにも扱いの難しいフランス人の料理人がいるの。慎み深いとはとても言えない表現を、しょっちゅう聞かされているわ」

「そいつは嘆かわしいな」ジュリアンは軽い口調で話を合わせ、すぐに続けた。「マーティンによると、きみのフランス語はかなり上手だそうだね。大陸でしばらく過ごしたことがあるんだって？」

「このコーヒー、とてもおいしいわ」

「ああ。だが、ぼくはコーヒーには興味がない。きみに興味があるんだよ、ミス・キャヴェンディッシュ。きみの名前は《コマン・ヴザ・プレヴ》？」

彼女がカップの中に視線を落とした。

「わたしの名前？　クローディア・デボラ・ジョージアナ・キャヴェンディッシュよ。ばかみたいに大げさな名前でしょう。だから、ただデボラと呼ばれるのが好きなの」

「いつかはきみの口から名前を聞かせてもらえると思っていたよ！」ジュリアンは笑みを浮かべた。「デボラか。それで名字は――キャヴェンディッシュだったかな？」彼女の一族の華々しい歴史をじゅうぶん承知しているにもかかわらず、何も知らないふりをする。

「キャヴェンディッシュ家について言うと、曾祖父《そうそふ》は初代デヴォンシャー公爵の弟で、わたしは父方の血筋からいっても母方の血筋からいっても現公爵のいとこになるの。たいした家系よね」彼女はぶっきらぼうに言った。「あなたがそういうものを重視するなら、だけど」

「きみは重要だと思っていないようだ」

「どうして思わなくてはならないの？ そうね、家系図を見ると華々しさに圧倒されるわ。それにキャヴェンディッシュという名前は、社交界ではものを言うかもしれない。おべっかを使ったり、誰かの威を借りようとしたりする人たちにとっては、キャヴェンディッシュという名前なら、父やわたしのようなはみ出し者でも関係ないのよ。じつは、父は三回結婚をしているの」

「三回も？」

「ふたり目の妻は、とてもふさわしい相手とは言えなかった。オペラ歌手だったの。そのあと父はボスコーエン家出身のわたしの母と結婚して、名誉を回復したというわけ。母の一族はノルマン貴族まで系譜をたどれるのよ」

「ノルマン貴族の系譜？ そいつはすごいな」

笑われていないか確かめるために、デボラはジュリアンをちらりと見た。けれども肘をつき、両手に顎をのせて見つめている彼は、心から興味を覚えているようだ。そこで彼女は勢いよく燃えている火のすぐそばにいるような気分にさせられていることを隠そうと、さらにおしゃべりを続けた。

「自分の家系をひけらかしたがる人って、いるでしょう？　とくにキャヴェンディッシュという名前は政治の世界でも社交界でも、重要な人物のほとんどとつながりがあるから」デボラは肩をすくめた。「兄のジェラルドは、そういうくだらないことにこだわるの。会話の中に、重要な地位についている親族の名前を織り込むのがすごく上手なのよ。そうやって自尊心をどんどんふくらませているんだわ。もうじゅうぶんふくらんでいるのに」

　ジュリアンが顔をしかめる。

「ジェラルドはものすごく退屈な男らしいな」

　デボラは笑った。

「ええ、本当にそう。でも兄は、売れ残っていたとてもすてきな人を妻にしたの。兄のオットーによれば、彼女――メアリーは放蕩《ほうとう》者の遠い親戚への愛に苦しんでいたそうよ。この結婚で、ジェリーの株は少しあがったと思うわ」彼女は盗み聞きされるのを恐れるように前に乗り出して、声をひそめた。「メアリーがかわいらしい人だとわかる前に、兄は彼女の家系を隅々まで把握していたんじゃないかと、わたしはひそかに疑っているんだけど」

「なんてやつだ！」

「名前は言わないけれど、メアリーのいとこは公爵夫人なの。夫の公爵の家系はノルマン貴族の系譜で、メアリーによれば、この国でもっとも広大な領地を所有しているんですって」

「なんと！　由緒正しい血筋と爵位に加え、それほど広い土地を持っているとは！　すごいな」

「そんなに恐れ入る必要はないわよ。彼らのおこぼれにあずかろうと、ジェリーがわたしたちの分まで頑張っているんだから」

「きみのお兄さんに、どこかいいところはないのか?」

「時間をくれたら、何か考えつくと思うけど……」デボラは茶色い目をいたずらっぽく光らせた。「兄はわたしが妹であるという事実に、一生悩まされるでしょうね。ただし、みんなから同情されるのは楽しんでいるんじゃないかしら。あら、そんないかにも興味津々という顔をしないで。わたしがキャヴェンディッシュ一族のはみ出し者になったわけを教えるつもりはないわ。とにかく、あなたはジェリーに同情すべきよ」

「絶対に同情などしないよ!」ジュリアンは背筋を伸ばした。「彼は退屈なだけでなく、人間らしい感情が欠けている。ぼくたちが結婚しても、彼を客として家に迎えるつもりはないから、きみも期待しないでほしい。いくらすばらしい血筋の、かわいらしい妻がいたとしても」

「わたしは全力で兄を避けるようにしているの。だからあなたもそんな心配をする必要は——」そこまで言いかけて、彼女は目をしばたたいた。思わず息を詰まらせる。「何を言っているの? あなたはわたしのことを何も知らないじゃない。名前と顔を知っているだけでは、結婚したいと思う理由にはならないわ。もう! なんて失礼な人なの!」

ジュリアンはにやりとした。彼は心から楽しんでいた。

「頭がどうかしてるわ」デボラはそう言い放つと顎をつんとあげ、横を向いた。

「あなたなんて見つけなければよかった！」

「それは残念だ。ぼくはきみに会えて、すごくうれしいと思っているのに」

ジュリアンは凝った装飾の銀の砂糖壺をもてあそび、スプーンをひっくり返した。テーブルの上にこぼれた砂糖に目を向けているが、全神経は彼女に集中させている。

「当たり前だが、きみが、その――コルセットをつけていなかったことは、誰にも明かさないと約束するよ。とくに鼻持ちならないジェリーには」

デボラが口をぽかんと開けて頬を真っ赤にすると、彼は笑みを浮かべ、当然の要望をつけ加えずにはいられなかった。

「もちろん、きみの夫として言わせてもらえば、人前ではつけたほうがいい」

彼女はすっかり腹を立てていた。

「そんなふうにいやらしい冗談を言って、あなたには楽しいんでしょうけれど――」

「あのとき、ぼくを好きになってくれたと思ったんだが」

「本当に？」デボラは眉をあげた。「熱があったんじゃない？」

ジュリアンは大声で笑いだした。

「頼むよ、笑わせないでくれ！　そうでないと、ドクター・メドローにまた傷を縫ってもらわなくてはならなくなる」

デボラが何も言わず口を引き結んだままなので、彼はテーブル越しに手を差し出し、まじめな声で言った。「ぼくは本気だ」

差し出された手を無視して、彼女が小声で返す。「あなたが少しでもわたしやわたしの家族について知っていれば、こんなふうにからかったりしないはずよ。それにわたしだって、あなたのことを何も知らない。うちの使用人はあなたを放蕩者だと言っていたわ」

「放蕩者だって？　なんて言われようだ。きみは紳士について使用人と話しあう習慣があるのか？」

「ジョセフ・ジョーンズは兄のオットーの執事だったのよ。そしてオットーが亡くなったあとは、わたしの面倒を見るのが自分の役目だと思っているの。だけど、そんなことはいまは関係ないわ！」

「いや、関係はある。きみとその称賛すべきジョセフ・ジョーンズから、話しあうだけの価値がある男だと見なされたという事実に、ぼくは希望を感じるよ。もっとコーヒーをどうかな、ミス・キャヴェンディッシュ？」

「結構よ！　いえ、やっぱりお願いするわ。もう！　ムッシュー・エリコットはいったいどうしたのかしら」

「これだけ時間がかかっているところを見ると、ぼくたちの朝食を手に入れるためにパリまで行ったんだろう。フィバー！」ジュリアンは振り返って呼びかけた。「朝食がどうなっているのか調べてきてくれ。ミス・キャヴェンディッシュとぼくは腹ぺこなんだ。ロールパンでも卵でも、あるものならなんでもいい。ついでに、おまえの主人が何をしているのかも見てきてほしい」部屋を出ていく執事のまっすぐな背中に、さらに要望を投げかける。「それから、もっとコーヒーを!」彼が笑顔で向き直ると、デボラが険しい目で見つめていた。

「おいおい、そんな目で見ないでくれ。ぼくの頭のうしろには名前なんか書いてなかっただろう? そうだ、笑っているほうがいい。きみの笑顔が好きなんだ。それにとても美しい目をしている。髪は……赤か茶色か決められないでいるんだが、珍しい色だね。秋の紅葉のようだ」

「すてきな褒め言葉だけれど、なんの得にもならないわよ」デボラはきつい口調で言った。「わたしは喜ぶべきなんでしょうね。ほとんどの女性は、あなたの魅力に抵抗できないと思うわ」

「そうとも言えないな」彼は顔をしかめた。「きみがどんな種類の女性を思い浮かべているかによる。きみがまず顔を合わせない種類の女性たちには、ぼくはこんな言葉を無駄に言いはしない。逆にきみと同じような身分の女性たちは、ぼくが何を言おうとどうでもいいと思っている。ぼくという人間に興味があるわけではないからだ。そういう女性たちは、ぼくとの結婚で何を得られるかということだけを考えているんだよ」

デボラは一瞬冗談かと思ったが、彼が本気で言っているのだと悟って、くすくす笑った。

「あなたみたいな人は初めてよ。あなたが部屋に入ってきたら、女性はみんなそわそわするでしょうね。そして五分も経つ頃には、あなたの魅力のとりこになってしまう」

ジュリアンはあいまいにうなずき、納得はしていないものの、ため息をついて彼女の言葉を受け入れたふりをした。ざっくばらんにしゃべってしまい、当惑しているデボラの様子に思わず笑みが浮かぶ。だが、彼は真剣につけ加えた。

「どうしてもきみのお兄さんを受け入れなくてはならないというなら、やむをえない。ときどき夕食に招待しよう。だが、泊まりは絶対にだめだ。ぼくもきみと同じくらい、人の権勢のおこぼれにあずかろうとする人間が嫌いなんだよ」

「ねえ、少しはまじめに話してくれない？」

「こんなにまじめだったことはない。さあ、コーヒーを飲んで。それとも新しいのに替えようか？　それは冷めてしまっただろう？」

頭のどうかした人間とちゃんとした会話をするのは不可能だと、デボラは判断した。ジュリアンがおかしいのは、痛み止めの薬のせいだと思うことにしよう。女性と戯れるのが好きなだけなのだから、まともに取りあってはいけない。彼女があんなふうに助けたから、なれなれしくしてもいいと考えているのだろう。けれどもほんの一瞬、彼の突飛な求婚を受け入れるという想像に、デボラの心は浮き立った。もちろんそんな想像はすぐに打ち消して、見知らぬ他人も同然のハンサムな男性にたやすく動揺させられた自分を叱りつける。

それなのになぜか、頬が熱くなってしまった。

両開きの扉を抜けてテラスに出てきたマーティン・エリコットは、デボラの赤くなった顔に目を留めた。彼は奥の客間で時間をつぶし、客人と名づけ子にいつ合流すればいいか見はからっていたのだ。テーブルに歩み寄って腰をおろしながら、ジュリアンは何を言ってこの若い女性を赤面させたのか、思いをめぐらせる。しかし表向きは何食わぬ表情で、フィバーと使用人ふたりに合図して朝食を運び込ませた。

「ずいぶん早くパリから戻ってきたんだね、おじさん《モンパラン》」

「厨房でちょっとしたトラブルがあったんだよ」マーティンはごまかした。「申し訳なかったね《エクスキューゼ・モア》、マドモアゼル。わたしがいないあいだ、名づけ子はちゃんとお相手を務めていただろうか。このロールパンは最高なんだ。ひとついかがかな?」

「ありがとうございます、ムッシュー。ちゃんとお相手していただきました」デボラはジュリアンを見つめながら答えた。彼はローストビーフと卵にトーストが何枚かと、パイがひと切れのった皿をつつきまわしている。「では、ロールパンとバターをほんの少しだけ。ありがとうございます《メルシ》」

カバーをはずして皿の上のものを調べていたジュリアンは目をあげた。

「少食なのかい?」

「違うわ! いつもはたっぷり食べるのよ。今日はただ――コーヒーを飲みすぎちゃって」彼が残念そうに頭を振っているので、躍起になって言い返した。「あなたの胃袋は底なしなんでしょうけれど!」

「そのとおり」ジュリアンは笑いながら応え、ローストビーフを平らげた。

マーティンは名づけ子とデボラ・キャヴェンディッシュのやり取りや、ふたりの交わす視線を見て、自分が邪魔者のような気がしてならなかった。若者たちが以前からの知りあいのように親しく話しているのが内心うれしい。デボラは節度を守り、よそよそしくふるまっているものの、ジュリアンのからかいに対する答え方が無関心なふりをしているだけだと物語っている。一方、ジュリアンのほうは彼女との会話を大いに楽しんでいるが、これは自分の素性を隠すという計画どおりにことが運んでいるからだろう。しかもデボラが並はずれて美しいとわかったからだろうか、水入れにたっぷりとクリームが入っているのを見つけた猫のように満足そうだ。

「マーティンにきけば嘘じゃないと保証してくれると思うが、父《モンペール》はぼくと一緒に朝食をとるのを拒否するんだ。朝早くからこんなにたっぷり食べるのを見ると、ぞっとするらしい。そうだろう、モンパラン?」

「あなたのお父さまは、とても繊細な感覚を持った方なんでしょうね」デボラがからかう。

「お父上の公――」マーティンはそう言いかけて、すぐに口をつぐんだ。ジュリアンの鋭い警告の視線に、まずいと悟ったのだ。「わたしの名づけ子は、お父上にはとうてい理解できない食欲を持っているんだよ」

ジュリアンは残りのコーヒーとともにパイを片づけ、感謝の意を伝えるためにマーティンに片目をつぶってみせた。それにデボラが気づかないはずがない。

「母は自分のせいだと言っている。ふだんはスズメみたいな食欲しかないのに、ぼくがおなかにいるときは、こういう朝食を平らげていたらしい。つまり予兆だったというわけさ。かわいそうなモンペール」ジュリアンは笑った。「毎朝ぞっとしていたんだろうな」

こんなあけすけな会話は若い女性に聞かせるべきではないと考えて、マーティンは身をこわばらせた。しかし、デボラが気を悪くするのではないかという懸念は杞憂《きゆう》だった。彼女はジュリアンの言葉を、ほとんど聞いていなかったのだ。デボラの頭は、屋敷の主人がすばやく言葉をのみ込んだことや、男ふたりの交わした意味ありげな視線を分析するのに目まぐるしく働いていた。テーブル越しにジュリアンを見ると、こちらをじっと見つめていて、彼女は思わずコーヒーに視線を落とした。

「ああ、しまった。こんな礼儀知らずなまねをして、マーティンにあきれられてしまう」ジュリアンが椅子を押しやって立ちあがり、すばやくお辞儀をした。「自己紹介するよ。ぼくはジュリアン・ヘシャム」彼は名づけ親に目を向けた。「いまミス・キャヴェンディッシュと、ぼくたちの結婚について話しあっていたんだ」

当惑に頬が熱くなり、喉が締めつけられるのを感じながら、デボラはコーヒーから目をあげた。ふたりだけのときに結婚を冗談の種にするのはいいけれど、ほかの人の前でもそれを続けるのは許せない。屋敷の主人にさっと視線を向けると、突然の結婚話にあっけに取られているのがわかった。

「くだらない冗談は、いますぐにやめてちょうだい」彼女は立ちあがり、低い声で言った。だが、ジュリアンはまだ話を続けている。「それと、彼女のお兄さんのサー・ジェラルドを家に泊めるのはいやだということも」

「あなたが放蕩者だとしても、わたしには関係ないわ」デボラはナプキンを横に置いた。「だけど過去に一度、尋常ではない状況で顔を合わせただけの女性をこんなふうにからかうなんて許せない。お互い、相手のことは何ひとつ知らないというのに。その気もない結婚の申し込みなんて、冗談にしてはやりすぎよ」

ジュリアンが訴えるようにマーティンを見た。

「ぼくは本気だと彼女に言ってくれないかな、モンパラン」

「あなたのお仲間のあいだではどうか知らないけれど、わたしが属している社会では、あなたのしたことは心ないだけでなく、不道徳でとうてい受け入れられないと見なされるのよ。正気じゃないと。わかってもらえたかしら、ミスター・ヘシャム。だいたい、この名前だって本名かどうかあやしいものだわ！」

「そんなに怒らないでくれ、ミス・キャヴェンディッシュ。落ち着いて、ぼくの言い分を聞いてくれれば――」

「どうして笑っているの？　こういうまねが面白いわけ？　笑い物にしてもいい女だと思っているのね。放蕩者かどうかは関係なく、あなたのような人はふだんから大勢の女性たちにちやほやされて、もうすぐ二一歳になるオールドミスも自分を楽しませて当然だと考えているんでしょう。言っておきますけど、あなた以外の男性からも結婚を申し込まれたことくらいあるのよ！　それも単なるおふざけじゃなく本気で！　嘘じゃないわ。今朝だって申し込まれたんだから。その紳士は本気でなければそんなことを口にしない人よ！」

「何度も言っているだろう、ぼくは本気だと」

「あなたみたいな人に、あんなに苦労して包帯を巻いてあげたなんて！」

「とても手際がよかったよ。ところで、きみに求婚した男の名前を教えてもらえるかな？」

「教えるものですか！」憤然として息を荒くしていたデボラは、ジュリアンが面白がるように見つめているのに気づいて、茶色い目を見開いた。「わかったわ。信じていないのね」

「もちろん信じているさ、ミス・キャヴェンディッシュ」彼はなだめながらハンカチを用意し、テラスを囲む低い壁際までデボラを追っていった。「ただ、いままでなぜそういう求婚を受けなかったのか、気になってね」

振り向いた彼女が自分をにらみつける様子を見て、ジュリアンはまじめな顔を保つのに苦労した。突然、ぶかぶかの寝間着を着て裸足で立っていた華奢な少女の姿がよみがえる。いままで思い出さなかったのが不思議だった。

「わたしの過去を知らずにした質問だから、許してあげるわ」デボラが低い声で言った。彼がハンカチを持っているのを見て、さらに表情を険しくする。「どうしても知りたいのなら教えるけれど、キャヴェンディッシュ家のはみ出し者の娘に結婚を申し込もうという男性は多くないのよ。とくにちゃんとした紳士はね。あなたはちゃんとした紳士に入らないと思うわ。剣で刺されて死にそうになっていたし、わたしに結婚を申し込んだんだから」

ジュリアンはハンカチをそそくさとしまった。

「きみを怒らせるつもりはなかったんだ。競争相手になりそうな男たちを知っておきたかっただけで」

「そうかしら？」彼女は皮肉めかした口調で言った。「婚約しているわけではないから、名前を教える意味はないと思うわ」若いふたりの言葉の応酬に圧倒されて立ち尽くしている、屋敷の主人のほうを向く。「すみません、もう失礼させていただきます。荷造りをしなければならないので。朝食をありがとうございました。パリへ発つ前に、パンプ・ルームでお会いできるといいんですけれど。では、ごきげんよう《オ・ルヴォワール》」

「パリに行くのかい、ミス・キャヴェンディッシュ？」テラスから階段を下って砂利敷きの小道におり、馬屋へと歩きだした彼女を、ジュリアンはしつこく追いかけた。

デボラが足を止め、しかめっ面で振り返る。「しかたのない人ね。わたしはあと二、三日したら、甥を連れてパリに行くの。あちらではきっと、魅力的な放蕩者たちからもっと結婚の申し込みを受けるんじゃないかしら。では、ごきげんよう！」

「そうはさせないさ」引き返しながら、ジュリアンはつぶやいた。

彼はテラスを囲む低い壁に足をかけ、かぎ煙草を吸った。こちらを見ているマーティンの手前、無関心な表情を装う。

「そういえば、親戚のメアリーがこの街に来ているんだったな」ジュリアンは、いかにも思いついたように言った。「あのもったいぶったジェリーが一緒でなければいいが。彼女に挨拶に行かなくては。そうだ、ひとり乗りの馬車《チャリオット》で行こう。おじさんも何かフルーに頼みたい用があれば言ってくれ」

「ジュリアン……」マーティンは言いよどんだ。考えをまとめようと言葉を探す。「ミス・キャヴェンディッシュはまさか……。驚いたな《モン・デュー》。なんて偶然だ！　信じられない。彼女がふらふらと森に行って、ヴィオラを弾いていたなんて。それも弾をこめた拳銃を持って……。なぜいままで気づかなかったんだろう」

ジュリアンはかぎ煙草入れをぱたんと閉じた。エメラルドグリーンの目を楽しげに輝かせる。

「そのことはもう気にしなくていいよ、マーティン」

ぶかぶかの寝間着を着た華奢な少女の姿が薄れ、透けそうに薄いシュミーズだけで彼の腿にまたがっていた若い女性の姿が取って代わる。ジュリアンは笑みを浮かべた。あのシュミーズは美しい胸を隠せるようなものではなかった。

「あとはぼくにまかせてくれ」

4

「年寄りの相手をしに来てくれたの、デボラ？」クリーヴランド侯爵未亡人のハリエットはずっしりとしたサテンのペチコートを持ちあげて長椅子の端に移動し、デボラが座る場所を空けた。「ここからの眺めはよくないわよ。あの忌々しいライギットがターバンにごてごてと鳥一羽分もの羽根をつけているせいで、みんなの視界がさえぎられているから。ウェイヴァリーに頼んで撃ち落としてもらいたいくらい！」

ウェイヴァリー将軍が隣の長椅子から身を寄せて、小声で尋ねる。「鳥と彼女、どちらをかな？」

「まあ！　拳銃を持っていたら本当にやってくれそうね！」ハリエットは笑い、レースに覆われた彼の手の甲を扇でぽんと叩いた。「デボラに挨拶なさって」

「ご機嫌いかがかな、ミス・キャヴェンディッシュ」将軍は手袋に包まれたデボラの手にキスをした。

「失礼して、もっと奥まで行ったほうがよさそうですわ。レディ・メアリーがオーミンスター卿と話している隙に逃げ出してきたので。玄関を入ったら彼が待ち構えていて、前のほうに席を見つけてくれるとしつこくて」デボラは扇で顔を隠しながら、髪粉を振りかけた人々の頭の向こうをうかがった。「かわいそうなメアリー。まだつかまっているわ」

「フレッドは退屈な男よ」ハリエットが同意する。「メアリー・キャヴェンディッシュはそう思わないだろうけれど」

「彼女が同じような種類の男と結婚しているからですか？」デボラは尋ねた。

ハリエットが警戒するようにあたりを見まわす。「メアリーはまさか、彼を連れてきているの？」

「いいえ」

「そうだな、連れてこないのが賢明というものだ」将軍が見解を述べてうなずく。

デボラはハリエットと無言のまま視線を交わした。年配の侯爵未亡人が天井を仰ぎ、デボラは笑った。「午後のトランプの会に来なかったから、みんな残念がっていたわよ。先週の水曜にシスルウェイトに負けたせいじゃないといいんだけど」

デボラは首を横に振り、まわりに聞かれないように肩が触れあうまで侯爵未亡人に身を寄せ、扇で口元を隠した。

「わたしが損をしたなんてジェリーが知ったら、メアリーにしわ寄せがいってしまいますわ。兄はわたしを見張るために彼女を送り込んできたんです。そんなことをしなくても、ソンダースからわたしの話をたっぷり仕入れているでしょうに」

ハリエットの目が飛び出しそうになる。「あなたのところの執事はお兄さんの密偵なの？」

デボラはうなずいた。

「それはひどいわ！　すぐにやめさせなさい！」

「兄が代わりを送り込んでくるだけなのに？　そうなったら、いやですもの。ソンダースは正体がばれているなんて思ってもいないから、まだやりようがあるんです。それに仕事に関してはは有能ですし」

「彼が裏切っているとわかったのは、どうして？」老婦人は興奮してまわりを忘れ、宝石で飾りたてた豊かな胸元をぱたぱたとあおいでいる。「鍵穴からのぞき見しているところを見つけたとか？　袖口に何か書きつけているのを見てしまったとか？　なんて恐ろしい男かしら！」

「そんな派手な出来事があったわけではありません。ソンダースの忠誠心には問題があるんじゃないかと、ジョセフがずっと疑っていたんです。そんなとき、どんな方法かはわからないし考えたくもないんですけれど、ジョセフが手紙を見つけて。ソンダースが兄に宛てて書いた手紙のうちの一枚を。書き損じて捨てた紙だとジョセフは主張していますけど、どうだか」

「彼がどこでどうやってその手紙を手に入れたかなんて、誰も気にしやしないわ。手紙があったという事実は変わらないんだから。だけど、なぜあなたのお兄さんはこそこそと妹を探らせているのかしら？」

デボラは扇をさげ、肩をすくめた。「思いつくのは、兄の毎日が退屈すぎて、わたしに関する報告書が唯一の娯楽になっているのかもしれないということくらいです。かわいそうなメアリー」

「本当にメアリーは哀れよ！」ハリエットはあえぐように言い、二重顎を揺らして笑いだした。「彼女では、娯楽として足りないというわけ？」

「死人みたいに冷たい人間を楽しませられる人はいませんもの」

それを聞いて老婦人の笑い声がますます大きくなったので、何人かが振り返った。彼らはデボラ・キャヴェンディッシュがクリーヴランド侯爵未亡人とウェイヴァリー将軍のあいだに座っているのを見ても、まったく驚かなかった。デボラが原因で侯爵未亡人が引きつけでも起こしたように笑っていても、当然と受け止めた。デボラは行く先々で騒ぎを起こすのだ。彼女に対して眉をひそめている人々の期待を決して裏切らない。

「ほら、デボラ・キャヴェンディッシュだと言ったでしょう？」ミセス・ドーキンス・スマイスがひそひそと言った。「騒ぎがあれば、中心には必ずあの人がいるんだから。見て、ハリエット・クリーヴランドなんかと一緒にいるわ。だいたいハリエットみたいな年寄りは、夜はおとなしく家で寝ていればいいのよ。あんなふうにダイヤモンドを見せびらかしたりせずに。ねえ、サラ、あのダイヤ、本物だと思う？」

「ハリエット・クリーヴランドが偽ダイヤなんてつけると思うの？」レディ・ライギットは息をのみ、デボラのいるほうにずんぐりとした首を伸ばした。「ハリエットは商人の家に生まれ育ったから、どんなものにお金をかけるべきかよく知っているわ。三回結婚したけれど、最後の夫にはちゃっかり爵位を持つ男を選んでいるし。下品な女よ」デボラのしみひとつない肌をまじまじと見つめてしまった自分にいやけが差して、前を向く。

ミセス・ドーキンス・スマイスは隣に座る女性の顔に嫉妬を見て取り、意地悪く笑った。「彼女、きれいよね」傷口をえぐるように言葉を継ぐ。「ミスター・ロバート・セシガーが彼女を追いまわしているのも不思議じゃないわ。彼女のドレスはいつもすてきで、みんなの羨望の的だし。あのサファイアブルーのドレスも本当にすてき。優雅で堂々としている彼女に、本当によく似合っているわ」

「彼女はがさつよ！」

ミセス・ドーキンス・スマイスはにっこりした。「もちろん、あなたの美しい娘さんたちにはかなわないわ。それでもデボラが一級品のダイヤモンドであることは、誰も否定できないわね」

「だけど傷があるわ！　彼女が家出をして、フランスにいる病気の兄のもとへ行ったのは覚えているでしょう？　噂になったもの。とにかく、そのあと彼女が音楽家と駆け落ちしようとしたことは、みんな知っているわよ。よりにもよって音楽家と。いままで結婚できないのも不思議じゃないわ。そんな奔放な娘を嫁に迎えたいと思う親はいませんからね」レディ・ライギットは鋭く言い返し、つんと前を向いた。彼女の娘のソフィアはロバート・セシガーとメヌエットを踊り終えたところだ。

レディ・ライギットはソフィアを連れて戻ってきたロバートをにこやかに迎えた。彼が最後のメヌエットにもうひとりの娘、レイチェルを誘うのを期待していたのだ。ところが彼はそうせずに、軽い会話すら交わそうとしないで行ってしまった。部屋の奥へと向かうロバートをぽかんとして見送った母と娘の顔は、彼が次のメヌエットの相手に選んだ相手を見て凍りついた。

デボラは部屋の奥で、ハリエットを懸命に扇であおいでいた。老婦人は笑いすぎて咳《せ》き込んでしまい、ウェイヴァリー将軍が冷たいレモン水を取りに行っている。ところが突然まわりが静かになったので振り返ると、目の前にロバート・セシガーが立っていた。そもそも彼女は踊るつもりがなかった。だからこそ部屋の奥に座っていたのだが、面と向かって誘われたら断るわけにはいかない。しかたなく笑みを作り、彼の手を取ってフロアに出た。広い舞踏室の真ん中で、五〇〇人を超える人々の目にさらされる。

デボラがロバートと踊るのがいやだったのは、ダンスが嫌いだからではない。カントリーダンスは大好きだ。でも舞踏会でもっともよく踊られるメヌエットでは、売り出し中の娘を持つ母親たちが彼女を転ばせたりステップを間違えさせたりしようと、虎視《こし》眈々《たんたん》と機会を狙うのは目に見えている。デボラを不器用なでくのぼうに見せ、自分たちの娘が少しでも引き立つように。デボラは笑みを浮かべて楽しそうなふりをしたが、本当は部屋にあふれるほどの人々の前でまぬけな姿をさらさなくてすむよう、緊張に体を震わせながら祈っていた。

向かいあって互いの手を取ると、ロバートが顔を寄せて言った。「冷たくあしらっていれば、ぼくが魔法みたいに消えるとでも思っていたんですか?」

「消えられるの？　あなたが魔法を使うなんて知らなかったわ、ミスター・セシガー」デボラは皮肉をこめて言うと、彼に手を預け、楽団の演奏に合わせて踊りだした。

「ぼくはそう悪い相手じゃないと思いますがね、ミス・キャヴェンディッシュ」

彼女の頭に森で助けた男の顔が浮かんだ。たしかに、もっと悪い相手もいる！　彼のことを考えてしまった自分を、デボラは激しく叱りつけた。今夜の舞踏会では彼をちらりとも思い浮かべないと、かたく心に決めていたのだ。自分のまぬけさに腹が立つ。ひどいけがを負っていた彼をずっと心配していたのに、今朝みたいな態度を取られるなんて。その気もないのに結婚しようと言うなど、人をからかうにもほどがある。

「ミス・キャヴェンディッシュ……？」

ダンスの相手に声をかけられ、彼女は目をしばたたいた。「ミスター・セシガー？」われに返って穏やかに指摘する。「おわかりなのかしら？　わたしと結婚したければ、兄のジェラルドの許可を得なくてはならないのよ」

「たしかにそうですね。でも、あなたはサー・ジェラルドを言い訳にしているのではないかな。兄上の陰に隠れて、求婚者たちが撃退されるのを待っている。そして求婚者たちがあきらめたとたん、退屈な兄上を頭から消し去る」

その言葉をデボラは否定できなかった。ロバートは真実をついている。熱心な求婚者が退屈なお世辞を並べはじめると、彼女はいつも兄の名前を持ち出していた。効果はバケツで冷水を浴びせるのと同じくらい、てきめんだ。それなのにロバートはあきらめようとしない。

デボラは彼の気持ちを傷つけたいとは、これっぽっちも思っていなかった。ほかの男たちと違って、ロバートは真剣に結婚したいと言ってくれている。そこで彼女は口をつぐみ、踊りつづけた。

彼はデボラを放す瞬間に手をきつく握り、悲しそうに微笑んだ。「ぼくが間違っていましたよ、ミス・キャヴェンディッシュ。あなたは自分の頭で考える人だと思っていた」打ちのめされたような声で追い打ちをかける。「あなたが古い因習に縛られていたなんて」

ダンスのステップを次々に踏まなければならないので、デボラは言い返す機会をつかめなかった。ふたたびロバートが近くに来て、ペチコートの裾に沿ってまわりはじめたところでようやく怒りをぶつける。「二一歳になるまでは自由にできないのよ。そのあとは好きなように行動して、自分の選んだ人と結婚するわ」

ロバートが微笑み、左頬の傷跡が盛りあがった。袖口のレースが床につくくらい深く、彼がお辞儀をする。

「それを聞いて、ほっとしましたよ。あと一カ月もしないうちにあなたが兄上のくびきから自由になると聞いて、こんなにうれしいことはありません」

「まあ、本当に?」自分には関係のない事柄にこれほど喜びをあらわにする彼に、デボラは驚くとともに興味をそそられた。「わたしにくびきがつけられていると思っているのは、あなたとわたしだけよ」

ロバートが彼女をちらりと見る。「噂を聞いたんです。ばかばかしい噂ですよ。一応お教えしますが、サー・ジェラルドはあなたをオールストン侯爵と結婚させるつもりだとか」

「なんですって？　ジェリーがわたしを、ロクストン公爵の放蕩息子と結婚させるつもりだというの？」

自分がどこにいるのかも忘れて、彼女は羨望のまなざしを注いでくる何百人もの人々の前で立ち止まった。ロバートに言われたことがあまりにもばかばかしく、笑いがこみあげる。

「大人になったオールストン侯爵を、この国で見た人はいないのよ。兄だって、彼と会う光栄に浴したことはないはずだわ。もしあれば、会う人ごとに自慢しているはずですもの」信じがたい噂を聞かされ、おかしくてたまらなかった。「なんて荒唐無稽で、ばかげた噂なんでしょう」

ロバートが弱々しく微笑み、曲を締めくくるお辞儀をした。袖口のレースがふたたび床にこすれる。

「ばかばかしいのは、あなたがオールストン卿と結婚するという噂ですか？　それとも彼は救いようがないほど堕落しているという噂ですか？」

デボラは顔をしかめたあと、思い出して自分もお辞儀をした。

「はっきり言うけれど、そんなばかばかしい求婚については聞かされていないし、いくら兄がロクストン家に心酔しているといっても、わたしにはあの一族とつながりを持ちたいという願望はないの。それからオールストン侯爵については、大勢の愛人がいて夜な夜なパーティーに繰り出しているとか、パリでの家名を顧みない暮らしぶりはみんなの噂で知っているわ。もちろん噂が本当とは限らないけれど」軽い冗談のつもりでつけ加える。「あなたも侯爵の乱痴気騒ぎに加わったことがあるんじゃない？　どんなふうだった？」

ロバートの笑みは揺らがなかったが、青い目は笑っていなかった。音楽がやみ、カントリーダンスが始まるのを待つ人々がそわそわと椅子から腰を浮かせている中、彼はデボラのからかいに対して真剣に答えはじめた。

「いまここで、彼との関係を最初から詳しく説明するのは省かせてください。オールストン卿とはかつて親しかったとだけお伝えすれば、じゅうぶんでしょう。子どもの頃は兄弟と間違われるくらいでしたが、残念ながらいまは、あれほど堕落した生活を送っている男とつきあおうとは思いません。彼はほかの貴族の子弟とは違って、守るべき暗黙のルールに従わず勝手気ままにふるまい、パリの中産階級の無垢《むく》な娘たちを食い物にしています。そういう娘たちは貴族の横暴なやり方にまるで無知で、一見愛想のいい侯爵に簡単にだまされてしまう。ふつうの男がかわいい娘にお世辞を言うように、オールストン卿は気安く結婚を口にするんです。そして娘が彼を信用したと見ると純潔を奪い、ぼろぞうきんのように捨てて、次の獲物へと標的を移す」

手袋をはめた手で、デボラは口を押さえた。そんな獣みたいな男と顔を合わせるかもしれないと考えるだけで、気分が悪くなる。

「やめて、ミスター・セシガー。もうじゅうぶんよ。あなたの言ったことが本当なら——別に疑う理由があるわけではないけれど、彼はたしかに救いようがないわ」デボラはシルクの袖に包まれた彼の腕に手をかけ、ダンスフロアをあとにした。「安心して。わたしは自分が選んだ男性と結婚するわ。ジェラルドがいくら妹と侯爵との政略結婚を望んでも、実現する可能性は業病にかかった患者が全快する見込みと同じくらいよ！」

ロバートが安堵したように微笑んだ。左頰に残る決闘の傷跡から力が抜ける。

「ほっとしましたよ、ミス・キャヴェンディッシュ。あなたは自立した精神を持った女性だと、ずっと思っていました。これで望みを失わなくてすみます」

「でも、あなたにはもう言ったはず――」デボラはそう言いかけてやめた。大勢の人たちの前で動揺し、ただ自らの希望をはっきりと口にして辛抱強く待ってくれているだけの男性を邪険にしようとした自分に腹が立つ。「ごめんなさい、失礼するわね。ちょっとひと息入れたいの」

「では、お供しましょう――」

「いいえ！　その必要はないわ。ひとりで大丈夫。でも、そう言ってくださってありがとう」

デボラはサテンのペチコートをつまむと、カントリーダンスを踊ろうと並んで笑いさざめいている人々をかき分けて出口へと急いだ。ところが、ふた組の男女に続いて八角の間《オクタゴン・ルーム》に入ろうとしたとき、肘のまわりではずんでいたレースがいきなり引っ張られた。柱のうしろから、男が彼女の耳にささやく。

「外に来てくれ」

一瞬、デボラは立ち尽くした。むき出しの首筋に震えが走り、胸が締めつけられる。聞こえたと思ったのは単なる妄想かもしれないと思いながらも、彼女はためらうことなく外へ向かった。

メヌエットが終わり、デボラ・キャヴェンディッシュとロバート・セシガーが別々の方向に分かれていくのを、ハリエットはやさしい目で見守った。そのままデボラの姿を追うと、彼女は休憩用の部屋ではなく、玄関を抜けて外へ出ていった。そして先ほどからずっとダンスフロアの端で柱に寄りかかり、金の片眼鏡で部屋を眺めていた男が、もたれていた大理石の柱から体を起こしてデボラのあとからついていくのが見えた。彼は二歩ほどの距離を保ったまま、やはり外へと姿を消していく。広い肩幅と長身、いかにも貴族らしい横顔を見て、ハリエットはその男が何者かに気づいた。

「ウェイヴァリー！　ちょっと見てちょうだい！」彼女はささやき、将軍のシルクに包まれた膝をつかんで長椅子から身を乗り出した。「あの鼻はどこで見てもわかるわ。間違えるはずがない。彼は父親よりもハンサムね。威圧的な雰囲気はロクストンのほうが上だけれど、息子はうっとりするほど魅力的よ。もしかして……」

ウェイヴァリー将軍は片眼鏡を目に当てたが、オールストン侯爵の姿はすでに消えていた。

「いったい誰の話をしているんだね、ハリエット？」片眼鏡を目に当てたまま、老婦人のほうを向く。「まさか、あの放蕩者の息子か？　きみもやつの一番最近の悪さは耳にしているだろう？」

「悪さですって？」

「未婚の娘を誘惑して、徴税請負人の父親に追われてパリから逃げ出したという噂だよ」

ハリエットはあぜんとして将軍を見つめた。

彼が話を続ける。

「徴税請負人は仲間をふたり引き連れてこの国まで追ってきて、決闘を挑んだそうだ。信じられるか？　平民のフランス男が、イングランドの公爵の息子と決闘しようと考えるなんて。ありえん話だ。身のほど知らずの田舎者め！」将軍は声をひそめた。「ここだけの話だがね、ハリエット、あの若者は少々頭がどうかしているという噂は本当だと思うか？　気がふれているんだろうか？」

ハリエットは大きく息を吸い込んだ。「気がふれている？　ロクストンの息子が？　恥を知りなさい、ウェイヴァリー！　ニューマーケット競馬場では、いつも公爵と一緒にいるくせに」

多くの人間がオールストン侯爵に対して抱いている疑念を口にしたのを後悔して、ウェイヴァリー将軍は肩をすくめた。

「若い頃に不祥事を起こして以来、オールストンに芳しくない噂がついてまわっているのは、きみだって否定できないだろう？　母親に対するあの許しがたい仕打ちを考えれば、われわれが彼の正気を疑ったとしても当然だ。あんなに美しく、愛すべき母親だというのに……」

「彼はまだ子どもだったのよ、ウェイヴァリー」

「それはそうだ。だが、あれほど常軌を逸した行為の言い訳にはならない」ハリエットが肩を落としたのを見て、将軍は語気を強めた。「学生時代、オールストンといとこのイヴリン・フォルクスはとんでもない不良だった。二度退学になったが、復学できたのはひとえに父親のロクストンが公爵だからだ」

「ねえ、ウェイヴァリー、オールストンはいとこに引きずられただけだと思ったことはないの？　彼が悪いのではなく。そういうことって、よく聞くでしょう」

「たしかにその可能性はある」将軍は認めた。「だがオールストンの母親に対するとんでもない行為は、まったく別の問題だ。そうじゃないかね？　彼はエディプス・コンプレックスなのだという人間もいる」

侯爵未亡人はもぞもぞと落ち着きなく身じろぎをした。いらだちに口をとがらせる。

「それはそうよ、ウェイヴァリー。でも……ロクストンたちの結婚はふつうとは違うわ。そしてそういう状況は、感じやすい若者にはなかなか理解できないかもしれない」彼女は手首をひと振りして扇を広げ、気を取り直して反撃した。「それにあの晩の出来事の本当のところは、部外者には決してわからないわ。なんにせよ、あの若者の頭はすっかり回復しているようだし、いつまでも昔のことにこだわらないほうがいいんじゃないかしら」

これにはウェイヴァリー将軍も言い返せず、代わりに別の質問をした。「ロクストンのもうひとりの息子も頭がどうかしているという噂があるが、そちらはどう思う？　難産のせいだっていう話だが。ときどき発作を起こすから、歩けるようになってからは、いつも医者が付き添っているそうだ。あれはなんと言うんだったか……そう、てんかんだ！　やはりあの一族には、悪い血が流れているんじゃ――」

ハリエットは鼻を鳴らして一蹴した。「くだらないたわごとね！」

5

満月の光が地面の上の砂利を青白い光で照らしているが、玄関前に張り出した屋根の下には、家まで歩いて帰る人々にわずかな駄賃で付き添うろうそく持ちの少年たちがたむろしていた。椅子かごも待機していて、まわりで人夫たちが噂話や猥談《わいだん》に花を咲かせている。道に止まっている馬車は踏み段をたたみ、扉を開け放して、お仕着せ姿の従僕が主人を待っていた。ひんやりした夜気の中に出たデボラはこうした周囲の光景を見て取り、ろうそく持ちの少年が近づいてくるのを見て、決まりの悪い思いに駆られた。マントもまとわず、ひとりでこんなところに立っている女性はほかにいない。

「きみのダンスはすばらしかったと褒めさせてもらいたいな、ミス・キャヴェンディッシュ。それとも、あれは相手の男のおかげかい？」建物の陰から、男らしい声が聞こえてきた。

彼女は手を振って、ろうそく持ちの少年を断った。

「あなたが暗がりで待ち伏せしていても、ちっとも驚かないのはなぜかしら、ミスター・ヘシャム？」そっけなく返したが、今朝手ひどくはねつけたのに彼がこうして追ってきたことを喜んでいる自分に腹が立つ。「放蕩者のあなたは明るいダンスフロアよりも、薄暗い路地で女性と会うほうがわくわくして好きなのかしらね？」

ジュリアンがにやりとする。

「ぼくは放蕩者ではないし、そうなりたいとも思っていないのに、きみは決めつけているんだな。さあ、こっちにおいで。噛みつきやしないから」

「どうしてダンスフロアで見かけなかったのかしら」無頓着な口調を装って尋ねる。「ダンスは嫌いなの？」

「まわりから注目されるのが嫌いなだけだ」

「なるほど！　注目されるだなんて、あなたは自分をたいそう高く評価しているようだけれど、まわりもそう思ってくれているといいわね」

「ぼくが気になるのは、きみからどう思われているかだけだ」狭い路地へと彼女を導きながら、ジュリアンは静かに言った。

デボラはつかまれた手を引き抜こうとしたものの、彼は放そうとしない。

「ごめんなさい。ばかなことを言ったわ。必要もないのに」謝って彼を見あげたが、それが間違いだった。やさしい緑色の目に吸い込まれそうになり、思わず視線をそらす。

「きみにさよならを言いに来たんだ」

デボラはびくっとした。

「どこかへ――行ってしまうの？」

驚いて落胆した彼女の様子に、ジュリアンは微笑んだ。

「ほんの二、三日ね。両親に元気な顔を見せに行くのさ」

「そう」失望を声に出さないように注意しながら、デボラは少し身を引いた。急に寒さが身にしみて、ぶるりと震える。「もちろん、ご両親のところへは行くべきよ。あなたが元気かどうか、きっと心配していらっしゃるもの」彼が笑みを浮かべているのに気づいて、挑むようにつけ加えた。

「戻ったら、きみの屋敷を訪ねてもいいかい？」「わざわざ教えに来てくれる必要はなかったのに――」

「――顔見知り程度の知りあいなのに」

「その程度なのか、ミス・キャヴェンディッシュ？」ジュリアンは軽い口調で問い返した。「すべてのうわべをはぎ取られた状態のぼくを見ているのに」彼女を引き寄せる。「今朝言ったことに嘘はない。おいおい、ぼくの頭を噛みちぎりたいとでも思っているような目をしないでくれ。ぼくは放蕩者ではないし、ふざけてもいない。本気なんだ」

「わたしのことを少しでも好きなら、こんな人をばかにしたまねはすぐにやめて！」

「心から真剣だと誓うよ」彼女の耳元でささやく。

デボラは喉がぎゅっと締めつけられた。彼といると、どうしてこんなに感じやすくなってしまうのだろう？　ほかの男性は彼女の心の壁を突き崩せなかったのに。ジュリアンには怒りしか感じたくない。ロバート・セシガーにそうしたように、彼のことも冷たく拒絶したい。これまではいつだって、感情より理性が勝っていた。それなのにいまは、よく知りもしない男性の前で膝に力が入らなくなっている。いったいどうしてしまったのだろう？　こんなふうに警戒心を投げ捨ててしまいたくなるのは、パリにいるオットーのもとに向かったとき以来だ。あのときは理性ではなく心に従ったけれど、その決定を後悔したことはない。オットーはデボラを必要としていたし、彼女は心から彼を愛していた。でもオットーは兄で、いま目の前にいる男性は違う。オットーのときは妹としての献身が兄の愛によって報われると一瞬も疑わなかったが、彼とはそうはいかない。

実際、ジュリアンは兄という存在からはほど遠い。いますぐ手を離すように要求して、ダンスフロアに集う人々のあいだに戻るのが賢明だ。そうわかっているのに、デボラは彼にまわされた腕を振りほどこうともしていなかった。ジュリアンの体の感触に、あたたかさに、かすかに漂う男性的なコロンの香りに感情をかき乱され、ぞくぞくする。取り返しのつかないまねをしてしまう前に、彼女は自分を取り戻そうとした。

「あなたが名誉を重んじる紳士なら、わたしには近づかないほうがいいわ。だってわたしには……評判の悪い過去があるんですもの！　一八歳のときに家を飛び出したのよ」複雑な形に整えられたクラヴァットに向かって、デボラは言葉を絞り出した。「良識のある人たちには、わたしは突飛な行動をする人間だと見なされているの」ジュリアンが何も言わないので、ちらりと見あげる。「いとこのヘンリーや兄のオットーと同じような。ヘンリーは科学者だし、オットーはすばらしい音楽家だった。こんなわたしと結婚したいなんて――」

「ありえない？」ジュリアンが微笑みながら彼女の目をのぞき込む。「ぼくは本当に結婚したいんだ」

「森で甥とヴィオラを弾くような女と?」

彼は喉の奥で低く笑った。「コルセットもつけずに!」

「兄のジェリーが禁じているにもかかわらず」

「なるべく早くきみを妻にしたいとはやる気持ちの、障害になりそうな唯一の人物だな」

デボラは目をしばたたいた。「コルセットもつけずに、ですって?」

その言葉を彼女が遅れて理解したのを見て、ジュリアンは心の中で微笑んだが、まじめな表情は崩さなかった。

「ああ、コルセットもつけずに」淡々と繰り返し、デボラの顎を軽くつねる。「夫として言わせてもらうと、人前ではつけてほしいな。だが、ふたりだけになったら……」キスをしようと顔をさげながら、ジュリアンは一瞬われを忘れて彼女を胸に引き寄せた。もう一度、ストッキングに包まれた長い脚の重みを腿の上に感じたくてたまらない。「まったく、このふわふわしたペチコートが邪魔だ……」

「お願い! やめて!」デボラは彼を押しやりながらも、思わずキスを返していた。「わたしは一度も——あなたにキスを許したからといって、簡単につけ入ることができる女だと思わないで!」

下腹部が痛いほどうずいていたが、ジュリアンは我慢して彼女を放した。「きみにつけ入ろうなんて思っていない。そういう事態がきみの身に降りかかることはないとはっきりさせるために、ここへ来たのだから」彼女が理解していないのを見てため息をつき、わざとふざけた口調で続ける。「ぼくたちのあいだに何か問題になるものがあるとすれば、それはコルセットではないし、逆にコルセットをつけていないことでもない。きみのお兄さんのジェラルドなんだよ、うたぐり深いお嬢さん。彼はきみの兄で、キャヴェンディッシュ一族かもしれないが、退屈きわまりないおべっか使いで、おまけに彼のフランス語ときたらひどいものだ。ぼくは絶対に彼を泊まりに来るよう招待したりしない。夕食に招待するくらいはしかたがないが、泊めるとなると話は別だ。絶対に許さないよ」

デボラは体の力を抜き、笑ってしまいそうなのをこらえた。「ジェリーが問題ですって？　あなたって人は、まじめになることはないの？」

ジュリアンは彼女の顎の下に指を差し入れ、上を向かせた。「こんなにまじめだったことはないよ」

デボラが真っ赤になる。「弾をこめた拳銃を持ち歩くのはいいの？」

「ああ、それもあった。拳銃はだめだ。射撃が好きなら、うちにいる雉《きじ》を相手に思う存分撃てばいい。だが、拳銃を持ち歩くのは許可できないな」

彼女はごくりとつばをのみ込み、気乗りしないながらも相手をあきらめさせるために、最後にもう一度だけ試みた。「わたしは二一歳になるまでは兄の監督下にあるの。兄は絶対に許さないわ――」

「ぼくはきみを誤解していたんだろうか、ミス・キャヴェンディッシュ？」ふたたび彼女に腕をまわして、ジュリアンはささやいた。今度はわずかに開いた彼女の唇をつぶさないように、そっとキスをする。「きみとぼくの心は共鳴していると思っていた。きみもひと目ぼれを信じるだろう？」

その言葉が心の深い部分に触れ、デボラはジュリアンにキスを――ちゃんとしたキスを求めていた。彼の唇の羽根のように軽い感触にこめられた約束がこのうえなくみだらに感じられ、奇妙なほど興奮する。まるで全身の感覚が一気に目覚めたかのようだったが、中でも驚いたのは、体の奥深くからわきあがるあたたかくてふわふわした感覚だった。それなのに同時に胸も締めつけられて、息が止まりそうになる。

「なんてうぬぼれ屋なの」彼の首に腕を巻きつけ、飢えたように唇を押しつけた。

満月なので、陰にいても人目は防げない。詮索好きな人々がアッパー・アセンブリー・ルームから出てくると、どうしても見えてしまう。実際、半ダースもの人々の目がオールストン侯爵の広い背中に釘づけになっていた。暗赤色のベルベットの服を着た紳士が、抱きあっている男女を見きわめようとマラッカ杖を振ってろうそく持ちの少年ふたりを呼び寄せ、建物の陰を照らすように命じる。玄関の外の張り出し屋根の下から動きや物音が途絶え、静まり返った。暗がりで抱きあってキスをしている男女を見つけた衝撃で怒りに駆られた女性たちが数人、扇を持ちあげてひそひそとささやき交わしている。アッパー・アセンブリー・ルームの舞踏会でこんな不道徳なふるまいをするなんて言語道断だ。年頃の娘ふたりを連れたメソジスト派の貴族女性は感じたままを声を張りあげて表明したので、通りに立っている人間にまで彼女の毒舌が届いた。

「赤くなって当然ですよ、レイチェル。こんなみだらな行為を見せつけられたら、バースじゅうの女性が赤くなるに決まってます！　アッパー・アセンブリー・ルームに来たのだと思っていたけれど、どうやら売春宿に迷い込んでしまったようね！」

玄関の近くにいた男性が皮肉な笑い声をあげ、女性がひとり神経質にくすくす笑う。ところが突然オールストン侯爵が広い肩でデボラを慎重に隠しながら振り向き、無言の怒りをこめてあたりを見まわすと、人々はあわてて別れの挨拶を再開した。侯爵がメソジスト派の貴族女性を尊大な表情でにらみつける。

レディ・ライギットは玄関の外にいた人々が口をつぐみ、意味ありげな視線を自分に注いでいるのに気づいていぶかしんだ。そして建物の陰にいる男女に目を戻し、目がくらむほどの衝撃を受けた。これは光のいたずらに違いない。凹凸のはっきりした顔立ちと長身でがっしりした体つきは、オールストン侯爵そっくりだ。双子だと言っても通るだろう。でも、侯爵がパリにいるのは周知の事実のはず。それとも違うのだろうか？

レディ・ライギットは立ったまま動かない男を穴が開くほど見つめた。高飛車な軽蔑の表情に、思わず膝をかがめてお辞儀をしてしまう。彼がロクストン公爵の跡継ぎではないという可能性に賭けるようなまねは、したくなかったのだ。顔をあげると相手は背中を向けていて、彼女は娘をいつか公爵夫人にという野望がついえたことを悟った。

デボラは乱れた髪に手をやり、おくれ毛をピンで留めるのに忙しかった。レディ・ライギットの侮蔑のこもった発言は聞こえたものの、彼女がジュリアンに膝を折ってお辞儀をしたところは、彼がその長身で好奇心に駆られた人々の目をさえぎってくれたおかげで見ていなかった。髪を整え終えると、デボラは彼のうしろから出た。幸い人々はあらかた散っていて、レディ・ライギットの馬車も走りだしている。

「あのメソジスト派の女性に何を言われても、気にする必要はないわ」デボラはさりげなく言った。「彼女はわたしみたいなはみ出し者の存在を受け入れられないのだけど、妙なプライドから、キャヴェンディッシュ家の一員であるわたしを無視もできないのよ。そしてキャヴェンディッシュ家の者は、社会的地位のよくわからない男性と建物の陰で戯れたりしないものなの。彼女がこのことをメアリーに言わないでくれるといいんだけど……」

「レディ・ライギットはロンドンで急な予定があるらしいから、すぐにバースでの滞在を切りあげるさ」

デボラは眉をあげた。「なぜ彼女の名前を知っているの？　わたしは教えていないのに」

ジュリアンが表情をやわらげ、にやりとして彼女の顎の下を撫でる。

「森で見つけたからといって、ぼくは人里離れたところにぽつんと生えているきのこではないんだよ」

「まあ、わたしったらばかね！」デボラは狼狽した。まつげを伏せ、ためらいがちに尋ねる。

「きっとロンドンでレディ・ライギットと知りあいだったのね。だって彼女には――」

「――結婚適齢期の娘がふたりいる」ジュリアンが言葉を引き取った。デボラがうなずいて目をそらすのを見て微笑み、彼女を引き寄せる。「でも、ぼくは彼女の娘たちにキスしたいとは思わない」

その言葉を聞いて、デボラは自分でも認めたくないほどうれしかった。それでも疑いはぬぐい去れない。「明日になったら、きっと後悔するわ――」

「後悔などしないさ。戻ったら、馬車に乗って出かけよう」

「そのあとは？」

「それはきみがどうふるまうかによるね」

デボラは彼の刺繡入りのベストの襟に引っかかっていた髪を引っ張ってはずした。

「もしわたしがちゃんとふるまわなかったら？」

ジュリアンは低く笑い、彼女の額にそっとキスをした。

「そうしたら形式的な手続きは飛ばして、未来に向かって突っ走ろう」そう言ってお辞儀をしたものの、動きはわずかにぎこちない。「では、ミス・キャヴェンディッシュ、あなたに求婚する許しをもらえるのなら――いや、これでは堅苦しすぎるな。デボラ、お願いだ。ぼくの妻になってくれないか？」

「ああ！　そこにいたんですね、ミス・キャヴェンディッシュ」そのとき、張り出した屋根の下から呼びかける声がした。

ロバート・セシガーが彼女のマントを腕にかけ、軽やかに階段をおりてくる。

デボラはジュリアンの求婚の言葉に答えないまま、急いで明るい場所に出てロバートに歩み寄った。何者とも知れぬ男と暗がりで話していたなんて、彼に知られたくない。質問攻めにされるのはいやだし、失望したロバートに淑女らしからぬ行動を非難されるのはまっぴらだ。いたたまれない状況を想像して狼狽していたデボラは、ロバートのあとからメアリーが出てきて扇を振りながら呼びかけてきたのでほっとした。

「レディ・メアリーだわ。ごめんなさい、行かなくては」

ロバートはデボラにマントを着せながら、暗い路地に目を凝らした。大柄な男の影が見えた気がしたのだ。砂利を踏む足音が遠ざかっていくのを聞いて、それが見間違いではなかったと確信した。

「震えているじゃありませんか、ミス・キャヴェンディッシュ」やさしく声をかけながら、彼女がどんな男と一緒にいたのか、あとで必ずろうそく持ちの少年たちにきこうと思った。「あなたが風邪を引くようなことがあれば、ぼくは自分を許せませんよ。レディ・メアリーの馬車まで送らせてください」

動揺がおさまらないまま、デボラはいつの間にかロバートに背中を押されてメアリーの横にいた。ちらりとうしろを振り返ったが、さっきまで一緒にいた男の姿はどこにもない。オクタゴン・ルームにいきなり現れたときと同じで、まるで魔法のように消えていた。心が沈んでいくのを感じながら、思いをめぐらせる。これからどうなるのだろう？　ジュリアン・ヘシャムは本当にまたバースへ戻ってきて、馬車で家まで誘いに来てくれるのだろうか？

6

書類に署名をしたロクストン公爵は、にじみ防止用の粉で乾かすために秘書に渡した。片づけなければならないことがすべて終わったので、インク壺に羽根ペンを立て、手を振って秘書を退ける。秘書は彼が立ちあがるのを助けようと、椅子の横でマラッカ杖を持ち、腕を差し出して待っていたのだ。

これまで生きてきて歩くのに支えを必要としたことはないし、この先もなるべくなしですませるつもりだった。杖を使えば呼吸が楽になり、肺の重苦しさが改善されると医者は言う。たしかに理屈ではそうなのだろうが、ほんの一カ月前まで毎朝夜明けとともに起きて乗馬を楽しみ、夜ふかしを習慣としていた男にとっては、病と死の象徴とも言える杖のたぐいは最後の息を吐く瞬間まで抵抗すべきものだった。秘書は主人のそんな思いを重々承知しているのだが、オックスフォード大学を卒業したばかりという若さから、何かしたくてしかたがないのだ。若い秘書は主人を畏れ敬うとともに、公爵夫人にほんの少し恋心を抱いている。そう考えて、ロクストン公爵はひそかに微笑んだ。とはいえ、彼の美しい妻に恋心を抱かないでいられる男などいるのだろうか？　正直に認めると、この先まだ何年も生きつづけようといまの彼を奮い立たせているものは、妻の生き生きとした活力や若さ、そして底のない楽観主義だ。

秘書をさがらせたあと、公爵はしばらくマホガニー材の広い机のそばにとどまり、書斎の反対側にいる跡継ぎ息子へと目を向けた。息子は彼と話そうと、すでに一時間近く静かに待っている。だが公爵は、いま自分の心を占めている問題にどう対処すればいいか迷いがなくなるまで、息子と話を始めるつもりはなかった。しかし、ジュリアンは待つのを苦に思ってはいないようだ。昨日の新聞を持って書斎の奥のソファに寝そべり、タペストリークッションの下に片手を差し入れて、くつろいだ様子で読んでいる。

ロクストン公爵は細長い部屋の奥までゆっくりと歩いていき、ふたつ目の暖炉に白い手をかざしてあたためた。振り返ると、ジュリアンは刺繍を施したシルクのフロックコートのポケットに両手を突っ込んで立ち、父親が声をかけてくるのを待っていた。

タペストリー地の呼び鈴のひもを引っ張ると、執事が足音を立てずに主人の横へ来た。公爵がひとこと命じると執事はさがり、しばらくすると朝食をのせたトレイと銀のコーヒーポットを持った従僕を連れて戻ってきた。執事がソファの横にある低いテーブルの上の専用台にコーヒーポットを置く。執事がいるあいだ、父と息子はどちらも口を開こうとせず、それぞれの思いにふけっていた。ようやくふたりきりになり、公爵はふたたび暖炉のほうを向いた。息子が磁器製のマグカップふたつにコーヒーを注いでテーブルの上に置くと、父は手をひと振りして許可を与え、息子はあたたかいロールパンとハムを何枚か、それにパイひと切れを皿にのせた。

「おまえの母親が、おまえは朝食をとりに〈牡牛《おうし》と羽根亭〉に行くつもりはないようだと言っていた」公爵はマグカップを取って、炉棚の上に置いた。「あそこで出すものは嘆かわしいほどまずいのか？　あるいは、外にも行かず、ここでずっと待っているほど、わたしと話がしたかったということか？」

ジュリアンは父親を見あげたが、黙ったままふたつ目のロールパンを食べ終え、皿を押しやった。コーヒーを飲み干し、二杯目を注ぐ。

「〈牡牛と羽根亭〉の料理はなかなかいけますよ。とくに鹿肉のパイは絶品です」

公爵はうっすらと笑い、かぎ煙草入れを取り出した。

「それはよかった。おまえがこれからも絶品の鹿肉パイを楽しめるように、鹿の頭のコレクションを増やさなくてはならないな。ところで、おまえが何か大事な用でも抱えている最中に呼び出してしまったのではないといいんだが」

「父上からの手紙には、都合をつけてなるべく早く来るようにと書いてありましたから、そうしたまでですよ。お元気そうで何よりです」

「社交辞令は省いていいぞ、ジュリアン」公爵はぶっきらぼうに言った。「この前パリで会ったときから、わたしの体調はよくも悪くもなっていない。食欲が戻っているところを見ると、おまえはその――不運な出来事からすっかり回復したようだな」

「ええ。父上には迷惑をかけてしまって申し訳ないと――」

「それは剣を交える前に考えるべきことだった！」公爵は冷ややかに言い放ち、話の最初から感情的になってしまった自分に腹が立って、火のほうを向いた。心を静めて先を続ける。「あのばかどもは、おまえが直接相手をする価値もなかった。それをあんなふうに戦うとは」

父親のこわばった背中と雪のように白い髪を見つめ、ジュリアンはそっと微笑んだ。彼は父親のことを、自分のことよりもよく理解している。父は息子を心配する気持ちを怒りで隠しているのだ。

「戦わざるをえないように仕向けられたんですよ」静かに説明した。「ルフェーブルと息子たちはドーヴァーからつけていたんです。エイヴォンの森で襲われるまで、まったく気づきませんでした。あの父親は必ず復讐《ふくしゅう》すると決めていて、いくらぼくが違うと言っても、耳を貸しません。被害者意識に凝りかたまっていて、理屈で説明しようとしても通じやしない。そんなやつに、おまえなど相手にする価値もないなんて言えると思いますか？」

公爵は火からはずれてしまった薪《まき》を、黒い革靴の先で真ん中に押し戻した。靴のバックルのダイヤモンドがきらりと光る。

「最近の若者たちには、決闘の武器として拳銃の人気が急速に高まっているのは知っている。だがわたしに言わせれば、敵と戦う武器として拳銃は洗練されているとは言えないし、正確さに欠ける。しかし細身の剣なら、狙いどおりの場所を突きさえすれば、現場を汚さずにきれいに片がつく。目障りなものを排除しようというときに取りうる、紳士らしい手段だ。その父親の決意を前にして、おまえは何年もの訓練の成果を忘れてしまったのか？」

「いいえ。あの訓練があったからこそ、ルフェーブルのふたりの息子を撃退できたのです。ふたりは父親の命令で、すぐに手を引きました。でも父親を殺してしまわないようにしながら、うまく自分が刺されるように持っていくのは少しばかり骨でしたね。ルフェーブルにとどめを刺せる機会は、少なくとも四回ありました。だがぼくの目的は、深手を負わないようにしながらぼくの血をやつに流させて、満足させることだったので」

公爵は大いに驚いて息子を見た。

「おまえがそういうつもりだったのなら、うまくやってのけた技術を称賛せざるをえないな。だが、わざわざそんな手のこんだやり方をしなければならないと考えたおまえの思考回路には驚くよ。なぜやつらをただ片づけて終わりにしなかった？」

「父上が言われたとおり、やつらには直接ぼくが手にかける価値がないからです。それに父親の徴税請負人は……」ジュリアンは自分を見つめている父親と目を合わせた。「年寄りです。年寄りはベッドの上で死ぬべきですからね」

しばらく間を置いて、公爵は白い頭を垂れた。かぎ煙草を吸い、火のほうを向く。その背筋はぴんと伸びているものの、息をするたびにぜいぜい音がして、ジュリアンには父親がそうするのに多大な努力を払っているのだとわかった。父親の体調を考え、言うべきことをすみやかに言わなければならない。

「ルフェーブルを殺していたら、ぼくに対する訴追は、より厳しいものになったでしょう。やつの弁護士たちは一気に攻めてきたはずです。ぼくは犯してもいない罪への訴えを受けて立ちます。臆病者という烙印《らくいん》を押されることなく。それでじゅうぶんではないですか？　ぼくたち貴族には争いに決闘で決着をつけられるという特権があり、それはそれで便利です。敵は沈黙し、訴訟は取りさげられるでしょう。でも、それではぼくに対する疑いは晴れないままです」

「教えてくれ。なぜ約束不履行で訴えられそうになどなっているのだ？」

「向こうの言い分をご存じなら、それがすべてです」

「そうなのか？」公爵は冷笑した。「では、あの父親の主張には根拠があると考えていいのか？」

「イースト菌だけではパンは作れません」

「明らかにそうだ。だがイースト菌が、パンには不可欠なものであるのもたしかだ」

ジュリアンは豊かな黒髪をかきあげた。いったん暖炉から遠ざかったあと、くるりと向きを変えて引き返し、父親の前に立つ。

「父上を巻き込むつもりはありませんでした」

「おまえはわたしの息子だ。父親のわたしが巻き込まれないわけはない。なぜルフェーブルは、おまえが娘に求婚したと頑固に思い込んでいるんだ？」

「見当もつきませんよ。ぼくが求婚したなんて、あまりにもばかげています」

「そのとおり、ばかげている」ロクストン公爵は同意し、半世紀にわたって女性との経験を重ねてきた貴族ならではの冷静な目で息子を見つめた。「おまえは――つまり、情熱にわれを忘れた瞬間に、その女性に誤解させるようなことを言ったのではないか？」

ジュリアンは唇をゆがめ、父親の目をまっすぐに見つめた。「ぼくはすでに結婚しているという事実を考えると、その質問は非現実的ですね」

「そうとは思っていたが、おまえの口から聞いて安心したよ」

「では、ぼくが妻に会いにバースへ行ったと言ったら、喜んでいただけるでしょうね。そろそろ名前だけの結婚を本物にする頃合いかと思いまして」

公爵は喜んだ。一〇年近く前にあわてて決めた息子の結婚が、実質を伴った法的に一点の曇りもないものとなることがうれしかった。息子はもう、夫としての責任を引き受けていい年齢だ。できればそう遠くないうちに、父親としての責任を負う姿も見てみたい。医師に気の滅入るような診断を受けて以来、公爵は自分の血筋が未来に向かって続くところを確実に見届けたいと思うようになっていた。

「マーティンが彼女を褒め称えたのが功を奏したのか？」公爵が珍しく黒い目に喜びをあらわにして尋ねた。

「マーティンの描写が誇張されていたかという質問なら、答えはノーですよ」ジュリアンは肩をすくめた。「デボラは美しい。でも美しいだけの女性なら、ほかにもいます。彼女は、たとえて言うなら女戦士でしょうか。すらりとして力強く、気性も激しい。はっきりと意見を述べ、自分が何を求めているのかよくわかっている。そして、それは悪いことではないんです。頭が空っぽのおとなしいだけの女性よりもいい」

公爵の薄い唇の端がぴくりと動いた。

「それはそうだ。だが、彼女のほうはおまえを望んでいるのか、ジュリアン?」

ジュリアンはふたたび肩をすくめた。

「バースで最後に会ったとき、彼女はジュリアン・ヘシャムに恋をしかけていました。二週間も離れていれば恋しさが募って、ぼくがバースに戻れば、すぐに結婚してくれるでしょう」

「彼女に真実を告げず、だます必要があるのか?」

「彼女は結婚した晩の記憶がまったくないんです。真実を知ったら衝撃を受けて、ぼくに反感を持つかもしれない。本当の感情に関わりなく。そうなったら、どうすればいいんです? たとえ妻でも、その気のない女性とベッドをともにしたくはありません」ジュリアンは皮肉な笑みを浮かべた。「だから彼女にはまず、爵位などないふつうの男だと思わせるべきだという結論に達しました」

公爵は興味をそそられた。

「そこまで考えているとは恐れ入る。おまえの道徳観はわたしよりずっと高い」

「そういうわけではありません」ジュリアンは淡々と言った。「父上も同じ気持ちだと思いますが、ぼくは自分の妻が誘惑されて重婚罪を犯すところを見たくないんです。相手がいとこのイヴリンでも、どこかの名もない求婚者でも、あるいはマダム・デュラス・ヴァルフォンスの息子でも」

「だがそれはそれとして、徴税請負人から娘を誘惑して捨てたと訴えられている件からは、まだ解放されたわけではない」公爵は自分の過去にも関わる不快な話題から、さりげなく離れた。

彼と同年代の貴族の中には、恥ずかしげもなく嬉々《きき》として婚外子を認知する者もいる。しかしロクストン公爵は強烈なプライドと自負心から、決してその仲間に入ることはなく、マダム・デュラス・ヴァルフォンスの衝撃的な主張についても、跡継ぎである息子に対して一度も弁明しなかった。けれどもいま、息子のさりげないひとことに、彼は自分でも認めたくないほど心が痛んだ。

「マドモアゼル・ルフェーブルは警察への供述で、自分を誘惑したのはオールストン侯爵だと名指ししている」

ジュリアンは苦笑した。「あのお涙ちょうだいの供述書ですか？　舞台の台本にするのなら、いいかもしれませんね」

公爵は冷めた目で息子をじっと見た。「わたしもこの年だ。いろいろ見てきたから、おまえに何を打ち明けられても驚きはしない」

「先ほども言いましたが、ぼくはその気のない女性とはベッドに行かないんですよ」

「ルフェーブルの弁護士は、彼女が結婚の約束で誘惑された証拠があると言っている」

「言うだけなら、なんとでも言えますからね。でも、それは嘘です」

公爵はうなずいた。

「おまえを信じよう。この件は、わが国駐在のフランス大使の耳にも入っている。ギーヌ公はおまえに同情的だ」いらだちのあまり、ため息をつく。「しかし残念なことに、ギーヌ公やパリにいる彼とつながりのある者たちには、娘の父親を黙らせる力はない。ルフェーブルは徴税請負人という職業柄、パリでは貴族以上の権力を握っている。それに自分が正しいと信じきっているから、名誉を傷つけられた復讐を果たすまで絶対にあきらめないだろう」公爵は冷ややかに笑った。「やつは自分の力を過信している。おまえに決闘を申し込む権利があると思うなど、うぬぼれもはなはだしい！」

ジュリアンは父親に小さく頭をさげた。「ぼくは自分の名誉を必ず回復するつもりです。法廷に持ち込むというのなら、そうさせればいい」

「その気持ちは買おう、ジュリアン。だが、おまえには受けて立つ義務はない。相手が同じ貴族なら、おまえの当座しのぎの決闘劇でやつの面目は立ち、この件は終わっていただろう。とにかくおまえは英国貴族なのだから、フランス国王の特使がわが国の王に直接要望を提出するなどという事態にならなければ、フランスの法が支配する法廷に引き出されることはない。そしてフランス大使は、そのような要望は提出しないと約束してくれた。徴税請負人の父親は、いくらでもわめき立てるがいい。いまに正気に返って、手を出せない相手に戦いを挑んでも無駄だと悟るだろう。この明白な事実を理解すれば、やつは自らにふさわしい場所へと、這いつくばって戻っていくに違いない」

ジュリアンはにやりとした。「まわりに何を言われようが、超然としていられる父上がうらやましいですよ。ゆったり構えていれば物事が正しく解決すると信じるその冷静さが、ほんの少しでいいからぼくにもあればと思います。でも、ほとぼりが冷めるまでただじっとしているなんて、ぼくにはできません」表情を引きしめて続ける。「今回の件は、ぼくたち一族の名前を傷つけるために仕組まれたものではないかと思うんです。徴税請負人の娘は駒として使われただけで。ルフェーブルの影響力や、彼がここまでする動機はちゃんと理解しています。公正な結果を得るために自らことを起こすというぼくの決断が父上を失望させるものだとしたら、申し訳ありません」

息子の決断に公爵は驚かなかった。この子は母親の気性を受け継いでいるのだ。彼女と同じ、澄んだエメラルドグリーンの目も。

「おまえに失望などしないよ、ジュリアン」

じつは公爵も、誤解が絡んでいるとしか思えないこの複雑な状況には、ひとりの娘の貞操が不当に奪われたという事実とは関係ない別の事情があるのではないかという気がしていた。息子も同じ結論に達していたことには驚いたが、いまはまだふたりでそれについて話しあうつもりはなかった。

「わたしはまだ、ヴェルサイユではそれなりの影響力を持っている。しかしパリとヴェルサイユとでは、まったく別の政治力学が働いているのだ。フランス国王でさえ、議会を制御するのに苦労している。だがおまえの弁護士がこれからどんな行動を起こすのを最善と考えるにせよ、おまえたちの新婚旅行が終わってからにさせよう。わたしはわたしで、できることをする。それともこれは余計な手出しというものかな?」

「いいえ、父上。ありがとうございます」ジュリアンは心から感謝すると、父親の差し出した長く白い手に唇をつけた。

7

メアリーがミルソム・ストリートにあるデボラのタウンハウスに足を踏み入れると、中は混乱状態だった。執事に客間へ通されたが、旅行用のトランクが積みあげられて廊下が狭くなっており、彼女はフープを入れてたっぷり広げたペチコートをつまんで、カニのように横歩きで進まなければならなかった。ソンダースは不便をわび、玄関の前で待たせてしまったことについても謝罪した。彼は具合が悪くて休んでいたのだが、従僕のフィルが見当たらなかったのだという。メアリーの頭上から、弦楽器の美しい旋律が聞こえてくる。突然、屋敷の奥から叫び声とフランス語で罵る声が響いてきた。ソンダースが客間の扉を閉めていなかったのだ。おそらく犬と思われる動物――大型のネズミでないようにメアリーは祈った――がぴかぴかに磨かれた廊下の木製の床を滑っていって大きな旅行鞄《かばん》に衝突したあと、階段をはずむように駆けあがって視界から消えていくのを、彼女は目を丸くして見守った。その動物のあとをエプロンをつけた太った女性が、小麦粉まみれの白い拳を振りあげて追いかけている。

ソンダースは日々辛抱を重ねている人間ならではの大きなため息をつきながら、お辞儀をして部屋を出ていった。

それからほどなくして客間の扉が勢いよく開き、赤銅色の巻き毛が目の上にかぶさった脚の長い少年が、元気いっぱいの足取りで部屋に入ってきた。手に持った綱には大きなネズミがつながれている。メアリーは目を凝らし、大きなネズミと思ったものが子犬であることを確認した。犬に疎い彼女には種類も性質もわからない。それでも犬にありがちなある行動だけは知っており、彼女はふんわりとふくらませたペチコートを手で押さえながら、ソファの上で身を縮めた。

「伏せだ、ネロ！　伏せ！」ジャックは命令しながら、子犬の首につないだ綱を引っ張った。膝をつくと、子犬が彼の顔をぺろぺろと舐《な》めまわす。「ようし、いい子だ！　よくやったぞ！　こんにちは、メアリーおばさん！　おばさんが来るって、ソンダースが教えてくれたんだよ」彼はお辞儀をした。「デボラおばさんは二階にいる。ぼくが作った曲を一緒に練習していたから。こいつはネロといって、親友のハリーにもらったんだ。噛んだりはしないけど、人に飛びつくの。だからデボラおばさんが、お客さんが来るときは綱をつけるようにって。それにアリスは犬が好きじゃないから。だけどデボラおばさんはこいつが好きだし、ぼくがいないあいだはジョセフが面倒を見るって約束してくれたんだよ。おばさんは犬が好き？　よかったらネロに触ってみない？」

「結構よ！　そう言ってくれるのはうれしいけれど遠慮しておくわ、ジャック。でも、ありがとう」メアリーは断ったもののやさしく微笑んでいたので、ジャックはネロに触るのを拒否されたにもかかわらず笑顔になった。

「サー・ジェラルドが飼っているビーグルと違って、こいつは嚙みついたりペチコートによだれを垂らしたりしないよ。ホイペットという犬で、とっても行儀がいいんだ」

「ここでしたか！」ジョセフ・ジョーンズの声がした。部屋に入ってきた彼は、メアリーがいるのを見てあわてたようにお辞儀をした。そこにネロが駆けていき、彼の手に鼻をすり寄せる。「失礼いたします、奥さま。さあ、その獣を連れて部屋を出ますよ、ジャック坊ちゃま」

「ネロは獣じゃないよ。まだ大人にもなっていないんだから」

「アリスにつかまったら、そいつはパイ用のひき肉にされてしまいます。とっておきのリブ付き肉が消えたのはその坊ちゃまのお友だちのせいだって、怒っていますからね。ご覧なさい。そのしっぽの揺れ具合を見ると、肉がこいつの腹の中にあるのは間違いないですよ！お邪魔して申し訳ありません、奥さま」

「ぼくたち、邪魔じゃないよね、メアリーおばさん？」

「ええ、ジャック。全然」メアリーは微笑みながら答えたが、犬が部屋の反対の端に行ったのでほっとしていた。

「一緒にいらっしゃりたいのなら、もう支度をなさったほうがいいでしょう。ミス・デボラが気を変えられる前に」ジョセフはジャックにそう言ったあと、メアリーにお辞儀をした。

「せっかくいらしていただいたのに、屋敷の中がごたついていて申し訳ありません。もうすハリーの家に招待されたんだよ。いまからジョセフが連れていってくれるんだ。ハリーはハンプシャーのお屋敷に住んでるの」ジャックはわくわくしている様子で説明した。「デボラおばさんのこと、気にしちゃだめだよ。最近、誰にもあんまり笑わないんだ。パリから手紙が届いたら機嫌がよくなるんじゃないかって、みんな期待しているんだけど。そうだよね、ジョセフ？」

「そういうことはよその人に言うものではありませんよ、ジャック坊ちゃま」部屋を出て扉を閉める直前に、ジョセフがそう言うのが聞こえた。

ソンダースが紅茶のトレイを持って現れ、デボラはすぐに来ると告げた。彼が出ていったとたんに廊下がふたたび騒がしくなったが、騒ぎのもとは外の通りに出ていったようで、そのあとはしんと静まり返った。メアリーはほっとして体の力を抜き、すぐに扉が開いてデボラが入ってくると、あわてて背中を伸ばした。

「とても信じられないわ！　小さな子犬一匹があれほどの騒ぎを引き起こすなんて」デボラがいらだった声で言う。彼女は執事の鼻先で扉を閉め、まくりあげていた男物の白いシャツの袖をおろした。従僕のものらしきそのシャツを、彼女はドレスの上に着込んでいた。「ジャックは子犬を見せに来たかしら。人懐っこいのよ。学校のお友だちのハリーからもらったんですって。ハリーに招待されて、ジャックはこれから彼の家に二週間ほど滞在するの」デボラは磁器製のカップに紅茶を注ぎながら、饒舌《じょうぜつ》に話した。ティーポットを置き、ミルク入れと砂糖壺をメアリーの前に並べる。それから窓際に歩いていって、大勢の人や馬車が行き交う通りを見つめた。「だめとは言えなかったわ。パリに行く計画は、また振り出しよ。でも、しかたがなかったの。あなたはうれしいでしょうね、メアリー。わたしがバースにとどまれば」

「ジェラルドが昨夜この街に到着したと知らせに来たのよ」メアリーは静かに言い、どこかうわの空な様子の義妹を鋭い目で見つめた。兄が来たと知っても反応しないという事実が、彼女がいつになく気もそぞろだと物語っている。「何かあったの？」

デボラは喉に奇妙な塊がこみあげて、答えられなかった。肩をすくめ、ひと握りの長い巻き毛を編んだりほどいたりしながら、窓の外に目をやる。もう何日もよく眠れず、頭の中がぐちゃぐちゃだった。すべては森で助けたあの男に、アッパー・アセンブリー・ルームの建物の陰でキスをされたせいだ。ジュリアンが約束を守るかどうか不安でたまらないけれど、そんな気持ちになる理由はない。彼はバースに戻ってデボラを馬車で公園に連れていくと言ったのだし、キスをされてからまだ一週間そこそこなのに、なぜこんなにも動揺しているのだろう？　八日はさほど長い期間ではない。彼の両親は国の反対側に住んでいて、まだ当分帰ってこないのかもしれないのだ。

でも、からかわれただけなのだという確信が日ごとに強まっている。彼は財産目当ての放蕩者なのかもしれない。男性がデボラに興味を示すのはたったひとつの理由から、すなわち財産が目当てなのだと、ジェラルドは何年もかけて彼女の頭に叩き込んでいた。兄によれば彼女は背が高すぎるし、歩き方は乱暴で、目は一般的に美しいとされている色ではない。たしかにデボラは、小柄でストロベリーブロンドと紫色の瞳を持つメアリーとは違う。

エイヴォンの森で血を流していたハンサムな男にのぼせあがるなんて、愚の骨頂だ。理性はどこへ行ってしまったのだろう？　メアリーは哀れみのこもった目で見つめていて、何よりのそのことにデボラは腹が立った。

「もう行って、ジャックの荷造りを終わらせてしまわなくては」そう言って、呼び鈴のひもを引く。「でないと料理人に夕食を用意してもらえなくなるわ。今朝だって、あんなにかんしゃくを起こしていたんですもの。せっかく来ていただいたのに、ごめんなさい。お義姉さまも、ジェリーが待っているから早く帰らなくてはいけないんじゃない？　いやだ、もう！　今度は何かしら？」

頭上でどすんどすんという音がした。それからブーツで床を歩く音、ネロの吠える声、どっと大笑いする声が続く。執事がひたすら我慢強い表情を顔に張りつけて入ってくると、メアリーは立ちあがった。

「あれはなんなの、ソンダース？」デボラは廊下を見渡そうとしながら尋ねたが、騒ぎは別の場所に移動していた。「料理人がネロに大包丁を振るったとか、ジャックが食料庫をあさっているのを見つけてフランス語で罵りながら追いまわしているとか知らせに来たのなら、聞きたくないわ。それとも、辞めるって言いに来たの？」

「違います」

「薄汚れた男の子と忠実な猟犬のコンビに立ち向かえるなんて、あなたは勇敢ね」

ソンダースは女主人の皮肉を無視した。「男性のお客さまです、お嬢さま。無理やり入っていらしたかと思うと、ジャック坊ちゃまとミスター・ジョセフと一緒に――」

デボラが何も言わないうちに、メアリーがさえぎった。「まさか、そんな格好で男性を迎えるつもりじゃないでしょうね――」

「このオリーブグリーンのペチコートのどこがいけないのか、わからないわ。いやだ、メアリー、ソンダースの前だからって、衝撃を受けたふりをしなくていいのよ」デボラは執事を意味ありげに見た。「ジャックとジョセフと一緒に入ったのなら、フォザリンゲイかウェイヴァリー将軍じゃないかしら。ふたりとも車椅子の助けを借りなくては移動できないから、わたしがいくらすてきな服を着ていても襲われる心配はないわね」

「デボラ！　お願いだから――」

「レディ・メアリーの椅子かごを準備させてちょうだい、ソンダース」

メアリーは腰をおろした。

「わたしは帰らないわ。ジェラルドにそう言われているの」

「まあ、ソンダース。口をぽかんと開けて、何を見ているの？」

執事はどうすればいいのか決めかねて、頑固なふたりのレディの顔を見比べている。彼はふたりのあいだで決着がつくのを待とうとしていたが、そもそもこの部屋に来た原因である客人に静かに声をかけられ、驚いて入り口からどいた。男は紹介を待たずに部屋に入ってきていた。

「そんなロマ族みたいな格好で男性をお迎えするなんて、淑女としてあるまじき行為よ」メアリーは不満げに鼻を鳴らし、義妹に苦言を呈した。「髪をとかしてもいないじゃないの。それに、それは男物のシャツでしょう!」

「誰のシャツかわかる?」デボラはからかった。

「そういう挑発的なことを言えば、世間の人たちが最悪な想像をするってわからないの? 昨日、わたしのところにミセス・ドーキンス・スマイスが来たわ――」

「もう、メアリーったら。ああいう人を、もっと上手にあしらえるようにならなくてはだめよ。またおべんちゃらを言われたんでしょう?」

「おべんちゃらですって?」メアリーはぽかんとした。「いいえ、おべんちゃらなんて言われなかったわ! わたしのことを思って、わざわざ来てくださったのよ。レディ・ライギットから話を聞いて、いま街じゅうを駆けめぐっている噂は本当らしいと知らせに。そうすればわたしからジェラルドに伝えて、しかるべき手を打てるから」

「メアリー? いったいなんの話よ? どうしてそんなふうにハンカチを手に持っているの?」

メアリーはぴんと背筋を伸ばした。手袋をした手で、白いハンカチをきつく握りしめている。「デボラ、先週アッパー・アセンブリー・ルームの建物の陰にいるところを目撃されたという噂は本当なの? ひとりではなく――」

「幽霊と一緒に？」

「レディ・ライギットが何を目撃したか、心当たりはあるんでしょう？」

「いいえ、ないわ」デボラはいたずらっぽく微笑んだ。「別のことに気を取られていて、彼女に気づくどころではなかったから」

「じゃあ、本当なのね」メアリーは打ちのめされた声を出した。「あなたは放蕩者の男にキスを許したの！　なんて——なんてふしだらな」

デボラは笑ったが、目は少しも笑っていなかった。

「ふしだら？　そうね、彼が放蕩者かどうかは知らないけれど」

「みんなにじろじろ見られて身持ちが悪いと噂されているのに、面白がっているの？」

「みんながわたしをどう思おうとかまわないわ！」デボラはそう言い放ったが、本当は義姉にまでふしだらと思われて傷ついていた。

「ああ、デボラ、あなたがそんなふうに言うのを聞くと、いい結婚をしてもらいたいと思っているのが不毛な望みに思えてくるわ。ジェラルドがあなたに絶望しているのも当然——まあ！　どうして——なぜあなたが？」メアリーが口ごもり、いきなり黙りこくった。

窓から外を見ていたデボラが振り返ると、森で助けた男が見つめていた。ぴったりしたもみ革のブリーチズと袖口に刺繍を施したダークブルーのフロックコート、ぴかぴかに磨いたブーツという乗馬用のいでたちだ。閉めた扉に広い肩をもたせかけて腕組みをした彼は、楽しそうに目を輝かせている。体を起こしてふたりの女性それぞれにお辞儀をしたものの、その目はデボラだけに向けられていた。

オールストン侯爵ジュリアン・ヘシャムがデボラのタウンハウスの中に通された頃、彼女の兄であるジェラルドは半熟卵とバターを塗ったパンと濃いお茶という遅い朝食をとっていた。ジェラルドは緑茶しか飲まず、器はきちんとしたものを使っている。特注で作らせたミントグリーンで金縁の磁器製ティーセットのカップは最新流行の取っ手付きのもので、東洋に由来する古くさい取っ手なしのものではない。彼は流行の先端を行っていると自負し、結婚して義理のいとことなったロクストン公爵夫人にも同様のティーセットを贈るつもりでいた。公爵夫人に気に入られれば、公爵にも気に入られる。彼は公爵夫妻からの引き立てを心から求めていた。気のきいた贈り物を思いついた自分に満足して、ジェラルドはにやりとした。公爵夫人は必ずや彼の贈り物に魅了されるだろう。

炉棚の上の時計に目をやり、顔をしかめる。妻は何をやっているのだろう？　妹の家からとっくに戻っていい頃ではないか。兄がこの街に来ていると伝え、昼に彼の屋敷へ来るようにと告げるだけなのだから。ジェラルドは最初使用人に行かせるつもりだったのに、自分が行くとメアリーが言い張ったのだ。義姉である自分が伝えたほうが、デボラは兄の到着を冷静に受け止められるだろうという、ばかげた理由から。まったく女という生き物は、彼には一生理解できない。

すでに二時間が経つ。妻は何を手間取っているのだ？　ジェラルドは時間を無駄にするのが大嫌いなのに。だが少なくとも昨日の晩は有意義に過ごせたと考えて、彼は満足の笑みを浮かべた。メアリーには、今年じゅうに息子を産んでもらわなければならない。もしそれができなかったら……？　そんな事態は考えるだけでも耐えられなかった。だから考えないようにしている。なるべく。

息子ができなければ、オットーがロマ族の女とのあいだにもうけた甥のジャック――ジョン・ジョージ・キャヴェンディッシュが、このまま跡継ぎということになる。混血の甥が男爵の爵位を継ぐかもしれないと考えると、ジェラルドはいても立ってもいられなかった。それに妹のクローディア・デボラ・ジョージアナのことも頭が痛い。彼女は強情で自由奔放な女丈夫に育ってしまった。妹が素直かつ従順で兄の導きに従うような娘だったら、ジェラルドのおかげでいずれ公爵夫人になるのだと知らせるのは心楽しい務めとなっただろう。しかしデボラは一族の厄介者であるオットーといるのを好み、彼とロマ族の音楽仲間と暮らすためにパリへと逃げ出してしまった。

妹に逃亡を許したと知ったときのロクストン公爵の怒りを思い出すたびに、ジェラルドは体が震えてしまう。しかも妹は、オットーが死んだあともロマ族と暮らしつづけた。音楽家と駆け落ちする寸前だったのを危うく防いだときの屈辱感といったら。ジェラルドは柄にもなく弱気になり、孤児になったオットーの息子を連れ帰ることを許してしまったのだ。ジャックとふたりでバースに住んでもいいと認めたのは餌だった。イングランドに帰る船に乗せるためだけでなく、彼女の夫が追放生活を終えて迎えに来るまでおとなしくさせておくための。

デボラがこれ以上恥ずべき事件を起こす前に、オールストン侯爵が正気を取り戻して妻を迎えに現れたので、ジェラルドはほっとしていた。五万ポンドという持参金の力は大きく、デボラに求婚する男たちが現れていたからだ。ある男など本当にしつこくて、彼女に求愛する許可を求め、あつかましくジェラルドに三度も手紙をよこした。その男は裕福で、世の中をうまく渡る才覚もあるものの、いかんせん生まれが卑しい。デボラがすでに結婚していなかったとしても、求婚は当然却下していただろう。けれどもロバート・セシガーはいくら断ってもあきらめようとせず、ジェラルドは重要な領地運営を放ってまで、自らバースへ来ざるをえなかった。

彼が太い指で合図して従僕に緑茶のお代わりを注がせ、ティースプーン半分の砂糖をきっちり量って振り入れていると、執事が部屋に入ってきて客の来訪を告げた。居留守を使おうと考えたが、執事に伝えさせる前に、その客は当然のような顔をして朝食の間に入ってきてしまった。

ロバート・セシガーを見て、ジェラルドの口の中で緑茶がタールのように苦くなった。執事が目を丸くして、主人とセシガーをきょろきょろと見比べる。ジェラルドはゆっくりと時間をかけてカップを置くと、不快であることを見せつけるために鼻から大きく息を吸い、袖口のレースを引っ張った。社交界のつまはじき者と直接話さなければならなくなった居心地の悪さを隠すための、もったいぶった尊大な仕草だ。オールストン侯爵には、セシガーが訪ねてきたことを決して知られてはならない。妻が帰ってきてこの男を正式に客として迎え入れざるをえなくなる前に、どんな言い訳を使えばうまく追い返せるか、ジェラルドはあれこれ考えはじめた。

「朝食を中断してまで会っていただけるとはご親切に、サー・ジェラルド」セシガーがのんびりとした口調で言った。

セシガーはかぎ煙草入れを取り出し、部屋の入り口でぐずぐずしている執事に向かって眉をあげてみせた。執事が部屋を出て扉を閉めるのを確認し、窓際へ向かう。ジェラルドは体の向きを変えるか、首だけひねって筋を違える危険を冒すかの二択を迫られた。しかしセシガーは、勝手に入ってきたことをとがめられる前にさっさと用件を切り出した。

「オールストン卿は、もうバースに到着したんですか？」

「オールストン卿がどこにいるかは、本人以外の他人には関係ない」

セシガーがにっこりする。「そんな聖人ぶった言葉で、ぼくの時間を無駄にしないでもらいたいですね。この街にいるかいないか、答えはどちらかしかないんですから」

ジェラルドははじかれたように立ちあがり、ナプキンをテーブルに叩きつけた。

「自分の家で、他人に無礼な詮索を許すつもりはない！　いますぐ出ていってもらおう！」

セシガーがジェラルドと呼び鈴のひものあいだに立ちはだかった。

「妹さんをオールストン卿と結婚させるつもりはないと明言してくださったら、すぐに出ていきますとも」

「何を言っているんだ、きみは」ジェラルドは怒りに声を震わせた。あまりにも図々しい要求に、どう反応していいか一瞬わからなかった。「きみは自分にまったく関係のない、きわめて私的で繊細な問題について、わたしに指図するつもりか――」

「もしあなたが妹さんを心から気にかけていらっしゃるのなら、オールストン卿の求婚をはねつけるはずです」セシガーがさえぎった。「侯爵がフランスで訴訟沙汰に巻き込まれているのはご存じでしょう。今月の終わりまでには、フランスの新聞各紙で報じられると思いますよ」

ジェラルドは怒りを抑えるのに精いっぱいで、意味の通った反論をするどころではなかった。初めて顔を合わせる人間に自分の家でこれほどあつかましく要求を突きつけられるなんて、いまだかつてなかったことだ。けれどもフランスでの訴訟沙汰にセシガーが触れると、ジェラルドはようやく言葉を見つけ、軽蔑をこめて言い返した。

「小ざかしい平民の徴税請負人とその腹黒い娘の話なら、三週間も前に社交クラブで聞いている。法廷まで行ったとしても、一〇対一でオールストン卿の勝ちに賭けている者が多い。そもそもそこまで行くかどうか大いに疑わしいというのが、みなの意見だよ」

ジェラルドはシルクの縦縞《たてじま》のベストの裾を引きおろしながら胸をそらした。社交クラブに通っているという事実を口にしたことで、自分と比べればこの卑しい生まれの男は取るに足りない存在なのだと思い出し、自信を持って続ける。

「パリの成りあがり者など、オールストン卿ほどの生まれを誇る貴族にとっては、せいぜいうっとうしい虫けらのようなもの。そんなばかげた訴訟に巻き込まれているという事実さえ、彼が人前で認めたがらなくても不思議ではない」

「そろそろあなたも、やつにこびへつらうのをやめたらどうです」セシガーがフランス語であざ笑うように言い、すぐに英語に切り替えた。「オールストン卿が精神的に不安定だというのは社交界でもごく内輪の噂にすぎませんし、母親に対する性的に屈折した思いから来た行動は、いまではほぼ忘れられています。ですが、もしこの訴訟沙汰が法廷まで行けば、やつが本当はどれだけ堕落した人間か、広く知られるようになるでしょう。あなたはそういう男の側につきたいんですか？　妹さんを腐りきった男の妻にするつもりですか？」

「なんと、きみはあのハノーヴァー・スクエアの件を知っているのか？」ジェラルドは信じられず、好奇心が怒りに勝った。「噂は聞いたことがある。だが、そんな話は一度も信じなかった」

「やつが酔っ払って怒りをぶちまけ、母親である公爵夫人を公衆の面前で売女や魔女呼ばわりしたなんて？」セシガーが黒い眉をあげた。「そういうまねをする男が正気だと思いますか、サー・ジェラルド？」

「そんな質問は芝居じみたたわごとにしか聞こえんな」

けれどもジェラルドの顔はれんがのように赤く染まっていて、その言葉が空威張りにすぎないと暴露していた。

セシガーが満足げに笑う。「まったくですよ。ぼくだってあの晩オールストンと一緒にいなかったら、いまのあなたと同じ反応をしていたでしょう。三人でオックスフォードからロンドンに出てきたんですよ。オールストンとイヴリン・フォルクスとぼくとで」彼はかぎ煙草入れを開けた。「兄弟のように仲がよかったんです。だから彼が助けを必要としていたあのときも、イヴリンとぼくは一緒でした。三人でしこたま酒を飲んでいましたが、イヴリンもぼくもオールストンの母親に対する理不尽な要求に不快感を覚えないほど酔ってはいませんでした」

ジェラルドは動揺を静めるために赤ワインが欲しかったが、朝食の席にそんなものはなく、テーブルの端をつかんで体を支えた。

「オールストンの言動は大々的な醜聞になるところでした」セシガーが黒い眉を寄せ、悲しげな笑みを見せて続ける。「今回は、ロクストン公爵もほとぼりが冷めるまで息子を国外に行かせ、やり過ごすことはできません。そうしたいと思ったとしても。それに人々をひとり黙らせ、そのうち都合よく忘れるのを待つというような規模の話でもないでしょう。徴税請負人の娘を誘惑して捨てるなどという人としての良識からはずれた男とあなたの奥さまの血縁関係は、永遠に変えようがないのが残念ですね」セシガーはジェラルドが自分の言葉を理解したか確かめるように目を合わせたまま、かぎ煙草を吸った。「オールストンが結婚をちらつかせて誘惑したとき、彼女は修道院の付属学校を出てまだ数週間しか経っていませんでした。本当にかわいい娘でしてね」

「結婚？　英国貴族が中産階級のフランス娘と？　ありえない」ジェラルドは尊大な口調で

あざ笑った。

「そもそも結婚するつもりがないから、平気で口にしたんですよ。彼女のペチコートをまくりあげ、魅力的な腿をさらさせるための策略にすぎなかったんですから。残念ながら、彼は貴族とは違うルールに従って生きている女性を餌食にするという間違いを犯してしまったわけですが。いたいけな娘は彼の言葉がうわべだけのものだなんて思いもせず、家に来た彼をどうはねつければいいのかもわかりませんでした。大切に守ってきた娘の貞操が裕福な英国貴族に汚されたと知って、徴税請負人の父親はどれほどぞっとしたでしょう。せめてオールストンには紳士らしく責任を取って娘と結婚してほしいと、決意をかためたに違いありません」

「その男はとんでもない寄生虫のようなやつだ！」ジェラルドは嫌悪感に顔をゆがめた。「公爵の息子が税の徴収人の一族と結婚だと？　ばかばかしい！」

「どうしようもない《モン・デュー》な。この男はやつに入れ込むあまり、くそみたいな《メルド》ことを平気で口にしている」セシガーはフランス語でつぶやいた。それから本心を知られないよう、ゆったりとした口調の英語に切り替える。「ロクストン一族がどれだけの不名誉をこうむることになるか、考えてみてください。オールストンは約束不履行で訴えられ、すでに予備調査が始まっています。双方の証人が集められており、この先裁判官の尋問が行われるでしょう。徴税請負人である父親の法的代理人はロンドンにいますし、ロクストン公爵はフランス大使に呼び出されました」

ジェラルドは体がかっと熱くなり、汗がにじんだ。彼は劇的な出来事を好むたちではなく、自らの家名が不名誉な事件と結びつけられるなんて、もちろん望んでいなかった。オットーとデボラの無分別な行動の影響が、何年もかかってようやく薄れてきたところだというのに。彼はせわしなくまばたきをしながら、絶望のにじむ声で尋ねた。

「公爵がフランス大使に呼び出された？　理由は？」

「ロクストンの大切な跡継ぎを、裁判のためにパリへ呼び戻すためですよ」

「公爵には拒否できるだけの力が——」

「どんな力です、サー・ジェラルド？」セシガーがばかにしたように言う。「娘の父親は法廷外で和解するつもりはありません。彼は裁判官と陪審員の前にオールストンを引きずり出したいと思っているんです。そしてパリ市当局はオールストンを、罪のない市民を食い物にする貴族の傍若無人なふるまいに対する見せしめにしようとしています」彼は眉をあげた。

「あなたは妹さんをそんな男と結婚させたいんですか？」

ジェラルドは蒼白《そうはく》な顔で、むっつりと返した。「わたしには関係のないことだ」

セシガーが高飛車に言い放つ。「妹さんの後見人なんですから、関係ないではすまされないでしょう！」

ジェラルドの白かった顔は真っ赤になり、怒りにふくれあがった。

「よくもそんな差し出がましい口を……」

そのとき彼は、どうすればこの不快な会見を終わらせて目の前の男を追い返せるか、ひらめいた。呼ばれもしないのにやってきた客を尊大に見つめ、軽蔑をこめて言い放つ。

「この件に関してはきみもいろいろと知っているようだが、とにかくオールストン卿はいま、妹と一緒にいる――」

「なんだって！」

ロバート・セシガーはジェラルドを押しのけて出口に向かった。力まかせに扉を開け、振り返って嘲りの笑みを向けてくる。ジェラルドは相手が餌に食いついたことに安堵し、さっき投げ捨てたナプキンで額の汗をぬぐっているところだった。

「妹さんが、あなたよりも分別のあるふるまいをしてくれていればいいんですがね！　そうでなければ、あなたが大切にしている一族の名前は彼女もろとも地に墜《お》ちるでしょう」

8

「ちゃんと約束を守ったのね！」デボラは笑顔で言い、森で助けた男にいそいそと歩み寄ろうとした。けれどもそれではいかにも彼を待ちわびていたようだと気づき、赤褐色の髪の根元まで顔を赤くして自分を抑えた。

「ああ。約束どおり、馬車で公園へでも行こうと思って誘いに来た」アッパー・アセンブリー・ルームの建物の陰でキスをしたのがつい昨日だったかのように、ジュリアンが屈託なく言う。「風が少し冷たいから何か羽織るものと、それにボンネットを持っていったほうがいい」

あぜんとした顔でふたりを見ていたメアリーがようやく口を開いた。「デボラ、そんな格好では――」

「喜んでご一緒するわ」義姉の言葉を無視して、デボラは誘いを受けた。微笑んでいる彼を見るとばかみたいに幸せな気分になってしまうので、目を向けないようにする。「ごめんなさい、失礼するわね、メアリー」

ジュリアンは部屋の扉を開けてデボラを送り出すと、きっちりと閉めてからメアリーのほうを向いた。彼女は立ったまま、不機嫌そうに顔を赤くしている。

「そんなふうにデボラを誘惑するのは――」メアリーが言いかけたが、彼はさえぎった。

「きみがだめだと言うたびに、デボラがかえって反抗心を募らせているのがわからないかい？　彼女の気性は激しい。あれは生まれつきだ、髪の色を見ればわかる。それに彼女はまだとても若い。世慣れているように見せていても」

「そういうことはすべて、アッパー・アセンブリー・ルームの舞踏会でキスをしたときに探り出したの？」メアリーが憤然として言う。

「いや、違うよ、メアリー」ジュリアンは淡々と否定した。「これまでの女性経験からわかるのさ」

「やめて！」彼女がささやいた。「わたしに向かって女性経験を自慢する必要はないわ！」

ジュリアンは肩をすくめた。

「二四にもなって、女性経験のひとつやふたつないほうがおかしいよ」

「何人の女性を泣かせてきたかなんて、知りたくないのよ！」

彼は微笑み、やさしく言った。「そうされたいと思っている女性とだけだよ、メアリー」

「あなたにとっては、アッパー・アセンブリー・ルームの外の暗がりでデボラを誘惑するのはすごく楽しいんでしょうけれど――」

彼はため息をついた。

「メアリー、きみにはどうしようもないことに、むきになって関わろうとするのはやめるんだ」

メアリーが挑むように顎をあげる。

「あなたはフランスの徴税請負人の娘を破滅させたかもしれない。でも、デボラがいい結婚をする機会をつぶさせはしないわ。家を出てパリに行ったことで大きく傷ついた彼女の評判を、ジェラルドとわたしで何年もかけてここまで回復させたのよ」ジュリアンが興味深げに眉をあげるのを見て、メアリーはあわてた。「あなたには関係のない話だけど」彼女の夫が見たら驚くような変わり身の早さで、つけ加える。「ロバート・セシガーに求婚されたら、デボラはきっと受け入れるわ。彼が――不幸な事情のある生まれだとしても」

「ロバートはすでに求婚した」ジュリアンは無表情に言った。「彼女はすでに三回もそれを退けている」

「どうして知っているの？」

「そういう情報を知っておくのは大切だと思っているからさ」ゆったりとした口調で答える。

「投資したものは守らなければならない」

「投資ですって？」

ジュリアンは彼女の横に立った。

「よく聞くんだ、メアリー。ロバートはどうしてデボラを追いかけていると思う？　どんな女性でも選べるのに、なぜ彼女に結婚を申し込んでいると？」彼女がまるで理解できていない様子なのを見て、ため息をつく。「デボラを結婚へと誘い込み、ベッドをともにすることで、彼はある一族に復讐するつもりなんだ。自分もその血を引いていると、決して公言できない一族に」

メアリーは目を見開いた。では、あの噂は本当だったのだ。ロバート・セシガーの父親についての噂は聞いていたけれど、彼が本当にロクストン公爵の婚外子であり、ジュリアンと半分血のつながった兄弟であるという確証をいままで得たことはなかった。でもそれは、ジュリアンまでデボラを追いかけている理由の説明にはなっていない。彼とロバート・セシガーがデボラの貞操をめぐって奇妙な競争を繰り広げているという事実が、明らかになっただけだ。そうやって競争すること自体は、ふたりのイートン校時代の因縁について少し聞いているところからすると、不思議ではないけれど。

「ミスター・セシガーと同じで、あなたも誰だって好きな女性を選べるわ」メアリーは大きくふくらませたペチコートでなんとか家具のあいだをすり抜け、窓際に行った。ジュリアンとの距離が近すぎて、居心地が悪かった。「それなのに、どうしてデボラなの？」

ジュリアンが、金のかぎ煙草入れに精巧な細工で刻まれた自分の頭文字をじっと見つめる。

「デボラ・キャヴェンディッシュはぼくの妻だからだ」

「あなたの――妻ですって？」

「ああ」

「どうして？　いつ結婚したの？　ありえないわ！」

「ふたりとも子どもだった頃に結婚させられたんだよ。ぼくが大陸へ送られる直前に。デボラには、その晩の記憶がまったくない。だからぼくがこの国に戻るまで、彼女にも世間にも結婚の事実は伏せておくのが一番いいだろうということになった。きみも彼女に何も言わないでほしい」ジュリアンはゆがんだ笑みを浮かべた。「ぼくはただのジュリアン・ヘシャムということになっている。いまはまだ、たいしたことのない家の出だと思っていてほしいんだ。本物の夫婦になる前に結婚をめぐる事情を知られてしまったら――」

「自分が何者か知らせないまま、彼女をベッドに連れていくつもりなの？」メアリーはかっとなった。「ロバート・セシガーにきちんと求婚されたうえで結婚するより、あなたにだまされてベッドへ連れ込まれたほうが彼女にとってはいいと？」笑い声が怒りに震える。「自分の母親にあんな仕打ちができる人を、彼女がおとなしく夫として受け入れるとでも――」

ジュリアンはすばやくメアリーに詰め寄り、手首をつかんで引き寄せた。真っ赤になった顔を彼女の顔に突きつける。

「何も知らないくせに――何も！」彼は緑色の目を怒りに燃えあがらせ、歯を食いしばって言った。

メアリーを押しやり、懸命に落ち着きを取り戻す。彼女の言葉に動揺してしまった自分に腹が立った。

「この件には干渉しないでくれ」ジュリアンは冷たく言うと、肩をそびやかして袖口を直した。そのとき扉が勢いよく開いた。「ああ、ジャックか。デボラおばさんはどこか、教えてくれないか？」笑みを作って少年に尋ねる。

メアリーは怒りに満ちた目をジュリアンに向けると、足早に部屋を出た。頭がずきずきするし、心臓は早鐘を打っている。ひどい片頭痛が起こる前触れだ。早く家に戻って、夫に話さなければならない。彼女にはジェラルドが実の妹をだますこんなひどい計画に加担している当事者だとは、どうしても信じられなかった。良心のかけらもないいとこの息子、ジュリアンからデボラを救うため、夫に手を打ってもらわなくてはならない。

「メアリー？　もう帰ったと思っていたわ」デボラが二階からおりてきた。

彼女のまとっているペチコートを重ねた淡い青のシルクのドレスは、体に沿った身頃と裾の部分にさえずっている鳥や花の中国風の刺繡が施されていた。スクエアカットの襟ぐりは深くくれているが、シルクの房のついた薄いショールがむき出しの肩から胸元をふわりと覆い、巧妙に慎み深さを演出している。デボラは大きな金縁の片眼鏡を持ちあげて玄関広間を見渡すと、結いあげた髪を軽く叩いて整え、巻き毛を何本か片方の肩に落とした。義姉の表情に目を留め、いぶかしげに顔をしかめる。

「どうかした、メアリー？」

「頭痛がするのよ」ふいにメアリーはみじめな気分になった。何も知らないデボラが見るからに幸せそうなのを見て、ますます落ち込む。彼女は待たせていた椅子かごへ急いで向かった。

デボラもついてきた。

「その頭痛、ネロが騒いだせいじゃないといいけれど」デボラは椅子かごの窓に向かって明るく言い、玄関を振り返って、ジャックとやんちゃな子犬とジュリアンを疑いの目で見た。メアリーの健康状態を悪化させた原因ではないかという無言の問いかけを、ジュリアンが肩をすくめて否定する。彼女は椅子かごに向き直った。「公園でミセス・ドーキンス・スマイスに会ったら、体にいいと評判の彼女のゼリーを届けてくれるように頼んでおきましょうか？」

「やめて！　あのゼリーは大嫌いなの！　いまはそっとしておいて」メアリーはかすれた声で答えた。一刻も早く出発したくて、たたんだ扇で閉じた扉を突き、ふたりのたくましい人夫に合図を送る。ダマスク織の布で覆われた椅子に体を預けて待っていると、椅子かごはすぐに動きだして、通りへと出ていった。

「かわいそうなメアリー」デボラは義姉を心配して顔をしかめ、リボンを持って麦わらのボンネットをくるくるまわした。「ジェリーが来たから、もう一瞬だって気の休まる暇はないわ」

「メアリーおばさんは、いつだって頭痛がしてるんだ」ジャックが冷静に意見を述べる。

「あなたの意見はきいていないわ。失礼よ」デボラはたしなめたが、目が笑っているのでジャックもにやりとした。彼女はジュリアンに顔を向けた。「お待たせするつもりはなかったんだけど、このすてきなドレスに着替えて髪もちゃんとしないと、階段の踊り場から身を投げるってブリジットに脅されて」甥に目をやる。「ジャック、あなたはジョセフを手伝うって約束したんじゃなかった？」

ジャックが期待に満ちた目でジュリアンを見あげる。

「じつは彼に、馬車で一緒に公園へ行ってもいいと言ってしまったんだよ」ジュリアンはデボラの腕を取り、通りのすぐ先に止めてある四頭立ての無蓋馬車に向かった。「あの執事から救い出してくれたお礼にね」振り返って、少年がついてくるのを確かめる。「ああ、その黒いやつも連れてきていいよ。ただしきみと犬はトーマスと一緒に御者台に乗って、おとなしくしているんだ。おばさんとぼくの邪魔にならないようにね。いいかい？」

「うん！　ありがとう！　絶対に邪魔にならないようにするよ。約束する！」

デボラはふかふかした赤いベルベット張りの座席に寄りかかり、ボンネットをかぶってひもを結んだ。ちらりと横をうかがうと、ジュリアンは彼女の横に乗り込んでいる。

「どうやってジャックを信用させたのか知らないけれど、あの子はすっかりあなたに抱き込まれちゃったみたいね」

「心外だな、ミス・キャヴェンディッシュ。きみの永遠の愛を勝ち取るためだけに、ぼくがずるい手を使うような男だと思っているんだね。おや、そんな結び方ではだめだ！　ぼくにまかせてごらん」彼は手を伸ばして、ボンネットのシルクのリボンを結び直した。「顔をあげて！　そう、そんなふうに」

ジュリアンが御者に向かってうなずくと、馬車はミルソム・ストリートをゆっくりと走りはじめた。

ところがしばらくして、馬にまたがった紳士が馬車に近寄り、並んで走りだした。

ロバート・セシガーだ。

「ミス・キャヴェンディッシュ！　ああ、あなたをつかまえられてよかった」雄々しい黒毛の牡馬《ぼば》の上から呼びかける。

彼は柄を真珠で飾った乗馬用の鞭《むち》で馬を駆って馬車と並走しながらふたりに会釈したが、挨拶を返したのはデボラだけだった。ジュリアンはロバートなど存在しないかのように、前を見つめている。

馬車が混雑した交差路で止まった。交差路は先を争って進もうとする荷馬車や長距離馬車でいっぱいだった。

「何か彼の気を引けるようなことを言わなくちゃ」デボラはからかった。

ロバートの笑みはこわばっていた。「どうしてもあなたと話したいんです、ミス・キャヴェンディッシュ。いますぐに」ジュリアンをちらりと見ながら懇願する。

デボラはロバートをまじまじと見つめ、額に汗がにじんでいるのに気づいた。

「何かあったの？　もしかして、メアリーはただの頭痛じゃなかったのかしら。椅子かごに乗った彼女と会ったの？」

「いや、ミス・キャヴェンディッシュ。レディ・メアリーには会っていません」ロバートは即座に否定した。いつもは冷静な声が焦っている。「きみとぼくだけに関わることです」

メアリーがなんともないと知って安堵し、デボラは力を抜いて座席に寄りかかった。

「わざわざ会いに来てくれてうれしいわ、ミスター・セシガー」彼に向かって微笑む。「でも今日は、午後のお茶の時間の前に馬車で公園を走ろうと決めてしまったから」

ジュリアンが背もたれの上に腕を置き、肩に垂れているデボラの巻き毛をもてあそびはじめた。彼女は横を走っているロバートの顔を見て、激しい怒りでゆがんでいるのに驚いた。ジュリアンがロバートを無視して反対側の窓の外に顔を向けているからなのか、それとも彼女の巻き毛に触れてさりげなく自分のものだと見せつけているからなのか、怒りの原因に思いをめぐらせる。

「ミス・キャヴェンディッシュ！　お願いです！」ロバートは引きさがろうとしない。まわりと一緒にようやく動きだした馬車に遅れまいと、道に目を据えて馬に合図を送っている。それでもデボラが返事をしないので、彼は御者の注意を引こうとしはじめた。砂利を踏む車輪の音に負けないように、ジャックに向かって怒鳴る。「坊ちゃん！　坊ちゃん、御者に止まるように言ってくれ！　きみのおばさんは、いますぐ家に戻らなくてはならないんだ！　坊ちゃん！　聞こえるかい？」

トーマスの隣に座っていたジャックは、ロバートではなくジュリアンの指示を仰ぐために振り返った。ジュリアンが小さく首を横に振るのを見てうなずき、どうしようもないと伝えるようにロバートに肩をすくめてみせ、ふたたび前を向く。

激怒したロバートは馬の頭を乱暴に左へ向けると、馬車のうしろをまわってジュリアンの横に馬を寄せた。

「つかのまの勝利を楽しむがいい」フランス語で罵る。「これが最後だからな！　パリから来た弁護士たちは、おまえの逮捕状を持っている」何も聞こえていないかのようにジュリアンがゆったりと脚を組んだまま前へ向けた視線を動かそうとしないので、馬上のロバートは身を乗り出し、帽子の縁がジュリアンの耳に触れそうになるまで顔を寄せた。「ムッシュー・ルフェーブルは卑劣な行為をしたおまえにフランスの法廷で裁きを受けさせるつもりだ。ぼくたちの父親も、今回ばかりはおまえを守れないさ」

それを聞いて、ジュリアンは振り向いた。理解できない言葉で話しかけられたかのように、ロバートをまじまじと見つめる。だがすぐに片目をつぶり、にやりとしてフランス語で返した。「婚外子と言われるより、卑劣な男と言われるほうがいい。とっとと失せろ《フート・レ・コン》！」

ジュリアンがブーツを床板に打ちつけて合図すると、御者は手綱をゆるめて速度をあげた。ロバートが倒していた上体を起こしたときには、馬車は馬に乗った将校をふたりかわし、小型の樽《たる》を積んだ荷馬車と老婦人三人を乗せた無蓋馬車のあいだをすり抜け、通りのだいぶ先まで到達していた。そしてジュリアンはついにロバートの存在を認めたしるしに、うしろを向いたまま手袋をはめた手を頭上にあげ、ひらひらと振っていた。

9

ロバート・セシガーが縁石に寄って止まったあと、デボラは長いあいだ黙って物思いにふけっていた。けれども馬車が街を出てウェルズ・ロードをがたがたと揺れながら進みはじめると、景色の変化に気づいてぱっと体を起こした。

「どこへ連れていくつもりなの？」

「きみは拉致されたんだよ、ミス・キャヴェンディッシュ」彼女がにこりともしないのを見て、ジュリアンが力なく笑う。「きみが拉致されてもいいと言ってくれたらの話だが」

「それはどうかしら。ジャックも一緒に連れてくるなんて、ちっともロマンティックではないし、四つ脚のやんちゃないたずらっ子もいるわ」デボラは横にいるジュリアンをちらりと見た。「それともあなたは近くの宿でジャックたちをおろして、脅迫状でも残していくつもり？」

彼がこわばっていた肩から力を抜き、笑いはじめる。

「なぜぼくのことがそんなによくわかるんだい？　バースに連れて帰ってもらえると、一瞬も疑っていないんだね」

「ロバート・セシガーをあんなふうに追い払ったわけを教えてもらえるかしら？」デボラは取りあわずにきいた。「彼の存在を無視すると、かたくなに決めていたようだったわ」

ジュリアンがかすかに笑みを浮かべる。

「イートン校時代からずっとそうしているのに、やつはぼくの前から消えてくれない」

「あなたたちはイートン校で一緒だったの？　興味をそそられるわね」

「興味をそそられることなど何もないよ。死ぬほど退屈だった」彼は無表情に返したあと、まったく関係のない話題に切り替えた。しかもフランス語だ。

「甥っ子の面倒を何年前から見ているんだ？」

「ジャックが六歳のときからよ」デボラもフランス語で答える。「ジェリーが彼を受け入れようとしなかったから。まだ小さかったのに。見ればわかると思うけど、ジャックの母親のローザがロマ族だったから……。だけど、もう昔のことよ。とにかくわたしはジャックをパリから連れ帰って、バースで一緒に暮らしはじめたの」

「幼い男の子を育てるには、きみ自身が若すぎて大変だっただろう？」

「一八歳だったわ」そう答えたあと、明るい声になって続ける。「でも、ジョセフ・ジョーンズが助けてくれたから。彼は兄のオットーの執事だったの。もういいでしょう？　三年も前のことだし、別の話を――」

「なぜジャックの家族とパリで一緒に暮らすようになったのか、聞かせてくれないか？　この国でジェラルドと暮らすのではなく」ジュリアンがさえぎった。

デボラは唇を嚙んだ。この会話は危険な方向に向かっている。できれば避けたい話題に触れずに、どうやって話を続ければいいのかわからなかった。でも考えてみれば、ジュリアンが他人から偏見に満ちた話を聞く前に、自分の口から話すほうがずっといい。デボラは森で助けた男に見つめられているのを感じながら、どう言えばいいかじっくり整理した。一、二キロは進んだ頃、ようやく彼と目を合わせ、冷静な声で話しはじめた。

「一八歳のとき、わたしはパリにいる兄のオットーの世話をするために家出したの。兄は重い病気にかかっていたのよ。オットーはわたしが一〇歳になってまもなく大陸周遊旅行に出発し、二度とこの国には戻らなかった。音楽家で、放浪生活が性に合っていたのね。そして身分違いの結婚をしたあとは、たとえ望んでも戻ってこられなくなった。実際にオットーが望んでいたというわけじゃないのよ。だって、兄とローザはパリで音楽仲間たちに囲まれて、すばらしい生活を送っていたんですもの。でも兄が病気になり、大きなおなかを抱えたローザが自分の体をいたわりながらまだ幼い息子の面倒を見て、夫の看病までするのはとても無理だった。彼女は――彼女と赤ん坊は、わたしがパリに行ってすぐ、出産のときに亡くなったわ」

「オットーが亡くなったあと、きみとジャックとジョセフ・ジョーンズは何事もなくイングランドに帰ってこられたのか？」そうではないと知りながら、ジュリアンはやさしく尋ねた。こちらが促す前に、デボラには自分から話してほしかった。

彼女が大きく息を吸い、遠くに目をやる。「何もなければよかったんだけど……」ジュリアンを見て、悲しそうに微笑んだ。「オットーの親友のイヴリンが、わたしと結婚したがったの。彼もすばらしい音楽家なのよ。でも彼は、父親とおじのロクストン公爵の許可を得なければならなかった。放蕩者としてかつて名をはせていた老公爵は一族の長だから。そしてふたりとも、結婚を許さなかった」

「しかたがないだろうね。きみたちはふたりとも、結婚を考えるには若すぎたんだ」

「若すぎた？」デボラは考え込みながら言った。「いいえ、そんな理由ではなかったと思うわ。もっと若い年齢で、親に決められた結婚をする人たちはいくらでもいるもの」

「公爵とイヴリンの父親は、きみたちの互いへの気持ちがまだかたまっていないと思ったのかな？」

「互いへの気持ち？　あの人たちにとって結婚がどういうものなのか、あなたはまったくわかっていないわ。花嫁、花婿となるふたりがどんな性格をしたどんな人間かは、まったく関係ないの。それぞれの意見もね。要するに政略結婚なのよ。ロクストン公爵みたいな人たちにとって重要なのは、お金や財産のやり取り、家と家の結びつきとか権力や名声の強化といったもの。感情の入り込む隙間なんてないわ」

ジュリアンはぴかぴかのブーツのつま先を見おろして、にやりとした。

「きみとイヴリンは結局そういう冷たい政略結婚の契約を結ぶにいたらなかったのだから、彼の家族はきみを妻としてふさわしくないと判断したということなのかな？」

デボラはあぜんとして振り返り、彼を見つめた。

「ふさわしくないですって？　キャヴェンディッシュ家の娘が、子爵の息子に釣りあわないというの？」

ジュリアンは残念そうに頭を振った。

「ミス・キャヴェンディッシュ、きみは自分では違うと言うが、じつは爵位や財産を重要な条件だと思っているんだね」

デボラは彼から顔をそむけた。いい気になって家名や財産をひけらかした自分に腹が立ってしかたがない。ジュリアンはまじめな顔を装っているけれど、本当は彼女を笑っているのがわかる。デボラはジャックが座って手綱を握っている御者台をじっと見つめたが、その目にはネロが甥の顔を舐めている光景は映っていなかった。イヴリンの求婚を、彼女は拒否した。親友だったオットーのためではなく、彼女を愛していると言ってくれたのに。でも、駆け落ちしてもいいと思えるほど彼を愛してはいなかったのだ。

そのうちになぜかロクストン公爵がイヴリンの計画をかぎつけ、甥にデボラとの結婚を禁じた。彼女はほっとしたものの、相当な財産のある申し分のない家の出にもかかわらず公爵とイヴリンの父親に拒否されたという事実はつらかった。彼女という人間に問題があると見なされたのだと考えざるをえない。家出してパリに行き、一族のはみ出し者であるオットーやその妻と関わったのがいけなかったのだろう。あのときの行動は間違っていなかったと、デボラは信じている。正しいと思った道を全力で進んだのだから。それなのにパリへの逃亡がもたらした結果を考えるたび、なぜか自分を恥じてしまう。

「わたしと関わる必要はないわ」むっつりと言った。「イヴリンに求婚されたけど結婚しなかった。それだけのことよ」

ジュリアンはデボラの向かいの席に移動して、手袋をはめた手で彼女の両手を取った。彼女が目を合わせようとしないので顔をしかめる。

「キスを許してくれたのに、関わる必要はないなんて言うのか?」

「キスしてほしかったの」彼に握られた両手を見おろして、デボラは正直に言った。「だけど関わってほしくはない。このふたつはまったく違うわ」

「きみはいつも、単なる知りあいの男にキスをさせるのか?」

彼女は驚いてジュリアンを見た。頬がかっと熱くなる。

「キスはさせたけど結婚を迫らなかったからといって、わたしがいつも——ああ、もう! そうよ、あなたの言うとおりよ!」彼がにやにやしているのを見て、声を落とす。「何十人もの男性とキスをしたわ! いいえ、何十人とは言わないけれど大勢の男性と、公衆の面前で。だから、そんなふうに悦に入ったように笑うのはやめてちょうだい!」

「堅物のジェリーがどんどん気の毒に思えてくるよ」ジュリアンが魅力的な顔を悲しげに横に振る。「それにイヴリンは、自分がどんなに運がいいかわかっていない。公衆の面前で何十人もの男とキスをした女性を妻にするより、音楽だけに集中して生きたほうがいいに決まっているじゃないか。きみはひどい結果に終わるとわかっている結婚から彼を救ったんだ」

デボラはつかまれた手を引き抜こうとしたが、彼は放さなかった。

「わたしやイヴリンについて何も知らないくせに、偉そうに……。いますぐ馬車を止めて！」ジュリアンがにやにやするだけでいっこうに馬車を止めさせようとしないので、怒りがますます募った。「なんて礼儀知らずで意地の悪い人なの！　もうあなたには何も話さないわ！」

「そうかな？　きみがしゃべるまで、ぼくは待つよ。トーマスにはそう命じてあるんだ。馬がつぶれるか、ぼくが止めろと言うまで、彼は馬車を走らせつづける。言っておくが、ジャックを理由にぼくを揺さぶろうとしても無駄だ。御者台の下に食べ物を入れたバスケットを積んであるから、少なくとも飢えることはないはずだよ」

「あなたがこんなふうに無理強いするはずないわ」デボラはそう言ったが、声から鋭さが消えていた。吹き出しそうなのを必死でこらえていたのだ。「それに話すことなんてないもの。わたしは退屈しのぎに、人があっと驚くようなことを言ったりしたりしているの。それだけよ」

ジュリアンは腕を組んだ。黒髪の頭をベルベットの背もたれにもたせかけて目を閉じる。

「話をする気になったら起こしてくれ」

五分が経過した。

デボラは田舎の景色を楽しんでいるふりをしていたが、ジュリアンは宣言どおりずっと目をつぶっていて、一度しか目を開けなかった。そのときも彼女が振り向くと、すぐにまた目を閉じてしまった。やがて道がのぼり坂になり、馬の速度が落ちたものの、宿や農家が現れる気配はない。ジャックは楽しそうにリンゴをかじっている。

「どうしてわたしがあなたに打ち明け話をしなくてはならないの？　あなたにだって、秘密はたくさんあるでしょう？　わたしはひとつも知らないけれど」

彼が何も答えようとしないので、デボラはむっとして大きくため息をついた。体の向きを変えて外に目をやると、曲がりくねった道の両側に深い森が広がっている。その光景を見ているうちに、彼女は悟った。ジュリアンはあまりにも頑固だ。連れて帰ってもらいたいなら、機嫌を取るために何か話さなければならない。ところが彼が先に沈黙を破ったので、デボラは驚いた。

「好きな男がいるのか、ミス・キャヴェンディッシュ？」

その質問に喉が締めつけられ、ふたたび頬が燃えるように熱くなった。思わずジュリアンの顔を見て、すぐに目をそらす。否定したいのにできないのは、いまの質問がまさに核心をついていたからだ。自分でもよくわからないうちに、彼を好きになっていた。でもまさか、そんなことを打ち明けるわけにはいかない。彼がどんなふうに感じているのか、同じ気持ちを持ってくれているのか、まったくわからないのだから。しきたりに逆らい、ジェラルドの反対や世間の非難の声を無視して駆け落ちするくらい好きだと思ってくれているのか、知るすべはない。デボラは自分だけが盛りあがっている気がして恥ずかしかった。

「ミス・キャヴェンディッシュ、きみはロバート・セシガーを愛しているのか？」ジュリアンの声が険しくなる。

「ロバート・セシガーですって？」予想外の名前に驚いて、顔がますます赤くなった。「どうしてわたしが彼を愛していると思うの？」

「きみたちがアッパー・アセンブリー・ルームの舞踏会で一緒にいるところを見たからだ」

デボラは顎をつんとあげた。

「舞踏会で男性とメヌエットを踊ったら、その人を愛していることになるのかしら。そうは思わないわ。あなたはどうだか知らないけれど」

「だが、彼はわざわざ馬で追ってきた。あれほどまでして、きみと話したがるなんて……」

デボラは当惑して、膝の上の手袋に包まれた手を見おろした。

「ミスター・セシガーの気持ちには応えられないのに、どうしてもあきらめてくれないの。だから質問に対する答えはノーよ。彼を愛してはいないわ」

「きみの口からそう聞いて、ほっとしたよ。愛しあっている者同士のあいだに割り込みたくはないからね」

「ミスター・セシガーは友人よ。愛していないからといって、彼との友情を大切にしていないわけじゃない。彼の生まれに疑わしい点があるからといって、偏見を持つ気はないから」

「言っておくが、あの男がきみに求愛する動機は彼の生まれよりも疑わしい」

森の中の小道で馬車が止まり、ジュリアンは先に飛びおりてデボラに手を貸した。彼女が地面におり立ったのを確認するとすぐに向きを変え、ジャックがネロを従えて森の中に入っていくのを見守る。ジュリアンは御者にひと声かけると、デボラを連れて自分もあとに続いた。バスケットと、もう片手にはなんとクリケットのバットを持っている。

彼がそんなものを持ってきたことにデボラは驚いたが、理由はすぐにわかった。しばらく行くと、開けた空き地が現れたのだ。その向こうには川が流れ、さらに先には起伏のある畑が広がっている。どんよりと雲が厚くなりつつある空には、最初の丘を越えたあたりから細い煙の筋が曲がりくねりながら立ちのぼっていた。

ジャックはクリケットの三柱門を作るのに必要な三本の棒を探しまわっていた。ネロはネロで、空き地の端でウサギの巣と思われる穴を探っている。ジュリアンは毛布を敷いてバスケットを置くと、食べ物をかき分けてクリケットのボールを取り出した。デボラのほうを向いて、小さく頭をさげる。

「申し訳ないが、ひとりでバスケットの中身を取り出して、食べられるように用意しておいてくれないか。ぼくはちょっときみの甥と遊んでくる。じつはこれも取引の一部なんだ」

デボラはボンネットを脱ぎながら顔をしかめた。「まさか、そんな体でクリケットをやるつもり？　傷を縫ってから、まだそんなに経っていないのよ」

「ぼくたちが出会ってから、三週間と五日と数時間だ」そう言ったとたん、彼女の目に狼狽の色が浮かんだので、ジュリアンはうれしくなった。「きみが思っているより回復しているから、ボールを投げるのにはなんの問題もないよ。だが投げる楽しみは、きみの甥に譲るつもりだ。ぼくはボールを打つ係で、ジャックにアウトにされるというわけさ。じゃあ、行ってくる。バスケットの中に、おいしいブルゴーニュ産ワインとグラスが二脚入っているから」

ジャックは疲れを知らずにボールを投げ、ジュリアンから三回アウトを取るまでやめようとしなかった。アウトのひとつはジュリアンが打ちあげたボールをうまくキャッチしたもので、ジャックはうれしさのあまり身悶《もだ》えせんばかりだ。すると若き主人が死にそうになっていると勘違いしたネロがうるさく吠えはじめ、デボラは子犬の気をそらすために肉汁たっぷりのラム肉の薄切りを与えなければならなかった。ネロが彼女に駆け寄って命令どおり行儀よくふるまい、おとなしくごちそうを堪能する。子犬がご褒美に体をやさしく叩いてもらっていると、毛布の横の落ち葉の上にバットとボールを放り出して、ジュリアンとジャックも加わった。

「よくやったわね、ジャック。すばらしいキャッチだったわ」彼女は笑顔で甥を褒めた。「あなたのお父さまが見ていたら、誇らしく思ったでしょうね。オットーは学生時代、クリケットをやっていたのよ」ジュリアンにワインを注いだグラスを渡しながら説明する。ふたりがクリケットをする様子を見ているうちに、気持ちがほぐれていた。「大陸に行ってしまう前、兄は土曜の午後になると村へ行って農夫の息子たちとクリケットをしていたから、わたしも眺めていたものよ」

「きみのおばさんはめったにいないすばらしい女性だよ、ジャック。ヴィオラを弾くし、射撃の名手だし、クリケットはただ好きなだけでなくルールをわかっている」ジュリアンはパイにかじりつき、幼い友人に片目をつぶってみせた。「ぼくもおばさんと仲よくなっていいかな？」

ジャックがにやりとした。「ぼくはデボラおばさんが一〇歩離れたところからトランプの端を撃ち抜くのを見たことがあるよ。おばさんはジョセフにものすごく腹を立てていたんだ。それで、奥の客間でジョセフにダイヤのキングの札を的として持たせて――」

「ジャック！　もうやめなさい！」

「それでどうなったんだ、ジャック？」鹿肉ときのこのパイを少年に渡しながら、ジュリアンが促す。

ジャックは先を続けるのをためらいながら、勢いよくパイにかぶりついた。けれども熱心に待っているジュリアンの目を見ているうちに、家族への忠誠心をほんの少し脇に置いてもいいような気がした。

「弾はちゃんと的に当たったんだよ。だけどそのあと、暖炉の上の大きな鏡も粉々にしちゃって。二週間経っても、アリスはまだ破片を見つけたりしてた」

「はい、その話はもう終わりよ、ジョン・ジョージ・キャヴェンディッシュ」デボラは平静を保って言った。「でもあの鏡の額縁は、想像しうる最悪のものだったことを説明するのを忘れているわね。割れてしまって残念がっていたのはジェラルドだけよ」

「それはおじさんが、奥の客間へ行くたびにあの鏡をのぞいていたからだよ」ジャックがジュリアンに説明する。「ジェラルドおじさんは、しょっちゅうかつらを直しているんだ。いくら直したって、保温カバーをかぶせた卵にそっくりなのは変わらないのに！」

デボラはおじへの敬意を欠く発言をした甥を叱ろうとしたが、手で口を押さえて思わずくすくす笑ってしまった。

「本当に卵みたいだわ！　ああ、これからジェリーを見るたびに思い出してしまいそう。かわいそうなメアリー」

「それでね、ぼくは卵みたいに見えたくないんだ」ジャックは打ち明け、毛布の上に背中からばたんと倒れた。重く垂れこめた空を見つめる。「ぼくはいつも自分の髪のままでいたい。友だちのハリーは、お父さんもお兄さんもかつらなんてかぶってないって言ってるよ」デボラに目を向ける。「ハリーは本当はハリーじゃなくて、アンリ・アントワーヌ卿っていうんだ。でも、仲のいい友だちにはハリーと呼ばれるほうが好きなんだって。それからシェークスピアの使う英語よりフランス語のほうが上手にしゃべれるって、人には知られたくないと言ってる。それでね、ハリーのお父さんは年寄りなのに、いつも自分の髪を見せているんだって。ジョージ二世の戴冠式の行列では小冠《コロネット》をつけたみたい。こんなこと、ほかの人から聞いたら信じなかっただろうけど、ハリーは絶対に嘘をつかないから」

「ハリーはお父さまじゃなくて、おじいさまの話をしたんじゃない？」デボラはきいた。

ジャックは肘をついて体を起こし、差し出された小皿の上からチーズを取った。

「ううん、違うよ。おじいさんみたいに見えるけど。ハリーのお父さんは髪が雪みたいに真っ白で、銀のレースで縁取りをした黒いベルベットの服を着てた。見たこともないほど大きなエメラルドの指輪をはめていて――」

「雪みたいに真っ白な髪に、大きなエメラルドの指輪……」デボラは幼い頃、夢で同じような人物を見たことを思い出した。生き生きと輝いていた黒い目と白い髪を持つ年老いた男性の姿が、鮮やかに脳裏によみがえる。彼の長く白い指には、大きなスクエアカットのエメラルドが暖炉の火の光を受けてきらめいていた。身分の高そうな人だけれど、とても悲しそうだった気がする。「一〇〇歳にはなっているんじゃないかと思ったわ……」

「すごく豪華な六頭立て馬車で学校に来たんだ」おばにハリーの父親について話せるのがうれしくて、ジャックはほとんど息も継がずに続けた。「足を高くあげて堂々と歩く黒い馬が引く、黒い馬車なんだよ。全体に金の葉の模様が散っていてね。赤と銀のお仕着せを着た従僕が六人、馬車の外に乗ってるの！　ラテン語の授業中だったのに、みんな教室の窓に張りついてた。だって、そんなときに文法のことなんか考えられないよね？」

「まったくだ」ジュリアンは同意したが、ジャックの意気込みをくじく、気のない声だった。彼はバスケットの中から果物ナイフを取り出すと、リンゴを切ってデボラに差し出した。

「一時間もすれば雨が降りだすよ」

「エメラルドだったというのはたしかなの、ジャック？」ナイフの先に刺されたリンゴをうわの空で受け取りながら、デボラは静かにきいた。

少年がうなずいた。「緑色の石だった。あなたの目の色とそっくりの」ジュリアンに目を向けて言う。「それってエメラルドだよね、デボラおばさん？」

彼女は考え込みながらうなずき、振り返ってジュリアンの目をのぞいた。彼の目が緑色なのは知っていたけれど、エメラルドにそっくりなのはいま初めて気がついた。吸い込まれそうに美しい目を見ているうちに、デボラは夢に出てきた悲しげな顔の少年を思い出した。彼女はブランコに乗っていて、そばにはオットーもいた。ところが突然オットーが消えて、激しく泣きじゃくっている少年に代わったのだ。乳母は薬をのんだせいで悪い夢を見たのだと言っていたが、いまではどんな病気にかかっていたのかも思い出せない。たいした病気ではなかったはずだけれど。悪い夢など忘れてしまいなさいと諭されて……。

「そのお年を召した紳士は、たしかにハリーを連れに来たの？　ほかの用事で学校に来たんじゃない？」デボラはしつこく確かめた。

「なぜ突然、白髪の年寄りなどに興味を持ったんだい、ミス・キャヴェンディッシュ？」ジュリアンが軽い口調できいた。「世の中には、かつらをかぶらずに自分の髪を見せる男たちもいる。その髪が白か茶色か黒かには関係なく。あるいはもしかしたら、粉を振りかけた髪やかつらを白髪と見間違えたのかもしれない」

デボラが口を開く前に、ジャックが首を横に振りながら言った。

「違うよ、自然なままの髪だった。ハリーが教えてくれたから間違いないよ。それにお父さんが学校に来たのは、ハリーが発作を起こしたからなんだ」

「発作？」デボラはやさしくきき返し、横目でジュリアンを見た。彼は険しい顔になり、リンゴにナイフを差し入れたまま動きを止めている。

ジャックは親友の病気について話をするのは気が進まなかった。ハリー自身がそのことについて、いつも話したがらないからだ。でもジャックはここまで連れてきて遊んでくれた目の前の紳士と大好きなおばに、自分のことをよく知ってもらいたかった。

「ハリーはてんかんなんだ。いつ発作が起きるかは、わからないんだって。ひどい頭痛がして、そのまま気絶しちゃうこともある。さっきまでふつうだったのに。生まれつきだと言ってたよ。とにかく、それでお父さんが学校に来たんだ。発作を起こしたハリーを家に連れて帰るために。ハリーには自分のお医者さんがいて――」

「まったく、ジャック！　きみは牧師の代わりに、アンリ・アントワーヌ卿の秘密をすべて聞いているのか？」ジュリアンが冷たい声でさえぎった。立ちあがり、腰のうしろを乱暴にはたく。「そんな個人的な話をぼくたちにぺらぺらしゃべる権利はきみにはない。彼は内緒で教えてくれたんだろうに」

「たしかにそんな権利はないよ」ジャックは頬を赤くして急いで立ちあがりながら、静かに返した。「ハリーはぼくに秘密を打ち明けてくれた。牧師の代わりとか、そんなのじゃないけど。ハリーは世界じゅうでたったひとりの親友なんだ」

ジュリアンが空になった赤ワインの瓶を拾うためにそっぽを向くと、ジャックはデボラを見た。何を言ったせいで、彼はこんなに怒ってしまったのだろう？

彼女は甥にやさしく微笑んだ。

「帰る前にネロを走らせてあげたら？」さりげなく促し、ジャックがじゅうぶんに離れたのを確認してからジュリアンに食ってかかる。「あんな言い方をしなくてもいいじゃない！

ジャックは繊細で思いやりのある子よ。あの子は別に、ハリーの病気をばかにしているわけじゃない。見る目のある人なら、ハリーの苦しみにどんなに深く心を痛めているかわかるはずだわ。どうしてあなたにはそれが見えないのかわからないけれど——」

「きみの甥には、事情をよく知りもしないことを訳知り顔でしゃべる権利はないんだ！　それにきみも関係ないんだから、口をはさまないでくれ！」

「よくもそんなふうに言えるわね！」デボラは激しく言い返すと、シルクのペチコートをさっと振って整え、ボンネットを拾いあげた。「わたしはあなたについて何も知らない。素性も家族も、ふだん何をしているのかも。不利な状況で、あえて決闘に身を投じたという以外は。それなのにあなたは、わたしに無防備にすべてをさらせと言うのね。過去を包み隠さずに話せと。自分は何も明かそうとしないくせに」

「ぼくを愛しているのなら——」

「あなたを愛している？」彼女はジュリアンを見つめた。「あなたを愛しているですって？」もう一度ささやく。頬から血の気が引いた。「なんて図々しい！」

彼は決まり悪そうに笑った。「すまない。ちょっと言いすぎたようだ」頭をさげる。「どうか許してほしい」

「あなたを助けたのが間違いだったわ」デボラは荒々しく言うと、麦わらのボンネットがつぶれるのもかまわずに握りしめた。「あなたの手当てをしてから、面倒なことばかり。バースに戻ってこなければよかったのに。本当にいやな人！　わたしがあなたに恋い焦がれていた、と思っているのなら大間違いよ。とんでもない。ちょっとやめて！　触らないで！」ジュリアンを押し戻そうとする。「キスをしたくらいでそんなふうに思い込むなんて――まったく！　あなたがそこまでうぬぼれていたなんて信じられないわ」

ジュリアンはデボラを両腕の中に閉じ込めた。彼女がもがくのをやめ、ぐったりと力を抜くまで待つ。

「きみが欲しいんだ、デボラ」彼はささやいた。顎を持ちあげ、やさしく唇を重ねる。「きみほど欲しいと思った女性はいない。あらゆる意味で、きみに妻になってほしい。ぼくの言っていることがわかるかい？　返事をしてくれ」

デボラはうなずき、彼のハンサムな顔を見あげた。すっと筋の通った鼻や、こめかみのところだけ白くなりかけているつややかな黒髪、鮮やかな緑色をした美しい目を。彼ほどハンサムな男性に会ったのは初めてだった。夢に出てきた少年と同じで、見ていると思わず体が震えてくる。そんな彼がこうして自分を抱きしめ、欲しいと言ってくれているのだ。デボラの過去を知ったうえで、妻として。自分がジュリアンを愛しているのはわかっていた。エイヴォンの森で、初めて彼を見たときに恋に落ちた。つまり、ひと目ぼれだ。まばたきひとつするあいだに恋に落ちることがあるなんて、けがをした彼を森の中で見つけるまでは信じていなかったのに。オットーとローザは出会った瞬間に、お互いが運命の相手だとわかったらしい。ローザがそう話してくれたけれど、兄たちは例外で特別なのだとずっと思っていた。

ジュリアンを愛していて、彼もわたしを妻にしたいと望んでくれているのに、どうして自分のすべてをさらけ出して彼に与えるのをためらってしまうのだろう？　たしかにジュリアンについては何も知らない。外見やしゃべり方や雰囲気はそれなりの身分がある裕福な紳士のものだけれど、彼は名前以外、何も明かそうとしない。とはいえ、彼がどんな身分でどれほど裕福なのかが本当に重要だろうか？　オットーはそういうものをまったく気にせずにローザと一緒になり、とても幸せだった。でもなぜか、ジュリアンがふたりの将来に大きく関係する何かを隠している気がしてならないのだ。それでも愛しあっていれば、どんな障害があったとしても乗り越えられるはずだけれど。

デボラが身じろぎをしたので、ジュリアンは腕をゆるめて一歩さがり、返事を待った。抱擁を受け入れてもらえないまま、ただ立っているのも決まりが悪いので、広げてあるものを片づけはじめる。

彼女も膝をついて手伝い、毛布の反対側から言った。「森であなたの命を救ったからといって、わたしに恩を感じる必要はないのよ」

「きみがしてくれたことにはずっと感謝しつづけるだろうが、求婚とはなんの関係もないよ」

デボラは彼の目を見つめた。

「わたしは家出をして、もう少しで音楽家と駆け落ちするところだったのに、かまわないの？　ヴィオラを弾き、男性と同じくらい上手に拳銃を扱えても、結婚したいと？」

ジュリアンは微笑んだ。「ぼくの心は決まっているんだ、ミス・キャヴェンディッシュ」

膝をついたまま、彼女は身を乗り出した。「あなたの申し込みを受けたらどうなるかしら？　もしかしたら、損をするのはわたしのほうかもしれない」

ジュリアンが笑いだす。「どうなるかは、きみが何を求めているかによるよ。生身の男としてのぼくなのか、身分や財産なのか」

デボラはくすくす笑い、肩の力を抜いた。「生身の男性がいいわ！」

彼も照れくさそうに笑い、ふたりは一緒に毛布をたたんだ。

彼女はジュリアンを見つめた。

「どうしてもわたしを手に入れると決めているの？」

「ああ、必ず」

「ジェラルドが拒否したら？」

ジュリアンは彼女から毛布を受け取るとバスケットの上に落とし、軽い口調で言った。

「身分や財産ではなく生身の男と結婚するつもりなら、きみはお兄さんに反対されても気にしないはずだ。違うかい？」

「違わないわ」

「ジャックのことも考えた」ジュリアンは空き地の端でネロと遊んでいる少年に目をやった。ジャックは何か投げては、犬に取ってこさせている。「学校が休みのときは、あの子は当然ぼくたちの家に帰ってくるべきだ。帰国するように説得できたら、イヴリンにヴィオラのレッスンをまかせよう。ジャックはハリーと過ごしたいと思うかもしれないけどね。さあ、ずぶ濡れになる前に行こう！」大粒の雨が降りだし、ジュリアンはデボラの手をつかんだ。

「ジャック！　バットとボールを持ってきてくれないか！」

三人は馬車まで走った。先見の明のあるトーマスは、すでに幌《ほろ》を出して窓を設置している。それでも雨は吹き込んで、ジャックの鹿革のブリーチズはネロの泥だらけの前足のせいで汚れてしまったが、馬車が鉄製の門を抜けてマーティン・エリコットの屋敷の前に着いたとき、デボラはみんなで身を寄せあっているのが心地よく感じられてならなかった。

彼女が口を開く前に、ジュリアンが謝った。

「告白するよ。きみをだました。ピクニックをした場所は、ここから七、八〇〇メートルしか離れていない。街を出たら大まわりしてあそこへ行くよう、トーマスに言っておいたんだ」

「おばさんは気がつくと思ったのに！」ジャックも言い、ジュリアンと顔を見あわせて笑った。

「裏切り者」デボラは甥に愛情をこめてそう言ったあと、降りやまない雨を見つめているジュリアンに向き直った。「言っておくけれど、悪い影響を与えるあなたとジャックをこれ以上一緒に過ごさせていいものか、考えさせてもらいますからね」

「デボラおばさん！」

「大丈夫だよ。おばさんの言葉を、そのまま受け取ったりはしないから。おばさんの態度を見れば、本気じゃないとわかるだろう？」ジュリアンは馬車の扉を開けながら言い、外を見てつけ加えた。「雨がやんできた」馬車をおり、デボラに手を貸す。「ジャック、中に入ったら、すぐに濡れた服を着替えるんだぞ」彼はフロックコートのポケットから封をした包みを取り出し、少年に渡した。「これをミスター・ジョーンズに渡してくれ。見ればどうすればいいのかわかるはずだから」

デボラは雨の中に立ち、これからどうしたらいいか考えていた。屋敷から駆けてきた従僕が、御者から大きな旅行鞄をふたつ受け取る。それが自分のものだと気づいて、彼女は言葉を失った。ジュリアンはジャックにようやく指示を出し終わり、必ず秘密を守るようにと頼んで、少年はふたつ返事で引き受けていた。ジュリアンは最後にネロをぽんと叩くと、トーマスに声をかけて馬車を出させた。馬車がデボラを残して遠ざかっていく。

彼女は従僕が運んでいった鞄を指差した。「あれはわたしの鞄よ！」

金の懐中時計に目を落としていたジュリアンが顔をあげ、時計を花の模様のついたベストのポケットに滑り込ませた。

「そうだ。きみの家の玄関にすっかり準備がすんだ状態で置いてあって好都合だったよ。さあ、濡れてしまう」

さりげなく彼女を屋敷へと促す。「きみに必要なものは全部入っていると思うよ」

「わたしに必要なもの？　なんのために必要なの？」雨に打たれていることも、濡れて重くなったボンネットのことも忘れ、デボラは彼に詰め寄った。「あの鞄はパリに行くために――」

「何も持たずに新婚旅行には行けないだろう？　さあ、早くおいで」

玄関でお辞儀をしている執事を、彼女は無視した。

「新婚旅行ですって？」

「メイドのブリジットがぼくを応援して幸運を祈ってくれたと知ったら、きみもうれしいだろう」

デボラは必死にあたりを見まわした。「何を応援してくれたというの？」

「ぼくたちは、もう二〇分も牧師を待たせているんだ」

「牧師？」悲鳴のような声になる。

彼女は足を止めた。ジュリアンが客間の扉を大きく開けて押さえている。部屋の中から、抑えた話し声やグラスの触れあう音が聞こえてきた。誰かの笑い声が響く。デボラは足に根が生えたように動けなくなった。無言の問いをこめて部屋の入り口を見つめ、ジュリアンに視線を戻す。

デボラが何を考えているのかすべてわかっているかのように、彼は微笑んだ。

「誰も嚙みつかないよ。牧師、彼のよき妻、花嫁の付き添い役として彼女の妹、それにもちろんフルー。この四人だけだ。残念ながらマーティンはいない。彼はいつもこの時季には、ぼくの両親と過ごしているからね。特別許可証は取ったし、牧師はどうしても秘密を守りたいというぼくの気持ちを理解して、教会での式を免除してくれた。さあ、一緒に入ってくれるかい？」

デボラは身震いし、濡れたショールをかきあわせた。気分が悪い。

「だって――ジェリーやメアリーは？　あなたの家族はどうなの？」

ジュリアンが笑った。「ぼくの父は、孫を見られる日が来ないんじゃないかと絶望しかけていたところだ。それにきみのお兄さんは、ぼくたちの結婚を祝福してくれた。それだけわかっていればじゅうぶんじゃないかな？」

「どうやってジェリーの祝福を――」

「卑屈なきみのお兄さんの話をして、晴れがましいこの瞬間を台なしにするのはやめようじゃないか」ジュリアンは安心させるように微笑み、デボラの手にキスをした。「さあ、入ろう。牧師が待っている」

「だけど服がびしょ濡れよ。それに――それに――もう！　こんなふうに頭が真っ白になっていなかったら、結婚できない理由を一〇〇だって思いつくのに！　まさか本気じゃないでしょう？」ジュリアンは何も言わず、扉の取っ手に手をかけたまま、期待をこめて見つめている。デボラはふうっと息を吐いた。「いまじゃないとだめなの？」聞こえるか聞こえないかの声で尋ねる。

「少しでもきみの気分が楽になるなら教えるが、ぼくもきみと同じくらいどきどきしている」

彼女は両手をもみしぼった。「結婚式用のドレスじゃないわ！　びしょ濡れだし、髪だって……」

「新婚旅行に早く出発すれば、それだけ早くふたりの生活を始められるよ」

デボラは濡れそぼった手袋と水のしたたるボンネットをゆっくりと脱いで床に落とし、水を含んだショールを廊下の椅子の上に置いた。わざわざ鏡をのぞこうとは思わなかった。どうせ髪はくしゃくしゃで、顔色は悪いのだ。ブーツは泥だらけだし、ドレスは胴着《ボディス》も淡いブルーのシルクのペチコートも濡れているうえ、ペチコートには膝のあたりに大きな草のしみがついている。

でも、それはみんなささいなこと。

部屋に入れば、牧師が待っている……。

10

デボラは夜明けの静かな物音に目を覚ました。霧に包まれた水辺の葦《あし》の茂みを水鳥が泳いでいる音や、ブナの木の頂を揺らして森を目覚めさせている風の音がする。あたりはまだ暗く、開いたカーテンのあいだから満月の光が差し込み、天蓋付きのベッドの上掛けの上を照らしていた。彼女は羽毛枕の山に埋もれながらぬくもりを楽しみ、窓の外から聞こえる遠い物音にぼんやりと耳を澄ました。幸せだった。結婚して三日が経つが、妻という役割に驚くほどすんなりとなじんでいる。もう何年も前から、ジュリアンと結婚しているかのようだ。

あの結婚式が遠い過去の出来事に感じられる。牧師をはじめ式に立ち会った人々は、デボラと同じくらい神経質になっていた。ジュリアンは逃げられるのを恐れるように彼女の手をきつく握っていたし、ふたりとも緊張のあまり周囲を見まわす余裕もなく、誓いを交わすときまで相手に目を向けることもなかった。教区簿に署名したインクが乾く頃になってようやく、マーティン・エリコットの一番上質のシャンパンで乾杯し、軽く言葉を交わせるくらいまで緊張が解けたのだった。

ピクニックに出かけたはずが、いつの間にか結婚していたというなりゆきに圧倒され、デボラはあの雨の午後の出来事をぼんやりとしか覚えていない。シャンパンを飲み、ケーキを食べながら、まわりの人々と話したはずだが、会話の内容の記憶はなく、ただ居心地の悪い他人行儀な雰囲気だけが印象に残っている。牧師たちは誰も自分から話しかけようとせず、手に持ったクリスタルのグラスに入ったシャンパンをほとんど口に運ぼうとしないまま、ぎこちなくかたまっていた。それなのにデボラの夫が何かしゃべると急に息を吹き返したように一言一句に耳を傾け、短い返事を熱心に繰り出した。彼らはまるで王にへつらう廷臣たちのようだと思ったのを、デボラは覚えていた。王に劣る自分たちには対等な会話など望むべくもないと思い込んでいる、卑屈な廷臣たち。ジュリアンはまわりのそんな様子に気づいていたとしても表に出さず、逆にみんなをくつろがせようと気をつかっていた。出席者たちだけでなく、デボラに対しても。なぜなら、牧師がそろそろ若い夫婦をふたりだけにしてあげる時間だと言いだしたとき、デボラが真っ赤になってしまったからだ。ジュリアンは微笑んで彼女に片目をつぶってみせると、すばやくみんなを追い出して、玄関の外で見送った。

残念なのは、ローザとオットーに出席してもらえなかったことだ。ふたりに幸せを見届けてほしかった。けれどもふたりはもうこの世にはなく、デボラはローザが何年も前に与えてくれた助言を胸に、初夜に臨んだ。当時は理解できなかったその助言は、愛は対等でないと成り立たないというものだった。夫と妻となったその日から、相手に対する正直さも、敬意も、ふたりでいることの喜びも、互いに同じだけ与えられないと結婚はうまくいかない。ローザはそう言っていた。

経験のないデボラには未知の行為に対する恐怖感がもちろんあったし、不慣れな自分がぎこちなくなってしまうであろうこともわかっていた。それでも恐怖に震えるか弱い乙女という柄ではなく、オットーの看病もしたのだから、自分が何も知らない無垢な娘とは見なされないと承知していた。実際、彼女は兄の身のまわりの世話をすべて引き受けていたわけで、食べ物を口に運び、薬を与え、体を洗い、服を着替えさせた。だから、男性の体がどんなものかは当然知っている。でもそれは病気で死にかけている男性の体で、健康で筋骨たくましい、しかも愛している男性の体となると、まるで勝手が違った。

ところが、寝室でふたりきりになって夫の姿を目にしたとたん、デボラは裸でいる決まり悪さを忘れた。男らしい体に見とれてしまったのだ。するとジュリアンが恥ずかしそうな顔になり、彼女はそのことに驚いた。彼は女性との情事を重ねてきているはずなのに、こんなふうにあからさまに見つめられた経験はないのだろうか、と。けれども照れくさそうな顔を見ているうちに、いくら経験を積んでいても、ジュリアンも彼女と同じくらい緊張しているのだと思えてきた。おかげでデボラは自分の経験のなさを忘れられ、余計なことを考えずに素直にふるまえば、夫との初めての愛の営みは喜びに満ちたすばらしい関係の始まりになるだろうと確信できた。そして大きな天蓋付きのベッドの上で、臆することなく対等の立場で愛を交わせたのだった。

初夜の記憶に微笑みを浮かべたまま、デボラは夫の姿を求めて、枕にのせた頭をまわした。だが、あたたかい体に触れたくて伸ばした手の先には誰もいなかった。急いで身を起こし、顔にかかった髪を払う。すると隣の部屋とのあいだにある扉の下から光がもれているのが見え、彼女は顔をしかめた。刺繡入りのシルクの部屋着を素肌に羽織ってきっちりボタンを留め、光のもれる小さな控えの間へ裸足のまま静かに向かう。

赤々と火が燃えている大理石製の暖炉のそばで、ジュリアンは書き物机に向かっていた。胸元が大きく開いた繊細な刺繡入りのシルクのガウンを着ていて、その下にはストッキングなしでシルクのブリーチズだけをはいている。肩の長さの豊かな黒髪を片手でかきあげながら熱心に羽根ペンを動かし、優雅な筆跡で一枚書き終えるとにじみ防止の粉を振りかけるために横へ置き、別の紙を取って書きつづけた。

散らかった机の脇に立っているのはジュリアンの従者、フルーだ。眠そうな目をしているものの、こんな早朝だというのに非の打ちどころのない格好をしている。彼はジュリアンが蠟《ろう》で封印するのを手伝うために待機しているらしい。従者の左手のすぐ横に置かれた銀のトレイの上には、すでに返事をしたためた手紙が積み重ねられ、残りは一通だった。

デボラは入り口に立ち、夫が最後の手紙の処理を終えるのを待った。だがジュリアンはなかなか読み終わらず、二枚目の終わりまで来たところで暖炉に目をやった。薪が一本はぜて灰の中に落ち、灰色がかった白い煤《すす》が煙突へとのぼっていく。彼は転げ落ちた薪の上に手紙の残りを放り、焼けて丸まっていくのを見つめた。ちらちらする光に照らし出される厳しい表情が見知らぬ男のようだとデボラは一瞬考え、そういえば彼のこんな顔をこの二週間のうちに何度か見たと思い出した。考えてみれば彼女は夫について、最初にエイヴォンの森で血を流しているのを見つけたときから、ほとんど何も知らないままだ。

彼女は複雑な思いで夫を見守った。一方、これからまだパリにいるロクストン公爵に急ぎの別便で送る最後の返事をしたためなければならないジュリアンは、暖炉から従者に視線を移し、小腹を満たすためにコーヒーとロールパンを運んでくるよう命じた。フルーがデボラに気づいてためらう。ジュリアンが手紙に目を落としたまま、何をぐずぐずしているのかと冷たくきいた。そこで彼女は声をかけ、ジュリアンがぱっと振り向いた。そのあまりにも冷淡な表情に、デボラは息をのんだ。近づくのをためらっていると、彼はすぐにあたたかい表情に変わって、椅子から立ちあがった。ガウンをきつくかきあわせながら従者に鋭くひとこと発し、フルーがすぐに出ていく。

デボラは枝付き燭台《しょくだい》の光に浮かびあがった書き物机の上に目をやった。散乱した紙、羽根ペンとインク壺がのった銀のトレイ、金の鎖がついた同じく金の印章と溶かした封蠟へと、順々に視線を動かしていく。

「しばらく前から起きていたみたいね」デボラは恥ずかしそうに微笑み、ジュリアンが伸ばしてきた手を取った。

「急いで手紙の処理をしなければならなかったんだ」彼がデボラの右の手のひらに、やさしく唇をつける。「あと一通、マーティンへの手紙で終わりだ」

「ご両親と一緒なんでしょう?」さりげなく聞こえるように意識して尋ねた。

「そうだ」

「彼とはずいぶん親しいのね」デボラは暖炉の前に行き、冷えた手を火にかざした。「ふつうの名づけ親と名づけ子の関係以上に。わたしは名づけ親に一度も会ったことがないわ。家出してパリのオットーのところへ行くまでは、誕生日になると贈り物を届けてくれたものだけど。たぶん見放されてしまったのね」

ジュリアンがデボラのあとを追いながら、途中すばやく金の印章を取って、ガウンのポケットに滑り込ませた。書き物机をさえぎるように彼女の横に立つ。

「フルーはトルコ風のコーヒーを用意してくれているんだ」

「トルコ風のコーヒー？」

「ああ。マーティンとコンスタンティノープルに住んでいたときに覚えた、悪い習慣さ」

「コンスタンティノープル？　すてきね」彼はどうしてそんな遠い異国で暮らしていたのだろう？　周遊旅行の途中に立ち寄ったのだろうか？「しばらくそこで暮らしていたの？」

「三年だ」ジュリアンは机の前からどこうとしない。「異教の驚くべき建築物や生まれて初めてかぐ香りを楽しみ、地上の街よりも大きく広がる埋もれた世界を探索した。震えているじゃないか。熱いココアを飲んであたたまるといい」

彼が躍起になって何を隠そうとしているのか突き止めようと決心していたデボラは、首を横に振り、秋の葉の色をした長い髪をもてあそんだ。

「そんな遠い街に住んでいたなんて本当に珍しいわ。あなたとムッシュー・エリコットは、きっと興味深い経験をたくさん分かちあってきたんでしょうね。それなのにムッシュー・エリコットは、これまで一度も名づけ子の話をしてくれなかった」

ジュリアンが笑みを浮かべ、照れくさそうに肩をすくめる。

「マーティンはとても忠実で口がかたいんだ。わがままな名づけ子に付き添って大陸周遊旅行に出るなんて老後の計画にはなかったはずなのに、一度も愚痴をこぼさずにいてくれた。それにろくでもない名づけ子の行動は、若い女性とのフランス語会話の題材にはふさわしくないと思ったんだろう」彼は眉をあげた。「きみにも、マーティンのまっすぐな気性と似たところがある。森でヴィオラを弾いていると、彼に一度も言わなかったそうじゃないか」

「あら、それは別の理由からよ。ヴィオラを弾いてほしいと頼まれたら、どんなに失礼でもお断りするしかないから」デボラは反論した。「わたしはそれなりに弾けるし、自分の楽しみのために弾くのは好きだけれど、人前で演奏すると思うとぞっとするの」

ジュリアンがにやりとした。「ぼくも同じだ。人に注目されるのが大嫌いだと、前に一度話しただろう。目立つのは嫌いなんだよ。人前にいるときのぼくを見ても、気づかないと思うが」ジュリアンは彼女を抱きしめ、頭のてっぺんにキスをした。「だから奥さま、これはきみとぼくとのあいだの秘密だ」

「人前に出る機会は多いの？」暖炉のそばであたたかい抱擁に身をまかせながら、デボラはさりげなくきいた。

「義務として求められれば――」

「家族に？」すばやく口をはさみ、すぐに後悔した。ジュリアンが抱擁を解き、ソファへと移動してしまったのだ。

ぎこちない空気が流れたが、そこへ使用人用の入り口からフルーが入ってきた。従者はテーブルの上にコーヒーの支度を整えると、静かに出ていった。

デボラはジュリアンがコーヒーをいれるのを見守った。東洋風の美しいポットやカップはコンスタンティノープルから持ち帰ったものだと、彼が説明する。金の模様がついた洋梨形の繊細な磁器のポットは精巧な銀のスタンドの上にのせる方式で、下に置いたろうそくの火で飲み頃の温度を保てるようになっていた。ジュリアンが磁器製のカップに注いだ液体を見ると、糖蜜のように真っ黒で濃い。彼はそこに柄の長い銀のスプーンで砂糖を正確に量って入れた。最後にカップを取りあげてコーヒーを口に含み、苦みと甘みのバランスを確認している。

「イスラム教徒のワインだよ」味に満足したジュリアンがカップを差し出した。「きみも試してみるかい?」

デボラはすぐには答えなかった。彼のひとつひとつの仕草を、穴が開くほど見つめていたのだ。長い指をポットの柄に絡めたり、小さなカップに砂糖を振り入れて慎重にかきまぜたり、形のいい口にカップを運んで、ほんの少しだけコーヒーを含んだりするさまを。細やかに注意を払った丁寧な動作は、ガウンを羽織っただけの無造作な格好や、くしで撫でつけず自然に肩に垂らした黒髪とは対照的だ。彼女の心に、昔夢で見た少年を思わせる男性となぜ結婚することになったのだろうというばかばかしい疑問が、ふたたびわきあがる。何度振り払っても、この問いは繰り返し戻ってくるのだ。

もう一度勧められて、デボラはカップを受け取った。ばかげたことを考えていたせいで頬が熱い。真っ黒な液体をおそるおそる口に入れた彼女は、あまりの苦さに口をすぼめ、あわててカップを突き返した。その様子を見て笑いながらカップを受け取ったジュリアンは中身を飲み干すと、彼女の顎の下をくすぐって勇敢さを褒めた。デボラは笑って彼の手をつかんだが、突然そんなじゃれあいが決まり悪くなり、ふたりとも黙ってしまった。

暖炉の前に戻って手をかざしているデボラを、ジュリアンはコーヒーを口に運びながら見つめた。裸足のつま先からシルクの部屋着に包まれた官能的な胸のふくらみへと視線を這わせていく。いますぐ机に戻って返事を書き終えないと、下腹部をさいなむ欲望に負けて彼女とベッドに戻ってしまうだろうとジュリアンは悟った。

妻との結婚を本物にすると決めたとき、彼女とベッドをともにすれば、ようやく義務を果たしてほっとするに違いないと思っていた。結婚は法的に問題のないものとなり、神のご意思にかなえば、ロクストン公爵に孫――彼の血筋が続いていくという目に見える証拠――をすぐにも見せられるのだから。そしてデボラが妊娠したらすぐにパリへ戻り、元どおりの生活を送るとともに、野心のありすぎる徴税請負人との決着をつけるつもりだった。美しいが悪賢い娘と一緒に、ジュリアンを罠にかけて結婚へと追い込もうとしている徴税請負人との決着を。

ところがまったく予想もしていなかったことに、イングランドへ戻って妻に会ってみると、彼の結婚した少女は美しく魅力的な女性へと成長していた。ひと目見たとたん、ジュリアンはデボラに惹かれた。彼女がエイヴォンの森で腿の上にまたがってきた瞬間から、欲しくてたまらなくなったのだ。だからベッドをともにして結婚を成就させる日を楽しみに待っていた。ところが実際のなりゆきは、想像をはるかに超えていた。夫妻となった最初の晩に彼らは三回も快感を極め、えもいわれぬ至福のときを過ごした。ジュリアンは義務を果たしてほっとするどころか、いまや妻に夢中だ。彼女に対する欲望はおさまるどころか強くなる一方で、初めてワインを飲んでとりこになってしまったアルコール依存症者のようになっている。

妻がこんなふうにジュリアンとの交わりを率直な好奇心で楽しみ、あたたかくいい香りのする体で惜しみなく愛撫に応えてくれるとは、うれしい驚きだった。彼に対してこれほど正直に自分を見せてくれる女性はこれまでいなかった。いまのジュリアンには高級娼婦の優れた技術でさえ、経験のない妻の正直な反応と比べれば安っぽく思える。デボラとベッドをともにして、彼は正直さがどれほど大切かを悟った。彼女の肉体的な正直さは最高に強力な媚《び》薬《やく》だ。

ジュリアンは懸命に彼女から目をそらし、書き物机に戻った。空になったコーヒーカップをどけ、必要もないのに音を立てて手紙をめくる。

「この手紙は急ぎなんだ。すぐに出さないと、パリから弁護士がふたり来てしまう」

デボラが彼のほうに足を踏み出す。「パリの弁護士がここに？」

「彼らの出発前に、ぼくの手紙が届かなければね」ジュリアンは手紙に目を据えて言った。

「だが、いつまでも避けつづけることはできない。ぼくはパリで問題を抱えているんだよ」

目をあげてデボラが近づいているのに気づいたジュリアンが、あわてて彼女のほうへ来て立ちふさがった。デボラは顔をしかめた。彼は何を見せまいとしているのだろう？　けれどもその疑問より、パリについての話に対する興味がうわまわった。

「パリ？　あなたはパリに行くの？」

「ああ。つまらない法律上の問題なんだが、とにかくあちらへ行かざるをえない。でも、心配する必要はないよ」

「森でけがをした、あの決闘に関係があるの？」彼がうなずいたのを見て続ける。「わたしも一緒に行くわ」

「だめだ！　こんなばかげた試練に、きみまで巻き込むつもりはない」

デボラは夫の広い胸に手を当て、険しい顔を見あげた。「試練？　パリへ行くことは、あなたにとって試練なの？」

ジュリアンは安心させようと笑顔を作ったが、どうしても嘘はつけなかった。デボラの体から伝わってくるぬくもりに、誘うように漂ってくる髪の香りに、伸びかけのひげでざらつく頬に当てられた彼女の手に、机へ行くことで実行に移したはずの決心が簡単に崩れていく。彼はデボラの豊かな赤褐色の巻き毛をうしろに払い、やわらかく丸い胸に手を置いた。

「パリになど行きたくない」ジュリアンはささやいた。シルクの布に覆われたふくらみの頂を親指の腹でこすり、伝わってくるこりこりとした感触を楽しむ。「もう少しきみとふたりだけで過ごしたい……。三日ではとても足りない……」彼は身をかがめ、やさしくキスをした。「ベッドに戻っていてくれないか。ぼくもすぐに行く。今日はちゃんとした新婚旅行に出発しよう」

デボラが彼の首に両腕をまわし、さらにキスをねだる。「どこへ連れていってくれるの?」

ジュリアンはまたキスをした。今度は情熱的に。一気に欲望が高まって、彼女の胸を手で包む。もう一方の手はひだの寄った部屋着ごとヒップをつかみ、その下の丸みを楽しんだ。

「弁護士たちに見つからない場所だ」

「新婚旅行中は、たくさん手紙を書くつもり?」彼の肩からガウンを滑り落として筋肉質の腕をあらわにしながら、デボラがからかう。

ジュリアンは彼女の首の付け根にキスをした。

「この手紙が今月最後の手紙だ。約束する」

デボラは目を伏せて微笑み、シルクのブリーチズの下のかたいこわばりが腹部にこすりつけられる感触を楽しんだ。ジュリアンが最後の手紙を仕上げるのは愛を交わしたあとになる、と彼女は確信した。

「パリへ行ってしまったら、せめてもの慰めに手紙を書いてくれる?」

「きみと離れて過ごすのは、たとえひと晩でも寂しいよ」

「それを聞いてうれしいわ。わたしは自分のものにはちゃんと所有権を主張するつもりですからね。教えて。わたしは射撃で的をはずすことはないと、夫に言っておく必要はあるかしら？」

　彼は低く笑いながらデボラを軽々と抱きあげて運び、寝室を横切って上掛けの上に落とした。

「そんな血も涙もないことを考えているなんて、お仕置きをする必要があるな」

　夜明けの薄明かりの中でデボラは夫の緑色の目を見あげ、これはただのすてきな夢なのではないかと考えた。いまにも目が覚め、乳母が甘いココアの入ったカップをのせた小さな銀のトレイを持って立っているのが見えるかもしれない。こんなふうに思うのは初めてではなかった。でも、違う。これは夢ではない。目の前の男性は彼女の夫で、余分な脂肪のないすばらしい体をしている。デボラが妻として彼とベッドを分かちあっているのは、議論の余地のない明白な事実なのだ。

「わたしを愛して、ジュリアン」彼女はささやき、夫の唇を求めながら、指先でブリーチズのボタンを探った。

　ジュリアンは思わずぶるりと震え、さらにきつくなったシルクの生地から早く解放されたくて、うなり声をあげた。それでもデボラがわざと時間をかけて銀のボタンをいじりまわし、からかうように愛撫を繰り返す感触は心ゆくまで味わった。彼女の胸に唇をつけると、純粋な喜びに体が一瞬緊張する。彼がデボラを求めているのと同じくらい彼女もジュリアンを求めているという事実が、デボラが自らの欲望を包み隠さずあらわにしているという事実が、彼女がジュリアンと同じだけ楽しんでいるという事実が、彼の中にこれまで経験したことのない激しい情熱を呼び起こした。

「ああ、すごいよ、デボラ。きみのせいで、ぼくはめちゃくちゃだ」ジュリアンはうめくように言い、張りのある丸い胸から平らな腹部へと唇を滑らせ、あたたかく魅惑的な腿の合わせ目の奥にある濡れそぼった部分へと分け入っていった。

11

フルーはもう二週間も同じ靴を磨いていた。ほかにすることがないのだ。バースに戻って以来、彼はなすすべもなくだらだらと過ごしている。毎日、街中まで出てどこかの酒場で時間をつぶし、それからパンプ・ルームに行って新顔が現れていないかを確認したあと、転送されてきている主人宛の郵便物を取りにトリム・ストリートのバールホテルへ行く。昼食をとったらまた街をぶらぶらして、マーティン・エリコットの屋敷へと戻る。手紙や招待状を回収していれば、図書室のサイドボードの上にまとめてあるものの上に重ね、それで一日が終わる。

オールストン侯爵と花嫁は一日あとに戻るという知らせを携えて、フルーは湖水地方からバースへと戻った。一四日前のことだ。ウィンダミア湖畔のエリザベス朝様式のマナーハウスで七週間も何をしていたのかとマーティンから詰問されると覚悟していたのだが、彼は名づけ子の新婚旅行に関して何もきかず、フルーはそのあいだの出来事について打ち明けられないままでいる。とくに、ある出来事など、思い出すといまでも顔がにやけてしまうのだが……。

その日、侯爵と花嫁は軽食を持って湖へ出かけ、泳いだり釣りをしたりして午後を過ごした。ふたりはびしょ濡れのまま帰ってきて、決闘の武器として剣より拳銃のほうが優れている点を熱心に論じあいながら二階へとあがっていったので、家政婦とフルーはあっけに取られて顔を見あわせたのだった。玄関には水たまりが、階段に敷かれた絨毯には水のしみが点々と残っていた様子にも驚いたが、フルーはデボラが彼の主人のシャツを身につけていたことに何よりもあきれ返った。フルーが丁寧に手入れしている衣服に対する、あまりにも敬意の欠ける行動、そしてそもそも男の服を着るなどという傍若無人さに衝撃を受けるあまり、二階から響いてくる慎みのない笑い声やばたばたという足音、それに勢いよく扉を閉める音はほとんど耳に入らないくらいだった。けれども、突然の銃声となると話は別だ。

フルーはノックもせずに羽目板張りの寝室に飛び込み、目の前の光景に気絶しそうになった。脚がふらついて何かにもたれたかったが、どうしても足が前に出ない。ぶるぶる震える両手を上着のポケットに突っ込んで握りしめたものの、あとはまばたきをしようにもまぶたさえ動かなかった。

フルーの視界を占めていたのは侯爵夫人だった。彼女は裸足の足をわずかに開き、窓に体の側面を向けて部屋の真ん中に立っていた。濡れた長い巻き毛が水をたっぷり吸ったシャツに張りつき、ふだんは隠されているはずのものが透けていた。彼女は控えの間にあるクローゼットに向けて右腕を伸ばし、その先に握られた拳銃からは煙が……。真珠を埋め込んだ銀のグリップに、フルーは見覚えがあった。彼の主人の拳銃だ。

「だめだわ！　全然うまくいかなかった」侯爵夫人が顔をしかめて拳銃をおろした。

そのときフルーの頭には、さまざまな可能性が渦巻いた。彼女にばれてしまったのだ。主人は自ら打ち明けたのだろうか？　それとも使用人の誰かが？　いや、それはない。屋敷で働いている使用人たちは、侯爵の本当の素性を知らされていない。だからこそ、新婚旅行先を遠い北の地方のここにしたのだ。ふたりのあいだでは、つまり花嫁にとっては、フルーの主人はただのジュリアン・ヘシャムだ。けれども、どうやってかはわからないが彼女は真実を知り、だまされたことに腹を立てて復讐をくわだてた。そしていま、侯爵を撃ったのだ！フルーはそう結論づけたものの、どうしても声が出なかった。

しかしやがて、恐慌状態に陥っていた彼にもまわりを見る余裕が生まれ、不思議なほど気分が静まった。彫刻を施した大きな暖炉のそばには濡れた服が山になっているが、あれは洗濯する必要がある。上掛けがこんもりと丸まっている巨大な天蓋付きベッドには目を向けないようにして、さっと部屋を見まわしたものの、重厚なエリザベス朝様式の家具に異変はなく、人がもみあったような形跡もない。フルーは恐ろしいほどの決まり悪さに襲われた。気を失いそうな恐慌よりも、はるかにたちの悪い決まり悪さに。

裸足のオールストン侯爵が控えの間から寝室に入ってきた。ブリーチズしかはいておらず、濡れた髪が目の上に垂れている。彼は大笑いしながら妻の手をつかみ、彼女を控えの間のクローゼットへと連れていった。そして気がつくと、フルーもあとを追っていた。

「全然うまくいかなかった、だって？」侯爵が妻にきく。「きみは自分に厳しすぎるよ！

この拳銃は狙いより弾が右にずれると教えたら、ちゃんとそれを修正してみせたじゃないか。見てごらん！　キャンバスは無傷で、額縁がほんの少しだけ削れている。羽目板にちょっとへこみができただけで、誰も何も気づかないさ」

クローゼットの壁には小さな穴が開いていて、そこから分厚いクルミ材の羽目板が割れていた。弾は壁に当たる前に木製の金色の額縁もかすめていて、木が細く削り取られた跡が残っている。けれどもエリザベス朝様式のマナーハウスのトピアリー・ガーデンを描いた絵には傷ひとつなく、壁が受けた被害をそっちのけに、フルーは侯爵夫人の射撃の腕前に感嘆した。彼女を決闘の相手にしたら恐ろしいことだろう。

それなのにデボラの表情は晴れない。

「絵にはもちろん当てるつもりはなかったし、額縁もよけるつもりだったのよ」彼女は拳銃を調べながら、いたずらっぽい表情で夫を見あげた。「たぶん、もう一度やれば……」

「それはだめだ！」侯爵がにやりとして、拳銃を妻から取りあげる。「羽目板のへこみひとつくらいなら、簡単に直せる。だがもう一発撃てば、管理人のダン一家になんの説明もしないわけにはいかなくなるだろう。それは面倒だ」

彼は妻を抱きあげ、ベッドへと向かった。ふたりとも楽しそうに笑っている。

フルーは単なるのぞき見になってしまうぎりぎりまでふたりを見守り、それからようやく扉を閉めて、頭を振りながらゆっくりと階段をおりた。そして彼らの様子を思い出してにやにやしながら、料理人からエールの入ったカップを受け取ったのだった。

主人夫妻を迎える準備をするため、フルーは荷物とともに、ひと足先にバースの屋敷へ戻った。しかし毎日待ちわびているのに、ふたりが戻る気配はない。手紙の山は高くなる一方で、そのうちの一通には主人になるべく早く目を通してもらう必要があるというのに。お仕着せ姿の使者が三日前に届けてきた、ロクストン公爵からの手紙だ。マーティン・エリコットは中身を読まずに、とりあえず返信を送っている。それに公爵がよこしたのは手紙だけではない。フランス人の弁護士がふたり、突然現れたのだ。

フルーはいつものように手紙を取りに街まで行って戻り、馬屋を出たところで彼らと出くわした。最初はバースへの旅行者が迷ったのかと思ったが、背の高い年上のほうの男が馬をおりて旅行用のマントを脱ぎ、首元を飾る繊細な白いレースと豪華な刺繍入りのフロックコートという服装をあらわにしたので、そうではないとわかった。男はマントをフルーに渡して乗馬用の手袋をはずし、一日とて肉体労働をしたことのないやわらかい手にいくつもはめた高価な宝石の指輪をこれ見よがしに示したあと、連れを振り返って、イングランドの建築物の風変わりさについてフランス語で感想を述べた。まとめた髪を袋に入れる形の茶色いかつらをかぶり、無難なウールの服を着た、いかにも下っ端という感じの連れは、サドルバッグの中身を出すのに気を取られていた。しかしぶかぶかのかつらをかぶった彼は上司に話しかけられ、イングランド人の風変わりな嗜好《しこう》は理解できないし、味気ない食べ物が量だけたくさん出てくるのにはさらに閉口すると返した。そして食事もワインもまずかったマールバラの宿とは違い、この家には少なくともおいしいワインくらいはあってほしいとつけ加えると、年上の男はありえないというように鼻を鳴らした。

「ムッシュー・ミュレールがオールストン侯爵にお目にかかりに参上した」下っ端の男が口上を述べ、リボンでまとめたひと束の文書を抱えあげた。「すぐにお伝え願いたい、われわれが到着したと」

フルーは玄関に出てきたフィバーに重いマントを押しつけると、さっとお辞儀をしてフランス人ふたりを迎え入れた。そして侯爵は在宅していないと説明しはじめたが、弁護士は高飛車に鼻を鳴らしてさえぎった。

「侯爵はわたしに会われる」そう言って、濃厚な香りのするレースの縁取りをしたハンカチを振る。「どうしても必要なのだから」

それだけ一方的に表明したあと、弁護士ふたりは執事の横を気取った足取りで通り抜け、マーティン・エリコットの挨拶を受けた。マーティンが彼らの母国語であるフランス語で話しかけて図書室へ案内すると、彼らはそこに一日じゅうこもり、あらゆる隙間に山のような書類と紙と羽根ペンとインクを広げ、軽食を用意して運んでくるように要求した。彼らにはわざわざ食堂で食事をして仕事を中断する暇はないのだと言う。弁護士たちのこうしたやり方をいつもどおり淡々と受け入れるマーティンを見て、フルーはその落ち着きに驚くとともに、おそらくそれはロクストン公爵を心から信頼しているためなのだろうと考えて納得した。

ある晩遅く、客間で夕食のあと片づけをしていたマーティンの執事は、砕石を踏んで走ってくる馬車の音に気づいた。彼はタイル敷きの玄関広間に真っ先に駆けつけようと走り、屋敷の主人とぶつかった。刺繍入りの寝間着にタッセル付きのそろいのナイトキャップという格好のマーティンも、ろうそくを持って二階からおりてきたところだったのだ。

従僕が玄関の鍵を開けると、マーティンは執事にろうそくを渡し、馬車を迎えに行かせた。馬車は長い距離を走ったからというより速度をあげてきたために土埃と泥にまみれていて、馬たちは疲れきっている。すぐに馬車の扉が勢いよく開き、ケープ付きの丈の長いコートにブーツを履いたオールストン侯爵が飛びおりた。彼は明かりに照らされた張り出し屋根の下にいるマーティンに向かって手袋をはめた手をあげると、うしろを向いて妻に手を貸した。

マーティンが侯爵夫妻に向かって頭をさげた。目だけは鋭くふたりの様子をうかがっているが、穏やかな好奇心をたたえた礼儀正しい表情は崩さない。

「ようやくきみたちが無事に戻って、ほっとしたよ。少々遅かったようだが……」

「遅かったかな？」侯爵がとぼけて返し、マーティンの手を握ってにやりとした。「この二週間、フルーは邪魔だっただろう」そう言って、眠そうな目をした従者に目をやる。フルーは騒ぎを聞きつけて、ようやく外に転がり出てきたところだった。

「いや、まったく」マーティンは静かに答え、デボラが差し出した手を取って身をかがめた。

「よく来たね。疲れて、おなかもすいているだろう」

マーティンの名づけ子と結婚してから彼と顔を合わせるのは初めてで、デボラは気恥ずかしさを覚えながら微笑み、なんとか落ち着いて応えた。「ありがとうございます。疲れてはいますけれど、おなかはまったく。それよりあたたかいお風呂に入れたらうれしいですわ。一日じゅう馬車に揺られていたので」

「きみは食べ物のえり好みが激しいからな」ジュリアンが明るくからかう。

「えり好みが激しいですって？」デボラはあぜんとしたあと笑いだした。「いやというほど長いあいだ馬車で走ったあと、夕食ならとったでしょう？　だからお食事は辞退したのに、そんなふうに言うなんて！」

ジュリアンが意地悪く笑う。「ぼくの前に運ばれてきた牛肉を見て、きみは真っ青になったじゃないか」

デボラはくすくす笑い、愛情のこもった仕草で彼の腕をつかんだ。「そうだった？　かわいそうに、そんなところを見てしまったなんて」

ジュリアンは妻と名づけ親のあいだに入ってふたりと腕を組み、屋敷に向かって歩きだした。

「そんなことがあったので、夕食後は少し速度を落としたんだ」マーティンに説明する。

「だから、こんな夜になってしまって。おわびしますわ」デボラはお辞儀をしている従者に目を向けた。彼は三人を通そうと脇によけている。「かわいそうなフルー。彼は暇を持てましていたんじゃありません？　せいぜい一日か二日であとを追うつもりで、ほとんどの荷物と一緒に先に戻ってもらったんですけど、いつの間にか二週間も経ってしまって……」彼女は恥ずかしそうに夫を見あげた。

「彼が引き止めたのでしょう、侯――」

「そうそう、やっぱりぼくは腹ぺこだ」ジュリアンは〝侯爵夫人〟という言葉を口にしかけたマーティンをさえぎり、旅行用のマントと手袋を脱いで、眠そうな従者に押しつけた。「きみも何か食べなくてはだめだよ。一日じゅう、何も食べていないじゃないか」妻が心配でそう言いながら、ちらりとマーティンを見る。名づけ親は荷物をおろすようフィバーに命じるとともに、侯爵夫人のための風呂の準備も申しつけていた。

「そんなことないわ。〈ダックポンド・イン〉でパンを少し食べたもの」デボラが笑みを浮かべて応える。彼女は手袋を脱ぎ、乱れた髪に手をやった。「どうしてもお風呂に入りたいの。だからあなたはひとりで食べてきて。わたしはムッシュー・エリコットに、おやすみのご挨拶をしてくるわ」

ジュリアンは妻の手にキスをしてマーティンのところへ連れていき、自分はフィバーを従えて食堂に向かった。侯爵夫人を結婚初夜に泊まった続き部屋へと案内しながら、マーティンはメイドを用意できなかったことをわびた。けれども、すでに二カ月以上メイドの助けを借りずに生活していたデボラは大丈夫だと告げた。実際湖水地方では、近くの村から毎日通ってもらっていた地元の娘に身支度を手伝ってもらう以外、ほぼすべてを自分でやっていたのだ。

しばらくしてマーティンが食堂に行くと、彼の名づけ子は月に照らされた窓の外を見つめていた。端整な顔をゆがめて考え込み、テーブルのほうは見向きもしない。フィバーが蓋をかぶせた皿とワイングラスとブルゴーニュ産ワインの瓶を置いて出ていっても、ジュリアンは窓辺に立ったまま、背後で人が出入りしたことにも、マーティンがじっと見つめていることにもまるで気づいていなかった。マーティンは扉を閉めた。

「まだ彼女に話していないんだな、ジュリアン」

ジュリアンはしばらく間を置いてから、振り返らずに答えた。

「話せなかった」

「何かおかしいと彼女が思っている様子はあるのか？」ジュリアンがただ肩をすくめたので、マーティンはため息をついて腰をおろし、クリスタルのグラスにふたり分のワインを注いだ。

「あちらにいるとき、本当の身分を打ち明ける機会もあっただろうに」

「カンブリアの領地に行ったことはあるかい？」マーティンの言葉が聞こえなかったかのように、ジュリアンは窓を向いたまま言った。「エリザベス朝様式の大きな屋敷は、設備は古い。でも管理人のダン一家が、屋敷の中も敷地もきれいに維持してくれているんだ。とくにトピアリー・ガーデンはすばらしいよ。ジェームズ二世の庭師が手がけたものらしい。ダン一家には南棟を修復する許可を与えた。桟橋を作らせようかと思っている。ハリーとジャックが釣りを楽しめるように」

「打ち明ける時機を先延ばしにすれば、どんどん難しくなる。デボラはきみを心から愛しているから、なおさらだ」

ジュリアンは振り返り、名づけ親を見つめた。血の気の引いた顔が冷たく、喉はからからで吐き気がした。

「くそっ、マーティン、わざわざ言われなくてもわかっている！」

ふたたび夜の空に目を向け、窓にかけた腕に額をつけた。

「こんなことになるとは思わなかったんだ。自分が――彼女が――こんな気持ちになるなんて、予想もしていなかった。何度も想像していたよ。だが、彼女はどんな女とも違う。どうすればいいんだろう……」つばをのみ込み、怒った口調で続ける。「無理だ。説明などできない！」

マーティンは白い眉のあいだにしわを刻み、名づけ子の横に立った。

「あちらでは――楽しく過ごせなかったのかな？」ワイングラスを渡しながら、穏やかに尋ねる。

するとジュリアンが苦々しげに笑ったので、マーティンは驚いた。

「何がききたいのかわからない。釣りやカンブリアの自然を楽しんだか、ということかい？ それともぼくが義務を果たし、夫婦の営みに勤勉に励んだか？ どちらもイエスだ。彼女がすでに妊娠していなかったら、公爵はぼくではなくハリーに跡継ぎ作りをまかせたほうがいい」あからさまな言葉にマーティンが当惑しているのを見て、ジュリアンはすぐに謝った。

「すまない《エクスキューゼ・モア》、言葉がすぎた」フランス語でささやく。「あなたは誰よりも、ぼくの病的なまでに潔癖な倫理観をわかってくれているのに。なぜぼくが自分を律してきたのかも、なぜできるだけ早く彼女に息子を産んでほしいと思っているのかも」

「そのとおりだ」名づけ子の赤裸々な言葉に顔を赤らめたまま、マーティンもささやいた。

ジュリアンは顔をこわばらせてうなずき、マーティンが彼の心の内を理解してくれているという暗黙の事実を言葉にした決まり悪さをごまかすため、サイドボードの上の手紙の山に初めて気づいたふりをした。

「急いで目を通すべき手紙はあるかい？」問いかけながら一番上の手紙を取りあげ、封を切る。「父上からだ。いつ来たのかな」

「三日前だ」

ジュリアンは優雅な筆跡の手紙に目を走らせると、たたんで横に置いた。ほかに重要そうなものがないか調べはじめる。

「パリに戻ってこいと書いてある」無頓着に言い、強い香りのする手紙を取りあげてにおいをかぐと、顔をしかめて脇に放った。

「何度も呼び戻しているのにきみが無視していることを、公爵は快く思っておられない」マーティンが告げた。「六週間前にパリへ戻るべきだった」

「父上は冥界の王ハデスのように、ぼくに腹を立てている」ジュリアンは手紙やカードに次々と目を通していった。マーティンがとがめるように見ているのを知りながら、気を引かれた招待状や手紙を無造作に抜き取っていく。

「公爵の命を受けたパリの弁護士がふたり、今朝到着した。今日は一日じゅう図書室で書類を調べていたよ。明日の朝、きみにパリの様子を説明するそうだ。警告しておくが、パリ警察の警視総監がきみの逮捕状を出した。ムッシュー・ルフェーブルが娘の代わりに、約束不履行で訴えたんだよ」

ジュリアンが他人事のように肩をすくめるだけなので、マーティンはいらだった。深刻な訴訟沙汰にのほほんとしている名づけ子に腹が立ってならない。ルフェーブルが告発を公にしたことでジュリアンの両親、とりわけ母親がどれほど影響を受けるか、彼もさすがに気にするだろうと思っていたのだ。公爵夫人は長男が世間から悪く言われ、フランスの新聞で最悪の英国貴族の象徴のように扱われても、表向きは平気な顔をしている。しかし本当はこの訴訟が年老いた公爵の衰えた体に負担をかけるのではないかと心を痛めていて、マーティンは見ていてつらかった。長年培った自制心も限界に達し、思わずきつい口調になる。

「フランスの弁護士たちが図書室を占拠していると、きみから奥方に伝えるのか？　それともわたしが代わりに言おうか？」

「ぼくの妻のことは、あなたには関係ない」ぎっしりと文字で埋まった手紙のうしろから、ジュリアンが感情のない声で答えた。

「ここ何年か、きみの妻を見守る役目をわたしが担ってきたのを忘れているんじゃないか？」マーティンは動じずに返した。「居心地の悪い立場に耐えながら、彼女の生活について公爵に報告してきたんだ。わたしの忠誠心が常にロクストン家に向けられていることに変わりはないが、彼女の幸せに対しても責任を感じているんだよ」

ジュリアンが手紙を投げ捨て、かっと目を開いてマーティンをにらんだ。

「あなたは父上がもっとも信頼する三〇年以上にもわたる忠実な部下で、それなりに自由に意見を言える立場にあるのはわかっている。だが仕えている主人の息子に、夫としての義務について説教するのが許されるかといえば、そうではない。もう一度言う。妻のことはあなたには関係ない」

ふたりの男はにらみあったが、先に目をそらしたのはマーティンのほうだった。非の打ちどころのない礼儀正しさで白い頭をさげる。

「身分と家名への義務は重いものだ、ジュリアン。しかし、それを守ること自体が目的となってしまってはいけない。ほかのすべてを切り捨て、人の気持ちを無視してまで守るべきものではないんだ。そんなまねは傲慢というものだよ。公爵はそのことを、きみのお母上と恋に落ちて学ばれたのだ。では、おやすみ」

マーティンはもう一度頭をさげて部屋を出た。ジュリアンがフランス語で悪態をつき、テーブルに拳を叩きつけたせいで皿や銀製の蓋が音を立て、ワイングラスが倒れるのが聞こえる。マーティンはそっと扉を閉めた。

翌朝早く、フィバーに導かれてデボラがテラスに現れた。朝のコーヒーを飲みながらロンドンの新聞を読んでいたマーティンは、彼女がテーブルの横で恥ずかしそうに立っているのに気づくと、あわてて新聞をたたんで立ちあがった。毎週彼の家を訪ねてきていたときよりも、デボラは美しくなった。今朝は黄色がかったクリーム色のシルクのドレスにそれと合わせたミュールという簡素な格好で、赤褐色の巻き毛を一本のリボンで束ねて片方の肩から前に垂らし、ほっそりした白い首をあらわにしている。けれどもデボラの自然な美しさを引き立てているのはドレスだけではなく、彼女の感じている幸せと健康がもたらしている輝きでもあると見て取って、マーティンの気分は沈んだ。ふと、彼女がつけている装身具に目が留まる。優美なミルク色の真珠の三連チョーカーで、その中央にはサファイアとダイヤモンドで作られたブローチがはめ込まれている。彼はそれをよく知っていた。この真珠のチョーカーは、代々ロクストン家の跡継ぎが結婚するときに花嫁に贈るものだ。

「よく眠れたかな?」マーティンはなんとか明るい笑みを作った。

彼はデボラが差し出した手を取り、あたたかい日の光を背後から受ける向かいの席に座るよう促した。彼女の朝食を持ってくるようフィバーに指示する。

「ええ、とてもよく。それに今朝はいつもより気分がいいみたいで。何か食べられそうですもの」彼女が微笑んだ。

「それはよかった。季節の新鮮な果物や、焼きたてのブリオッシュがある」

「フランス語のレッスンのためにここへは何度も来させていただいていますけど、そういえば英語で話をしたことは一度もありませんでしたわ。それなのに、こうしてフランス語の単語をひとつも使わずに話しているなんて! フランス語のなまりがちっともないんですね。あなたはフランス人だと、ずっと思っていましたのに」

「母がフランス人だったんだよ。それに引退してバースに引っ込む前は、雇い主とわたしはほとんどいつもフランス語で話していた。雇い主は母親も妻もフランス人だから。だがきみの言うとおり、わたしの英語にはなまりがない」マーティンはあたたかい笑みを浮かべた。「ちなみにジュリアンの母親は英語がまったくだめでね。彼女のことは二〇年以上前から知っているが、そのあいだ英語の単語を一度に二語以上話したことがないと言ったら、わかってもらえるかな」

デボラは差し出されたココアのカップを受け取った。「ジュリアンのお母さまはフランス人なんですか？」

マーティンは余計なことを言ったと後悔した。「そうだ」

「わたしは気に入っていただけるかしら」

彼はデボラの茶色い目に不安を見て取り、やさしく励ました。「大丈夫だとも」

彼女はあいまいに微笑んだものの、楽しそうに目を輝かせた。「初めてお会いするときには、わたしがヴィオラを弾くことや、刺繍よりも拳銃を撃つのが得意なことは黙っておいたほうがいいかもしれないわ」

「そんな必要はない。彼女——ジュリアンの母親に会ったら、きっと驚くだろう。とても魅力的な女性だよ」

「お父さまは？」

マーティンはコーヒーの入ったカップをおろした。「ああ、閣下《モンシニョール》はつきあうほどに味が出てくるお方だ」

「ムッシュー・エリコット」デボラが急に頬を紅潮させて言った。「これを聞いたらとても驚かれると思いますけれど、わたしはあなたの名づけ子と結婚して二カ月半近く経ったいまも、彼の家族についてほとんど何も知らないんです。彼は当たり障りのないことを少し話すだけで、詳しいことは何も明かしてくれません。それにカンブリアで過ごしているあいだは、わたしもわざわざ問いつめようとは思いませんでした。あまりにも幸せで、無理やり聞き出した内容が結婚を続ける障害となるようなものだったらと思うと、ききたくなかったんです。質問したら、彼との未来に対して抱いている自分の希望が粉々になってしまう気がして」彼女はふっと笑った。「突然何をばかなことを、というお顔をなさっていますわ。本当に自分でもばかだと思います」

デボラはフィバーがテーブルの真ん中に置いた皿からブリオッシュを取り、静かにふたつに割った。けれどもいざ口に入れようとすると、なぜか吐き気がする。〈ダックポンド・イン〉でも、さらにさかのぼってカンブリアでの最後の何日間かも、同じような吐き気を感じた。彼女は皿を押しやった。

「愚痴をお聞かせして不愉快にさせてしまったかもしれませんね。すみません。うじうじした女性をいつも軽蔑しているのに、自分がそうなってしまうなんて。なぜなのか、自分でもわからないんです」

マーティンはデボラの手をそっと握ったが、どうしても目は合わせられなかった。

「もし助けが必要になるようなことがあったら言ってほしい。わたしたちは何年も前からの知りあいだ。いまではきみが孫みたいに思えてならないんだよ。きみが好きだし、きみの幸せを心から望んでいる。だからわたしが必要になったら、いつでも頼ってほしいんだ」

デボラは彼のほっそりした白い手を一瞬見つめたあと、澄んだ青い目に視線を移して眉をひそめた。心臓が急に重く音を立てて打ちはじめる。

「ありがとうございます。そう言っていただけて、どんなに心強いことか」感謝をこめて告げると声を低め、心に秘めていたひそかな恐れをマーティンにぶつけた。「わたしは本当にジュリアンと結婚しているんでしょうか？」

彼が励ますように微笑む。

「間違いないよ。それにさらに質問される前に言っておくが、ジュリアンは本当にわたしの名づけ子だ。彼のご両親に、この名誉ある役目を仰せつかってね。このふたつの事実については絶対に真実だと誓う」マーティンは彼女の手をぎゅっと握ってから放し、椅子にもたれた。「きみはもうわたしの名づけ子と結婚したのだから、これからはマーティンと呼んでくれないか？」

「喜んで、そうさせていただきますわ。ありがとうございます」デボラは腿の上に届いている巻き毛の先を神経質にもてあそんだ。「ジュリアンはきっと、あなたにわたしのことを相談しているんでしょうね。だからあなたはご両親が彼の選んだ花嫁に不満を持つかもしれないと心配して、さっきみたいに言ってくださったんじゃないかしら。だってわたしには、兄の意に逆らってパリへ行ったという過去があるんですもの。そして無理やり連れ戻されるまで戻らなかった。育ちのいい女性は、そんな行動はしないものですわ」彼女の顔に血がのぼった。「駆け落ちしたりもしません」

「ジュリアンの両親は、きっとわたしと同じようにきみが大好きになるよ。そのパリの件については少し聞いているが、サー・ジェラルドに逆らったのは死が迫っていたお兄さんのそばへ行くためだろう。ならばかえって、きみの株があがるというものだ。若いお嬢さんが兄を看病し、彼の妻と幼い息子の面倒を見た。本当はその義務のある人間は別にいたのに。きみは非難ではなく称賛されるべきだよ。そして必ず、ジュリアンの家族もそう考えるに違いない」

マーティンはコーヒーをもう一杯注ぎながら、彼の心を騒がせている懸念をどうすればジュリアンを裏切らずに彼女に説明できるか、考えをめぐらせた。

「彼の父親は圧倒的な存在感を持った人物でね。ジュリアンも若い頃はまだそれに対抗できず、そんな父親の威光をまともに浴びる場所では暮らせないというところまで追いつめられた。誇張でもなんでもなく、少年時代の彼は荒っぽく悪名が高かったんだ」マーティンはデボラを見あげた。「この先、きみは彼についてさまざまな評判を耳にするだろう。その中には本当のものもあるが、過去に不当な仕打ちを受けたと信じている者がジュリアンを痛めつけたくて、でっちあげたものもある。わたしは彼の行動の言い訳をするつもりはないし、逆に彼を裁こうとも思わない。ただ、これだけは覚えておいてほしい。ジュリアンの将来は生まれたときから決まっていて、よくも悪くもその事実が彼を形作っている。そしてわたしは、きみならその確固たる事実と折りあいをつけられると信じているんだ。それができなければ……」言葉を濁し、ぎこちない笑みを作る。彼女が何か応える前に、マーティンは唐突に話題を変えた。「わたしはクルーホールに行ったことがないんだよ。ウィンダミア湖の湖畔で、すばらしい場所だそうだね……」

デボラはマーティンがジュリアンについて語ったことを理解するのに忙しく、意味のない質問は頭を素通りした。夫の名づけ親にぶつけたい問いが次々と浮かぶ。そのとき、テラスと川にはさまれた芝生の上を馬が駆けてくるのが見えて、ふたりは口をつぐんだ。ジュリアンだ。

彼は汗と土埃にまみれたまま、すぐにテラスに現れた。豊かな黒髪も白いシャツやもみ革のブリーチズも、すっかり湿っている。馬も自分も限界ぎりぎりになるまで走りつづけていたらしく、ひと晩じゅう寝ていないのは明らかだ。デボラとマーティンはゆっくりと立ちあがって、ジュリアンが口を開くのを待った。彼は疲れの浮かんだ目の前から髪を払いのけると、デボラの前にある口をつけていないブリオッシュに目を留めた。

「食べなくてはだめだ。それも、もっとちゃんとしたものを」ジュリアンは彼女に言い、次にマーティンに向かってフランス語できいた。「手紙の返事を玄関広間のテーブルの上にまとめて置いてある。今日バースまで持っていかせてくれないか？」

「わかった」ジュリアンを見つめながら、マーティンが穏やかに返した。

「ムッシュー・ミュレールはもう起きているかな？」

で言った。


「ああ、そのようだ」

「長くは待たせない。入浴して着替えたら会おう」

「ムッシュー・ミュレールにフィバーから伝えさせよう。では、一時間後ということでどうかな」名づけ子の様子におかしなところなどまるでないかのように、マーティンは静かな声で言った。

デボラはマーティンとジュリアンを交互に見て、彼らのフランス語のやり取りに漂う奇妙な距離感に眉をひそめた。しかもふたりは明らかな事実を口にするのを避けている。彼女は我慢できなくなった。

「どうしたの、ジュリアン？　すっかり疲れきっているじゃない！」思わず英語で割って入った。「ひと晩じゅう起きていたのね。眠らなくてはだめよ」

夫は彼女の言葉を認識したしるしにうなずいたが、目を合わせようとしない。

「心配してくれてありがとう。ではふたりとも、失礼するよ」ジュリアンはそう言ってさっさと屋敷の中に入ってしまい、デボラは唇を噛んで見送った。彼女がそんな仕草をするのは何カ月かぶりのことだった。

12

「もしわれわれがばかげた主張を変えるようにマドモアゼル・ルフェーブルを説得できなかったら、パリ警察の警視総監であるムッシュー・サルティンの尋問を受けていただく必要がありますが、閣下《モンシニョール》にはご理解いただけますかな？」フランスの著名な弁護士、ミュレールが忍耐強く説明する。「父親はあなたを法廷に引きずり出そうと躍起になっておるのです。娘が嘘をついているとサルティンを納得させられなかったら、いまのわれわれの努力は無駄になります。そうなったらモンシニョール、残念ながらサルティンは約束不履行のかどであなたを起訴せざるをえないでしょうな」

「それはきわめて由々《ゆゆ》しき事態です、モンシニョール。由々しき事態ですぞ」下っ端の弁護士、オーガスト・ポティエがどこか楽しげに言う。

「ポティエ！　まぬけめ、おまえは黙っていろ！」年上の弁護士が恐ろしい目でにらみつけると、ポティエは依頼人のぴんと伸びた広い背中に向かって深々と頭をさげ、角を折って何カ所もしるしをつけてある本と格闘する作業に戻った。自分の言ったことは正しいのに、とぶつぶつつぶやいている。

ミュレールが大きく咳《せき》払いをした。「ポティエのばかさ加減に不安になられたなら、おわびします、モンシニョール」

「ルフェーブルの脅しなど怖くはない」ジュリアンはゆっくりと言いながら、グラスに赤ワインを注いだ。「サルティンに直接説明をすれば、ばかげた訴えはすぐに却下されるだろう」

ミュレールが依頼人に用心深い目を向ける。

「娘の父親を納得させられる方法がひとつあります。ムッシュー・ルフェーブルは非常に誇り高く裕福な男です。このばかげた約束不履行をめぐるいざこざは即座に解決されるでしょう、もしモンシニョールが――その――」

弁護士は香水を染み込ませたハンカチの香りをたっぷり吸い込んで、勇気を振りしぼった。

ポティエが息を詰めて上司を見守る。

「――マドモアゼル・ルフェーブルとの結婚に同意されれば」

部屋の中が重苦しく静まり返った。弁護士ふたりが息をのんで視線を交わす。

「結婚？　売女《ピュタン》と？」弁護士の言葉が信じられず、ジュリアンは怒りに満ちた声をあげた。

「正気を失ったのか？　それこそ相手の思う壺だろう！　それならいくら厳しい判決が下る可能性があろうと、裁判を受けたほうがましだ！」

「もちろんです！　もちろんですとも！」ミュレールがあわててなだめた。「まったく、まぬけが！　おまえがこんな提案をしたからだぞ、ポティエ！　なんという愚か者だ！」ハンカチを大きく振って、部下を叱責する。「なぜおまえの言葉なんかに耳を傾けてしまったのだろう。金持ちの娼婦との結婚を考えるようモンシニョールに勧めるなんて、あまりにも非常識だ！　それがあの娘の目的だというのに！　おまえにそう言わなかったか？　われわれがなすべきなのは、娘と会い、尋問することだ」彼はたたみかけながら、先のとがった靴でそわそわと歩きまわった。「だが娘のいる屋敷は要塞同然で、入り込むのは無理だ！　父親が誰も入れないし、やつの命を受けた人間でなければ外にも出さない。おまけに使用人のふりをしたごろつきがうろちょろしている」

「じつはモンシニョール、娘はパリ警察に対して、相手の男の——その——あの部分を詳細に描写をしてみせたんだそうです」ポティエは依頼人の目をどうしても見られず、上司のほうを向いて話しながら神経質に鼻を鳴らした。「だからといって、娘をベッドに連れ込むためにモンシニョールが結婚を申し出たという証拠にはならないのはわかっています。ですが、かなりの影響力を持つ証拠であるとは言えるでしょう」

「ふざけたことを言うんじゃない、ポティエ！」ミュレールが軽蔑したように言い、ハンカチの放つ濃厚な香りをふたたびかいだ。「なんというまぬけだ。なぜおまえみたいなやつに我慢しているのだろう。つまり、そのふしだらなマドモアゼル・ルフェーブルが、サルティンにムッシューの立派なものを詳しく説明してみせたというんだな。しかし、それがなんの証拠になる？　その娘が計算高い娼婦だとわかっただけではないか。それ以上の証明にはなっていない。そういうことだ」

巨大な留め金のついたダマスク織の靴を履いた年長の弁護士は、高い踵を中心にくるりと向きを変え、ジュリアンの立っている窓辺から遠ざかった。ジュリアンは窓辺で、屋敷の前から続く細い道の先にある木々を見つめていた。弁護士が続ける。

「男が結婚を約束したとたんに身をまかせ、そのあと警察に行ってあの部分を詳細に描写してみせるような女は、誘惑に負けた貞淑な女ではない。身分の高い男を結婚の罠にかけるために自ら脚を広げる、百戦錬磨の売春婦だ」

「まさにそのとおりです！」ポティエが上司の推理を称える。しかしその小さな目に浮かんだ称賛の色は、依頼人が窓の外を見つめたまま話しはじめるとあっという間に消えた。

「そんなことはどちらだろうとかまわない」ジュリアンは無関心な声で淡々と言った。「この不愉快きわまりない件が適切に処理されればそれでいい」

「もちろんそうでしょう！」ポティエはおもねるようにつぶやいたあと、上司に告げた。「じつは根も葉もない噂ですが、モンシニョールがマドモアゼル・ルフェーブルを妊娠させたという話が流れています。約束不履行の訴えはともかくとして、体の関係を持てばそういう可能性はあります。マドモアゼル・ルフェーブルのおなかに子どもがいれば、裁判官の同情を得るでしょう」ふたたび耳障りな鼻の音を響かせる。「この問題についてもよく検討する必要があるのではないでしょうか、ムッシュー・ミュレール？」

ミュレールとジュリアンは無言のまま視線を交わし、そのあとジュリアンはふたたび窓の外に目を向けた。ミュレールは身をかがめると、ジュリアンから事前に知らされていた極秘の情報をポティエの大きな血色のいい耳にささやいた。何も知らされていなかった下っ端の弁護士が当惑して身をこわばらせる。

「哀れなやつだ！　娼婦と遊んでも楽しむ技術すら未熟なおまえには、想像もできないのだろう」ミュレールは髪粉で白い頭を振り、忍び笑いをもらした。「モンシニョールがご親切にもサンジェルマンにあるマダム・セレステの娼館への紹介状を書いてくだされば、あそこにいる口を使うのがうまい女どもが、彼を教育してくれるかもしれませんな」

そう言ったとたん、ミュレールはあまりにも気安い口をきいてしまったことを後悔した。依頼人のこわばった背中を見て、社会的身分の違いをわきまえない軽率な物言いだったと気づいたのだ。けれども彼が失態を取り繕う前に、部屋の入り口に魅力的な女性が現れた。かたまっていたオーガスト・ポティエが息をのむのが見えて、ミュレールは自分が幻を見ているのではないと悟った。

デボラは自分が見知らぬ男たちに与えた衝撃にはまるで気づかず、来客がいたことに当惑し、どうすればいいのか迷っていた。身支度を手伝ってくれるメイドがいないうえ、客がいるなど予想もしていなかったため、くつろいだ格好をしている。外出時には必ずつけるパニエをはずしているので、ドレスの黄色がかったクリーム色のシルクの生地は長身の官能的な体の曲線に沿って流れ落ちていて、その魅力的なさまに男たちの目は釘づけになった。結いあげずにおろした赤褐色の髪は波打ちながら腿まで届き、顔はほんのりと赤く染まっている。喉元を飾る光沢のある真珠のチョーカーが、その下の大きく開いたドレスの胸元へと視線を誘った。フランスから来た弁護士たちの目に、彼女の姿は血と肉を得たギリシアの女神像のように見えた。

ふたりの弁護士はすぐさまお辞儀をした。ポティエはその途中でテーブルに積みあげていた書類をひっくり返し、ミュレールは袖口のレースが足元の絨毯につくくらい深く体を折った。ふたりともすばらしく美しい女性を目にしたうれしさに、顔がだらしなくゆるみきっている。けれども彼らには、相手の正当な身分に対する敬意はまったくなかった。彼女を放蕩者として名をはせている依頼人の最新の愛人だと思ったのだ。

不自然に部屋が静まり返っているのに気づいて振り返ったジュリアンは、弁護士たちの注意が彼からそれた理由を一瞬で把握した。ふたりはジュリアンの妻を、ぽかんと口を開けて見つめている。まぬけなにやけ面を見れば、彼女を頭の中で裸にしているのは明らかだ。そしていつもは静かな自信に満ちているデボラが、あからさまに称賛の視線を体に注がれて、度を失っていた。ジュリアンの目の前で、当惑した彼女の白い胸元から首へと赤みがのぼっていく。自分が愛人だと思われていることに気づいているのだろう。

けれどもデボラが狼狽した本当の理由は、いつもとあまりにも違う夫の様子だった。テラスで顔を合わせたあとジュリアンは入浴してひげを剃り、清潔な麻のシャツにもみ革のブリーチズとオイスター色のシルクのベストという非の打ちどころのない服装に着替えていたが、寝不足から濃いくまのできた緑色の目は生気がなくうつろで、口はかたく引き結ばれている。いつも浮かべている明るい笑みは跡形もなく、どこか冷たく尊大な雰囲気を漂わせた彼はハンサムな見知らぬ男性に見えた。

美しい妻を舐めるような目で見つめているふたりの弁護士に対するジュリアンの怒りはすさまじかった。生まれて初めて感じる目もくらむような嫉妬と独占欲に体じゅうが熱くなる。それでも妻を愛人だと思い込んでいる彼らの誤解を解こうという考えは、これっぽっちも浮かばなかった。誇り高いジュリアンには、くだらない弁護士ふぜいにわざわざ説明する気などなかったのだ。頭にはデボラをこの場から立ち去らせなければという思いしか浮かばず、すぐさま弁護士たちを押しのけ、妻のもとへ向かった。ところがデボラのほうが早かった。すばやく部屋に入り、しっかりとした澄んだ声で彼に呼びかける。胸の谷間に垂れさがっている真珠のチョーカーを指でまさぐっている仕草だけが、彼女も困惑して神経質になっていることを示していた。

「モンシニョール」彼女はフランス人たちが夫に対して使っていた敬称を使い、フランス語で続けた。「もしかしたらお茶の前に、わたしをお客さまに紹介なさりたいのではないかと思って」

当惑しつつも、デボラの茶色い目には挑むような光があるのをジュリアンは見て取った。彼女はかなり前から部屋の入り口に立っていたに違いない。彼は英語で返した。

「悪かったね。つまらない法律的な問題の処理に、思ったより時間がかかっているんだ」

「まあ。わたしも何かお手伝いできるかしら？」

ジュリアンは顔をしかめた。「きみの手を煩わせるまでもない」

「煩わせるまでもないですって？」必死に声を抑えて、デボラは言い返した。怒りに満ちた視線を彼に向け、弁護士たちから離れた窓辺まで行って英語で話す。「夫が弁護士と、あの——あの部分について話しあっているのを聞いて、わたしが平気でいられると思うの？　いい種馬の品評をするみたいに、あなたのあの部分が話題にされるのを聞いて」彼女は苦々しく笑ってみせたが、本当はいまにも涙がこぼれそうだった。「親密な関係を結んだ女性でないと知りえないような事柄が、フランス人の娼婦の宣誓供述書に記されている。それなのにあなたは、こんなのはつまらない法律的な問題で、妻には関係ないと言うの？　あの人たちはわたしの供述も取りたいと思うかもしれないわ。それとも彼らは、モンシニョールの悪名高い持ち物の大きさを、自分の手で測りたいと思っているのかしら」

「きみは何も知らない。余計な口ははさまないでくれ！」

デボラはわざとらしくため息をつき、おとなしく夫に従うふりをして目を伏せた。長く垂れさがる真珠のチョーカーに興味を引かれたように、しげしげと見つめる。

「あなたの言うとおりね。知識も経験もないただの妻にすぎないわたしには、比較なんて無理。サンジェルマンの娼婦たちなら、さぞかし立派な報告をしてくれるんでしょうけれど。あなたの——立派なあの部分について」

「もうじゅうぶんだ」ジュリアンは歯ぎしりするように言って、彼女に身を寄せた。

デボラは焼けるように痛む喉に手を当てて、うしろにさがった。指の下に真珠のチョーカーを感じながら、夫と目を合わせる。涙がこみあげて目が熱くなったが、絶対に泣くまいと歯を食いしばった。一滴でも涙をこぼせば、すすり泣きが止まらなくなってしまう。でも、泣いてこの場がうやむやになるのはいやだった。耳にしたばかりの話を追及し、彼女の想像は間違いだとジュリアンに言ってもらいたい。フランス人の弁護士たちは、彼ではない別の誰かについて話しているのだと。それなのに、彼はデボラを安心させるどころか何も言ってくれない。ただ怒った顔で彼女をにらんでいるだけだ。デボラはくすりと笑った。

「そういう私的で親密な事柄を弁護士と話しても、妻とは話さないのが常識だなんて知らなかったわ。あなたのすばらしいその部分の恩恵を享受していたのはわたしなのに」

ジュリアンがこわばった顔で横に来ると、デボラは弁護士たちのほうを向いて手を差し出し、彼らの母国語で明るく言った。

「このすてきな紳士方に、わたしを紹介してくださらないの？」

彼らが英語をまったく解さず妻との会話の内容を知られなかったことに感謝しながら、ジュリアンは期待に満ちた目を向けているふたりに視線を移した。骨まで凍りつくような冷たい声で言う。

「ムッシュー・ミュレール、ムッシュー・ポティエ、妻の――オールストン侯爵夫人だ」

ミュレールは愕然《がくぜん》として自分の耳を疑った。よろよろとうしろにさがりながら香水を染み込ませたハンカチを落とし、にやけた顔を敬意に満ちた表情に変える。そしてすぐさま、ヴェルサイユ宮殿で王族に拝謁するときと同じ最大級の礼を尽くしたお辞儀をした。一方のポティエも、高貴な身分の夫の前でその奥方のすばらしい胸をまじまじと見つめてしまったことに衝撃を受けていた。彼もまた深くお辞儀をすると、激しい当惑をごまかすために、そのまま膝をついて絨毯の上に散らばった書類を集めはじめた。ふたりとも、もう彼女の顔は見ようともしない。

「オールストン侯爵夫人ですと？」ミュレールは差し出された白い手の上に顔を伏せながら、驚きのあまり繰り返した。「もちろん、そうでいらっしゃいましょうとも！　なんという光栄！　なんという魅力的な奥さまでしょう！」

「なんという光栄！　なんという魅力的な奥さま！」ポティエがくしゃくしゃになった書類の束に団子鼻をうずめて繰り返す。

さらなる説明を期待する視線を向けてきた弁護士を、ジュリアンは無視した。

彼はデボラに意識を集中していた。差し出した手をすばやく引っ込めた彼女は、まるで亡霊にでも出くわしたようにジュリアンを見つめている。弁護士たちが礼節上の失態にあわてふためいている中、デボラの驚愕はそれをはるかに超えていた。彼女の白い顔に夫に対する嫌悪と信じられないという怒りが交錯しているのを見ても、ジュリアンは驚かなかった。

この瞬間が訪れるのを、彼は何カ月も恐れていた。そしてどうやって真実を告げるのが一番いいか考え抜いた末に、二カ月半も結婚生活を送ったのだからジュリアン・ヘシャムとオールストン侯爵が同一人物だとわかっても彼女は気にしないだろうと、無理やり自分を納得させていたのだ。だが、やはりだめだった。デボラにとって、その事実はあまりにも重いのだとすぐにわかった。こんな状況に追い込まれた居心地の悪さと苦い失望とで、思わず尊大な口調になる。

「自分がオールストン侯爵夫人だと知って、あまり喜んでいないようだな」

信じられない思いでいっぱいだったデボラはしばらく声が出ず、身動きすらできなかった。耳の先からつま先まで全身がしびれている。

「冗談よね?」ようやく言葉を押し出し、弁護士たちをからかうための悪ふざけだと言ってくれないかと、必死で期待しながらジュリアンを見つめた。あるいは、彼女がオールストン侯爵夫人でロクストン家の跡継ぎの妻だというのは単なる聞き間違いであってくれないかと。

けれどもジュリアンは、彼女にウインクをしてイエスとは言ってくれなかった。デボラを見ようともせず、男同士のトランプの集まりにでも出席しているかのように平然として、窓辺でかぎ煙草を吸っている。彼は金のかぎ煙草入れをポケットにしまいながら弁護士たちに向かってうなずき、デボラに歩み寄って腕をつかむと耳元でささやいた。

「観客のいない場所で話しあいを続けよう」

ジュリアンが彼女を連れて扉のほうへと向かう。

なんとか威厳を保ちつつ、デボラは彼を振り払おうとした。勘違いではないとわかり、自分の置かれた状況の深刻さに押しつぶされそうだ。嫌悪感と怒りがうねるようにわきあがってくる。

なんてこと。夫がオールストン侯爵だったなんて! 結婚したのはジュリアン・ヘシャムだったはずなのに。駆け落ちした相手が良心のかけらもない放蕩者だとは思いもしなかった。

どんなに否定したくても、先ほど聞いた胸の悪くなるような話は侯爵のいかがわしい評判を裏づけている。直感などという実体のないものを、なぜ信用してしまったのだろう？　彼がデボラと駆け落ちした理由もわからない。理由はいくつかあるのかもしれないけれど、そのどれもが愛情とは関係ないと思い当たって、彼女は頭がくらくらした。彼と過ごした時間をたどり、ある事実に気づいて胸が悪くなる。出会ってからいままで、激しい情熱に駆られているときも、静かに語らっているときも、彼はただの一度も愛していると言っていない。

その瞬間、デボラの結婚は崩壊し、粉々に砕け散った。

彼女は懸命に威厳を保とうとした。顔を伏せて様子をうかがっている弁護士たちにも、デボラを部屋から連れ出そうと引っ張っている見知らぬ人間に変わってしまった夫にも、どんな気持ちでいるのか悟られたくなかった。心がうつろで気分が悪く、恐慌をきたしそうになっているなんて、絶対に知られたくない。それなのに体を支えてくれるはずの骨は燃えたあとの紙のように頼りなく、胸は足で踏みにじられたようにずきずきする。デボラは懸命に耐えていたが、とうとう限界に達した。膝から力が抜け、がくりと折れる。絨毯が目の前にせりあがってきた。

デボラは目を開け、体を起こそうとした。けれども吐き気がこみあげたので、もうしばらくクッションに寄りかかっていることにした。暖炉のそばのソファに横たわっているらしいが、図書室に弁護士たちの姿はなく、代わりにマーティン・エリコットが心配そうに彼女を見おろしている。すすり泣きを抑えながら頭を動かすと、長身の男性が見えた。ブリーチズのポケットに手を突っ込み、陰鬱な表情で暖炉の火を見つめている彼はオールストン侯爵。彼女の夫だ。

結婚してもっとも親密な瞬間を分かちあった男性が悪名高いロクストン家の跡取り息子だったという事実を、デボラは心のどこかでまだ受け入れられずにいた。

自分がこれほど簡単にだまされるまぬけだったことが信じられない。どうして心の赴くままに行動してしまったのだろう？　そのあいだ、理性は眠っていたのだろうか？　頭が心に警告を発するべきだったのに。何も考えずにあわてて結婚するなんて、どうかしていたとしか思えない。やみくもにオットーのもとへ向かったときみたいに、衝動的に行動してしまった。でもオットーは彼女の兄で、互いに対する愛情に疑問の余地はなかった。デボラは自分のジュリアンに対する愛にも、彼の自分に対するに愛にも、同じように疑問の余地がないと思い込んでいた。恋は盲目とは、よく言ったものだ。盲目になるだけでなく、完全に理性を失ってしまう。

いきなり気絶した自分自身をデボラは軽蔑した。こんなふうに弱々しいところをさらしてしまうなんて信じられない。最近はどこか妙な状態が続いたので、ひそかにある疑いを抱いていたのだが、完全にはっきりするまでは夫にすばらしい知らせを伝えるのを控えていた。いまとなっては、伝えようと思っていた知らせはすばらしくもなんともない。それどころか、疑いが確信に変わったらと思うと恐ろしい。

二度と気絶などしないとデボラは誓った。強くならなくては。とにかくいまは、この恐ろしい状況をできるだけ詳しく解明するのだ。オットーのもとへ行くためにドーヴァー海峡を渡る船に乗り込んだとき以来、こんなにもひとりきりだと感じるのは初めてだった。

「いままで一度も気絶したことなんてなかったのに」まだ信じられなくて思わず声に出し、体を起こして足を絨毯の上におろした。

「別に不思議ではない」ジュリアンが暖炉の火を見つめたまま、気の抜けた声で言う。「もう三日も、ちゃんと食事をしていないんだから」

デボラは彼の背中を見つめた。気分の悪さが心の重苦しさに変わっていく。彼女はマーティンに言った。「申し訳ないけれど、お水をいただけないかしら」

マーティンが陰鬱な表情で彼女に水を渡した。「今朝きみに言ったことは本気だった」口早に言う。「こんなに衝撃を受けるとわかっていたら……。申し訳ない」

ジュリアンが振り返った。「マーティン、ぼくたちだけにしてくれ」

「だめよ！」立ちあがったデボラの体がぐらりとよろめいた。

ジュリアンがさっと駆け寄って腕をつかんだが、彼女は触られたくなくて振り払った。代わりにソファの背に手をついて体を支える。

「わたしは自分の置かれた悪夢のような状況を理解するのに、あなた以外の人が必要なの。ムッシュー・エリコット、教えてちょうだい。この男性は本当にオールストン侯爵なの？」

「間違いなく」

「そしてわたしたちは本当に結婚しているのかしら？」

「間違いなく」

デボラは恐慌をきたさないように、しばらく深呼吸をして心を落ち着けようとした。けれどもマーティンの短い答えのあと重苦しい沈黙が続き、いっこうに気持ちは楽にならない。男たちはふたりともしゃべらず、彼女がどう出るか待っている。思わず小さくすすり泣きがもれてしまったが、デボラはわななく唇を震える手で押さえ、わっと泣きだすのをこらえた。

「皮肉なものね！　夫が身分の高い人物の婚外子だったとしたら、まったく気にならなかったわ。それなのに、この国随一の公爵の跡継ぎと結婚しているとわかって、吐き気がするほどの恐怖に襲われている」彼女はジュリアンに言った。「ロンドンには、下劣な評判をものともせずに喜んであなたと結婚する愚かな女性たちが山ほどいるでしょう。それなのに、どうしてわたしなの？」

「ああ、そういう女は何十人といる」ジュリアンは苦々しい声を出した。「だがその中には、ぼくの血筋を侮辱するような愚かな女はひとりもいない」

「わたしはあなたの家族についてひとことも知らされていなかったんだから、侮辱するもしないもなかったわ。家族のことをきいても、いつもはぐらかしていたじゃないの」デボラは言い返した。「でも、ようやくわかったわ。あなたの名づけ親のムッシュー・エリコットは、かつて貴族の従者をしていた。その貴族というのはロクストン公爵だったのね。それにしても、従者を自分の跡継ぎの名づけ親にする貴族は珍しいんじゃないかしら」

「わたしがその大いなる名誉を賜ったのは――」

「マーティン！　言い訳などしなくていい！」ジュリアンが怒ってさえぎる。

「だが、彼女の言うことはもっともだ」年老いた男は静かに言い、名づけ子に笑みを向けた。「彼女は妻となったのに、きみの生まれについて、ただ想像をめぐらせるしかない状況に置かれていたんだよ」

ジュリアンがさっと手をあげた。頬が当惑で鈍い赤に染まる。「そう言えば、ぼくが納得するとでも？　妻がぼくを婚外子だと――欲望だけの関係から生まれた劣った存在だと考えたのは、しかたがないと思うとでも？」

「あなたのプライドの高さときたら、鼻持ちならないわ！」デボラは怒りの声をあげた。「そんなあなたが、すばらしい血筋よりも人間性を重視する女を妻にすることを自分に許したなんて、まったく驚きね。爵位があるからといって、紳士とは限らないのよ！　それに父親の奔放な行動の責任を罪のない子どもに負わせて偉そうに見下す権利は、貴族といえどもないわ！」

「妻が決められたのは、ぼくが一五歳のときだった」ジュリアンはかぎ煙草入れを取り出しながら、いきなり言った。デボラが理解できずに目をしばたたいているのを見て、冷たい口調でつけ加える。「まだ子ども部屋で寝起きしているような痩せこけたちびと真夜中に結婚式を挙げるなんて、ぼくだっていやだったさ。だが父がその無限の英知でもって、わがままな跡継ぎを大陸周遊旅行へ送り出す前に結婚させておいたほうがいいと決めたんだ。海外で成年に達する予定だったからね。異国の地で何年も過ごしていれば、何が起こるかわからない。ぼくがまったくふさわしくない花嫁を連れて帰国する可能性もあった」

デボラは当惑し、眉をひそめて彼を見た。

「真夜中に？　一五歳で？」

彼女はごくりとつばをのみ込み、ジュリアンの言ったことをよく考えてみた。真実に思い当たって目を見開き、さっとマーティンのほうを向く。

ジュリアンがゆがんだ笑みを浮かべた。

「一二歳のきみは、なんだかさえない感じの女の子だった。だが幸い、すばらしく官能的な美人に成長した。おかげでぼくたちの結婚は、思っていたよりずっと楽しめるものになったよ」

「でも――ありえないわ。だって、あれは夢よ。アヘンがもたらした鮮明な夢のはず」デボラはひだの寄ったクリーム色のシルクのあいだで、手をきつく握りしめた。「乳母が寝る前にわたしに飲ませたの。なぜかは覚えていないわ。とにかく飲めばよく眠れると言われて。翌日の朝、乳母に夢のことを話すと、忘れなさいと。そういえば、アヘンのせいだと言ったのは乳母だった。その夢では、森でオットーがヴィオラを弾いていて、わたしはブランコに乗っていたの。それなのに、気づいたらわたしだけ太った主教さまの前にいて。ほかに年を取った男の人がふたりと、緑色の目をした悲しそうな少年がいたわ。三人とも悲しそうで、そのせいでわたしも悲しくなった。お話の中の場面みたいで、いま思い出しても現実とは思えない。あれは夢よ。そうじゃないと思うようなところなんて、どこにもなかった」

遠い記憶を振り払いたくて、デボラは頭を振った。けれどもジュリアンに目をやり、エメラルドグリーンの瞳を見ると、彼が真実を語っているのだとわかった。冷たい手を真珠のチョーカーに当てて締めつけられるように痛む喉を包みながら、袖付き椅子の端にゆっくりと腰をおろす。

「真夜中だったから……わたしは半分眠っているような状態だったわ。何を話しかけられたか、半分も覚えていない。真夜中にあんな野蛮なやり方で結婚させられていたなんて……封建的よ」

デボラはマーティンのほうを向いた。

「あなたはあそこにいた」驚きとともに言う。「あなたと――あれは公爵かしら？　そうよ、公爵――彼の父親とジェリーと主教さまがいた。オットーはいなかったわ。そうでしょう？　オットーが登場する部分は夢ですもの……」彼女は目をしばたたいて涙を押し戻した。「ジェリーはひとこともしゃべらなかった。彼が乳母に、アヘンをわたしに飲ませろと命令したんだわ。おとなしく言うことを聞くように。薬でもうろうとさせておけば、簡単に結婚させられると考えたのよ！　無事に結婚させたら、夢だったと言ってごまかす。信じられない。なんて卑劣な臆病者なの！」

デボラは消え入りそうな声でつぶやいた。「ジェリーはなぜこんなまねができたのかしら」最初はただひたすら信じられなかったのが、やがて怒りに変わる。膝の上に爪を立てて手を握ると、シルクのペチコートがくしゃくしゃになった。大粒の涙がぽたぽたと腿の上に落ち、布地にしみができていく。「どうしてこんなだまし討ちも同然の卑劣なやり方で、わたしを結婚させたの？　まだ子どもだったのに。しかも実の妹よ。何も知らないまま市場に連れていかれ、競りで一番高い値をつけた人に売り渡される家畜じゃないわ」

「われわれ貴族のあいだでは、女性に自分の人生を決める権利はない。きみだって、よくわかっているだろう。それはきみが一二歳であろうと二〇歳であろうと関係ない」ジュリアンが淡々と事実を告げる。彼はゆがんだ笑みを浮かべた。「だが、とにかくぼくの鼻持ちならないプライドは脇に置いておくとして、きみは自らの選択でぼくと結婚した。森で血を流しているのを見つけた見ず知らずの男と、ためらいもせず駆け落ちしたんだ。だからぼくの身分がわかったからといって、なんの違いがある？　素直に恩恵を享受すればいい」

彼のとてつもない尊大さに、デボラは呆然とした。

「わたしをだまして、選択肢があると思わせたくせに。存在しない男性に恋をさせて。人間らしい感情と真摯な考えを持ち、わたし自身を愛してくれている男性に。本当のあなたはそれとは正反対だった。わたしをベッドに連れ込むことだけが目的だったのよ！」

ジュリアンはかぎ煙草を吸い、部屋の離れた隅から静かに見守っているマーティンをちらりと見た。

「もちろんぼくは、きみを早くベッドに連れていこうと思っていたさ。当たり前だろう。きみは妻なんだから。ロバート・セシガーのようなやつに誘惑されるのを放っておいて、重婚の罪を犯させるわけにはいかなかった。きみは身も心もぼくのものだ。ぼくだけの」

「そう思う？」デボラはふたたび立ちあがり、挑戦的に言った。「わたしは女かもしれないけれど、心も自分の意思もあるのよ。あなたの家を存続させるためにくわだてられた冷たい契約結婚なんてまっぴらだし、すばらしいあなたを引き立てるお飾りの妻になるのもいや。そんな薄っぺらな存在になるなんて。あなたはいま、わたしを法律の上では所有しているかもしれない。でもわたしは絶対に、あなたのものにはならないわ！」

ジュリアンが、かぎ煙草入れを音を立てて閉めた。当惑したような笑みを浮かべ、デボラを見て眉をあげる。

「だが、ぼくはすでにきみをわがものにした。一日に二度、ときには三度も」

「ふたりで分かちあったあの親密な時間を、よくもそんな——」

「いや、不平を言っているんじゃない。むしろ逆だ。きみと体の相性がいいとわかったのは、うれしい驚きだったよ。だが……」彼はそこで困惑しているふりをした。「処女というのはふつう、きみのようにベッドの上で積極的ではないものなんだが——」

デボラは彼の顔を平手打ちした。頬がしびれるほどの強さにジュリアンが驚き、よろめきながらあとずさりする。

「あなたには胸が悪くなるわ。種馬が牝馬《ひんば》をはらませようとしていたというわけ？　だからこの二カ月半、毎日わたしにまたがりつづけたの？　あなたにとっては、さぞかし退屈な作業だったでしょうね！　あら、どうしたの？　あけすけな言い方に気分を害しているのかしら。それとも真実を正面から突きつけられて、たじろいでいるの？　あなたの思いどおり妊娠するなんていう恐ろしい事態に陥る前に、本当のことを知ったのがせめてもの慰めだわ。わたしは絶対に、あなたの子どもを産まないから」

ジュリアンは彼女の手首をつかむと背中にまわしてねじりあげ、勢いよく胸に引き寄せた。そのまま動けないように押さえつける。

「気に入ろうが気に入るまいが、きみはぼくの妻だ」冷たい声でささやく。「きみの身も蓋もない表現にならえば、妻にまたがるのはぼくの権利なんだ。だからきみは求められればいつも、その美しい脚を大きく開いて受け入れろ。わかったな」

デボラは怒りに顔をゆがめ、嫌悪感に震えながら彼の顔を見つめた。

「あなたみたいな怪物はそうやって平気で人をだましたり、無理やり妻を自分のものにしたりできるのね。よくわかったわ。あなたのベッドへは二度と自分から行かない。子どもが欲しいなら、わたしを無理やり犯すしかないわよ」

ジュリアンは激しい怒りにあえぎ、彼女を押しやった。打たれた頬が熱く、まだひりひりと痛い。彼は窓のほうに向きを変えた。

「早く息子を与えれば、それだけ早くぼくから解放される。そう思って耐えるんだな。息子を産んだあとは好きにしていい。ぼくにはもう関係ない」

そんな未来を考えると、デボラは骨の髄まで体が凍えた。ソファにどさりと腰をおろし、頭を垂れる。信じられないという思いと怒りと欲求不満から、紅潮した頬に涙があとからあとから流れた。残されたわずかな尊厳をかき集め、大きく息を吸う。なんとかして彼に理解させなければならない。お互いのために。

「わたしに対してやさしい感情を持てなくても、子どものことを考えてちょうだい。憎しみに満ちた関係から生まれる子どものことを」彼女は静かに訴えた。「成長した息子に、父親はフランス人の娼婦とのあいだに婚外子をもうけ、しかもその子を冷たく見捨てるような放蕩者だと知られたくないでしょう？　自分は跡継ぎとして恵まれた生活を送っている一方、婚外子のきょうだいは世間からつまはじきにされ、いい結婚もできず、自分と同じ身分の人々には受け入れられないまま苦難に耐え忍んでいるという現実に、息子をさらしたいはずがないわ。欲望を制御できない父親のせいでそんな現実がもたらされていると、知られたくなどないはずよ。ある日突然、母親の違うきょうだいが現れ、あなたの息子に放蕩者の父親の非道なふるまいを暴露したら？　あなたの息子はどう思うかしら？　尊敬するように教えられ、いつか自分もああなるのだと思ってきた父親が結婚の誓いをいかに軽んじてきたか、そのせいで母親が長いあいだどんなに苦しんできたか知ったら、息子はどんな気持ちになると思う？　わたしのことはどうでもいいと思っているとしても、あなたは本当に息子に対してそんなひどい父親になれるの？」

マーティンが鋭く息を吸って部屋を横切り、デボラの肩に手を置いた。警告するように目を見開いて指を唇に当て、心配そうにジュリアンを見る。だが、彼女は黙るつもりはなかった。

「わたしが妻として誇り高く頭をあげ、あなたの愛人や外で作った子どもたちには見て見ぬふりを通すことを期待されているのはわかっているわ。だってオールストン侯爵夫人にとって、そんな者たちは足元のちりにもおよばない存在なんですもの。でもわたしには、とてもそんなふうに思えない」デボラは顎をあげた。「あなたの両親がくわだてたこんな血も涙もない結婚を、わたしがおとなしく受け入れると思っているのなら大間違い――」

「もういい。じゅうぶんだ」ジュリアンはきしるような声で言ったあと、急に息を吹き返したかのように、激しい怒りで赤くなった顔を彼女に向けた。「二カ月半、二カ月半も一緒に過ごしたのに、きみはぼくのことを何も理解しなかったのか？」信じられないというように吐き捨て、明るい緑色の目をデボラに据えたまま荒い息をつく。それから彼は冷たい口調で続けた。「きみはぼくの両親を許しがたいほど侮辱した。忘れるな。好むと好まざるとにかかわらず、きみはぼくの妻であり、オールストン侯爵夫人だ。そして、この新たな立場にふさわしい自制心と礼儀作法を身につけなければならない。準備に一カ月、時間をやろう。そのあと迎えを送るから、パリへ来るように。ぼくが自ら赴いてきみにドーヴァー海峡を渡らせなければならないとしても、必ず命令に従ってもらう。わかったな？」

デボラは意志の力で感情を抑え、勇気を奮い起こしてジュリアンを見つめ返した。でも、声に深い悲しみが宿ってしまうのはどうにもできなかった。

「血も涙もないやり方でわたしを利用し、信頼と愛を踏みにじったあなたとは、永遠に決別できるように全力を尽くすわ」

すべての感情を出し尽くして、そんな気力はもう残っていなかった。あれほど楽しみにしていたジュリアンとの人生が悪夢と化し、頭がずきずきと痛む。不信の念と恐ろしいほどの悲しみでいっぱいになって、デボラは見知らぬ人間に変わってしまった彼を見つめた。疑いの余地なく彼女の夫であるジュリアンは、それ以上もう何も言わずにこちらに背を向け、マーティンにフランス語で短い言葉をかけた。それから大股で部屋を横切って廊下に出ると、力をこめて扉を叩きつけた。蝶番《ちょうつがい》が揺れて残響が鳴る。

「彼はパリに行くまで、わたしにきみをまかせると――」

「やめて、マーティン。今日はもう何も考えたくないの」

彼は深い悲しみと哀れみを浮かべ、心配そうにデボラを見つめている。彼女はまた涙が出そうになり、走って出ていきたいのを我慢しながら、静かに扉まで歩いていった。マーティンに呼びかけられて足を止め、乱れた気持ちが顔に出ていないように祈って振り返る。

「こんなふうに事実を知ってしまって、大変な衝撃だったと思う」マーティンが静かに言った。「きみにはもっと違うやり方で知ってもらいたかった。残念だよ。名づけ子の代わりにわびようとは思わないが、これだけはわかってほしい。彼は若さゆえに自分を抑えられず、感情的になってしまったのだ。これ以上は、わたしからは何も言えない。いつかきみが噂のうしろにあるオールストン侯爵の本当の姿を知り、彼のすばらしい両親と会って、自分の結婚した男性を深く理解できるようになる日が来ると信じているよ。その日が来たら、もしかしたらきみは心から彼を許せるようになるかもしれない」

「わたしにはもう心はないのよ、マーティン」デボラはうつろな声で返した。「あなたの名づけ子に、ばらばらに引き裂かれてしまったから」

13

一七七〇年、フランス、パリ

ジェラルドとメアリーのキャヴェンディッシュ夫妻はパリに到着したばかりの親類や友人を招き、フランス王太子と若きオーストリア皇女マリー・アントワネットの結婚を祝う少人数の夜会を開いていた。王家の結婚式がフランスの首都であるこの街でもうすぐ行われるというので、めでたい歴史的な出来事にパリじゅうがわいていた。舞踏会、野外音楽会、演劇、オペラ、花火、そのほかさまざまな無償の催しなどが企画され、身分を問わずあらゆる人々が浮かれて、祝いの雰囲気が街にあふれている。社交界では多くの招待状が飛び交い、人々はそのどれひとつとして断ることなく出かけていった。おしろいを塗りたくった顔や、ふんだんに粉を振りかけた最新流行の頭上高くそびえるかつらを見せびらかし、しばしば三〇分でその場所を辞去する。そして椅子かごに乗り込むと、くらくらするような濃厚な香りの漂う別の夜会へと向かうのだ。

キャヴェンディッシュ家の夜会は金箔《きんぱく》を施した家具、つるつるの寄せ木の床、白と青の羽目板張りの壁といったいかにもフランス風の場所で行われているにもかかわらず、きわめて英国的なものだった。集まっている客はイングランド大使館の者か、大陸周遊旅行へこれから乗り出そうという英国貴族の子弟で、要するにフランス語がからきしだめなジェラルドとちゃんと話せる人間に限られていた。女のようにおしゃべりで化粧までしているフランス貴族たちと違い、ジェラルドのささやかな集まりの客たちは、彼がロクストン公爵夫妻に手厚くもてなされている身内だということをよく知っている。つまり、ジェラルドがみなより一段上の人間だという事実を理解しているのだ。

客たちから伝わってくる無言の敬意に満足して、ジェラルドは四角形の広い中庭に目をやった。あちこちに置かれた松明《たいまつ》が、栗の並木道や砂利敷きの小道、噴水、低木の茂みをちらちらと照らし出している。南の端に見えるのは、サントノーレ通りの喧騒《けんそう》からこの場所を守る、堂々とした黒と金の鉄製の門だ。

ロクストン邸は一七世紀に作られた四階建ての二重勾配屋根の建物の集まりで、規模も外観もパリの人々でさえ息をのむほどのものだった。ジェラルドはその中の広い一区画に滞在を許されているが、公爵夫妻は親戚の誰にでもこうした特権を与えるわけではない。

妻は完璧な女主人ぶりを発揮しているし、客たちはロクストン邸のすばらしさとジェラルドがロクストン公爵の親戚になったという事実にいたく感じ入っている。すべてがうまくいっているこの晩、彼はなんの憂いもなく心から満足感に浸っていていいはずだった。

それなのにジェラルドは、こうして公爵の最高級のワインを注いだグラスを片手に持ち、手入れの行き届いた庭の光景を愛《め》でつつ見当違いの優越感に浸りながらも、反抗的な妹の正気の沙汰とは思えない要求に心をさいなまれていた。

毎朝、ジェラルドはデボラが正気に戻り、政略結婚をおとなしく受け入れるようになっていることを期待しながら目を覚ます。だが、毎日失望して終わる。彼女がオールストン侯爵と離婚したいと手紙に書いてきたときは、自分の目が信じられなかった。こんなすばらしい縁組を決めた兄の骨折りに対して歓喜とは言わないまでも感謝くらいするだろうと思っていたのに、恩知らずな非難の言葉を連ねてきたのにはあぜんとした。なるべく早く結婚を無効にしたいので弁護士に結婚の履行障害を探させてくれという要求は、まさに失禁するくらいの衝撃だった。

ジェラルドには妹が理解できなかった。いずれ公爵夫人になれるのだ。それもそんじょそこらの公爵夫人ではない。ロクストン公爵夫人、イングランド一の権勢を誇る大金持ちの貴族の妻だ。そのためなら誰だって、オールストン侯爵との結婚生活を続けたいと思うはずではないか。侯爵の下劣な暮らしぶりと、その結果、徴税請負人から約束不履行で訴えられている件はパリの新聞各紙に毎日のように面白おかしく書き立てられているが、そんなのはささいなことだ。少しでも頭がまわるなら、柔順なよき妻が誰でもそうするように、どんと構えて無視すればいい。

デボラがパリにいる夫のもとへ来ることを拒否しているので、ジェラルドは直接妹と対決するという不愉快な目に遭わずにすんでいる。人々に畏れ敬われている妹の義理の両親に、結婚を無効にしたいという彼女のばかげた気まぐれや、自分が妹の要求に負けて弁護士を雇ってしまったという事実を知られるのはなるべく避けたい。結局ジェラルドとしては、自らの損害を最小限にとどめるため、うまく立ちまわるほかないのだ。

ロクストン公爵の好意を失わないように波風を立てずにいられるぎりぎりまで、デボラには言うことを聞いていると思わせておけばいい。そうしたら妹が計画を実行に移すときも、有力な一族に背を向けられることなく、彼女とのつながりを断ち切れる。

そのとき、ジェラルドの恐れていた瞬間がやってきた。

デボラが彼を訪ねてきて隣の小部屋で待っていると、従僕が耳にささやいたのだ。不安で背中がぞくぞくし、髪粉を振ったかつらにぴったりと覆われた剃りあげた頭に汗がにじむ。ジェラルドは客たちに言い訳をすると、部屋をあとにした。

窓から兄と同じ光景を見つめていたデボラは、栗の並木道のすばらしさに目を奪われていた。ベルベットで縁取られたボンネットをかぶった頭は旅のあいだに髪が乱れ、こぼれた赤褐色の巻き毛が顔を取り囲んでいる。あたたかい夜なのに、彼女は旅行用のドレスの上にシルクで縁取りをした毛織りのマントを着ていた。ドーヴァーから三日かかって着いたところなので、ちゃんとしたベッドで体を休めたくてたまらない。それでもロクストン邸を正面玄関から訪ねるという気の進まない務めを果たす前に、兄ときちんと話をしなければならないと心を決めていた。

ジェラルドは部屋に入ってきて扉を閉めたかと思うと、窓辺で外を見ていたデボラが振り返る前に、あっという間に寄せ木細工の床を横切って手袋に包まれた彼女の両手を握ってい た。そのまま背もたれのついた赤いベルベット張りの長椅子にふたりで座ったものの、ワインの飲みすぎで真っ赤な兄の顔には当惑したような笑みが浮かんでいて、デボラは即座に警戒心を抱いた。

「これはうれしい驚きだな、デボラ！　だが、この前の報告ではまだ病気が治らずドクター・メドローの治療を受けているという話だったのに、体に負担のかかる旅はしないほうがよかったんじゃないのか？　心配していたんだよ。わたしの賢明な助言を聞いて、バースにいればよかったのに。長旅は体力を消耗する」

「旅行をしても、もうなんの危険もないとドクター・メドローがおっしゃったのよ」いつものように、兄の言葉にはいらいらせずにはいられなかった。「それどころかドクターの予想を超えて元気になってしまって、太ったくらい」

ジェラルドが納得せずに口元を引きしめる。

「医師がいいと言ったにせよ、どうしてわざわざここまで？　この前の手紙に、バースにとどまってラムゼイ主教をお迎えするように書いておいたはずだぞ」

デボラは思わずくすりと笑った。「ジェリー、ラムゼイ主教には、わたしを苦境から救う力はないわ。主教にもそんなつもりはないでしょう。もともとあの方が最初の結婚式を執り行ったんですもの」

ジェラルドは髪粉で白い頭を悲しげに振った。

「まったく嘆かわしい事態になったものだ。わたしは自分を責めている――」

「そうよ、お兄さまが自分を責めるのは当然だわ！　わたしのことなどまったく気にかけていないくせに、こんなふうにわたしの健康状態をあれこれきくなんて……。でも、ここへは言いあいを繰り返すために来たわけではないの。手紙で必要なことは伝えたから、さらにひどい状況に陥っていると判明しなければ、はるばるここまで来たりしなかったわ！」

「デボラ、わたしはおまえの幸せだけを考えているのに、なぜそんな言い方をするんだ？」

ジェラルドは傷ついた表情を彼女に向けた。「もちろん、おまえの喧嘩腰で淑女らしくない手紙にはいやな思いをさせられた。兄に対して露骨すぎる非難の言葉の数々に、おまえの精神状態を疑ったほどだ」

彼は鼻をすすり、シルクのクラヴァットのきつい締めつけに耐えている首を伸ばした。

「だが病気で伏せっていると聞いて、おまえに寛大な気持ちを持てるようになったんだよ。病気のせいで、あんな手紙を書いたのだろうからな。これまで風邪ひとつ引いたことのないおまえだ。寝込むのはどれほどつらかろうと――」

「頼んだとおり、弁護士に手紙を書いてくれた？」デボラは単刀直入に切り出した。きつく握りしめている手にだけ、いらだちが表れている。

「もちろんだ。弁護士たちはこの嘆かわしい状況についてラムゼイ主教に知らせ、できれば婚姻無効の宣言を得るために助力してもらうべきだと考えた。主教はお年で弱っておられるにもかかわらず、喜んでバースに行くと言ってくださった。わたしは神に仕える人間の慈愛に満ちた言葉を聞けば、おまえも心が慰められて感謝するだろうと思ったんだよ」

「そんなものでわたしの心が慰められると思うなんて、どうかしているわ！」

「おまえがこれほど深刻で衝撃的な事態を軽々しく考えていることが、わたしには理解できない！」ジェラルドが苦々しげに声を荒らげる。「たしかにわたしはわが一族とロクストン家とを結ぶこの結婚が華々しく成功し、たったひとりの妹であるおまえがすばらしい人生を手に入れることになればいいという望みを抱いていた。それは認めよう。だが、こういう結果になると予想しているべきだったのだ。おまえとオットーには、いつも失望させられてきた。それでもキャヴェンディッシュ家の家長として、おまえたちのために並々ならぬ努力を払ってきたのに、わたしが何を得たと思う？　オットーは言うことを聞こうともせずにばかげた行動へと突き進み、おまえもまた恩知らずなまねをしようとしている。デボラ、結婚を無効にしたいというおまえの願いに屈したのは、おまえの幸せを願えばこそだ。オットーはかつてロマ族の女と結婚した。そして今度はたったひとりの妹が、将来公爵になる若者との結婚を、夫の狂気を理由に無効にしようとしている。これほどの仕打ちを、わたしが簡単に受け止められると思うのか？　堂々と顔をあげて外を歩けるとでも？」

ジェラルドの熱のこもった言葉が、デボラにはうさんくさく聞こえてならなかった。結婚を解消したいと書き送った手紙への返事を受け取って以来、唯々諾々と手を貸す兄に彼女は警戒心を抱いていた。兄には協力を拒否されると思い、レディ・クリーヴランドの勧める弁護士を使う心づもりをしていたのだ。ジェラルドは、自分の利益にならないのに他人のために動くような人間ではない。それなのに大きな醜聞になることがわかっている離婚訴訟に一族お抱えの弁護士を使ってほしいという妹の要求に、すんなり従ったのには驚いた。何か裏があるのではないかという考えが浮かび、いつもの彼女ならその確認のためにすぐさまパリへ向かっていただろう。だが、今回これほど急いでパリに来たのには別の理由がある。

兄が〝狂気〟という言葉を使ったのに気づいていて、デボラは弓形の眉をあげた。

「オールストンは狂気にとらわれていると思っているの、ジェリー？　それは、いま思いついたのかしら。それともわたしを彼と結婚させたときからずっと？」

「弁護士が言うには、結婚が無効であると主張する道はふたつしかないそうだ」ジェラルドは妹のいやみを無視したが、落ち着いているように見せながらも内心は戸惑っていた。

彼は鋭いたちではなく、どこがとは言えないが、デボラがいままでと違うように感じられた。こんな事態になり、妹は泣き暮らしているのではないかと思っていたのに、まるで石のようにかたくなで冷たくよそよそしい。妹にはいつも狼狽させられるとはいえ、今回はいつもの比ではない。

「ひとつは、床入りが行われていないと主張することだ」ジェラルドは早口にそう言って咳払いをし、妹の顔に広がる笑いを無視した。「夫が、つまり――そういう行為を行えない場合、花嫁の後見人には彼女のために無効を申し立てる権利がある」

「そういう行為を行えないですって？　まさか！　オールストンは、ひとりの女性を満足させるだけでは飽き足らない人なのよ。パリの娼婦の誰にきいたって教えてくれるわ！」

「デボラ！　おまえというやつは！　淑女がそんなことを口にするなんて――」

彼女は無頓着に肩をすくめたが、ジェラルドは妹が冷たい口調で夫を嘲りながらも茶色の目にうっすらと涙を浮かべていることにまるで気づかなかった。

「そんな衝撃を受けたような顔をするのはやめてよ、ジェリー。わたしはもう結婚したんだから、男と女がベッドの上で何をするのかくらいわかっているわ。それで、結婚を無効にするふたつ目の道はなんなの？」

妹のあけすけな言葉に冷や汗が浮かんだ額を汗ばんだ手でぬぐい、ジェラルドは続けた。

「こちらのほうが複雑で、証明するのが難しい。四二年に成立した法令には、結婚の誓いを立てたときに夫の精神が正常でなかった場合、結婚は無効だとの条項がある。だからそれを証明できれば、結婚をなかったことにできるんだ」

「結婚した晩、オールストンが正気ではなかったと？」

ジェラルドは窓辺に行った。先ほどは輝かしく思えた栗の並木や噴水が、急に色あせて見える。「おまえは思い出せないだろうが、わたしはあの晩を鮮明に覚えている。式が急に行われることになった状況に、どうも納得できなくてね。オールストンとの結婚はおまえが赤ん坊の頃から決まっていたが、公爵があんなに突然言いだすとはとても信じられなかった。おまけに花婿となる少年が見るからに精神的に不安定な様子で、このまま先に進めていいものかと、大いに迷ったんだ」

「でも、取りやめにはしなかったわけね！」デボラはあざ笑い、背よりも高い窓の前に立っている兄の横に行った。「じつはわたしも、あの晩を鮮明に覚えているのよ。薬をのまされてはいたけれど。そんなに驚いた顔をしないで、ジェリー。わたしがおとなしくしているよう乳母に命じてアヘンをのませたのを、まさか否定しないわよね。夢を見たと思い込んだのはアヘンのせいだったんだわ！　あのときわたしは頭がぼんやりしていて、まともに考えられなかった。でもオールストンがひどく動揺していたことや、白い髪のとても悲しそうな顔をした年老いた紳士がいたことは覚えているの」

「公爵だ」ジェラルドはうなずき、ごくりとつばをのみ込んだ。「そう、とても悲しい出来事だった。噂が本当なら、衝撃的な出来事でもあった」

いかにも殊勝そうにしている兄を、デボラは当然ながら疑いの目で見つめた。

「ねえ、ジェリー、ロクストン一族の不興を買うとわかっているのに、どうして結婚を無効にする手伝いをしてくれているの？」

「精神に異常をきたしている男と妹を別れさせたいと思っている、というだけでは足りないのか？」

「足りないわ。お兄さまなんて信じられないもの。でも、教えて。わたしたちが結婚した晩に、オールストンが精神に異常をきたしていたと思うのはどうして？」

「驚くべき話だから、おまえは座って聞いたほうがいい」

デボラは唇を噛み、ひとけのない中庭を見つめた。穏やかな夜風に吹かれて、松明の火が揺れている。

「いいえ、立ったままでいいわ。話して」

「結婚式の二日ほど前、オールストンは母親を襲った」

「襲ったというのはどういう意味？」

ジェラルドはいらだって手をあげた。妹に女らしい繊細な心はないのだろうか？　妻のメアリーなら彼の言葉に満足して、もっと詳しく説明しろなどとは言わない。妹はなぜいつも、むかつくほど頭がまわるのだろう？

「どうなの、ジェリー？　兄として不快なことからわたしを守ってやろうなんて思わなくていいのよ。そういう関係は、わたしを結婚させた晩で終わったんだから！」

彼はため息をついて降伏し、話しだした。

「つまり彼は、人々が見ている前で公爵夫人をハノーヴァー・スクエアに引きずっていき、身持ちの悪い娼婦だ、魔女だと非難したんだ」

結局デボラは座ったほうがいいと判断して、すぐ近くの細長い脚の椅子にへたり込んだ。装飾的に湾曲した肘掛けをぐっとつかんで大きく息を吸い、兄に続けるよう促す。

「それだけでもじゅうぶん衝撃的だが、公爵夫人は当時、身重の体だった。そしてオールストンの常軌を逸したふるまいのせいで、おなかの子どもも死にかけたのだ。早産してしまったんだよ。オールストンの弟のハリーがてんかんを患っているのは、早産のせいだというのが医者たちの意見だ」

デボラは兄を見あげた。胸が締めつけられて気分が悪い。兄がこんな作り話をできる想像力を持っていないことは、よくわかっていた。

「ハリーのてんかんはひどいの？」

「ああ。専属の医者がいつもついている」

「かわいそうに」

デボラは、森でピクニックをした日に聞いたジャックの話を思い出した。ジャックが親友のハリーについて打ち明け話をして、オールストンがどんなに怒ったかを。あのときは不可解に思えたけれど、弟の苦しみを聞かされた彼がどんな気持ちだったか、いまなら理解できる。彼女は動揺を懸命に静めて尋ねた。

「事件のことをどうやって知ったの？　メアリーはきっと――」

「まさか、彼女からではない！」

「メアリーではないなら誰？」

「誰から聞いたかが重要なのか？」

「もちろんよ！　結婚した時点でオールストンが正常な精神状態ではなかったと裁判官を説得しようとしているんだから、話の信憑《しんぴょう》性を確かめたいと思うのは当然でしょう！」

「ならば、その出来事をじかに目撃し、しかもおまえの幸福を心から気にかけている男から聞いたと言えば納得できるのではないかな。じつはその男は、おまえと結婚したいと言ってきている」

「結婚したいですって？　わたしはすでに結婚しているのよ」

「ロバート・セシガーがどれだけおまえを大事に思っているか、忘れたのか？」

「ロバート・セシガー？」デボラは驚いた。兄に対する疑いがふたたびわきあがる。「彼は生まれに疑問があるからって、お兄さまはずっと嫌っていたじゃないの。それなのに、この結婚で得た公爵家とのつながりを犠牲にしてまで、彼の言葉を信じるというの？　ジェリー、何を隠しているの？　お兄さまがそんなふうに血筋の問題を無視するなんて、絶対におかしいわ！」

「なんという恩知らずだ！　おまえなど、いつまでも頭のどうかした男の妻でいるがい い！」ジェラルドは我慢して妹に寛大なふりをしていたことを忘れ、いらだちのあまり声を荒らげた。「これまで懸命におまえを支えてきたというのに、家族への義務を忠実に果たしてきたわたしに対して感謝のかけらもない態度を返すとは！　ロバートは裕福で洗練された紳士だ。そして、いまでもおまえを妻にと望んでいる。おまえさえ受け入れれば、婚姻無効の決定が出る前でも、喜んで駆け落ちするだろう」

デボラはゆっくりと立ちあがり、眉をひそめて兄を見た。

「ちょっと待って。お兄さまは、結婚の無効が認められる前にロバート・セシガーがわたしと駆け落ちをすることに賛成なのね？」

ジェラルドがすばやく目をそらしたので、兄には秘めた思惑があるのだとデボラは確信した。妹に無言できつい視線を向けられ、彼が憮然として白状する。

「おまえに少しでも良識が残っているのなら、しかるべき行動を取るはずだ！」

「しかるべき行動？　いったい何をわけのわからないことを言っているの？」

「オールストンが実の母親に対してあんな行為におよんだと知れば、ちゃんとした裁判官なら誰だって結婚の無効を認めるだろう。だがおまえは本当に、そんな恥ずべき醜聞を裁判所で暴露したいと思っているのか？　そうなれば年老いた公爵の健康は損なわれ、公爵夫人の心は張り裂け、彼女の末息子は兄の狂気の行動と自分の病との関係を知るだろう。おまえはそこまで冷酷で自分勝手な行動を取れるのか？」

「お兄さまは正当な法的手続きに訴えて強制された結婚の無効を勝ち取るのではなく、わたしにロバート・セシガーと駆け落ちしてほしいのね？」兄の目に希望がきらめくのを見て取り、デボラは胸が悪くなって目をそらした。「要するにお兄さまは、真実を明らかにして自分が破滅するより、妹が無分別な行動を取って破滅するのを見るほうがいいんだわ」兄をまじまじと見つめる。「つまりそれがお兄さまの言う、しかるべき行動なのね？　実の妹にそんなことをさせたいと？」

ジェラルドは希望に胸をふくらませて妹に近づいた。

「では、セシガーの申し出を受けることを考えてくれるのか？」

「わたしに近づかないで！　なんて臆病者なの、お兄さまは！」

ジェラルドはデボラを平手打ちした。考える前に手が動き、右手の甲で妹の左頰を横殴りに払っていた。彼女は驚いて椅子にへたり込み、ひりひりする頰に手を当てた。ジェラルドがすぐに後悔してひざまずき、妹の両手を握ろうとしたが、彼女は押しのけた。

「おまえがあんなことを言うからだ！　わたしのせいじゃない！」ジェラルドはしゃくりあげながら言い訳した。「わたしを臆病者だなんて言うから！　このままおまえが訴訟に持ち込み、ロクストン家の内輪の恥を世間にさらせば、わたしは終わりだ。〈ホワイツ〉からは除名され、クラブには二度と足を踏み入れられなくなる。オールストンはわたしを無視するようになるだろう。わたしだけじゃない。妻の立場もある。メアリーのことを考えてくれ！」

「情けないわ、ジェリー！　メアリーが来てお兄さまの本当の姿を目にしないうちに、さっさと立ちなさいよ！　あら、メアリー？　メアリー！　会えてうれしいわ！」

妻の名を聞くと、ジェラルドはあわててフロックコートのポケットに手を突っ込み、ハンカチを出して涙に濡れた赤い顔を拭きはじめた。ついた膝のすぐそばにかぎ煙草入れを転がし、それを拾うために這いつくばっているふりをする。彼はかぎ煙草入れを手に取ると、妻に背を向けたまま、よろよろと立ちあがった。

けれども、メアリーの目には義妹しか入っていなかった。デボラは旅の疲れがあるはずなのに、輝くばかりに健康でまぶしいほどだ。デボラはうれしそうに抱擁しようとしたが、いまやオールストン侯爵夫人となった義妹は自分よりも身分が上なのだと鋭く意識したメアリーは礼儀正しいお辞儀を返した。

デボラは顔をしかめ、義姉を引っ張り起こした。

「メアリー、あなたはわたしに会えて喜んでくれると思ったのに」神経質な笑みになる。オールストン侯爵と結婚しているとわかって以来まとってきた分厚い殻に、ひびが入っていた。メアリーの他人行儀な反応に、自分でも認めたくないほど傷ついたのだ。ジャックと会うときは、もう少し感情を抑えられるといいのだけれど。

「もちろんあなたに会えてうれしいわ、デボラ」メアリーは応え、義妹の頬にキスをした。「とてもね。連絡もなく突然現れたから――驚いただけ。てっきりバースにいると思っていたわ。そうでしょう、あなた？」

何やらもごもごとつぶやき、かぎ煙草を吸った兄を無視して、デボラは義姉に話しかけた。

「夜会の邪魔をしてごめんなさい。今日はもう休んで旅の疲れを癒したいから、明日会いに来てもらえないかしら？　早く何かおなかに入れないと、気分が悪くなってしまうのよ。ドクター・メドローには、赤ん坊のために二、三時間ごとに食べなさいと言われているの。では、失礼するわ。ミスター・フォルクスが待っているから」

デボラは爆弾を落とすと、ぽかんと口を開けている兄と義姉を残して部屋を出た。使用人にスーツケースを運ばせ、二階の広々とした続き部屋へ向かう。そこは音楽家にして作曲家、ロクストン公爵の甥であり、オールストン侯爵の親友かついとこであるイヴリン・ガイウス・フォルクスの住まいだった。

14

イヴリンはつややかな金色に輝くクラヴィコードの前に腰をおろした。膝の上にヴィオラを置き、象牙でできた鍵盤の上の譜面台に羊皮紙をのせると、電光石火の速さで音符を埋めていく。書き留めるのも追いつかないほど、頭の中からメロディが次から次へとあふれ出す。すばやくペンを走らせる手の動きに合わせて、袖口を飾る繊細な白いレースがひらひら揺れていた。背後の開け放たれたままの両開きの扉の向こうから、にぎやかな歓声や笑い声が絶え間なく聞こえてくる。食堂で繰り広げられている飲めや歌えの晩餐は、まだ当分終わりそうにない。

イヴリンの音楽家仲間三人は、ごちそうが並ぶテーブルに陣取りつづけていた。彼らはこのときとばかりに、雉肉のローストやら、鶏肉のパイ包み焼きやら、季節の野菜のクリームソースがけやらをたらふく頬張ったり、極上のワインをあおったりして、宴を満喫しているようだ。

突然睡魔に襲われ、イヴリンは凝った装飾が施された炉棚時計に視線を走らせた。もう夜明けが近い。どうりで眠いはずだ。じきに空は白みはじめ、太陽が顔を出すだろう。彼はワイングラスを手に取り、クラヴィコードの前から離れて食堂へ引き返した。

「パリの悪名高き有名人、オールストン侯爵がこれからも放蕩に邁進《まいしん》し、色恋沙汰の話でわれわれを楽しませてくれることを願おうではないか！」音楽家仲間たちが盛大に飲み食いをしているテーブルにイヴリンが戻るなり、分厚い胸板をしたバリトン歌手、ジョルジオがグラスを掲げて口を開いた。この男のフロックコートときたら、やけにすり切れが目立つ。それも当然だろう。これはオルレアン公に仕えている従者が着ていたお古なのだ。ほかのふたりは、また始まったと言いたげな目をイヴリンにちらりと向け、それから自分たちの汚れた皿に視線を落とした。その態度が気に入らなかったのか、ジョルジオが声を荒らげた。「なんだよ。イヴリンの前では、こいつの品行方正ないとこの話は厳禁か？　こっちにしたら、何をいまさらと思うけどね。だいたい、パリっ子の中にオールストン侯爵の醜聞を知らない人間なんていないじゃないか。それでも知らないふりをしなくちゃいけないのか？　ばかばかしい。ぼくはただ、侯爵と仲がいいイヴリンの口から真実を聞きたいだけなんだ！」

「そう言われても、ぼくはこの三年間、いとこの醜聞は何も耳にしていないし、彼に関する記事も見ていないよ」イヴリンはそう返し、シャンパンのボトルに手を伸ばした。

「じゃあ、これを見ろ！」ジョルジオは料理や飲み物にまじってテーブルの上に散らばっているしわくちゃの羊皮紙を一枚つかみ、イヴリンの前に叩きつけるようにして置いた。「こんなものが大量にばらまかれているんだ。噂では、徴税請負人のルフェーブルが作ったらしい。もっとも、本人は否定しているがね」

端が折れてワインのしみがついたそのビラを、イヴリンは手に取った。内容は読むまでもなかった。挿絵だけで、じゅうぶん意味がわかったのだ。あられもない姿で向かいあって立つ男女の絵。卑猥な笑みを浮かべて見おろす男と、恐怖におびえた目で見あげる女。下腹部を露出した男は、リボンを編み込んだ髪を大げさなまでに高く結いあげ、幾層にも重なったペチコートが腰まで持ちあがっている女のヒップを両手でつかんでいる。そして挿絵の下にはこう書かれていた。〝英国貴族のヨーロッパ大陸道楽旅行：芸術作品だけでは飽き足らず、純潔な乙女までも略奪〟

イヴリンは顔をしかめ、手に持っているだけでも不快だというようにビラを投げ捨てた。この風刺画に描かれている男女は、紛れもなくオールストン侯爵とルフェーブルの娘だ。まさかいとこがパリでここまでひどい誹謗《ひぼう》中傷を受けているとは、イヴリンは思ってもいなかった。

「カジミール」肺の病気を患っているせいで顔色が悪い音楽家に、イヴリンは声をかけた。

「こんなくだらないビラは、すべて暖炉に放り込んでくれ」

「ちょっと小耳にはさんだんだが、どうやらオールストン侯爵に対する審理請求理由書が提出されたそうだ」カジミールがビラを集めながら言う。

ジョルジオは、口紅を塗った唇の縁につけぼくろを貼りつけた、もうひとりの音楽家に充血した目を向けた。彼は中年の男だが、若い頃はさぞかしハンサムだったろうと思わせる顔立ちをしている。

「サーシャ！　ほら、言ったとおりだろう。カジミールの耳にも届いているということは、その噂は本当だったんだ。オールストン侯爵もこれで終わったな。かなりまずい立場に追い込まれたぞ」

「ジョルジオ、それはどうかな」サーシャがのんびりした口調で返す。「このビラにしても、こういったたぐいの印刷物というのは、大げさに書き立てるものなんだ。額面どおりに受け取ってはいけないよ。信じるほうがばかげている。たしかに、煽情《せんじょう》的な文章は人々の関心を引くだろう。だがわたしに言わせれば、紙の無駄使いだ。その審理請求理由書うんぬんの噂だって、これと似たようなものだな。演劇の題材としては面白いが、実際に裁判をするとなると、それはあまり現実的ではない」

「へえ、知らなかったよ、サーシャ。あんたはずいぶん法律に詳しいんだな」仏頂面のジョルジオは鼻で笑い、加勢を求めるように無言のままのイヴリンとカジミールに視線を向けた。

サーシャが口を開きかけたそのとき、突然カジミールが話しはじめた。

「サーシャ、じつを言うと、ジョルジオは法律の道に進むつもりでいたんだ。だけどそれ以上に、音楽に情熱を傾けたかった。知っているかい？　ジョルジオの家は法律家の家系で、父親も祖父も名の通った有名な法廷弁護士なんだよ。だから――」

「もういい、カジミール、わかった」あっけに取られて口をぽかんと開けているジョルジオのほうには目をやらず、サーシャは仲間同士の険悪な雰囲気を取り持とうとしているカジミールに微笑みかけた。「わたしも以前は一流と言われた弁護士だったんだよ。しかし……」

言葉を切って肩をすくめる。「音楽家になる夢は捨てきれなかった。音楽はすばらしい！これほど心を豊かにするものがほかにあるか？」

「それなら教えてくれ。一流の弁護士だったあんたの意見が聞きたい。このオールストン侯爵の一件をどう思う？」ジョルジオが喧嘩腰で言う。

イヴリンは傍観者に徹することにした。ジョルジオの挑発に乗るか乗らないかは、サーシャ次第だ。するとサーシャは椅子に深く座り直し、頭のうしろで手を組んだ。どうやらジョルジオと真っ向勝負をするつもりらしい。

「現在、双方とも弁護士を立てている。これは当然の流れだな。お互いに言い分があるだろうから」サーシャがゆっくりと口を開いた。「ルフェーブルの弁護団は、オールストン侯爵のことをまさに典型的な放蕩貴族だと考えている。裕福で魅力的で洗練された物腰の紳士だが、その裏には下劣な本性が隠れているとね。本当は傲慢でプライドが高く、そのうえ横暴で鼻持ちならない人間だと。ルフェーブルの弁護団がオールストン侯爵の人物像をこんなふうにとらえているのは、彼らがイングランド人に対して偏見を持っているからではない。そもそも、オールストン侯爵の父親であるロクストン公爵の母上はサルヴァン伯爵の娘だし、女神のように美しい母親は生粋のフランス人だ。そう、オールストン侯爵には、フランス人の血も流れているんだよ。これはまあいいとして、ルフェーブル側の弁護士の話に戻ろう。こちらの戦略はこうだ。被害者は明らかにルフェーブルの娘のほうで、カトリック女子修道会で教育を受けたフランス中産階級の無垢な乙女を、ろくでなしの英国貴族が甘い言葉で誘惑したと言って、オールストン侯爵を攻撃するだろう。これがわたしの見解だ。そういえば、オールストン侯爵はルフェーブルの娘に結婚をほのめかしたと聞いたよ。純粋な女性に侯爵夫人になる夢を見させて、ベッドへ誘うのに成功すると、すぐに彼女を捨てたそうだ。いま彼女は侯爵の子どもを身ごもっているらしい。なんと、かわいそうに」

サーシャはカジミールからクリスタルのデカンタを受け取った。その中に入っているポートワインを自分のグラスに注ぎ、ふたたび話しはじめる。

「一方、オールストン侯爵側には敏腕弁護士がついている。脚光を浴びることが何よりも好きな、あのミュレールだ。もちろんミュレールはオールストン侯爵こそ被害者だと反論する。侯爵は中産階級一家の策略にはめられたという戦法を取るはずだ。そして、ルフェーブルはなんとしても娘を貴族と結婚させたがっていて、父親のその計画を娘も知っていたと強く主張するだろう。実際、オールストン侯爵がいるところには必ず彼女もいた。口紅をたっぷり塗った唇をなまめかしく輝かせ、胸がこぼれそうな大胆なドレスを着て、侯爵の気を引こうとしていたのは周知の事実だ。目撃談はまだほかにもある。オールストン侯爵が公園にいるときはルフェーブルの娘もそこにいるとか、オペラ座で彼女がわざと侯爵の足元に美しい絵が描かれた扇を落としたとか、仮面舞踏会ではいつも彼女は侯爵と踊っていたとかね。彼女はきれいな娘だ。オールストン侯爵誘惑作戦は、ほんの数週間で成功したに違いない。ひょっとしたら、体も簡単に許したのかもしれないな。オールストン侯爵は、貴族階級の義理の息子が欲しい父親の仕掛けた罠にまんまと落ちてしまった。ルフェーブルは高笑いが止まらなかっただろう」

　サーシャはひと息入れてワインで喉を潤すと、夢中になって彼の話を聞いている仲間たちに満足げな笑みを向けた。

「しかし残念ながら、その高笑いは長くは続かなかった。どう考えても、ルフェーブルの娘は侯爵の結婚相手にはふさわしくない。いくら色仕掛けで誘惑したところで、オールストン侯爵があの男の娘と結婚することは決してないだろう。おそらく、感情的になって派手に騒ぎ立てたルフェーブルとは対照的に、オールストン侯爵は粛々と話しあいを進めると思う。そこでだ、親愛なる友よ」サーシャがにやりとする。「きみたちはどちらの弁護団の言い分を信じるかな？　他人の意見に惑わされてはいけない。自分で決めたまえ」

　つかのま、畏怖の念に打たれてその場が静まり返った。だが、すぐにカジミールが椅子から立ちあがり、両手のひらを激しく打ちつけて盛大な拍手をサーシャに送った。イヴリンですら、雄弁な友に称賛の意をこめてグラスを掲げた。それに気づいたサーシャが、髪粉を振りかけたかつらをつけた頭を軽くさげる。弁護士をやめて音楽家に転身することに決めた彼の判断は、果たして正しかったのだろうか？　そんな考えが、一瞬イヴリンの頭をよぎった。

　突然、大きなげっぷの音が彼の耳に飛び込んできた。犯人はジョルジオだ。

「なかなかいい演説だったな、サーシャ。ところでイヴ、例の噂は本当なのか？　教えてくれよ。最近はおまえの精力絶倫のいとこも女と寝ていないんだって？　そうそう、娼館にも行っていないと聞いたよ。さすがの侯爵も、情事の相手の父親から仕返しされるのが相当怖いんだな」またジョルジオが下品な話を蒸し返してきた。まったく噂好きな困った男だ。

イヴリンが言い返そうとしたとき、いきなり扉が開き、寝ぼけまなこの従僕が現れた。ところが、あっという間に従僕は扉を開け放ったまま走り去っていった。何事だと言いたげな表情を浮かべて、音楽家三人は顔を見あわせている。それでも遅ればせながら、これは帰れという合図なのだと気づいたようだ。だが、三人はなかなか立ち去ろうとしない。きっと書斎の長椅子か肘掛け椅子で、ひと眠りしてから帰るつもりでいたのだろう。公演前のリハーサルのときは、そういうことがよくあるからだ。

とはいえ、イヴリンには彼らを泊まらせる気などさらさらなかった。それが真実であれ、作り話であれ、絶え間なくいとこの色恋沙汰を聞かされるのは、もううんざりだったのだ。イヴリンはシャンパンのグラスを口に運びながら、フランス窓のほうへ視線を向けた。カーテンが開いたままの窓の向こうには、石畳の散歩道と噴水がある、緑の芝生が美しい広大な四角形の中庭が広がっていた。いつしかイヴリンはいとこのことではなく、遠く離れたバースにいるデボラのことを考えていた。いったいあの夫婦はこの先どうなるのだろう？　ふたりの関係がよくなる日は、いつか来るのだろうか？

とりあえず、ドーヴァー海峡をはさんで向こう側にいるデボラはいま、夫にも義父のロクストン公爵にも盾突くことはできない。なんとデボラときたら、彼女をパリへ連れてくるように指示された公爵の秘書と従者六人に門前払いを食らわせたのだ。どこまでも強気なデボラ。思わず、イヴリンの口から笑いがもれた。賭けてもいい。あの権力者のおじに果敢に立ち向かえるのは、彼女くらいしかいないだろう。

なんだか急にデボラに会いたくなった。卵形の顔いっぱいに広がる笑みを、また見たい。イヴリンは曇りのないまっすぐな茶色い目に、濃い赤褐色の髪をした彼女を思い浮かべた。しかし目の前に現れたデボラは、笑顔ではなく泣いているみたいだった。それに、なぜか襟と袖口をキツネの毛皮で縁取りした旅行用のマントを着ている。おまけにどういうわけか、イヴリンの従者、フィリップまで現れた。従者は〝まだ入らないでください〟とかなんとか言いながら、せわしなく動きまわっている……。

フィリップだって？　なぜ空想の中にフィリップが出てくるんだ？　まったく支離滅裂だ。もしかしたら、自分で思っている以上に疲れがたまっているのかもしれない。

イヴリンは空っぽの胃にシャンパンを流し込むと、グラスをテーブルの上に置いて目をこすった。なんだこれは！　デボラがまだ目の前にいた。わが家の食堂に、いまも彼女がいる。そしてフィリップも。従者はデボラに、少しのあいだ廊下で待っていてくださいと繰り返し話しかけているが、その言葉に彼女が従う気配はまったくない。いきなりフィリップが、三人の音楽家たちに目をやった。彼らは弾かれたように立ちあがり、突然の訪問者にお辞儀をした。

イヴリンも椅子からあわてて立ちあがった。額にはかつらから落ちた粉がついている。

「本当にデボラなのか？」イヴリンは信じられないという口調でささやき、ゆっくりと前に踏み出した。「ああ、デボラ」

「久しぶりね、イヴ」デボラは英語で返し、しわくちゃの服を着た男たちに向かってうなずいた。彼らは決まり悪そうな表情を浮かべ、そわそわと足を動かしている。気持ちが落ち着かないのも無理はない。デボラがシルク張りの肘掛け椅子からビラを取りあげたからだ。きっと暖炉に持っていく途中で、カジミールがうっかり落としてしまったのだろう。「イヴ……お願い……わたしを助けて」

イヴリンはやさしく微笑みかけ、彼女の額に軽く唇を当てた。強く握りしめた拳からそっとビラを抜き取り、背後でぱちぱち音を立てて燃えている暖炉の中へ放り込む。

「もちろんだよ。きみは大切な友人だ。ぼくはいつでもきみの力になる」

15

デボラはモスリン地のドレスに着替え、髪を三つ編みにして背中に垂らし、身だしなみを整えると朝食室へ向かった。すでにイヴリンは来ていた。彼は四角形の中庭を見渡せる、背の高い窓のそばに座って食事をしている。昨夜はイヴリンの厚意に甘え、彼の寝室のベッドで眠った。おかげで自分は熟睡できたけれど、着替え室の長椅子で寝た彼のほうは、よく眠れなかったに違いない。

イヴリンがじっとこちらを見つめている。けれどもデボラは横顔に突き刺さる彼の視線には気づかないふりをして、両脇に栗の木が立ち並ぶ石畳の散歩道や、花壇の手入れをする庭師たちを眺めながらカフェオレを口に運んだ。焼きたてのロールパンをひとつ取り、皿にのせる。最近になって、ようやく食欲が出てきた。だが少し前までは、食事のたびに必ず吐き気に襲われ、いつも洗面器を持ったメイドがすぐうしろに控えていたのだ。来る日も来る日もつわりに悩まされ、あの頃は毎日が本当に地獄だった。それでもドクター・メドローの助言に従い、できるだけ裏庭を散歩して新鮮な空気を吸うようにしていた。そして妊娠四カ月を過ぎたあたりから、徐々に吐き気がおさまってきた。

この沈黙が気まずくてしかたがない。昨夜も三年ぶりの再会を喜びあったあとは、ほとんどイヴリンと言葉を交わさなかった。話したいことはたくさんあるのに、どう切り出したらいいのかわからない。イヴリンも、きっとすでに政略結婚の話を知っているはずだ。ふと、マーティン・エリコットのアン女王様式の屋敷で執り行われた結婚式の光景が脳裏に浮かんだ。あの日からだ、苦しみの日々が始まったのは。イヴリンはどこまで聞いているのだろう？　どんなふうに思っているのか……。あれこれ考えているうちに、一分また一分と時間が過ぎていく。このままずっと黙り込んでいるわけにもいかず、デボラはまずジャックの様子をきくことにした。

「ジャックとはよく会うの？」口を開いたとたんにイヴリンと目が合い、急いで先を続ける。「わたしのかわいい甥は元気かしら？　あの子は楽しそう？　みんなにかわいがられている？　わたしがそばにいなくて寂しがっていない？」

「ああ、よく会うよ。元気にしているし、楽しそうだ。それに、とてもかわいがられている」イヴリンは心配そうな表情を浮かべているデボラに微笑みかけた。「アンリ・アントワーヌは、きみの甥のことをすごく気に入っているみたいだ。ジャックがどうしたとか、ジャックがこうしたとか、いつもジャックの話ばかりしている。人の好き嫌いがやたら激しい、あの子がだよ。ああ、それからもちろん、ジャックはきみに会いたがっている。いつパリに来るのかと、しょっちゅうきいてくるよ。でも、男の子だろう？　強がって平気なふりをしている。健気にも、決してきみに会いたいなんて、はっきり口には出さないんだ。公爵夫人はそこのところをよくわかっていて、ジャックが寂しい思いをしないように、いろいろと気づかっているよ」

「そう、公爵夫人はやさしい方なのね」デボラはつぶやくように言い、視線を落とした。

「ああ、ぼくのおばはやさしい人だよ。昔からずっとね」

「わたしはジャックがいなくて寂しかったわ。だって、屋敷の中が静かなんだもの」彼女は小さな声で本音をもらした。「だけどジャックのほうは、つわりに苦しむわたしのそばにいても楽しくないわよね。それはわかっているの。あの子はまだ九歳だし……ねえ、ジャックはちゃんとヴィオラの練習をしている？　わたし、あの子は天才だと思うのよ。でも、正直に言ってほしいの。あなたはどう思う？　ジャックには才能があるかしら？」

デボラが自分の体調について包み隠さず口にした瞬間、イヴリンはわずかに眉をひそめた。彼が淡々と答える。「ジャックの演奏を聴いていると、オットーを思い出すよ。これが血というものなのかな」

悲しげな響きを含んだその声を聞いて、デボラは思わず彼の手を握りしめたくなった。

「覚えている？　わたし、いつか手紙に書いたわよね。誰が教えたわけでもないのに、ジャックの演奏の仕方には気品があるのよ。本当に父親にそっくりなの。あの子は音を感じることができるんですって。わたしにはそういう感覚的な才能はまったくないけれど。それに――」

「デボラ、ジャックは父親の才能を受け継いでいる。それは間違いない。だが音楽に対する情熱は、あの子にはそれほど感じられないな」イヴリンがまじめな顔で言葉を継ぐ。「ジャックは楽しんで弾いている。あのくらいの年齢の男の子は、それでいいんだよ。楽しくないと続かないからね」

デボラはうつむいて唇を嚙んだ。「そうね。あの子にうるさく言いすぎているのは、自分でもよくわかってるの」

「うるさく言いすぎてなんかいないさ。きみはよくやっている。デボラ、きっときみはオットーに会いたくてたまらないんじゃないかな。ぼくも同じだよ。彼にまた会いたい。不思議なんだが、ヴィオラを弾いているジャックを見ていると、いつもそばにオットーがいる気がするんだ。さすが、あの父親の息子だよ。ジャックには才能がある。でも将来音楽家になるかどうかは、本人に決めさせたほうがいい。あの子はオットーではないんだ。あの子の生き方はあの子が決める。ぼくはただの偽音楽家だが——」

「何を言っているのよ！　あなたは本物の音楽家じゃない！」

イヴリンが声をあげて笑う。

「たしかにぼくは作曲ができるし、楽器も弾ける。でも、オットーのような天才肌の音楽家ではない。音楽こそがオットーの人生そのものだったんだ。彼は音楽のためなら、人生の楽しみも、名門の家も、家族も捨てられた。そう、ローザやジャックでさえもね。オットーの優先順位の一番上にあるのは、いつも音楽だった。だが、ぼくは違う。自分の大切なものを犠牲にしてまで、音楽にこの人生をかけるつもりはない」

イヴリンは手を伸ばし、テーブルの上にのせているデボラの手を包み込んだ。

「はっきり言って、ぼくにとっては音楽なんて暇つぶしみたいなものなんだ。もともと財産はあるし、家族のうしろだてもある。もちろん演奏会を開けば、家族も友人も聴きに来てくれるよ。みんな、いつも演奏会を楽しみにしてくれている。でも、それもまた彼らにとっては、いい暇つぶしなんだ」

彼女は軽く肩をすくめ、椅子に深く座り直した。

「それはそれでいいんじゃないかしら。すてきな音楽を聴いているあいだは、ほんのひとときでも現実逃避ができるでしょう？　貴族という肩書があるだけで、一歩外に出たら多くの目にさらされる。息抜きの時間は必要よ。だけどわたしに言わせたら、上流社会なんてくだらない人間の集まりだわ。高価なシルクを身にまとって、社交行事に明け暮れているだけだもの。全員ではないけれど、ほとんどがそう。これほど退屈な人生はないわね。それに貴族の家に生まれても、爵位や領地や貴族院の席を受け継ぐのは長男だけよ。ほかの子どもたちは、ただのおまけにすぎないわ」

「そういうつまらない生活がいやだから、ぼくは音楽に没頭するんだ。オールストンの場合は旅に出る。イタリアやギリシアやオスマン帝国にふらりと出かけて、そこでしばらく過ごすんだ。そのあいだは、息苦しい上流社会から遠ざかっていられるだろう？　でも、これからはそんな気ままな旅はできない。オールストンはこれ以上、現実から目をそらすことはできなくなった。父上のロクストン公爵の体調が思わしくないんだよ。公爵は肺病を患っていて、もう長くはないらしい」

「嘘でしょう？」デボラは小声で返した。「もう長くないなんて……」椅子から立ちあがり、痛む腰に手を当てて、窓の外に目をやる。太陽の光を受けてまぶしく輝く緑の芝生の上に、縞模様の野外パーティー用テントを立てている使用人たちの姿が見えた。「お義父《とう》さまはあとどれくらい生きられるのかしら？　お医者さまは何か言っていた？」

「何人もの医者に診てもらったが、みな意見が違うんだよ。いいかげんなもので、あと数カ月の命だと断言した医者もいれば、それほど危機的な状態ではないと自信満々に言った医者もいるし、目に涙を浮かべているおばを見て、まだまだ何十年も元気に生きられると大ぼらを吹いた医者もいた。そういうわけで結局、おじに残された時間が、あとどのくらいあるのかわからないんだ」

「それでオールストンは、あんなに跡継ぎにこだわっていたのね」デボラは辛辣に言い捨てた。

イヴリンが彼女の隣に立った。彼はデボラの両手を握り、茶色い目をまっすぐに見つめた。「きみが怒りたくなる気持ちもよくわかるよ。でも、ぼくはおじの性格をよく知っている。ほら、いつも傲慢で自分の思いどおりに物事を進めようとするだろう？　だから、できるだけ早く子どもが欲しいと思った、いとこの気持ちもわかる。デボラ、正直に答えてくれ。きみは夫を愛しているかい？」

「わからないわ」彼女はイヴリンと視線を合わせた。「本当にわからないの。彼の中にふたりの人間がいるから」

デボラの言葉に戸惑った表情を見せることもなく、彼は落ち着いた口調で話しはじめた。

「つまりそれは、オールストン侯爵とジュリアン・ヘシャムのふたりだね。たぶん、きみはまだオールストンのことをよく知らないのかもしれないな。いまは彼を憎んでも憎みきれないと思っているんだろうが。まあ、無理もない。ずっと彼にだまされていたんだからね。だが、喜んで求婚を受け入れたジュリアン・ヘシャムのほうは？ 彼のことはどう思っているんだい？」

イヴリンを見あげるデボラの目に涙があふれてきた。新婚旅行先での楽しかった日々が、鮮やかに脳裏によみがえる。どの日も自分の隣にいるのは、愛して結婚した男性、ジュリアン・ヘシャムだ。

「そうね。あなたの言うとおりだわ」彼女は静かに口を開いた。「わたしはオールストン侯爵のことをよく知らないのかもしれない。でも、彼が高慢で、汚らわしくて、品性に欠けていて、軽蔑に値する男性だということはわかっているわ。まさにあのビラに書かれていた人物とまったく同じよ」

デボラはイヴリンが差し出したハンカチを受け取り、涙をぬぐいながらぎこちない笑みを浮かべた。

「イヴ、ふたりは正反対なの。ジュリアンは思いやりのあるやさしい男性よ。彼は日常の小さな出来事にも幸せや喜びを感じられる人で、わたしはそういうジュリアンを心から愛している。だけどオールストン侯爵のほうは、我慢ならないほど横柄な男なの。彼は素行が悪くて屋敷を追い出されたんですってね。噂で聞いたわ。もともと、どうしようもない息子だったのよ。そんな堕落した人間だから、わたしはオールストン侯爵が大嫌いなの」

「ときどきぼくも思うよ。オールストン自身も、どちらが本当の自分なのかわからないんじゃないかと」イヴリンがため息まじりに言う。

だがデボラが息をのむ声を聞いて、彼はあわてて言葉を継いだ。

「いや、いまの発言は訂正する。デボラ、オールストンは堕落した男などではないよ。噂に惑わされてはいけない。以前、母がこんな話をしてくれた。それはロクストン公爵夫妻が結婚していくらも経たない頃に起きた出来事だ。ふたりが幸せの絶頂にいる裏で、ひそかに公爵夫人の誘拐をくわだてていた若者がいてね。その男は公爵の庶子で、そいつに公爵夫人は危うく喉をかき切られそうになったんだ。この襲撃事件のとき、おばはオールストンを身ごもっていた」

イヴリンは彼女の両手をぎゅっと握りしめ、悲しげに微笑んだ。

「異母兄がそんな愚かなまねをしたせいで、オールストンも凶暴な男だと思われることがある。世の中には、あの兄にしてこの弟ありだとか、血は争えないとか決めつけたがる人がいるんだよ。だから思わずやってしまった行為が、とんでもない悪事を働いたといったふうに、事実とは違って広まってしまうんだ」

「じゃあ……兄は嘘をついていなかったのね……でも、信じられない。ジュリアンが自分の母親に暴力を振るったなんて……ひどい話だわ……イヴ、原因はなんだったの？」

「たしかに、まったく褒められたものではない。その軽はずみな行為も、ロバート・セシガーに怒りを爆発させたこともね。ああ、ロバートといえば、彼はその庶子が起こした事件の話をよく知っているよ。あの男はこの一件を――」

デボラは彼の言葉をさえぎった。「ロバート・セシガー？　ジュリアンとミスター・セシガーはどういう関係なの？」

「切っても切れない関係かな」イヴリンがこわばった笑みを浮かべる。「ロバートとぼくたちはイートン校で同級生だったんだ。あいつは自分からオールストンとは血がつながっていると吹聴《ふいちょう》してまわっていたよ。つまり、ロクストン公爵はロバートの父親でもあるというわけさ。その頃、オールストンはこれについては何も知らなかった。かなり衝撃を受けていたよ。だがオールストンもまさか、あの父親に不埒《ふらち》な過去があったとは夢にも思っていなかったに違いない。おまけに子どもまでもうけていたんだ、愕然とするのも当然だな。一方ロバートのほうは、異母兄弟のオールストンに強い恨みを抱いていた。それで、あの男はオールストンを陥れる策を練ったんだよ」

デボラにとっても、いまの話は衝撃的だった。

「それにしても、ロバートはジュリアンにいったい何を吹き込んだのかしら？　彼はお母さまを娼婦と同類だとなじったのよ」

イヴリンが視線を落とした。部屋の中に沈黙が広がる。彼はどこまで話したらいいか考えているようだ。やがて顔をあげると、ひとつため息をついて話しはじめた。

「ぼくはそこまで口にできる立場ではない。すでに話しすぎているんだ。オールストンに直接きくといいよ。ただ、あとひとつだけ言っておく。ロバートは狡猾《こうかつ》な男だ。自分の腹黒さを隠すのがじつにうまい。あの男の頭の中には嫉妬が渦巻いている。オールストンではなく、自分がロクストン公爵の爵位継承者になるはずだったという思いに取りつかれているんだ。ロバートの母親は公爵との結婚を望んでいたが、その夢はかなわなかった。それで、生まれてきた息子に子守唄を聞かせるみたいに公爵夫人の悪口を言いつづけてきたんだ」イヴリンは指先でデボラの頬にそっと触れた。「オールストンを許してやってくれないか。犯してしまった過ちは消すことはできないが、彼だけが悪いんじゃないんだ」

「酔っていたせいで見境もなく暴走してしまった、一五歳の少年は許してあげてもいいわ」彼女は苦笑いを浮かべた。「だけど、大人になった彼のほうは絶対に許せない。あの人は結婚を約束した女性を平気で捨てたのよ。それだけじゃない。彼はずっと妻もだましていた。本当の身分も、結婚した目的も隠していた人を、どうやって許せばいいのよ！」

イヴリンはデボラの肩に両手を置いて、目をのぞき込んだ。

「いいかいデボラ、これは確信を持って言える。オールストンとルフェーブルの娘の噂は、まったくのでたらめだ。いとこが結婚をほのめかして彼女をベッドに誘ったなんて、大嘘もいいところさ。本当だ、誓うよ。あんな汚らわしいビラに書かれていたことを信じてはいけない。ああいうものは、ただ面白おかしく書き立てているだけなんだ。ビラを書く連中にはろくなやつはいない。彼らにとっては真実なんかどうでもいいんだよ。煽情的な内容で、多くの人の関心を引くのが目的なんだ。わかったかい？」

「ええ、あなたの言いたいことはわかったわ」デボラは淡々と答えた。「でも、それを信じるかどうかは別の話よ。だって、ルフェーブル家側の弁護士は訴訟を起こそうとしているんだもの」

彼女は顔をしかめ、一歩うしろにさがった。

「イヴ、彼女の父親とわたしの夫は決闘したのよ！　ジュリアンと剣を交えるために、ルフェーブルはわざわざ海を渡ってイングランドに来た。それはなぜだかわかる？　自分の娘がもてあそばれたと思っているからよ。父親として、娘の体面を守ってやりたいからだわ！」

イヴリンが片手をあげて、デボラの話をさえぎった。

「ルフェーブルにしてみれば、娘はもてあそばれたと思うさ。だが、〝楯《たて》の両面を見よ〟ということわざもあるように、物事には必ずふたつの面があるんだ。一方の言い分だけを信じるのは間違っている！」

「まさか、ミス・ルフェーブルのほうからジュリアンを誘惑した可能性もあると言いたいの？　それで彼は彼女の魅力に逆らえず、誘われるがままベッドをともにしたと？　ばかばかしい。下手な言い訳にもほどがあるわ。わたしはだまされないわよ」

「オールストンは頑固で高慢なろくでなしだ！」イヴリンが吐き捨てる。「ぼくはあいつに気をつけろと警告したんだ。でも、あの男はわが道を突き進み、自由気ままな生活を送っていた。その結果がこれだよ。いまやオールストンは立派な醜聞王だ」

デボラがふっと顔を曇らせた。イヴリンは彼女の肩に腕をまわすと、朝食室を出て廊下を歩きだした。口調をやわらげて続ける。

「デボラ、すまない。つい声を荒らげてしまった。オールストンとぼくは親友だが、この件に関しては、どうしてもあいつに腹が立つ。そうはいっても、見捨てるわけにはいかないよ。なんとかしてぼくたちふたりで、オールストンの中から傲慢な侯爵のほうではなく、やさしいジュリアンのほうを引き出してやろう」

ふたりは青と白で統一された応接間に入っていった。イヴリンはデボラに楽譜を渡してから、ヴィオラを肩にのせて弾きはじめた。「これはドミニクのために作った曲なんだ。感想を聞かせてほしい。彼女への婚約の贈り物として、明日の午後チュイルリー庭園で開かれる演奏会で弾こうと思っている。ジャックもぼくと一緒に演奏するんだよ。子どもが加わると、音色がやわらかくなるような気がするんだ」

デボラは、譜面台に楽譜がのせられたままのクラヴィコードの脇にある、縞模様のシルク張りの長椅子に腰をおろした。イヴリンがぴょんぴょん跳ねながらヴィオラを弾いている。まるでおどけた道化師みたいだ。踵の高い靴を履いて、室内を縦横無尽に動きまわる彼のそんな姿に、思わず口から笑い声がこぼれた。

「美しい曲だわ」デボラの目の前に来て、イヴリンがつま先でくるりとまわった。「でも正直に言うと、ドミニクという女性だとか、彼女への婚約の贈り物だとか、ジャックも一緒に演奏するだとか、びっくりするような情報をそう矢継ぎ早に聞かされたら、とてもじゃないけれど曲に集中できなかったわ。それで、いまの話は本当なの？　本当にジャックはチュイルリー庭園であなたと一緒にヴィオラを弾くの？」

イヴリンは派手な身ぶりで演奏を終え、彼女にお辞儀をした。

「ああ、本当だ。きみもあの子の雄姿を見に来なくてはだめだよ。演奏前はきっと緊張するだろうから、励ましてやってほしい。ジャックには才能がある。それを人前で披露するべきだ」

デボラは茶色い目を輝かせ、ぱちんと両手を打ち鳴らした。「やっぱりあなたはジャックの才能を見抜いていたのね！　それで、ドミニクというのは……」小首をかしげて尋ねる。「誰なの？」

「ああ、ぼくのドミニク！　デボラ、とっておきの秘密を教えてあげよう。ロクストン公爵や両親が知ったら、絶対に怒り狂う話だ。間違いなく母は、名門の家名に泥を塗ったぼくの行動を大いに嘆き、寝室にこもりきりになるだろうな。だがデボラ、ぼくの幸せを祈ってくれ。じつは駆け落ちしようと思っているんだ！」

「駆け落ち？　あなた、そのドミニクという女性と駆け落ちするの？　だけど、いつ彼女と知りあったの？　手紙にはドミニクの〝ド〟の字も書いてきたことがなかったじゃない。ねえ、もっと詳しく教えて。彼女はどういう女性なの？　なぜ駆け落ちしなくてはいけないの？　どうしてあなたのご両親は、彼女との結婚に反対しているの？」悲しそうに微笑むイヴリンを見て、彼女は顔を曇らせた。「もちろん、あなたには幸せになってほしいわ。けれど……イヴ、本当にそれでいいの？　駆け落ちして幸せになれる？」

彼がヴィオラをテーブルの上に置いた。裾に刺繍を施したイタリア製のベストを脱ぎ捨て、長椅子のかたわらにある縞模様のシルク張りの足のせ台に座る。

「痛いところを突かれたな。だが、心配無用だ。必ず幸せになってみせるよ」

「だけど彼女を愛してはいないのね？」彼女は手を伸ばし、イヴリンの手を包み込んだ。彼の指が小刻みに震えている。その指が、いまの問いに対する答えを如実に語っていた。

「激しく燃えるような愛情は感じていない。でもこのくらいの気持ちのほうが、かえっていいんだよ」イヴリンがかすかな笑みを浮かべる。「ぼくは音楽家特有の、一途にのめり込む性分だからね。それにドミニクにとっても悪い話ではない。たとえふたりのあいだに深い愛は存在しなくても、ぼくと結婚したら、彼女は上流階級の一員になれるんだ。そのへんのところは彼女もよくわかっている」

デボラは指の関節部分で、彼の頰にそっと触れた。「なぜ駆け落ちまでして彼女と結婚したいの？　上流社会の仲間入りをしたくて、あなたと結婚しようとしている女性なのよ？」

イヴリンは彼女の手を取り、やさしく口づけた。

「きみは心配性だな。大丈夫さ。ぼくとドミニクはそれなりにうまくやっていけるよ。ただし、公爵は激怒するだろう。オールストンにも首を絞められるかもしれない。ああ、気の毒な母上。義理の娘としてドミニクを迎えたときには、絶望のあまり寝込んでしまうに違いなが働いていた？　そんな話は聞いたことがないわ」

「あなた、先生をしていたの？　どうして？　子爵の息子であり、公爵の甥でもあるあなた
「いまはね。いずれ教えるよ。ぼくはドミニクのピアノの先生だったんだ」

「まだ彼女の名前しか教えてもらっていないわ」

い」


イヴリンは茶目っ気たっぷりに青い目を輝かせ、にやりとした。

「オットーが以前、こんな話をしていたんだ。大邸宅には必ずきれいな女性が住んでいる。その女性と知りあうには、貧しい天才音楽家のふりをして、楽器を教えるしかないってね」

デボラはふざけて彼の顎をつねった。

「もう、最低なんだから。あなたもただの女好きだったのね。わたしの夫が知ったら――」

「奥さま、どうやらきみは、ぼくの話をいつも聞き流していたようだな。少しでも耳を傾けていたら、決してぼくのいとこのベッドでは寝なかったはずだ！」

16

一時間前

ロクストン邸の馬屋で、ジョセフ・ジョーンズはオールストン侯爵がヴェルサイユ宮殿から戻ってくるのを待っていた。ツタに覆われた石壁に寄りかかり、トルコ産の葉巻をふかしていると、ほどなくして四頭立て馬車が敷地内に入ってきた。馬車はそのまま進みつづけ、ジョセフのそばまで来たところで停止した。お仕着せ姿の従僕が、間髪をいれずに馬車の扉の下に乗降用の踏み台を置く。

最初に馬車から姿を見せたのはオールストン侯爵だ。だが、侯爵は踏み台に足をのせたまま、車内にいる友人たちと話しはじめた。

もれ聞こえてくる笑い声や話し声の大きさからして、ベルベット張りの車内には少なくとも五、六人はいるだろう。若い女性が窓から顔をのぞかせた。その顔にはおしろいがたっぷり塗られ、高く盛りあげた髪には染めた羽根やサテンのリボン、真珠が飾られている。女性が窓から手を突き出して、オールストン侯爵にキスをねだった。侯爵が大げさな仕草でその指先にキスをする。くすくす笑いとともに女性の姿は見えなくなり、今度はまた別の若い女性が窓際に現れた。この女性も、これまた奇抜に飾りたてた巨大な髪型をしている。彼女が侯爵に手を差し出した。彼はその手を取り、真珠のブレスレットをつけた肉づきのいい手首にキスをして、それからようやく踏み台をおりた。侯爵に続いて、かつらをつけた男が三人、馬車から出てきた。扉が開いたままだということは、男たちはそれほど長居をするつもりはないのだろう。

「ベルトラン、悪いが、ぼくは行かない。マダム・ダプラノには適当に言い訳をしておいてくれ」

「そんなふうにあっさり言うなよ、ジュリアン。マダム・ダプラノから招待を受けたんだぞ。断れるわけがないだろう。きみは勝手すぎる。絶対に行かないとだめだ。きみたちもそう思うだろう?」シャイヨ子爵が加勢を求めてほかのふたりに目を向ける。「アンリエットもマルグリットも、またきみに会うのを楽しみにしている。ジュリアン、妹たちを悲しませないでくれ」子爵は馬車の窓を指差した。「ほら、ふたりを見てみろよ。すでにきみを恋しがっているじゃないか」

「いや、それはどうかな。今回ばかりは、きみのかわいい妹たちもぼくのそばにはいたくないさ」

子爵が顔をしかめる。「例のばかげた騒動を気にしているのか?　あんなものは放っておけばいいんだ」

「そうだよ。兄上の言うとおりだ」子爵の弟、ベルトランが口を開いた。「放っておくのが一番だよ。あの男は頭がどうかしているんだ。ひとりでばかみたいに騒いで。無視すればいい。それで一件落着だ」

「そのとおり。きみが無視していれば、噂だっておさまる。そもそも根も葉もない大嘘なんだ。あの徴税請負人が、図々しくもでたらめな話を――」

「話をさえぎってすまない、フレデリック」オールストン侯爵がおざなりな笑みを浮かべ、もうひとりの男、シャルモン士爵のほうに顔を向けた。「ぼくはうやむやにしたくないんだ。ぜひとも身の潔白を証明したい」

「それなら大丈夫だ。きみには強力な味方がついている。お父上のロクストン公爵がすべて取りはからってくれるよ」イングランド人の友人を怒らせたくないのだろう、シャイヨ子爵があわてて口をはさんだ。「きみに脚を開いた、あの中産階級の尻軽女とまぬけな父親に金を渡せばいい。そうすればこの騒動は決着する」

「そう、それだよ！」ベルトランが仲間たちにかぎ煙草を差し出しながら、大きくうなずく。「徴税請負人というのは、喜んで賄賂を受け取るやつらばかりだ。だから、みんな金持ちなんだろう？」

「ベルトラン、ぼくは賄賂を渡す気など、はなからない。無実だからな」侯爵がそっけなく言い返した。「無実なのに、なぜ相手を買収しなければならない？」

それは思いつかなかったとでも言いたげに、三人は顔を見あわせている。やがてシャルモン士爵がかぎ煙草を鼻から一気に吸い込み、明るい口調で話しだした。

「オールストン、きみは堅物だな。賄賂を贈るくらい、どうってことないだろう？　上流社会でも、賄賂のやり取りは日常茶飯事だ。この際、金で片をつけたほうが楽だと思うけどな」

突然、馬車の中から三人の男たちを呼ぶ大きな声が聞こえてきた。女性たちが、急がないと演奏会に遅れるとかなんとか叫んでいる。彼女たちが焦るのも当然だろう。ドレスを着替えなければならないし、また頭に髪粉を振りかけなければならないのだ。なぜ男たちはそんな単純なことも気づかないのか。彼らはさらにしばらく立ち話を続けていた。だが、ついに女性たちの急かす声に負け、オールストン侯爵にお辞儀をして馬車に乗り込んだ。

侯爵は笑顔で手を振り、遠ざかる馬車を見送っている。シャイヨ子爵が窓から顔を出して叫んだ。ぼくたちとオペラを見に行くのを忘れるなよ、その日はきみを迎えに来る、と。

オールストン侯爵が向きを変えて歩きだした。口元には、いまはもう笑みのかけらも残っていない。クラヴァットの結び目をほどきながら、ジョセフのほうに向かってくる。踵の高い靴を履いているわりには早足だが、それでも大股で颯爽《さっそう》と歩くというわけにはいかないようだ。

侯爵の顔が見る見る険しくなってきた。友人たちの無遠慮な言葉の数々に、きっとはらわたが煮えくり返っているのだろう。彼の顔に張りついた怒りの形相に気づき、馬屋番たちは四方八方に逃げていった。

ジョセフはブーツの先で葉巻をもみ消した。オールストン侯爵が近づいてくるにつれ、緊張が高まっていく。これから侯爵にデボラの話をしなければならないのだ。それを思うと不安でたまらなかった。だが、彼女のためだ。覚悟を決めよう。ジョセフは落ち着けと自分に言い聞かせた。ところがオールストン侯爵の怒気をはらんだ顔を間近で見たとたん、頭の中が真っ白になってしまった。一方、侯爵のほうは戸惑いが浮かぶ鮮やかな緑色の目をジョセフに向けた。

「ジョセフ？　なぜパリにいるんだ？　おまえはイングランドに戻ったと思っていたよ」

「バースに行って、帰ってきたところです、閣下」ジョセフはあわてて駆け寄ってくる執事にちらりと目をやり、それから侯爵をまっすぐ見据えた。「ミス・デボラに会ってきました」

一瞬、オールストン侯爵はたじろいだが、背後に人の気配を感じたのだろう。彼はジョセフに背を向けた。そこには目を大きく見開いた執事が立っていた。侯爵が身分の低い男と打ち解けた様子で話しているのが信じられないといった表情だ。侯爵は執事をさっさと追い払い、ふたたび向き直るとジョセフをにらみつけた。

「おまえも行ったり来たり忙しい男だな」皮肉を含んだ口調で言う。「ところでミスター・ジョーンズ、これからはぼくの妻を正しい敬称で呼んでくれ。わかったか？」

「はい」ジョセフは小声で返した。「ですが閣下、無礼を承知で言わせてもらえば、呼び方がどう変わろうと、わたしは彼女が健康で幸せに暮らすことをずっと願ってます」

侯爵が一歩前に踏み出した。「口を慎め――」

「彼女のことが心配なんです！」ジョセフは反射的に一歩あとずさりしたが、果敢に言い返した。「ミス・デボラはいつも健康そのものでした。これまで一日たりとも寝込んだことなんかなかったんですよ。だから彼女の具合がひどく悪くて、日ごとに食欲もなくなっていると聞いたとき、わたしはとても不安になりました。そんなのまったく彼女らしくないですから。わたしはもう、いても立ってもいられなくて、彼女に会いに行きました。どんな状態なのか、この目で確かめないと気がすまなかったんです」

「それで、おまえのその目で見て、彼女はどうだった？　ドクター・メドローが言うように病気だったか？　それとも仮病だったのかな」

オールストン侯爵の口調には、小ばかにした響きがあった。

「仮病には見えませんでした、閣下。それにドクター・メドローは有能なお医者さまです。もしミス・デボラが病気のふりをしていたら、そのへんのやぶ医者と違って、ちゃんと見抜きますよ」

「ならば教えてくれ。病名はなんだ？　わたしの妻は夫にも会えないほどの重病なのか？」

「ドクター・メドローは何も言ってくれませんでした。ピポクラテスの誓いに反するそうです」

「ヒポクラテスの誓いだ」侯爵が訂正した。「まったく都合のいい言い訳だな。ではジョセフ、ぼくはそろそろ失礼する。この宮廷服を着替えたいんでね」彼は向きを変え、ロクストン邸の中庭の入り口へと続く道に向かって歩きだした。

「閣下！　わたしは本当は知ってるんです。なぜミス・デボラは具合が悪いのか」ジョセフは声を張りあげ、大股で歩き去るオールストン侯爵のあとをあわてて追いかけた。だが彼は歩をゆるめようとせず、ずんずん進んでいく。ジョセフはさらに続けた。「いま、どこにいるのかも！」

屋敷の玄関前の階段をあがろうとした侯爵の足が、ぴたりと止まった。彼がジョセフに向き直る。

「それなら教えてもらおうか。妻の具合が悪い原因を」

侯爵に鋭い目でにらまれ、ジョセフはごくりとつばをのみ込んだ。

「すみません、閣下。言えません。わたしはそんな立場ではないですから」

「くそっ、ジョセフ！　べらべらしゃべっていたくせに、肝心なことは言わないつもりか！」

「わたしはミス・デボ——奥さまをよく知ってます。きっと自分の口から話したいはずです」

侯爵が中庭に目を向けた。踵の高い大きな赤い靴に視線を落とし、それからジョセフの目をまっすぐに見つめる。

「ジョセフ、ぼくだって、できればバースに行きたい。自分で妻を迎えに行きたいよ。だが、いまぼくはフランスを離れられない。ルフェーブル側の弁護士にここを離れるなと言い渡されたんだ」

ジョセフはうなずきながら笑みを浮かべた。

「そうですか。では、閣下、わたしがいますぐ奥さまをあなたのもとにお連れしましょう」

オールストン侯爵がジョセフの肘をつかんだ。

「いますぐとはどういう意味だ？　まさかデボラはパリに来ているのか？　言え。妻はどこにいるんだ？」

ジョセフは上を指差した。口を開く間もなく、侯爵はくるりと向きを変え、二段抜かしで階段を駆けあがっていった。

「二階です。奥さまはミスター・フォルクスのお部屋にいます」

突然、いとこの部屋に踏み込んできたオールストン侯爵を見て、フィリップはぎょっと目をむいた。大あわてで追いかけるフィリップを尻目に、侯爵はまっすぐヴィオラの音が聞こえてくるほうへ向かっていく。「こ、ここに女性はいません」フィリップのうろたえた声は完全に無視された。正直に言うと、女性はいる。だが、彼女はれっきとしたレディだ。たとえブーツに縫いつけたホルスターに拳銃を忍ばせていたとしても。何を隠そうフィリップは、そのレディがひと晩過ごした寝室を掃除していたときに拳銃を見つけたのだった。だから、彼女に頭を撃ち抜かれ、脳みそが羽目板張りの壁に飛び散る前に、侯爵にはすみやかにここからお引き取り願いたかった。

ついにふたりは応接間の前まで来た。フィリップは室内にちらりと目を向けた。その瞬間、仲むつまじい若い男女の姿が目に飛び込んできた。彼の主人、イヴリンが美しいレディの指先にキスをしたのだ。イヴリンの話に彼女は声をあげて笑い、彼の顎をつねった。フィリップはおそるおそるオールストン侯爵を見あげた。ハンサムな顔には険しい表情が浮かんでいる。フィリップはその場から一目散に逃げ出し、短い脚を懸命に動かして使用人用の階段を駆けおりた。壁に飛び散った血や脳みそを拭く役目を負わされるのは、絶対にごめんだ！

ジュリアンは応接間に一歩足を踏み入れたところで立ち止まった。長椅子にゆったり腰かけ、ストッキングに包まれたつま先を暖炉の火にかざしている女性は彼の妻だった。大笑いしたせいで涙がにじんだ目はきらきらと輝き、うしろでひとつに編んだ長く豊かな髪は太陽の光を受けて深いルビー色にきらめいている。いま、目の前にいるデボラは美しかった。ジュリアンが知っている彼女よりもずっと。そして、とても生き生きしている。

実際、健康そのものではないか。妻にようやく会えた喜びが怒りに変わる。メドローめ、あの医者にまんまとだまされた。メドローから届いた手紙の文面を額面どおり信じた自分は、なんという愚か者なのだろう。デボラは体調を崩していて、長旅は無理だという一文を読んだときは、心配で頭がどうかなりそうだったのだ。そのうえデボラのいない夜はわびしく、彼女の体のぬくもりが恋しかった。彼女に触れたくてたまらなかった。ひとりで過ごす時間があまりにも虚しくて、それを紛らわせるために、へとへとになるまで体を動かしたりもした。自分にとっては永遠とも思えるほど長く感じた一二週間だった。だがそのあいだデボラのほうはこちらの気持ちなどおかまいなしに、仮病を使ってこの結婚を無効にすべく、弁護士と策を練っていたのだ。

冗談じゃない！　結婚を無効になどするものか！

なじみのない鋭い痛みが胸を突いた。これが嫉妬というものなのか。ジュリアンは辛辣な言葉をデボラに投げつけた。彼の声が部屋じゅうに響き渡る。一瞬にして、暖炉のそばで楽しげに話をしていたふたりがぴたりと口をつぐみ、目を丸くしてジュリアンを見つめた。イヴリンがあわてて立ちあがり、デボラは背筋を伸ばして座り直した。ふわりと広がるドレスの裾でつま先を覆い隠そうとした拍子に膝から楽譜が滑り落ち、トルコ絨毯の上に散らばった。

ジュリアンはいとこには目もくれず、頬を真っ赤に染めた妻にまっすぐ怒りの視線を据えた。

「元気そうで何よりだ。安心したよ。これでようやくまた、夫婦生活を始められるな」彼はイヴリンにちらりと目をやった。「言うまでもないが、きみには妻としての務めをしっかり果たしてもらう。何よりも跡取りをもうけることを最優先に考えてくれ。ああ、そうだ、もうひとつ肝に銘じておいてほしい。ぼくは妻が不貞を働いてできた子どもは決して認知しない。たとえその子の父親が、ぼくと近縁関係にある男だとしても」

一方的にまくしたて、応接間から出ていこうとしたジュリアンに向かって、デボラも負けじと言い返した。その言葉に彼は足を止め、長椅子に座っている妻に向き直った。

「いま――なんと言った？」ジュリアンは驚いた表情を浮かべている。聞き間違いではないかと、自分の耳を疑っているような顔だ。

デボラは言葉を失って立ち尽くす夫をじっと見つめた。バックルにダイヤモンドをちりばめた踵の高い赤い靴、おしろいを塗った顔、ポマードできっちりかためた黒髪へと視線をあげていく。宮廷服に身を包んだ彼は、まるで見知らぬ他人みたいだった。本当に不思議だ。そう思わずにはいられない。この傲慢で鼻持ちならないオールストン侯爵のどこに、心やさしいジュリアン・ヘシャムが隠れているのだろう？　侯爵の中にジュリアンを見つけることができるのは、深みのある低い声を聞いたときだけだ。

デボラは長椅子から立ちあがり、反抗的に顎を突き出した。両手をうしろで組み、上半身をそらして、わざとおなかのふくらみが目立つ姿勢を取る。

ジュリアンがこちらに向かって歩いてきた。「わたし、男の子が生まれますようにと毎日お祈りしているの」彼が目の前で立ち止まったところで、あえて落ち着き払った口調で続ける。「なぜだか教えてあげましょうか。それは、あなたともう二度とベッドをともにしたくないからよ」

応接間に沈黙が落ちた。一秒、二秒、三秒……。静寂の中で時が流れていく。無言のままデボラを見おろしている彼の表情がふっと変わった。ハンサムな顔にやさしさが浮かび、ジュリアン・ヘシャムが現れた。けれども、その緑色の目からは何を考えているのか読み取れなかった。

おそるおそる腹部に伸びてきた夫の手から逃れるように、彼女はあとずさりした。

「そうだったのか。だからパリに来られなかったんだな」ジュリアンがささやき、やわらかな口調で言葉を継いだ。「具合が悪いなんて言わずに、最初から正直に打ち明けてくれればよかったのに。いつ気づいたんだい？」

「カンブリアから戻ってきてすぐに」

「そんなに前から」彼は驚きの声をあげ、頬をゆるめた。「いま何カ月なんだ？」

デボラは無表情を保とうとしたが、気づくと口元がほころんでいた。

「五カ月――そろそろ五カ月半になるわ」

「五カ月半だって？」彼が目を丸くする。見る見るうちに顔に笑みが広がった。「では、ぼくたちが初めて結ばれた夜に、きっときみは身ごもったんだな……」

彼女の頭の中は混乱していた。目の前に立つ宮廷服姿の男性は、高慢なオールストン侯爵に見える。けれども耳にやさしく響く深みのある低い声や、穏やかな光をたたえた緑の瞳は、紛れもなくジュリアン・ヘシャムのもの。どちらの男性と話をしたらいいのだろう？　でも、彼のあのうぬぼれた笑顔。おまけにイヴリンまで、彼と顔を見あわせてにやにやしている。ふたりのにやけた笑みを目の当たりにした瞬間、どちらを相手にするか決まった。

まったく無神経にもほどがある。恥ずかしくてしかたがない。夫婦の営みというのは、とても親密な話題だ。それをべらべらしゃべるなんて、この人はどこまで最低なのか。

「さぞかしあなたは友人たちに自慢したいでしょうね。だって新婚初夜で花嫁を身ごもらせるのは、相当な離れ業みたいだもの」デボラは痛烈に言い放った。「ほら、イヴもあなたを称賛の目で見ているわ。閣下、二カ月もカンブリアにいる必要はなかったわね。貴重な時間を無駄にさせて悪かったわ。もっと早くわたしが自分の体調の変化に気づいていたら、あなたもあんなところにいないでフランスで待つ女性のもとへ行けたのに」

「なんだって?」

デボラは憤慨した表情を浮かべている彼を冷めた目で見あげた。ふたりはいま、顔を突きあわせて立っている。どちらも一歩たりとも引く気配はなく、無言のにらみあいが続いた。でも、こんなことはどちらも望んでいなかったはずだ。この膠着《こうちゃく》状態から抜け出す方法が見つかるといいのに。そして、またふたりで愛に満ちたひとときを過ごしたカンブリアに行けたら……。突然イヴリンが口を開き、沈黙が破られた。時間はふたたび動きだしたけれど、状況は少しもよくならなかった。

「デボラもジュリアンも、もうやめるんだ。この妊娠の報告は――」

このひとことでデボラは正気に戻った。彼女はくるりと夫に背を向け、イヴリンの腕の中に飛び込むと、胸に顔をうずめて泣きだした。

「ああ、デボラ、泣かないでくれ」イヴリンはやさしく声をかけ、大きくため息をついて、いとこに目を向けた。「頼むよ、ジュリアン。少しは彼女の体調を考えろ」

「余計なお世話だ。きみに言われなくても、ちゃんと考えているさ」ジュリアンは吐き捨てるように言い返し、妻の背中を撫でるイヴリンの手を憎々しげに見つめた。彼はその場から離れた。扉の前で立ち止まり、振り返っていとこに視線を向ける。「ぼくの身重の妻の慰め役はきみにまかせる。それが終わったら、ついでに彼女を図書室へ連れていってくれ。両親に会わせるから」

ここにいろというイヴリンの声を無視して、ジュリアンは応接間をあとにした。脇目も振らず、自分の部屋に通じる階段を目指す。そして階段に足をかけたところで立ち止まった。なぜか急に動く気力もなくなり、壁にもたれかかった。そのままずるずると崩れ落ち、力なく階段に座り込んで、両手で顔を覆う。涙が指のあいだを伝い落ちていった。

17

やはり褒めちぎる作戦でいこう。お決まりの天気の話などもしたほうがいいだろうか？ジェラルドはぶつぶつとひとりごとを言いながら歩いていた。ああ、それにしても緊張する。あの義理の弟とふたりきりで話をすることを考えただけで冷や汗が出てきた。ふと人の気配を感じ、彼はそちらに目を向けた。宮廷服姿の男が階段にうなだれて座り込んでいる。なんと、あれはオールストン侯爵ではないか。

いったい義弟はこんなところで何をしているのだ？　ひょっとして酔っ払っているのだろうか？　それとも発作か何か起こしたのか。侯爵がジェラルドを見あげた。彼の顔は赤らんでいて、目は潤み、充血している。まさか女の子みたいに泣いていたのか？　いや、ありえない。涙など義弟には無縁だ。

ジュリアンは義理の兄を居間に招き入れた。暖炉の火が燃える室内にふたりが入るとすぐに、寝室から従者のフルーが出てきた。だがフルーは客人に気づき、扉を開けたままにして、また部屋に引っ込んだ。ジェラルドがフルーの背中を目で追っている。従者は寝室の奥にある着替え室に向かって歩いていった。そこでは使用人ふたりが風呂の準備をしている。ひとりは銅製のバケツを使って巨大な浴槽に香料入りの湯を張っており、もうひとりは赤いシルク地のガウンを優美な彫刻が施された椅子の肘掛けにかけるところだ。

なんと間の悪い男なのだろう。宮廷服などさっさと脱ぎ捨て、早く風呂に入ってさっぱりしたいというのに。遅ればせながら、ジェラルドもようやく自分が招かれざる客だということに気づいたらしい。どこか居心地が悪そうにしている。

ジュリアンは義兄に椅子も勧めず、しばらく押し黙ったまま暖炉の脇に立っていた。ジェラルドは気まずさを埋めるかのように、ポケットからエナメル細工が施された金の煙草入れを取り出し、かぎ煙草を吸い込んだ。それから、ひとつ咳払いをして話しはじめた。

「閣下、甥のジャックにアンリ・アントワーヌ卿と一緒に過ごす機会を与えてくださり、公爵ご夫妻とあなたには深く感謝しております」

ジェラルドは笑みを浮かべて、何度も練習したせりふを言い終えた。オールストン侯爵が鋭い視線を投げつけてきた。その鮮やかな緑の目に射抜かれ、たちまち手のひらがじっとりと汗ばんでくる。それでもジェラルドは、ひるみそうになる気持ちを抑えて先を続けた。

「本当にアンリ・アントワーヌ卿は、ジャックにはもったいないくらい立派なお坊ちゃまです。わたしの甥ときたら、いつも落ち着きがなく、わがままで、思ったことをすぐ口に――」

「そういう性格になったのは、おばと一緒に住んでいるからではないのか？」

「まったくもっておっしゃるとおりです、閣下。あの環境はジャックに悪影響をおよぼします」

「だがあの子には、おばと暮らす以外、ほかに選択肢はないんだろう？」

「それは、まあ……ですが、あなたの弟君と一緒に過ごしていたら、甥のあの手に負えない性格もまともになるに違いありません。わたしはそう確信しています」

「ぼくはハリーのほうがジャックに教わることが多いと思うがね」

「まさか、とんでもありません」ジェラルドは髪粉を振りかけたかつらをつけた頭を激しく横に振った。「わたしはジャックに素直でおとなしい子になってほしいんです。今回こちらのお屋敷に住まわせていただいているあいだに、あの子の性格が変わることを心から願っています。アンリ・アントワーヌ卿は礼儀作法がしっかり身についた、非の打ちどころのないお子さまですからね。しかし、わたしの甥は育ちが育ちですので、マナーを知りません。ジャックにはあなたの弟君をしっかり見習ってもらいたいものです」彼は不快そうに顔をゆがめた。「閣下、きっとあなたも本心ではそう思われているのではないでしょうか」

「いいや」

ジェラルドは目をぱちくりさせた。「いま、なんとおっしゃいました？」

「ぼくはジャックが弟の友だちになってくれて、うれしく思っている。ハリーはジャックのおかげでずいぶん明るくなったよ。たしかに、あのふたりは性格がまったく違う。だが、だからこそ仲よくなったんだろう」

「あの……本当にジャックとアンリ・アントワーヌ卿は仲がいいんですか？」

「あなたの甥は立派な少年だ」

「そうですか？　いえ、そうですね。ええ、ジャックは立派な子です！」

「おばのおかげだな。ジャックを育てたのは彼女だから。引き取ったのは、あの子が何歳のときだった？　六歳だったか？　ああ、そうだ、六歳のときだ。ところで、あなたは立派な甥の自慢話がしたくて、ぼくを風呂に入らせたくないのかな」

「いいえ！　違います、閣下！　わたしがお話ししたかったのはそういうことではなく、じつは、あなたに覚えておいていただきたいのです。レディ・メアリーは――レディ・メアリーとわたしは、一〇〇パーセントあなたの味方だということを――つまり、その……不愉快きわまりない例の一件に関してです。あんな中傷のビラまでばらまくとは、あのフランス人の徴税請負人はまったく卑劣な男ですよ。上流階級の人間を敵にまわして、本気で勝てると思っているんでしょうかね。だとしたら相当な愚か者だ」ジェラルドは鼻息も荒く言い放った。「徴税請負人の父親は、即刻牢獄にぶち込まれればいいんです。ふしだらな娘のほうは、さらし刑の罰を受けるべきだ。言うまでもありませんが、わたしたちはあなたのことをよく知っているので――」

「いや、あなたたちはぼくのことを何も知らない」

「――ビラに書かれている内容がすべて嘘なのは百も承知です。高貴な身分のオールストン侯爵が、一介の徴税請負人にすぎない娘の尻を追いかけるわけがありません」ジェラルドは熱弁を振るいつづけている。「だから妹にも言ったんです。くだらない噂はいっさい無視しろと」

「妹に言った？」

「ええ。パリへ来る前に、デボラに会いにバースへ行ったんです。そのとき、妹にそう言い聞かせました」

「会いに行ったとき、彼女はどんな様子だった？」

ジェラルドがまた目をぱちくりさせる。「どんな様子だったか、ですか？」

ジュリアンは義兄に一歩詰め寄った。

「そうだ。彼女の顔色や態度を見て、どう思った？」

「そうですね……。あの日、妹はわたしに会おうとしませんでした。メイドにデボラは病気だと言われ、わたしは追い返されそうになったんです。ですが、デボラのことならよく知っています。あの子はこれまで一度も病気にかかったことがありません。すぐに嘘だとわかりましたよ。わたしはそのままあきらめて帰らずに、デボラがいる部屋へ行きました。ところが、妹もなかなかの策士ですよ。洗面器をそばに置いて、長椅子の上に寝ていたんですからね」ジェラルドがわざとらしく声をあげて笑った。だが、ジュリアンはにやりともしなかった。あわてて真顔になったジェラルドが言葉を継ぐ。「いま思えば、たしかに顔色が悪かったですね。それにわたしの忠告にも口答えひとつせず、黙って聞いていました。あれはまったくデボラらしくなかった」

「忠告とは？」

「妹に、おまえのふるまいは百害あって一利なしだとはっきり言ってやりました」ジェラルドが胸を張る。「夫がフランス人の娼婦に入れあげたくらいで目くじらを立てるなと。実際、貴族の妻なら、夫に愛人のひとりやふたりはいることを覚悟しなければなりません。わたしはデボラに、侯爵夫人としてふさわしい態度を取れと忠告しました。仮病を使ってわたしの同情を買おうとしても無駄だ、いつまでもぐずぐずバースなんかにいないで、一刻も早くパリに行き、あなたの横に控えているのがおまえの務めだと、妹を諭したんです」彼は得意げな笑みを見せた。「デボラはわたしの忠告に従って、昨夜パリに到着しました。閣下、ようやくあなたにこの報告ができて、わたしとしてもうれしいかぎりです」

「何を偉そうに」ジュリアンはつぶやき、高慢ちきな義兄を眺めた。「あなたは作り話をデボラに吹き込むだけでは飽き足らず、妻の務めを果たせと彼女に説教したことを話すために、わざわざここまで来たのか？」

「閣下、あなたのご気分を害するつもりはありませんでした」ジェラルドが身をかたくする。「わたしはただ、この忌まわしい騒動の渦中にいるあなたの力になりたいと思い、身勝手なふるまいをしている妹にひとこと言っておきたかったのです」

「余計なお世話だ。二度とデボラに近づくな！」ジュリアンは一喝して話を切りあげた。

「フルー！」

従者が靴屋から届いたばかりの新しい靴を手に持ち、小走りで近づいてきた。慣れたもので、ジュリアンの怒鳴り声を聞いても平然とした顔をしている。フルーにはわかっていたのだ。彼の主人がいつも不機嫌で夜も眠れないのは、夫婦の関係がうまくいっていないからだと。ふたりが問題を解決し、ふたたびベッドをともにするようになれば、また穏やかな日常が戻ってくるとフルーは思っていた。

ジュリアンは仏頂面で、新品の踵の高い靴を見おろした。

「今夜の舞踏会のための靴です、閣下」フルーは澄ました顔でジュリアンを見あげた。

「こんなばかげた靴は返してこい！」ジュリアンは声を荒らげながら、いま履いている靴を脱ぎ捨てた。「まともな靴はないのか。女が履くみたいなやつではなく、英国紳士の足に合う靴を持ってきてくれ」

「英国紳士の足に合う靴でございますね」フルーは主人の言葉を繰り返した。「かしこまりました、閣下」

「いいか、フルー、ぼくのこの親指の幅よりも踵の高い靴は、すべて却下だからな」

「親指の幅よりも踵の高い靴は却下でございますね。心得ました、閣下」

「それからフルー、今夜は頭に髪粉はつけない」

「髪粉をつけないのですか？」いままで冷静だったフルーが、初めてぎょっとした声をあげた。「ですが……今夜は舞踏会です。髪粉をつけないで出席されるのはいかがなものかと……」

「いや、つけないと言ったらつけない。もう、うんざりなんだよ。あんなものを大量に振りかけられたら、頭皮がかゆくてしかたがない。もう二度と髪粉など使わないからな！」

「もう二度と……髪粉は使わない……」

ジュリアンは従者をにらみつけた。「フルー！　おまえはオウムか！」

「いいえ、閣下。オウムではありません」フルーはあたふたとその場から逃げ去り、着替え室へ駆け込んだ。その瞬間、侵入者にばったり遭遇した。

　侯爵の私的な空間に入り込んでいたのは客人だった。男は部屋の中央に置かれた浴槽の脇にぼうっと立っている。フルーは驚いて目を丸くすることもなく、侵入者にお辞儀をすると着替え室を出て、静かに扉を閉めた。最大級に機嫌の悪いオールストン侯爵の相手は、この丸顔の紳士にまかせよう。

　ジュリアンは怒りのあまり言葉を失った。この義兄はどこまで鈍感なのか。ジュリアンの中では、すでに話は終わっていたのだ。おまけに着替え室にまで図々しく入り込んでくる相手のあつかましさには、開いた口がふさがらなかった。ジェラルドは義弟に対するおびえと自分の焦りが入りまじった表情を浮かべ、話を切り出す機会をうかがっている。

「閣下、これだけははっきり言わせてください。わたしは家名を汚すようなまねはしないよう、デボラをなんとか説き伏せようとしました」義兄がうわずった声で話しはじめた。「これを知ったら、きっとあなたは驚くに違いない。妹は、あなたとの結婚を無効にするにはどのような手続きを取ったらいいか、わたしにきいてきたのです。デボラがこの話をしたとき、わたしは愕然として言葉を失いました。まさに、いまのあなたみたいに」

「この大嘘つきめ」ジュリアンは低い声で罵った。「婚姻無効についてデボラに入れ知恵したのは、あなただろう」

「まさか！　それは違います、閣下！　デボラに婚姻無効を求めるよう助言したのは、わたしの弁護士です」ジュリアンに詰め寄られ、ジェラルドはずるずると後退した。「わたしは弁護士に聞かされるまで、この法律の具体的な内容は何も知らなかった。本当です、閣下！」

ジェラルドは椅子にぶつかり、転びそうになった。その拍子にかつらがずれて、あわててかぶり直すと、ふたたび扉に向かってあとずさりを始めた。

「デボラは婚姻無効の訴えを起こすつもりです。わたしがあなたに会いに来たのは、この話を伝えるためです。イングランドには、あなたのご家族を相手に戦う裁判官はひとりもいません。だから、わたしはデボラに訴えても無駄だと言ったんです。ですが、妹はかたくなに耳を貸そうとしませんでした」

「このろくでなしめ！」ジュリアンは怒りを爆発させ、ジェラルドが着ているフロックコートの襟をわしづかみにした。「おまえのせいだぞ。おまえが偉そうに説教したり干渉したりするから、デボラは不安になったんだ」扉を開けて、ジェラルドを使用人用の廊下に押し出す。「明日、イングランドへ帰れ。戻る場所はロンドンの屋敷ではなく、田舎の領地だぞ。そこで暮らすんだ」

ジェラルドは呆然とジュリアンを見返している。どこか遠くのほうから地鳴りのような音が聞こえてきた。そして呼び鈴の音も。ジュリアンは耳を澄ました。ああ、これは地鳴りではなく、使用人たちがあわただしく動きまわる足音だ。それから呼び鈴は、公爵一行を乗せた馬車が門を通り、ロクストン邸の敷地内に入ったという合図。

ふと気づくと、ジェラルドがまだ目の前に立っていた。ようやく頭がまわりはじめ、ことの重大さがわかったのだろう。義兄は不安そうに目をしばたたいている。

「明日、帰れと、閣下？ わたしは田舎の領地に追い払われるということですか？」

「そのとおり。おまえみたいな腰抜けの顔は二度と見たくない！ フルー！」

ジュリアンは勢いよく扉を閉め、従者を大声で呼んだ。強く叩きつけるようにして扉を閉めたせいで、金色の額におさまったコンスタンティノープルの風景画が壁からはずれ、床に落ちた。

18

お仕着せを身につけた従僕の案内で控えの間に通されたデボラは、緊張しながら図書室へ向かうときを待っていた。公爵夫妻に言うべきことは、何度も繰り返し練習してきた。それでも、いざ夫の両親を前にしたら、何も話せなくなるのではないかという不安がどうしてもぬぐえない。弱気になってはだめ。切り札はこちらが握っているのよ。彼女はそう自分に言い聞かせた。大丈夫。何を言われようと、どんな脅しをかけられようと、妊娠の報告をしたら、向こうもこちらの要求を聞かざるをえなくなる。きっと最終的には、この結婚を解消することを承諾してくれるはず。先ほどの夫のあの態度を見れば、彼に単なる跡継ぎを産む道具としか思われていないのは一目瞭然だ。それならそれで別にかまわないけれど、自分だけ願いをかなえようなんて虫がよすぎる。彼にも、それ相応の対価を払ってもらわなければ。

デボラは立ちあがり、落ち着きなく行ったり来たりしはじめた。空っぽの暖炉の前を通るとき、その上に置かれた豪華な金縁の鏡にふと目をやる。なんてひどい顔。眉間にはしわが寄り、髪はほつれかけている。デボラは先端に真珠がついたヘアピンを急いで留め直すと、スクエアカットの襟ぐりを小さなリボンで縁取ったベルベットのドレスに視線を落とした。

胸のあたりがすでにきつく感じる。イヴリンのところで着ていた、ゆったりしたモスリンのドレスのままのほうがよかっただろうか？　でも、ふだん着で公爵夫妻に会うわけにはいかない。それに自分の有利な方向へ話を進めるには、相手に隙を見せてはだめだ。

時間が過ぎるにつれて不安が募っていく。自分のこの姿は、義理の両親の目にどんなふうに映るだろう？　鏡を見つめてそんなことを考えていたとき、図書室に通じる扉が静かに開いた。従僕が姿を見せ、中に入るよう促される。とたんに心臓が激しく打ちはじめ、一瞬その場から動けなくなった。デボラは両手を胸の前できつく握りしめ、扉に向かってゆっくりと歩いていった。

まだ昼間だというのに、室内は厚手のベルベットのカーテンが閉じられ、燭台のろうそくすべてに火が灯されていた。従僕のあとについて部屋の奥へと歩を進めつつ、まわりにこっそり視線を走らせる。どこを見ても豪華な家具ばかりだ。革装の書物で埋め尽くされた壁三面を覆う本棚。重厚なマホガニー材の巨大な机。その上には地図や水彩画の魅惑的な風景の図鑑が、何冊も開かれた状態で置かれている。そして赤々と火が燃える、金の装飾が美しい大きな暖炉。彫刻が施されたマホガニー材の炉棚には金縁の招待状がのっていた。

炉棚の上には家族の肖像画も飾ってあった。公爵夫妻にふたりの息子、それから四匹のホイペット。アンリ・アントワーヌ卿は、いま九歳だ。肖像画の中の男の子も同じくらいに見える。ということは、これは最近描かれたものだろう。でも、それにしても公爵夫人が若すぎる。見た目が長男とほとんど変わらない。そんなのありえないわ。きっと画家が気をきかせて実物よりもかなり若く描いたのよ。だってそうでしょう？　公爵夫妻はそれほど年が違わないはずだもの。

オービュッソン織の絨毯が敷かれた暖炉のまわりは、いかにも居心地のよさそうな空間になっていた。安楽椅子が二脚、ゆったりと体を預けられる座面の広い長椅子、それにつづれ織張りの大きな足のせ台。その上には象牙の駒が置かれたままの、年代物のバックギャモンの盤がのっている。どうやら、まだゲームの途中らしい。開封済みの手紙が数通、盤の下に差し込んであった。そして盤の脇には、シルクのリボンをはさんだ小さな革表紙の本も置いてある。荘厳な雰囲気が漂う図書室の中で、ここだけは家庭的で、家族団欒《だんらん》のなごやかな光景が自然と目に浮かんだ。いつの間にか緊張よりも好奇心のほうが勝り、夢中になって室内を見まわしていると突然、上質なシルク特有の衣《きぬ》ずれの音が耳に飛び込んできた。その音でデボラははっとわれに返り、ロクストン公爵夫妻のそばまで来ていたことにようやく気づいた。

ふたりが並んで座っていた長椅子から同時に立ちあがる。従僕が立ち去る姿を視界の隅にとらえながら、デボラはあわてて膝を深く曲げてお辞儀をした。体を起こした彼女の肘に、公爵夫人の手がそっと添えられる。両頰に軽いキスを受け、耳にやさしく響くフランス語で歓迎の言葉をかけられているあいだ、デボラの目の前では公爵夫人の白い喉元を飾るダイヤモンドとエメラルドのペンダントが燦然《さんぜん》と輝いていた。

ロクストン公爵が、ゆったりした低い声で話しかけてきた。デボラは勧められるまま長椅子の向かい側の椅子に座ったが、公爵夫妻はまだ立っている。気まずい沈黙が広がり、彼女は顔を赤く染めて絨毯に目を落とした。やがて永遠とも思えるほどの時間が過ぎた頃、夫妻も長椅子に腰をおろした。

「どういう風の吹きまわしだね？」公爵がゆっくりと口を開く。「わざわざ出向いてきたということは、それなりの理由があるのだろう。なんの魂胆もなく、われわれに会いに来るとは思えないからな」

デボラはさっと顔をあげて、公爵をにらみつけた。

義父が口元にうっすらと笑みを浮かべて見つめ返してくる。その目は、この気詰まりな状況を楽しんでいるかのように輝いていた。こちらをじっと見ている高貴な男性は、記憶の中のロクストン公爵と同じだった。真っ白な髪、石炭を思わせる黒い目、深いしわが刻まれた悲しげな顔。いったい何歳なのだろう？　年齢を言い当てるのは難しい。高齢なのはたしかだけれど。それにずいぶん痩せている。かなり体調が悪いのか、呼吸をするのも大変そうだ。デボラはじろじろ見て無作法だと思われたくなくて、すっと視線をそらした。

「率直に言わせていただきます、閣下。わたしには、どうしてもあなたの助けが必要なのです」彼女は軽く咳払いをしてから、ふたたび話しはじめた。「わたしはいま、きわめて困難な立場に置かれています。なぜなら、名門の血筋を絶やさないためという理由だけで、あなたのご子息と無理やり結婚させられたからです。貴族社会では、こういう割りきった結婚は当たり前なのでしょう。ですが、これはわたしが思い描いていた結婚の形ではありません」

公爵夫人が膝の上で両手を組み、身を乗り出した。

「では、教えてちょうだい。あなたはどのような結婚の形がお望みなのかしら?」やわらかな口調で言う。

デボラは公爵夫人の華奢な手首につけられたダイヤモンドと金のブレスレットを見つめ、視線は合わせなかった。

「奥さま、わたしは政略結婚には嫌悪しか感じません。ですから、こういう考え方を理解できない方に、わたしが望む結婚の形を説明するのは難しいですね。もし無遠慮な物言いに気を悪くされたのならおわびします。けれどもわたしは、あなたの常識からしたら向こう見ずで愚かだと思うような結婚を望んでいます」

「愛のある結婚がしたいのね」

質問の口調ではない穏やかな声が、どこか物悲しく響いた。思わずデボラは自分も悲しくなり、膝の上で両手をきつく握りしめた。ここで弱気になってはいけない。同情したら負けだ。

心の中でそう自分に言い聞かせつつも、好奇心には逆らえず、デボラは悲しく響く上品な声の持ち主をちらりと見た。まさに衝撃の瞬間だった。彼女は勢いよく顔をあげ、公爵夫人を初めて真正面から見つめた。それもつかのま、夫人に微笑みかけられ、あわててうつむく。この女性はオールストン侯爵の母親ではないわ! 絶対に違う。若すぎるもの。だけど……同じ鮮やかな緑の目をしている。炉棚の上に飾られた家族の肖像画を見たとき、公爵夫人は美しい女性だと思った。けれども実物は、〝美しい〟という言葉が陳腐に感じるほどの絶世の美女だ。ロクストン公爵夫人は、この世のものとは思えぬほど美しい。さらに驚きなのは、夫の公爵より息子のほうと年齢が近そうに見えることだ。

きっと幼くして結婚したのだろう。それなら納得がいく。きれいな少女がろくでなしの放蕩息子と政略結婚させられたという筋書きが、簡単に想像できる。そして少女は夫の背信行為に黙って耐えながら、その先の人生を生きていくのだ。公爵はわたしにもそうしろと言うに決まっている。息子の情事には目をつぶれと。でも、そんな考えは間違っている！

「ところで、病気は治ったのかな？　一二週間もベッドから起きあがれず、家の中で囚人同然の生活を送っていたのだろう？」公爵の口調には、かすかに不信の響きがこもっていた。

それが癪《しゃく》に障る。

一瞬、物思いにふけっていた自分を心の中で叱り、デボラは公爵に立ち向かうべく怒りをかきたてた。

「別に病気でなくても、パリに来ることを同意するまで、わたしは囚人同然の生活を送らなければならなかったでしょう」デボラは歯に衣着せずに言った。「会うことを許された訪問者は、兄のジェラルドとムッシュー・エリコットだけでしたから。でも、後者はわたしを見張るために送られてきた人でした」

公爵が首をかしげ、にやりとした。

「兄上はともかく、きみはマーティンと仲がよかったと思うが。あの男はきみをたいそう気に入っている」

「わたしもムッシュー・エリコットが好きです」デボラは小声で応え、相手の目を見据えた。「ですが、あなたのまわし者に見張られているのは気分がいいものではありません。家から逃げ出すわけでもないのに。たとえ逃げたくても、あの体調では無理でした。閣下、わたしはそれほど愚かではないんです。あなたが使用人をわたしの家に送り込んできたのだと、すぐに気づきました。なぜあんな子供だましのようなまねをなさったのか、理解に苦しみます」

公爵が白い眉をわずかにあげた。

「きみの察しのよさには感心する。だが、きみの家に見張りをつけたのは、わたしではなく息子だ。息子には妻を守る義務があるからな。いいかね、きみは公爵家の一員になったのだ。それがどういうことかわかるかな？　われわれはいつなんどきでも、よからぬ輩に狙われる可能性があるのだよ」

「オールストン卿は自分の義務を果たして、さぞ満足でしょう。でも、わたしは自ら望んで公爵家の一員になったわけではないわ！　あなたのご子息と無理やり結婚させられたのよ！」彼女は自分を抑えられず、気づくと大声を張りあげていた。

「無礼だぞ、口を慎め！」公爵が声を荒らげる。かすれていても迫力のある声に気おされて、デボラは膝の上で握りしめた拳に目を落とした。

沈黙が落ち、しばらくのあいだ公爵の苦しげな息づかいだけが、静まり返った室内に響いていた。やがて夫の呼吸が落ち着いてきたところで、公爵夫人が話しかけてきた。

「あなたはすっかり回復したとドクター・メドローは言っていたわ。彼の言葉を信じてもいいのかしら？」

デボラはうなずいた。「はい、奥さま。もう大丈夫です」公爵にちらりと目をやる。「ですが、ドクター・メドローから聞いて、とっくにご存じだったのではないでしょうか」

「メドローの倫理観を疑っているのなら、心配無用だ」公爵が苦しげな笑い声をもらす。「メドローはヒポクラテスの誓いを破るような医師ではない。あれはじつに公明正大な男だ。だが残念ながら、きみの兄上の弁護士は、とてもではないが公明正大とは言えないな」

彼女は深く息を吸い込み、気持ちを落ち着かせた。

「閣下、兄は何も悪くありません。わたしが頼んだので、弁護士に連絡を取っただけです。それもいやいやながら」

「きみの正直さは称賛に値する。差し支えなければ、わたしの妻になぜきみは兄上にそんなことをさせたのか教えてやってくれないか？」

なんて意地が悪いのかしら！　デボラは口には出さず、心の中で叫んだ。とことんわたしをいじめ抜くつもりなんだわ。負けてたまるものですか！

「その理由はすでにお気づきのはずです、閣下。ご自身の口から奥さまにお話しされてはいかがでしょう」公爵の目をまっすぐ見つめ、英語で穏やかに返した。「でもその前に、おききしたいことがあります。あなたはご子息の結婚問題について、なぜ奥さまには何も相談なさらなかったのですか？　それはひょっとして、女性にはたいした思考力も知性もないと思っておられるからでしょうか？　それとも、精神障害を理由にご子息が婚姻無効の訴えを起こされることを知らせたら、奥さまが動揺するからですか？　それを恐れて、おふたりのあいだでは、この問題はいっさい話しあわれなかったのでしょうか？」

公爵は目に怒りをたぎらせて薄い唇を開きかけたが、なぜかすぐ口をつぐみ、下を向いた。デボラはその視線の先をたどった。なんと、公爵の膝の上に互いの指を絡めあった、ふたつの手がのっている。

公爵夫妻が手をつないでいる！　デボラは目をみはった。そのさりげない仕草は、ふたりの仲のよさを雄弁に語っていた。それにしても、公爵夫人の華奢な手に夫の怒りを静める力があるなんて驚きだ。それ以上に衝撃だったのが、夫人は英語がわかるということだ。そうでなければ、雷を落とそうとした公爵を寸前で止められるはずがない。

「申し訳ありません、奥さま」デボラはフランス語に切り替えて素直に謝った。「あなたは英語もおわかりになると知っていたら、こんなにずけずけと言いませんでした」

公爵夫人の緑の瞳がきらめいている。

「いいのよ。別にわたしを怒らせたかったわけではないでしょう？　あなたはとても思いやりのある、わたしのかわいい義理の娘《マ・ベル・フィーユ》ですもの。そんなことはしないわ。でもね、わたしは思考力も知性もない女性だとは思われたくないの。わかってくれるかしら？」デボラはしおらしくうなずいた。公爵夫人がさらに言葉を継ぐ。「たしかに息子のジュリアンは頑固で気が短いわ。この性格はわたしに似たのね。それに息子は傲慢なところもある――あの子のような地位にいる男性は、たいていそうよね。だけど、これだけはあなたの意見に同意できないの。ジュリアンは決して精神障害者ではないわ」

「それはわかっています」デボラは勇気を振りしぼって公爵夫人と視線を合わせた。「でも婚姻の無効は、結婚式を挙げたときにどちらかが正気でなかった場合にのみ認められます。わたしたちが無理やり結婚させられたあの夜、オールストン卿は泥酔していました。きっと彼はあなたに対する乱暴な行為を忘れたくて、前後不覚になるまでお酒を飲んだに違いありません」

デボラは公爵にちらりと目をやった。義父は一心に妻を見つめ、彼女の手を取って自分の唇に持っていった。その愛情のこもった仕草に思わず息をのむ。

「なぜオールストン卿がそんな過ちを犯したのか、わたしにはわかりません。ですが過ちを犯したのは事実ですし、その事実が彼は錯乱状態にあったと判断する大きな材料になります。兄の弁護士が言うには、彼の常軌を逸した行為は、わたしが婚姻の無効を主張するじゅうぶんな理由になるそうです」

公爵夫人が緑の目を潤ませてうつむいた。すると今度は公爵が妻の手をきつく握りしめた。デボラは言葉に詰まり、ここで会話を切りあげて、図書室から出ていきたいという思いに駆られた。けれど感情に流されてはだめだと自分に言い聞かせ、いまにもこぼれそうな涙を押しとどめた。

「おふたりにとって心の傷となっている出来事を蒸し返して申し訳ありません。でも、婚姻の無効を求めるわたしの気持ちも理解していただきたいと思います。わたしは政略結婚を強いられ、愛する男性と結婚するという夢を否応《いやおう》なしに奪われたのですから。ですが」デボラは言葉を切り、大きくため息をついた。「物事はなかなか思いどおりにはいかないものです。この問題はしばらく保留せざるをえなくなりました。それでわたしは、兄の弁護士に婚姻無効の申し立てに関する手続きをいったん停止するよう頼んだのです……」

会話が途切れ、沈黙が流れた。長い時間が過ぎ、ようやく公爵が独特のゆったりとした口調で話しはじめた。

「質問がある。いったん停止とは、具体的にどのくらいの期間のことを言うのだ？　きみはいつからまた、わたしの妻を苦しめるつもり――」

さらに先を続けようとした夫を、公爵夫人がさえぎった。

「マ・ベル・フィーユ」義母のアントニアが真剣な面持ちで口を開く。「ほんの少しでもジュリアンとやり直す気持ちがあるのなら、わたしが責任を持って、心を改めるよう息子を説得するわ」

デボラは乾いた笑いをもらした。「奥さま、ぶしつけにこんなことを言って申し訳ないのですが、その気持ちはありません。話をもとに戻しますけれど、婚姻無効の手続きを延期したのは子どもを身ごもったからです。五カ月半になります」

公爵夫人が鋭く息をのんだ。その美しい顔に、見る見るうちに笑みが広がっていく。義母は夫に向かってフランス語で話しはじめたが、あまりにも早口で何を言っているのかわからなかった。そこでデボラは、黙って耳を傾けている公爵のほうに目をやった。驚いたことに、顔から厳しい表情がすっかり消えている。義父はやさしく微笑んで妻を見つめていた。とても穏やかで人間味のある笑み。こんな笑顔はきっと妻にしか見せないのだろう。

仲むつまじい光景を眺めているうちに胸が苦しくなり、デボラは立ちあがって、いままで座っていた椅子の前を行ったり来たりしはじめた。

「出産するまでは仲のよい夫婦を演じますが、子どもが生まれたら別居するつもりです。そして最終的には離婚を望んでいます」

「もし、わたしが離婚を承諾しなかったら？」公爵が口を開いた。

「そうですね……出産後、わたしが自分の人生を生きることをあなたが許してくださらないのなら、そのときは強硬手段に出るしかありません」

「それはまた大きく出たな。どんなあくどい手を使うつもりだ？」

デボラは公爵夫妻には目を向けず、なおも行ったり来たりを続けた。「偽りの生活は疲れるものです。おなかの子どもにも悪い影響をおよぼすでしょう。ですから、仲のよい夫婦のふりなどせずに、いっそのことひとりで産んで育てるという方法もあります」

公爵が不快そうに唇をゆがめた。

「きみは子どもの将来を台なしにするつもりか？　まったく信じられん。自分の子どもの人生だぞ。もっと真剣に考えたらどうだ」

「わたしなりに真剣に考えています」そっけなく言い返した。「閣下、もとはといえば、あなたがこの不愉快な状況を招いたんですよ。ご子息とわたしを無理やり結婚させなければ、お互いこんなふうにいやな思いをせずにすみました。わたしは自由を取り戻したいんです。生まれてくる子どもを不幸にさせたくないのなら、どうか離婚を認めてください」

「離婚を望むなら、子どもに対する権利をすべて放棄してもらう。それでも息子と別れたいのか？」公爵が言った。

デボラは足を止め、長椅子に座っている義理の両親に向き直った。子どもを守るようにして、ふくらみかけたおなかに両手を添える。けれども口から出た言葉は、そんな母親らしい仕草とは正反対のものだった。

「はい、閣下。離婚できるなら、この子に対する全権を放棄します」

公爵夫人は目を大きく見開き、不安そうに夫と義理の娘の顔を交互に見つめている。

「いったい何を言っているの？　子どもには母親が必要よ。そうでしょう？」

「子どもには愛情深い両親が必要です」デボラは悲しげに顔を曇らせた。「このまま愛のない結婚生活を続けたら、わたしはいやみで口うるさい妻になってしまいます。子どもにも、いらだちをぶつけてしまうでしょう。それでは母親失格です。いずれにしろ――」肩をすくめ、両手を体の脇に垂らして足元に視線を落とす。「離婚が決定したら、オールストン卿はあらゆる権力を行使して、わたしから子どもを引き離そうとするでしょう」

公爵夫人が長椅子から立ちあがった。公爵もそれに続く。義母はデボラのそばに歩み寄り、彼女の両手を握りしめた。

「ジュリアンが自分の子どもの母親に対して、そんなひどいことをすると本気で思っているのなら、あなたはあの子の性格を大きく見誤っているわ」

「わたしはあなたのご子息のことをよく知っているつもりでした」デボラは小声で応えた。嗚咽《おえつ》がもれそうになるのをこらえ、涙のにじむ目で自分の手を握りしめる華奢な手を見つめる。「でも……そうですね、あなたのおっしゃるとおりです。結局、わたしはオールストン卿のことを何もわかっていませんでした」

小さく咳払いをする音が聞こえ、三人はいっせいにそちらを向いた。執事が図書室の入り口に立っている。彼は公爵がうなずいたのを確認すると、食事の用意が整い、親族と招待客が集まっていることを告げた。デボラはその場に出席するのを断ろうとしたが、口を開きかけたときには、すでに執事の姿はなかった。

開け放たれたままの扉から、背の高い痩せた男の子が静かに入ってきた。黒髪をうしろで大きな白いリボンで結び、豪華な刺繡入りのベストとブリーチズを身につけている。肌は青白く、黒い目の下にはくまができていた。その姿を見た瞬間、すぐ公爵の息子だとわかった。父親に生き写しだ。とくに鼻の形がよく似ている。男の子のうしろから四匹のホイペットがついてきた。どの犬もダイヤモンドをちりばめた首輪をつけている。犬たちは公爵に向かって一直線に走ってきた。

次に現れたのはジャックだ。赤銅色の巻き毛は目にかかり、服にはしわが寄って、靴はすり傷だらけ。九歳にしてすでに尊大な雰囲気をまとった、一分の隙もないアンリ・アントワーヌ卿とは対照的に、いかにも元気いっぱいのわんぱく少年といった姿だった。

デボラはジャックに駆け寄った。再会の喜びが胸にこみあげてきて、涙がとめどなくあふれる。彼女は甥をきつく抱きしめ、耳元でささやいた――元気だった？　すごく会いたかったわ。もっと早くパリに来なくてごめんなさいね。許してくれる？

ジャックは親友の目の前でおばに抱きつかれ、ちょっぴり恥ずかしそうにしていた。だが、アンリ卿のほうはまったく気にしていないようだ。デボラを紹介されたアンリ卿は、彼女に丁寧にお辞儀をした。それから兄の妻でありジャックのおばでもある彼女をしばし興味深げに見あげ、父親に向き直った。

「お父さま、ぼくは全然眠たくないのに、ベイリーがお昼寝の時間だって言うんだ」アンリ卿がぷりぷりしながら言う。「お昼寝をしないと、今夜の舞踏会に出たらだめなんだって。そんなのひどいよ！」

「だが、舞踏会の最中に居眠りをしたくないだろう？」公爵は指を鳴らし、四匹のホイペットを自分の足元に座らせた。それから息子の細い手を取り、キスをする。「ベイリーの言うことを聞いて昼寝をしなさい。今日はヴェルサイユ宮殿にも行ったんだ。疲れているだろう」

「デボラおばさん、オールストン侯爵と結婚したんだってね！」ジャックが嬉々とした声をあげた。「オールストン侯爵は、ぼくのおじさんになったんだ！　そう呼んでもいいって侯爵が言ったんだよ。それに、ぼくはこれからデボラおばさんとオールストンおじさんと一緒に住むんだと言ってた。それから、ハリーもぼくたちの家にいつでも遊びに来ていいって言ってくれたんだ。ねえ、デボラおばさん、ハリーが遊びに来てもいいでしょう？」

親友の両親の許可も取っておこうと思ったのだろう、ジャックはちらりと公爵夫妻の顔を見あげた。公爵夫人に微笑みかけられ、満面の笑みをたたえて、また勢いよく話しはじめる。

「今日はハリーとヴェルサイユ宮殿に行ってきたんだよ。すごく楽しかった。あそこには鏡だらけの大きな部屋があるんだ。本当だよ！　鏡と大理石と金でできた部屋だった。あとはね、庭のあちこちに噴水がたくさんあったな。ぼくたちは王さまも見たよ。いつも何百人もの人に囲まれているんだって。王さまは大きなわし鼻をしてるんだ。靴なんか、びっくりするくらい踵が高いんだよ！」

「ジャック、国王陛下に会えてよかったわね。楽しい話を聞かせてくれてありがとう。でも、この続きはまたあとにしましょう」デボラの視界の隅に、青ざめた顔で公爵に寄りかかっているアンリ卿の姿が映った。「おなかはすいていない？　食事の用意ができているそうよ」

「ぼくもハリーも、おなかは少しもすいてないよ。オールストンおじさんが、中庭の栗の木にアーチェリーボードを釘で打ちつけてくれたんだ。これから友だちと試合をするんだよ。おじさんから聞いてない？　ねえ、テントを見せてもらった？　あとで曲芸ショーがあるんだ。クマも来るんだって！　リボンやケーキも――」おばの困り果てた表情に気づき、ジャックはぴたりと口を閉じた。公爵夫妻に向かってぴょこんとお辞儀をして謝り、アンリ卿に笑顔で話しかける。「さあ、行こう、ハリー。何か食べようよ。食べないと、またドクター・ベイリーに――」

アンリ卿がむっとした顔をする。「ベイリーなんか大嫌いだよ！　なんであいつはいつもうるさいことばっかり言うんだ？」

犬を撫でていた公爵夫人が顔をあげ、男の子ふたりに視線を向けた。アンリ卿はひどく顔色が悪い。肌は青白いを通り越して灰色っぽく見え、目は落ちくぼみ、表情はうつろだ。疲れきっているのは、誰が見てもはっきりしている。

「坊《モンシュ》や、それはあなたの体を気づかっているからよ」公爵夫人が穏やかな声で息子を諭す。アンリ卿がジャックをにらみつけた。その態度を見て、さらに続ける。「お友だちをにらむのはよしなさい。ジャックは何も悪くないわ。わたしたちと同じように、あなたの体調を気にかけているのよ」

「でも、お母さま」アンリ卿はまだふくれている。「ベイリーはずっとぼくを家の中に閉じ込めておくつもりなんだ。お母さまにぼくの気持ちがわかる？　いつも無理やり昼寝をさせられたり、どろどろしたまずいものを食べさせられたりするんだよ。どうしてぼくだけこんな目に遭わなきゃならないの？　まわりの男の子たち――ジャックは昼寝なんかしないし、甘やかされたりも、がみがみ言われたりもしない。ぼくはおしっこをするときだって、ベイリーに見張られているんだ。おしっこくらい、ひとりでできるよ！」

最後の言葉に公爵夫人がくすりと笑った。だが、公爵は白い眉をつりあげた。その効力は絶大で、アンリ卿は愚痴をこぼすのをやめてうつむいた。

「ごめんなさい、お父さま。だけど、おしっこをしているところを見られるのはどうしてもいやなんだ」

「ああ、そうだろう。それはわかっている」公爵はやさしく息子に話しかけた。

「兄上！　ヴェルサイユ宮殿で何があったか、お父さまに教えてあげて。ベイリーがぼくのあとを物乞いみたいにずっとついてきたって、お父さまに言ってよ。あんなふうにされて、ぼくは恥ずかしくてたまらなかった」

アンリ卿は図書室の中に入ってきた兄に近づいていき、彼の手をつかんだ。

「今日は兄上がぼくのそばにいてくれる？」アンリ卿が切実な表情を浮かべて、兄を見あげる。「ぼくは昼寝なんかしない。だって、これから友だちみんなで試合をするんだよ。絶対にベイリーには、ぼくのうしろをついてきてほしくないんだ。アンリエットもポールもルネも来てるんだよ。お願い、今日はベイリーじゃなく、兄上がぼくのそばにいるとお父さまに言って！」

・

オールストン侯爵の姿に気づいたとたん、デボラの心臓は早鐘を打ちはじめた。彼は首に麻のアスコットタイを巻き、白いシャツに淡黄色のブリーチズを合わせ、乗馬靴を履いて麻のフロックコートを羽織っている。髪は洗いたてだ。ひげもきれいに剃ってある。ポマードもおしろいも落とした彼は、森で出会った傷を負ったハンサムな青年、ジュリアン・ヘシャムを思い出させた。

オールストン侯爵は弟の痩せた肩に腕をまわし、両親のほうへ向かって歩きはじめた。通り際にデボラに軽く頭をさげただけで、話しかけてはこなかった。彼は母親の手を取ってキスをし、父親にはうなずきかけて、弟の頭をくしゃくしゃにしながら口を開いた。

「ハリー、今日ぼくはベイリーの代わりはできない。物乞いみたいにおまえのうしろをついてまわれないんだ」そう言って、ジャックにウインクする。「わんぱく小僧たちの見張り役は無理――」

「でも、兄上!」アンリ卿はいまにも泣きそうだ。「約束したじゃないか……」

「ハリー、おじさんはきみをからかっているだけだよ」ジャックがにやりとする。「大丈夫、ちゃんとぼくたちを見ててくれるさ。だって、アーチェリーの試合をしようと言いだしたのはオールストンおじさんだよ。あっ、いいことを思いついた! ハリー、きみが撃ち終わった矢はぼくが抜くよ。それなら、きみは疲れないだろう?」

兄に寄りかかっているアンリ卿が鼻を鳴らす。

「ジャック、きみはばかだな」アンリ卿は父親とそっくりのゆったりとした口調で言った。「そういうつまらないことは使用人がするんだ。うちには何十人も使用人がいるから――」

「ジャック、ありがとう。あなたはやさしいわね」公爵夫人が笑顔で口をはさみ、それから下の息子にとがめるような目を向けた。「今夜は舞踏会ですよ。お客さまが大勢いらっしゃるの。みんな忙しくて、あなたのお守りをできる使用人はひとりもいないわ。わかるわね、モンシュ?」

「はい、お母さま」アンリ卿がしぶしぶうなずく。

オールストン侯爵は弟をそっとつつき、ジャックに謝るよう促した。ジャックがにっこりして親友を許すと、ふたりは仲よく公爵夫妻のうしろについて歩きだした。

デボラも食堂へ向かう一行に加わろうとした。そのとき、公爵がさっきまで寄りかかっていたマラッカ杖を使っていないことに気づいた。義父は妻の腕に手を添えて歩いている。

「杖に頼るようになったのは、ごく最近なんだ」オールストン侯爵が父親に視線を向けたまま、話しかけてきた。彼はデボラに腕を差し出した。「ほんの八カ月前までは、毎朝乗馬をしていたのに……いまは階段をのぼるだけで息があがってしまう」

「外見は九年前とほとんど変わっていないのに」デボラは政略結婚をさせられたあの夜に思いをはせた。公爵夫妻は食堂に入り、その奥にある控えの間に向かって歩を進めている。彼女は沈痛な面持ちで夫を見あげた。「病状は悪化しているの？」

「ああ」

「お気の毒に。公爵夫人も――あなたのお母さまもおつらいでしょうね」

「母はひどく悲しんでいるよ」侯爵はデボラの耳元で言葉を続けた。「今日は父の誕生日なんだ。きみからの知らせは、このうえない最高の贈り物になった」そう言うと彼は脇へさがり、控えの間にいる親族や友人たちに妻を紹介するためにデボラを先に室内へ通した。

19

　デボラは感嘆の目で周囲を見まわした。マホガニー材の果てしなく長いテーブル。豪華なシャンデリアの明かりを受けて、まばゆく輝く金や銀やクリスタルの食器。繊細な模様が描かれた磁器のボウルに、ふんだんに盛りつけられた色とりどりの旬の果物。クリスタルの花瓶にあふれんばかりにいけられた、甘い香りを放つ大輪の薔薇。そして、勢いよく火が燃えている炉格子のついた大理石の暖炉。その上の壁面には、人気画家フラゴナールが描いた公爵夫人の肖像画が飾られている。それから、軍隊並みの人数の従僕たち。彼らは厳格な顔つきをした執事の指示に従い、手際よく次から次へとテーブルに料理を並べていた。

　この午餐会にジェラルドは出席していない。本人いわく、風邪気味だそうだが、それが嘘なのはみんな知っている。兄はフランス語が苦手で、妻に通訳してもらわなければ間が持たないのだ。しかしあいにく、頼みの綱のメアリーはいま、近くの友人宅を訪れている。マーティン・エリコットが数分遅れて到着した。彼が席に着いたところで、イヴリンの父親――ヴァレンタイン卿が口を開いた。彼は息子の前にあるローストチキンや鳩のパイ包み焼き、野菜サラダなどが大量にのった皿にちらりと目をやり、いまだかつて少食の音楽家にはお目にかかったことがないと大声で話しだした。そこにすかさずロクストン公爵夫人が割って入り、父親から金銭的援助を受けている甥を擁護する。とはいえ、ヴァレンタイン卿が息子を茶化すのはいつものことで、それは公爵夫人も承知のうえだ。ふたりのやり取りに、室内は笑いに包まれた。公爵夫人の話術は軽妙洒脱《しゃだつ》で見事のひとことに尽き、公爵が難しい話を持ち出して親族や友人たちがしどろもどろになると、さりげなく会話の流れを変えていた。

なごやかな雰囲気で食事が進む中、その日ヴェルサイユ宮殿で体験した出来事について、愚痴をこぼす女性の声が聞こえてきた。ヴァレンタイン卿の妻、エスティだった。彼女は青い大きな目をした白髪が美しい女性で、兄のロクストン公爵と顔立ちがよく似ている。

「まったく信じられないわ」エスティが不満げに鼻にしわを寄せた。「わたしは年を取っているのに、何時間も国王の前で立っていなければならないのよ。それなのに、わたしの娘と言っていいくらい若いアントニアは椅子に座ることを許されているなんて、あまりにも不公平じゃないの」

「それは不公平とは言わんよ」夫のヴァレンタイン卿が、骨付きチキンのガーリック焼きを頬張りながら横槍《よこやり》を入れる。「きみは公爵夫人ではないからな。国王の前で座ることができるのは公爵夫人だけだ。だから言っただろう、立っていなければならないと。だが、それでもきみは行くと言い張ったんだ。あれほど退屈な場所はないというのに」

「それでは閣下、宮殿では楽しい時間を過ごされなかったのですか？」マーティン・エリコットが丁寧な口ぶりできいた。

「楽しい時間？」ヴァレンタイン卿が鼻を鳴らす。「国王の姿が豆粒にしか見えないのに？　あれでは望遠鏡が必要だよ。おまけに髪粉やら、つけぼくろやら、リボンやらをつけた集団の中でずっと立ちっぱなしだ。それだけではない。国王が動くたび、誰もがわれ先にお辞儀をしようと押しあいへしあいになる。あのときは連中たちがまき散らす香水のにおいで失神しそうになったよ。エリコット、とてもではないが、あれは決して楽しいとは言えないな」

「あら、それなら無理して行くことはなかったのよ。わたしたちは別にあなたを誘わなかったでしょう？」公爵夫人がわざと尊大な口調で言う。「あなたよ、置いていかれるのをいやがったのは。正確にはなんて言ったかしら？　ああ、そうよ、思い出したわ！　この幽霊屋敷にひとりでいたくない、と言ったのよ」

ヴァレンタイン卿がにやりとする。「そうだったかな？　しかし、じつに的を射た表現じゃないか。われながら感心する」

公爵夫人が緑色の目を大きく見開いた。

「よしてちょうだい、ルシアン。幽霊屋敷だなんて、あんまりだわ。ここはわたしの夫とあなたの奥さまが生まれ育った屋敷よ。仮に一〇〇歩譲って、幽霊が住みついているとしても、きっと無害ないい人たちばかりだと思うわ」

魅力的な口元にかすかに笑みを浮かべて、公爵夫人は夫とマーティン・エリコットにちらりと目を向けた。マーティンはナプキンで口を押さえて笑いをこらえている。

エスティが薔薇をいけた花瓶越しに夫をにらみつけた。「ルシアン！　わたしに謝ってちょうだい！」

「まあまあ、そう怒るな」ヴァレンタイン卿がはぐらかす。「とくに意味はないんだ。アントニアはまたわたしをからかっているだけだよ。いつものことじゃないか」彼はむっとした顔で公爵夫人を見た。だがにっこりと微笑まれて、目をぱちくりさせる。「まいったな。ところでアントニア、無害ないい人とは、たとえば誰だ？」

三人の会話にデボラは声をあげて笑った。こんなにくつろいだ時間を過ごすのはいつ以来だろう。彼女はひと目でヴァレンタイン卿を好きになった。イヴリンの父親は洒落者で、年配の男性貴族にいま大人気のサフラン色のシルクのフロックコートを着ている。そして、これは口に出して言えないけれど、手足がひょろりと長くてどこかナナフシに似ていた。デボラはロクストン公爵夫人のことも好きになった。食事の場をうまく取り仕切る義母を見ていて気づいたのだ。彼女は若くて美しいだけではなく、内面もすばらしい女性だと。きっと根つからの楽天家なのだろう。明るくて愛嬌《あいきょう》があり、生き生きとしたオーラに包まれている。これほど対照的な夫婦には、いままで会ったことがない。公爵は傲慢を絵に描いたような男性だ。妻やふたりの息子たちと話をするときは、まったくの別人になるけれど。

公爵夫妻が互いを心から思いやっているのは一目瞭然だった。昔は放蕩者で鳴らした公爵も、結婚をきっかけにすっかり改心したのだろう。それにしても、世間の口というのは本当にいいかげんなものだ。ロクストン公爵にまつわるよからぬ噂は、いまだに流れている。でも、公爵が女好きの浮気者だなんてとんでもない。義父の真の姿は愛情あふれるやさしい夫であり、父親だ。デボラは噂話をうのみにして、夫に浴びせかけた彼の両親に対する数々の暴言を思い出し、自分が恥ずかしくてたまらなかった。

自己嫌悪のあまり食欲も失せて、まわりのおしゃべりも耳に入らなくなった。自分の殻に閉じこもった状態がどのくらい続いたのだろう。ふいに、テーブルに飛び交うフランス語にまじって英語が聞こえてきた。ロクストン公爵とマーティン・エリコットの話し声だった。

「閣下、内々に国王陛下に謁見することはできたのですか？」マーティンがきいた。

公爵が妻から目をそらした。

「ああ、有意義な時間を過ごせたよ。陛下もこれ以上アントニアに精神的負担をかけさせたくないとおっしゃっておられた」

「それでは裁判についても話しあわれ――」裁判の話題はこの場にふさわしくないと気づいたらしく、マーティンが途中で言葉を切った。

公爵は、白い手袋をはめた黒人の従僕が運んできた砕いた氷を敷いた銀の大皿からカキを取り、自分の皿にのせた。

「きわめて忌々しい状況だよ。裁判はすでに何カ月も延期されている」公爵はカキに銀のフォークを突き刺した。「いったい、いつまで待たされるのか……まったく予測がつかない」

マーティンは従僕に笑みを向けて、カキを断った。「心中お察し申しあげます、閣下」思案顔でワインをひと口飲み、横目でちらりとジュリアンを見る。彼はジャックの皿にニンニク風味のウズラの卵を山盛りにのせていた。「ご子息も当てがはずれてがっかりされているでしょう。一刻も早く出廷したいとお思いになっていたようですから」

「ああ」公爵がぽつりと返す。

「オールストン卿が早く身の潔白を証明したいと思われるのは当然です。あなたのご子息にはたぐいまれな性格が備わっている——じつに道徳観が強いお方だ」

「アントニアの息子だからな」

マーティンはナプキンで口を拭くふりをして、唇に浮かんだ笑みを隠した。

「ええ、閣下、ごもっともです。あなたもオールストン卿が奥さまに似ていらして、うれしいのではないですか？」

公爵が白い眉をつりあげた。

「マーティン、それはつまり裏を返せば、息子が自分のような放蕩者にならなくて、わたしはほっとしているに違いないと言いたいのか？」

「口がすぎました、閣下。ですが、あなたはご子息に放蕩の血を引き継いでもらいたかったなどとは、はなから思っていらっしゃらないでしょう。だいいち、オールストン卿は放蕩者にはなりません。そういう性分ではありませんから」

「まったく、わたしの面目も丸つぶれだ……」公爵はカキを食べ終え、皿を脇へ押しやると、ワイングラスに手を伸ばした。「こんな父親では、あの成金の徴税請負人とずる賢い娘から息子の名誉を守ってやれないな」義父は自分専属の従者に公爵夫人のグラスにワインを注ぐよう手ぶりで示し、妻に向かって笑顔でグラスを掲げた。「だがマーティン、わたしはこの命があるかぎり、何がなんでも息子を守り抜くつもりだ。アントニアのためにな。おまえなら、わたしの気持ちをわかってくれるだろう」

「はい、閣下。わかっておりますとも。誰よりもわかっております」

デボラは公爵の視線をたどり、テーブルの反対側の端に座る公爵夫人に目をやった。夫妻は笑みを交わしている。つかのま、まわりの者たちが消え、楽しげな話し声や笑い声もしなくなって、そこはふたりだけの世界になった。公爵夫人もグラスを掲げ、夫に乾杯を返した。その瞬間に魔法は解け、ふたたび室内にざわめきが戻った。それと同時に、デボラは誰かの視線を感じた。

あたりを見まわすと、大輪の白い薔薇がいけられたふたつの花瓶のあいだから、自分を見つめているジュリアンと目が合った。おそらく彼はしばらく前から、こちらの様子をうかがっていたに違いない。それに父親と名づけ親の会話も耳を澄まして聞いていたはず。夫はすぐに顔をそむけたが、その刹那、デボラは彼の瞳の中に絶望的な悲しみを見た。

ジュリアンは皿にのったフォークとナイフの位置を直すふりをしている。そんな彼の姿に胸が締めつけられ、デボラは思わず立ちあがった。その拍子に凝った彫刻を施した椅子がぐらつき、寄せ木細工の床に倒れそうになった。だが壁際に立っていた従僕があわてて駆けつけてきて、間一髪のところで椅子を押さえてくれた。

ジュリアンも即座に立ちあがった。ほかの親族や招待客がゆっくりと立ちあがる。けれども公爵は椅子に座ったままだ。義父は何を考えているのかわからない表情を浮かべ、グラスの縁越しに息子と義理の娘を眺めている。

食堂が静寂に包まれた。

「わたし……ここは暑すぎて……あ、あの……少し休ませていただきます」沈黙の中で自分の声だけが響く。デボラは公爵夫人に、それから公爵にお辞儀をした。「申し訳ありません。失礼させていただきます……」

義理の両親の返事を待たず、震える手で口を押さえ、彼女は足早に食堂をあとにした。

イヴリンは手に持ったナプキンを放り投げ、彼女のあとを追いかけようとしたが、いとこに制されて自分の席にとどまった。

ジュリアンはにらみをきかせてまわりを見渡した。イヴリンも含め、男性陣がそろそろと椅子に腰をおろす。

「イヴ、きみの助けはもう必要ない。ハリー？　ジャック？　食事は終わったかい？　おなかいっぱいなら、ほかの招待客が来る前にアーチェリーボードを見に行こう」

両親にお辞儀をすると、ジュリアンは男の子たちを引き連れて部屋から出ていった。

ヴァレンタイン卿が大声で話しだす。「いったい何事だ？　なぜ子どもたちを連れていく？　オールストンの花嫁もどうしたんだ？　あのかわいいお嬢さんは、たった五分しかここにいなかったじゃないか！」

メアリーは私室でぽつんと座っているデボラを偶然見かけた。彼女は薄いシュミーズとフリルのついたペチコートの上に綿の化粧着を羽織り、濃い赤褐色の髪を無造作に垂らした格好で、頬杖をついて窓の外をぼんやり眺めている。東洋風の美しいついたての前の椅子の背には、金糸で刺繍を施し、真珠をちりばめた舞踏会用のシルクのドレスがかけてあり、椅子の脚元にはダイヤモンドのバックル付きのシルクの靴が置いてある。背面が銀のヘアブラシを手に持ち、デボラの背後に立っているメイドのブリジットがメアリーを見て、肩をすくめた。その仕草は、困りました、急いで支度をしなければ舞踏会に遅れてしまいます、と言っているようだった。メアリーは室内に入り、椅子をデボラのそばまで持っていった。ブリジットがメアリーにお辞儀をして、一歩うしろにさがる。突然、デボラが椅子から半分立ちあがり、身を乗り出して外をのぞいた。そして何か言おうとブリジットを振り返ったそのとき、ようやく彼女はメアリーに気づいた。

「メアリー！　ああ、驚いた。そんな髪型をしているから、一瞬誰だかわからなかったわ。とても高く結いあげたのね。髪粉もたっぷりかかっているし、羽根もたくさんついて……ねえ、その小さな麦わら帽子の上にのっているのは帆船かしら？」

「これはあまりにもやりすぎだわ。デボラ、あなたはどう思う？」メアリーが尖塔《せんとう》のごとく高く結った髪にそっと手をやった。デボラはブリジットとすばやく視線を交わし、唇を嚙んで笑いを押し殺した。義姉は話しつづけている。「わたしはベルナルドに言ったのよ。あまり高く盛りあげた髪型にはしないで、と。だって、頭が重くなって首の筋を違えてしまうでしょう。そんなことになったらダンスどころじゃないもの。ローウェンブルー伯爵夫人はそて座っていたわ」

の不幸な経験者よ。このあいだ、彼女は舞踏会のあいだじゅう、ずっと氷のうを首筋に当

「まあ、そうなの？」デボラはふたたび窓の外に目を向けた。「わたしはどんな髪型にしようかしら。ブリジットは高く結いあげたほうがいいと言うのだけれど、わたしは中世の王女風にゆるく編んで背中に垂らしてもいいかなと思うの。でも……そうね、やっぱりブリジットの魔法の手にまかせることにするわ……やったわ、ジャック！」彼女は歓声をあげ、椅子から勢いよく立ちあがった。「メアリー、ほら、見て。中庭でジャックとハリーがアーチェリーの試合をしているのよ。ふたりともすごく楽しそう」

メアリーが窓辺にやってきた。

芝生の向こう端には、リボンや旗で派手に飾られたテントがいくつも立っている。その下でパリの貴族たちはのんびりとくつろぎ、使用人たちが飲み物や食べ物をのせた銀のトレイを持って忙しく動きまわっていた。テントから少し離れた場所に立ち並ぶ栗の木に、大きなアーチェリーボードが取りつけられている。見たところ、どうやら年齢別に得点を競っているようだ。大人同様に着飾った子どもたちが、それぞれ指定された位置に立ち、順番にボードに向かって色付きの矢を放っていく。子どもたちの一団のそばには子守役のメイドが控えており、彼らが撃ち終わった矢は、お仕着せ姿の従僕がボードから抜き取って持ち主に戻していた。

ジャックとハリーは興奮に沸き立つ子どもたちにまざり、並んで立っている。デボラはメ

アリーと一緒にしばらく無言で試合を眺めていた。大喜びで叫ぶ声や笑い声が風に乗って聞こえてくる。試合の審判役はジュリアンとマーティン・エリコットだ。シャツの袖を肘までまくりあげて立っているジュリアンの隣で、マーティンは記録簿に得点を書き込んでいた。華麗なドレスをまとった公爵夫人が、彼らのところへやってきた。義母はマーティンの腕に自分の腕を絡め、下の息子に手を振って投げキスをした。その光景を目にしたとたん、メアリーが顔をしかめ、窓に背を向けてどすんと椅子に座り込んだ。

「まったく理解に苦しむわ。あの年寄りの使用人が、わたしたち親族よりも彼女と親しいなんてどういうことかしら！」メアリーは露骨にむっとした顔をしている。「ジェラルドが言っていたわ。マーティン・エリコットは公爵の秘密をたくさん握っているに違いないって。わたしもそんな気がするの。だから使用人のくせに、公爵夫妻から特別扱いを受けているのよ。それにエリコットがあんなに年を取っていなければ、公爵夫人と深い仲だと思う人だってきっといるでしょうね」

デボラはあっけに取られて義姉を見つめた。

「メアリー！　なんてひどいことを言うの。わたしも公爵家の一員なのよ。そういう悪意に満ちた話は聞いていて気分が悪いわ。お願いだから、公爵夫妻に関する根も葉もない噂も、マーティン・エリコットの悪口も、それから世間に流れているわたしの夫についての噂話も、もう二度と口にしないで」

「あら、デボラ、じゃあオールストン侯爵夫人の座にとどまるつもりなのね？」

デボラは丸みを帯びたおなかに手をやった。「わたし……赤ちゃんが……」

「なるほど。まあ、赤ちゃんがいたら少しは慰めになるわね」

「どういう意味？」

「ほら、ことわざにもあるでしょう？　子はかすがいだと。子どものためだと思えば、結婚生活はなんとか続けられるものなのよ。たとえいやな夫でもね。もし、運よく男の子が生まれたら……」メアリーは自分の手を見おろした。「これからは無理に従う必要もなくなるし……もう不快な思いをしなくてすむわよ」

「不快な思いですって？」デボラは思わず笑ってしまった。「メアリー、ばかなことを言わないで。わたしはそんな思いをして、この子を授かったわけではないわ。それどころか、初めての夜は……結婚して最初のうちは、とても楽しかったのよ。心から、人生最良の時期だったと言えるわ」幸せだった頃を懐かしんで話しているうちに、なぜかふいに涙があふれてきた。「まただわ！　わたし、いったいどうしちゃったのかしら？　最近はいつもこうなの」

メアリーがハンカチを差し出した。「妊娠中にはよくあるのよ。本当に不思議だけれど、わけもなく涙が出るのよね。わたしもそうだったわ」

「もういや！　吐き気がようやくおさまったと思ったら、今度はめそめそ泣いている。ドクター・メドローは、妊娠はごくふつうのことだと言うし……あなたはあなたで、涼しい顔をして、愛がなくても子どもがいれば結婚生活は続けられるなんて言うのね。完全にわたしの理解の範疇《はんちゅう》を超えているわ」デボラは涙をぬぐい、ついたてのうしろにまわり込んで、ブリジットを呼んだ。濡れたハンカチをきつく握りしめて声を振りしぼる。「わたしの心も体もこんなに不安定なのは、すべて彼のせいよ！」

「あなたは子どもが欲しくないの？」

「まさか！」驚いて声を張りあげる。「そんなこと、いままで考えてもみなかったわ。もちろん子どもは欲しいわよ……ブリジット、そろそろドレスを着るわ。支度がすんだら、少し散歩をしようと思うの。舞踏室の中は知らない人だらけよ。中に入る前に、まずは新鮮な空気を吸いたいわ」

「知りあいがいないのはしかたないわね。あなたはパリに着いたばかりだもの」ついたての向こう側からメアリーが言う。「できれば、あなたともっと話がしたかったわ。でも明日の朝、ジェラルドとわたしはイングランドに戻るの。シオドラにしばらく会っていないから、そろそろ帰ったほうがいいとジェラルドが言うのよ。それに田舎の領地で、なんだか差し迫った問題が起きたみたいなの」メアリーはついたてに近づいた。「デボラ、妊娠中は何かと大変な時期でしょう？　九歳の男の子の面倒を見るのは難しいんじゃないかしら。ジェラルドはジャックをイングランドに連れて帰る――」

「だめよ！」

「ジェラルドの思っていたとおりね。あなたは反対するに決まっていると、彼は言っていたのよ。だけど、よく考えてみて」メアリーがなおも言い募る。そのきつい口調がデボラの神経に障った。「いつまでも公爵夫妻に甘えているわけにはいかないのよ」

　デボラはついたてのうしろから出てきて、姿見の前に立った。まず横を向いて、それから正面を向く。腹部のふくらみはウエストから裾に向かってふわりと広がるドレスのおかげで目立たないけれど、胸のふくらみは襟ぐりが大きく開いているせいで、露出しすぎている気がする。だが、これはいま自分でどうにかできるものではない。ふと顔をあげると、不快げに顔をしかめている義姉が鏡に映っていた。

「ジャックはわたしと暮らすのよ」デボラは椅子に腰をおろした。ブリジットが背後に立ち、先端に真珠がついたヘアピンや細いシルクのリボンを使い、無造作に垂らしていた髪を魔法の手できれいにまとめていく。

「あなたにはあの子の面倒を見るのは無理だわ」メアリーが食いさがる。「わたしも経験者だから、よくわかるの。この時期はできるだけ動かないで、休んでいるほうがいい――」

「メアリー、いいかげんにして。わたしは病人じゃないの！　いまは最高に体調がいいわ。ただ、突然泣きだしてしまうだけよ」

「いいこと、よく聞いて、デボラ。あなたはオールストンの跡継ぎを身ごもっているのよ。その自覚はちゃんとある？　おなかの赤ちゃんを危険にさらすことは絶対に許されないの。ジャックはやんちゃな子よ。あの子を追いかけて転んだりしたらどうするの？　それだけじゃないわ。ジャックがヴィオラのレッスンをイヴリンから受けているのは知っているでしょう？　ジェラルドはすごくいやがっているわ。レッスンがあるときはいつも、なんの才能もない酒好きの音楽仲間が一緒だからよ。子どもにとって、それがいい環境だと言える？　オットーはああいうくずみたいな人たちとつきあって、人生を台なしにしたわ。ジェラルドはジャックも父親と同じ道をたどるのではないかと心配しているのよ」

「よしてよ、メアリー。ジャックはまだ子どもじゃない！」デボラは言い返し、いらだたしげにブリジットを見あげた。けれども残念ながら、まだ髪をまとめている途中だ。

「まあ、それはそれとして、とにかくジェラルドは気をもんでいるわ。ジャックときたら、オールストンにばかげた頼み事をしたり、質問攻めにしたりして、彼を困らせているのよ。しかも、ジャックは彼の弟にまで迷惑をかけている。ハリーはあの子とかくれんぼをしていて、道に迷ったことがあるの。それに夜中にジャックに起こされたこともある。ふたりで悪さをするためにね。このままでは、ジャックのせいでハリーはまたてんかんの発作を起こすかもしれないわ。ジェラルドがあの子をイングランドに連れて帰りたいと思う気持ちもわかるでしょう？」

「メアリー、それは本当の話なの？」デボラは大きな茶色い目を細めた。「じゃあ、教えて。あなたが言うようにジャックがお荷物なら、なぜジュリアンは、あの子たちのためにあんなに自分の時間を割いているのかしら？」ヘアピンをブリジットに手渡す。メイドは先端に真珠がついたヘアピンをいくつもあしらい、シルクのリボンを編み込んで結いあげた髪に、最後の一本を留めた。「あなたも庭でアーチェリーの試合を見守っているジュリアンの姿を見たでしょう？　彼は二時間も子どもたちの遊びにつきあっていたのよ。声援を送ったり、励ましたりして、彼らと一緒に楽しんでいたわ。とくにジャックとハリーには——」

「それはオールストンが母親に似て、やさしい性格だからよ」メアリーがそっけなく応えた。「公爵夫人は人の長所に目を向けるわ。彼女はじつに忍耐強くて思いやりのある女性よ。だけど、別に称賛に値する性格ではないわね。いつもまわりにはおべっか使いしかいないんですもの」

「公爵夫人は、おべっか使いであろうとなかろうと誰に対してもやさしいわ。義母は決して人を差別しない。たとえ目の前にいる人物が心の狭い人でも」

鋭い口調で切り返されて、メアリーはスミレ色の目を大きく見開いた。

「そうね」義姉がしぶしぶうなずく。「でも、オールストンには父親譲りの好ましくない一面もある。はっきり言って、彼は母親よりも父親の気質のほうを強く受け継いでいるわね。彼がいきなり暴力を振るったせいで、公爵夫人が早産したのはもう知っているでしょう？ハリーが頻繁にてんかんの発作を起こすのも早産が原因だと思うわ。あの暴力事件以来、オールストンの人生もハリーの人生も不幸の連続よ」

「ひょっとして、あなたは衝動的に軽率な行動を取ってしまうジュリアンを正しい道へと導くオールストン侯爵夫人になりたかったの？」デボラの直感はそう告げていた。図星だったようで、義姉の顔が一気に青ざめた。「ああ、かわいそうなメアリー」心からの同情をこめて言う。「一四歳の少女は一五歳の少年に恋をしていたのね。でも、その少女だったあなたの思いは彼には伝わらなかった。伯爵家のお嬢さまのあなたには、求婚者がたくさんいたはずよ。でもすべて断り、ずっとジュリアンから求婚される日を待っていたのね。あなたは何年も社交シーズンを棒に振り、ジュリアンを待ちつづけた。彼を変えられるのは自分しかいないと信じて。ジュリアンがすでに結婚していることを知ったときは衝撃を受けたでしょうね。その後、あなたはわたしの兄の求婚を受け入れたけれど、うれしいというよりあきらめの気持ちのほうが強かったのではないかしら？　だって、ジェリーはジュリアンではないもの。メアリー、わたしのこの推測は当たっている？」

義姉は反論しようと口を開きかけたが、すぐに閉じた。きっとデボラの読みどおりだったのだろう。先ほどまで青ざめていた顔が、いまは赤く染まっている。長年の秘めた思いをこうもあっさり見抜かれて、屈辱を味わっているに違いない。沈黙が落ちる中、なじみのある声が背後から聞こえてきた。

「メアリー、すてきな髪型だ。なんだか教会の尖塔に似ている気がするな。だが、それだと船がのっているのはおかしいぞ。ああ、もしかして、洪水が引いたあとの教会の尖塔をイメージした髪型なのかな……」

ジュリアンの声を耳にした瞬間、デボラは椅子から飛びあがった。「わたしを驚かせて楽しい？」姿見に映る夫に向かって、とげのある口調で言い放つ。

彼がにやりとした。デボラにお辞儀をして、ついたての横に立つ。「ああ、楽しいね。男というのはみんな、永遠の少年なんだよ」彼は金モールで縁取った黒いベルベットのフロックコートに、細身の黒いサテンのブリーチズといういでたちだ。髪はきちんと整えられているが、髪粉はつけていない。身につけている装飾品は、左手の小指にはめた金の印章指輪だけだった。

「明日の朝ジェラルドとイングランドへ戻ることを、デボラに報告しに来たの」メアリーはぶっきらぼうに言うと、淡いピンク色のダマスク織のドレスのしわを伸ばした。「ジャックも一緒に連れて帰るつもりよ」

ジュリアンが眉をあげてデボラを一瞥《いちべつ》する。彼はついたての前にある椅子にゆっくりと腰をおろした。長い脚を伸ばして足首を交差させ、ポケットから金の煙草入れを取り出し、その表面をこつこつと指で叩きながらメアリーをまっすぐ見据える。

「メアリー、どうやらきみは大きな勘違いをしているみたいだ。悪いが、ジャックが一緒にいる相手はきみたちではなく、レディ・オールストンなんだよ。あの子がいつイングランドへ戻るのかを決めるのは、ここにいるぼくの妻だ。だがそれ以前に、ジャックをきみの夫にまかせることは一〇〇パーセントない」

「そう。では、これからジェラルドにあなたの奥さまの希望を伝えるわ」

「好きにしてくれ、メアリー」ジュリアンがデボラにウインクする。「でもきみから聞かされるまでもなく、ジェラルドはすでにこちらの希望を知っているよ。明朝イングランドに帰れと言ったのは、このぼくだからね」

メアリーは口をぽかんと開けてジュリアンを見ている。けれどもすぐに、彼の人を小ばかにしたようなにやにや笑いに気づき、口を真一文字に結んだ。義姉はデボラに疑わしげな視線を投げてきたが、彼女は近くのテーブルからすばやく扇を取りあげ、さっと開いて唇に浮かぶ笑みを隠した。メアリーが怒りの形相でふたりをにらみつける。そしてドレスを両手でつまみあげ、足音も荒く扉に向かって歩きだした。尖塔風に高く結いあげた髪のてっぺんにのった小さな帆船が、強風にあおられているかのように左右に揺れていた。

20

「舞踏会に出るのは気が重い。できたら欠席したいよ。どうだろう、始まるまでまだ時間があるから、少し散歩しないか？　庭園をひとまわりしよう」ジュリアンが切り出した。ミルソム・ストリートにあるタウンハウスの客間に入ってきたときも、彼はこんなふうに気軽な口調で誘ってくれたのだった。

「ええ、いいわね」デボラはぎこちなく笑みを返し、さりげなさを装いながら言葉を継いだ。「舞踏会に出席するのはそんなにいや？」

ジュリアンはかぎ煙草をくゆらせ、無言のまま窓の外を眺めている。テントの前には曲芸ショーを楽しむ人だかりができていた。子どもたちは一列に並んで椅子に座り、そのうしろに大人たちが立っている。奇抜な衣装を身にまとった曲芸師たちの演技に全員の目が釘づけだ。とりわけ注目を集めているのはジャグラーで、彼は片手で三つのボールを空中高く投げては受け取る連続技を披露しつつ、もう一方の手に持った火のついた松明を口の中に入れてみせている。

ジュリアンがようやくデボラのほうに顔を向けた。ふたりの視線が絡みあう。

「きみがそばにいてくれるなら、乗りきれるよ……」

デボラは夫の肘にそっと手を添えて、やわらかな午後の日差しの中へ出ていった。ふたりは石畳の散歩道を無言で進んだ。道の両脇に立ち並ぶ栗の木が作り出す緑のトンネルの中を、さわやかな風が吹き抜けていく。

散歩道の先には緑の芝生が広がっていた。そこではローンボウリング（芝生でボールを転がし、ジャックと呼ばれる小さなボールにどれだけ近づけられるかを競う球技）の真っ最中だ。グラスを片手に椅子に座り、のんびりゲームを眺めている一団や、飲み物を運んでいる従僕たちの姿も見える。ジュリアンは彼らから少し離れたところで立ち止まった。ゲーム中のヴァレンタイン卿とロクストン公爵夫人が軽口を叩きあう声が、風に乗って聞こえてくる。ふたりのやり取りに、ジュリアンがにやりとした。

「わたしのせいですって？　冗談はよして！」公爵夫人がきっぱり言う。「ルシアン、あなたの腕が悪いのよ。ちゃんとジャックボールは見えている？」

「ずいぶんじゃないか、アントニア。まだゲームは終わっていないぞ。絶対きみに勝ってやる」ヴァレンタイン卿が負けじと言い返し、膝を曲げてボールを転がした。「一〇ポンドはわたしのものだ！　行け！　ナイスショット！　見たか、エスティ？　これがわたしの実力だよ」

マーティン・エリコットの隣に座っているエスティが、盛大なため息をつく。

「ルシアン、それはどうかしらね。わたしはアントニアの勝ちだと思うわ」

ヴァレンタイン卿はむっとした顔で妻を見ると、ボールが転がった場所に向かって荒い足取りで芝生の上を歩きだした。「ふん！　すぐにわかるさ！」

　公爵夫人がシルクのドレスの裾をはためかせて、彼を軽やかに追い越していく。彼女は振り返り、茶目っ気たっぷりに微笑んでヴァレンタイン卿に投げキスを送った。ひと足先に彼のボールの位置を確認した公爵夫人は手を叩き、早々と勝利を宣言した。一方、ヴァレンタイン卿はその後もあきらめきれない様子で、しばらくボールが停止した位置をいろいろな方向から眺めていた。しかし最終的には負けを認め、大げさな身ぶりで公爵夫人にお辞儀をして、妻がいる場所へ戻っていった。

「エスティ、一〇ポンドを失ってしまった。くそっ、勝ったと思ったんだが」ヴァレンタイン卿は妻の隣の椅子にどさりと座り込んだ。彼はワインの入ったグラスを従僕から受け取り、公爵夫人を手招きした。「このおてんば娘！　あそこの芝に穴さえ開いていなければ、わたしが勝っていたはずだ！」

　公爵夫人は息子と義理の娘に笑顔で手を振り、それからヴァレンタイン卿のもとへ向かった。

「いいえ、それはありえないわ」公爵夫人がそっけなく切り捨てる。「ルシアン、往生際が悪いわよ。マーティン！　彼に言ってやって！　わたしに勝つなんて一〇〇年早いと」

「たしかに、あなたはローンボウリングがお上手だ」マーティンが公爵夫人を称える。彼はヴァレンタイン卿に思いきりにらみつけられたが、意に介するふうもなく軽く肩をすくめてみせた。

「エスティ、きみはわたしの味方だろう？」ヴァレンタイン卿が妻に加勢を求める。

「わたしに泣きついても無駄よ、ルシアン」エスティがすげなく返す。「いったい、あなたはどこに耳をつけているのかしら？　アントニアには勝てないと言ったでしょう。たとえ一〇〇年経っても無理ね」

「ならばきくが、わたしが負けるのを知っていて、なぜ一〇ポンド賭けることに賛成したんだ？　ただアントニアに金を渡せばよかったではないか。そうすれば、わたしは腰を痛めずにすんだんだぞ！」

「かわいそうなルシアン。でも、自業自得よ」またしてもヴァレンタイン卿は妻にあっさりと言い返された。

エスティの言葉に、その場がどっと沸き立つ。デボラとジュリアンも思わず吹き出してしまった。ふたりは大笑いしている一団に背を向け、散歩を再開した。縞模様のテントのそばを通り過ぎたところで、大勢の招待客とすれ違った。小さな子どもたちは子守役のメイドに抱きかかえられている。おそらく彼らは屋敷に戻るのだろう。

つまり、ジュリアンにはあまり時間が残されていないということだ。まもなく晩餐会が始まり、長い夜が本格的に幕を開ける。彼は可憐《かれん》な花が咲く花壇でも、散歩道に沿って点在する古代ローマ時代の彫刻でも、まったく立ち止まらずに歩きつづけて、あずまやの中へデボラを引き入れた。

「デボラ！　ぼくは凶暴な男なんかじゃない！」ジュリアンは自分の腕に添えられた彼女の手を振りほどき、いきなり切り出した。「きみにそう思われてもしかたないのはわかっている。ぼくの過去について悪い噂が流れているからね。それにマーティンの家の書斎でも、きみにあんなことを言ったし……」体の両脇に手を垂らして、ため息をつく。「まったく情けない。話しはじめたばかりなのに、もうしどろもどろだ」彼はデボラの前を行ったり来たりしだした。そんなジュリアンを、彼女は目をぱちくりさせて見ている。けれどもやがてデボラは静かに大理石のベンチに腰をおろし、膝の上に扇を置いて口を開いた。

「その悪い噂というのは、あなたが一五歳のときに起きた悲しい出来事のこと？　それなら少しは知っているけれど……」

「悲しい出来事だって？　冗談じゃない！　ぼくの取った行動は決して許されるものではないんだ。いまでも社交場では、その話が出ることがあるよ。だが噂話ではなく、きみには真実を知ってもらいたい。すべて話すよ。ぼくたちが結婚したあの夜、ぼくは正気ではなかったと、きみは言ったね。でも本当にそうだったのかどうかは、これからする話を聞いてから判断してくれないか」

デボラは口を開きかけた。ただでさえつらい出来事を、何も洗いざらい打ち明けなくてもいいと言おうとしたのだ。けれど彼がどう説明するのか聞いてみたくなり、口を閉じた。

「ぼくはハノーヴァー・スクエアの屋敷に駆け込んでいった。すぐ母に会って確かめたくてね」ジュリアンが語りはじめた。「父は〈ホワイツ〉に行っていて屋敷にはいなかったが、両親の友人たちが何人か来ていた。その日は夕食会が開かれることになっていたんだよ。ぼくはオックスフォードから戻ってきたばかりだった。試験が終わり、イヴリンとロバートとぼくの三人で、一緒にロンドンへ帰ってきたんだ。そう、あのロバート・セシガーさ。道中ぼくたちはずっとワインを飲んでいて、かなり気分がよくなっていた。そのときだ、ロバートがいきなり爆弾を落としたのは。あいつに、父親が違うきょうだいがいるのはどんな気持ちなのかときかれたんだ。ロバートが何を言っているのか、ぼくはさっぱりわからなかった。でも、イヴリンはわかっていたよ。顔にはっきりとそう書いてあった。すでにイヴリンはロバートから、その話を聞いていたんだ。あいつは詳しく話しはじめた。ぼくは自分の耳を疑ったよ。だってそうだろう？　母が愛人の子どもを身ごもっているなんて、簡単に信じられるわけがない。おまけにロバートは、父もそれを知っているのに、家名を汚すことになるから世間には自分の子として公表するつもりでいるとも言ったんだ。そんなことはありえないと思った。だがロバートの話を聞いているうちに、だんだん考えが変わっていったんだ。母は若くて美しいし、性格も太陽みたいに明るくて、誰にでも分け隔てなくやさしい。そういう女性が年の離れた白髪頭の、しかも冷淡な男と結婚した。それならよそに愛人を作っても、別に不思議ではないかもしれない、とね。まんまとロバートの策略に引っかかってしまったよ」

「ああ、ジュリアン。どうしてロバートの話を信じてしまったの？　ほんの五分一緒にいるだけで、あなたのご両親がとても愛しあっているのはわかるのに！　きっと目が見えなくてもそう感じるはずよ」

「一応言っておくが、あのときだって、ぼくはちゃんと目が見えていた。でも、柔軟な考え方がまだできなかった。一五歳くらいの少年は、自分の両親もまわりの友人たちの親と同じようにふつうがいいと思うものなんだ。イートン校ではしょっちゅうばかにされたよ。ぼくの両親は、ふつうとはほど遠い夫婦だからね。ふたりは政略結婚ではなかった。実際、習慣とかしきたりとか、そういう堅苦しいことが大嫌いで、駆け落ちして結婚したんだよ」

デボラは目を丸くした。「そうだったの？　驚いたわ。だって、上流社会では政略結婚が当たり前でしょう？　愛のために結婚した夫婦は、あなたのご両親以外にはひと組も知らないもの。キャヴェンディッシュ家でも、兄のオットーひとりだけよ。そのせいで勘当されてしまったけれど。わたしの両親も、ジェリーも政略結婚だったし……。あら、ごめんなさい。あなたの話をさえぎってしまったわ」

ジュリアンは行ったり来たりするのをやめて、デボラの前に立った。無言でどこか遠くを見つめ、手を握ったり開いたりを繰り返している。やはり、あの夜の真相をいざ話すとなると緊張するのだろう。それでもしばらくすると覚悟を決めたようにひとつ咳払いをして、デボラと視線を合わせた。

「母は医者と自室にいた。ふたりの姿を見た瞬間、ぼくはぴんと来たんだ。この男が母の愛人に違いないと。本当はそのとき、母のメイドたちも部屋の中にいた。それなのに、ぼくは酔っていて、彼女たちにまったく気づかなかった。あとはもう修羅場だよ。ぼくは怒りを爆発させて医者に殴りかかっていった。そして母を屋敷の外へ引きずり出したんだ。シュミーズの上にガウンを羽織っただけの母を……とても寒い夜だったのに……」

ジュリアンはデボラの隣に座り、膝に肘をのせて地面に目をやった。

「いまも、あの夜の音は耳から離れない。あたふたと走りまわる使用人たちの足音や叫び声。それにまじって、野次馬たちの怒号や悲鳴が飛び交っていた。ハノーヴァー・スクエアの端に集まってきた彼らを屋敷に近づけないよう、使用人たちが必死に制止していたんだ。そんな喧騒の中で、母だけが静かだった。母は泣いていたが、ぼくを叱らなかった」

ジュリアンは顔を横に向けて、デボラを見つめた。

「それなのに、ぼくは母を娼婦呼ばわりしたんだ。尻軽女とも、浮気女とも言った。きみには聞かせたくない、ありとあらゆる言葉で罵ったよ。あげくの果てに、ぼくは野次馬たちに向かってこう叫んだ。この女は不義の子どもを身ごもっていると。すると突然、あたりが静まり返った。聞こえるのは痛みに苦しむうめき声だけ。母の声だった。陣痛が始まったんだ。母のシュミーズが血で染まっているのを見て、ようやくぼくはわれに返った……。父もちょうどこのとき〈ホワイツ〉から帰ってきた。まさに狂気の一歩手前だったよ。そして父は、ぼくに罰を与えた。まあ、当然のなりゆきだな。ワインを飲みすぎて泥酔状態だったとはいえ、それはなんの言い訳にもならない」彼が乾いた笑いをもらす。「まったくどうしようもない息子だ。精神病院に一生閉じ込められても文句は言えなかっただろう」

ジュリアンは大理石のベンチから立ちあがり、手を差し出した。デボラがその手を取ると、ぐっと引きあげられて、あたたかい腕に包まれた。耳に響く力強い鼓動の音が心地いい。夫の胸に頭を預けたまま、彼女はささやいた。

「いいえ、そんなことはないわ」

ふたりはしばらく無言で互いの腕の中に身をゆだねていた。ロクストン邸の敷地をぐるりと囲む高いれんが塀の向こうから、サントノーレ通りを行き交う馬車の車輪や馬の蹄の音が聞こえてくる。デボラはジュリアンを見あげた。正直に過去の過ちを打ち明けてくれたいま、彼を愚か者だと声高に非難することはできなかった。

「デボラ、きみは運命を信じるかい？」ジュリアンが微笑みかけた。「ぼくは信じていなかった。母から何度も父とは結ばれる運命だったと聞かされたが、いつも鼻で笑っていたんだ。でも、あの日マーティンの家のテラスできみに再会したとき、ぼくたちは結婚する運命にあったのだと確信した。理屈ではなく、直感でそうわかったんだ」彼はデボラの額にキスをした。「離れて暮らしたこの二週間、きみに会いたくてたまらなかった。きみがいないと毎日がつまらない。きみの笑顔が見たかったよ。きみにそばにいてほしかった……ジュリアンのそばに……」

彼の言葉を信じられたらいいのに。でも、ミス・ルフェーブルに関する裁判はまだ終わっていない。いまの段階では、不安は何も消えていないのだ。イヴリンの部屋で見た煽情的なビラが、ふと目に浮かんだ。ヴェルサイユ宮殿から戻ってきたばかりの宮廷服を着たジュリアンの姿も。あのときの彼は、まるで見知らぬ他人のようだった。この世間をにぎわしている醜聞には、真実もいくらかまじっているのではないだろうか？　そうでなければ、ミス・ルフェーブルの父親は裁判まで起こしたりしないだろう。もし真実がひとかけらでも含まれていたら、ジュリアンと人生を分かちあうのは無理だ。

デボラは彼の腕の中から抜け出した。いらだたしげに、ドレスについた埃を払い落とす。

「ではきくけれど、ジュリアンが妻と一緒に過ごしているあいだ、オールストン侯爵は誰と一緒に過ごしていたの？」

「何を言っているんだ？」

どうやらデボラのほのめかしは伝わらなかったようだ。

「わたしは一五歳のときのあなたを許すわ。愚かで軽率な行為には変わりないけれど、まだ子どもだったし、ロバートにだまされたせいもあるから。それに、あなたのご両親が一般的ではない結婚の形を取ったことも、すてきだと思ってる。心から公爵夫妻に拍手を贈るわ。でも、オールストン侯爵のほうのあなたはどうしても許せない。だって、わたしを甘い言葉でベッドに誘っただけでなく、ミス・ルフェーブルにも同じことをしたのよ！」

ジュリアンはきょとんとした顔をしている。

「なぜ、きみとミス・ルフェーブルを一緒にするんだ？　意味がわからないよ。きみはぼくの妻だ。だが彼女は、爵位を持った男と結婚するためなら手段を選ばない、ただの安っぽい娼婦じゃないか」

「だから彼女を誘惑しても、罰を受けずにすむとでも？」

彼の表情が険しくなった。

「ぼくは彼女を誘惑していない。これはいままでもさんざん言ってきた。だが、もう一度言う。ぼくはミス・ルフェーブルを誘惑したことなど一度もない。妻なら夫の言葉を信じられるはずだ」

その尊大な口ぶりに腹が立ち、デボラは一気にまくしたてた。「あなたは大きな思い違いをしているわ。わたしは、娼婦との情事に夢中になっていつ帰ってくるのかわからない夫をおとなしく待っているような妻ではないの。あなたの子どもを産むためだけに、わたしは存在しているわけではないのよ！」

「デボラ、やめろ！ そういうことを言って、自分で自分を苦しめるな！」ジュリアンが声を張りあげた。彼女がくだらないことで勝手に大騒ぎしているとでも言わんばかりに、深いため息をつく。彼はポケットからハンカチを取り出し、デボラに差し出した。「これで涙を拭くんだ。そんな顔では舞踏会に出られないだろう。さあ！」

「ミスター・ルフェーブルがばらまいているビラを見たわ。あなたも見た？ 巨大なオルガンを自慢げにひけらかしている、オールストン侯爵の風刺画。でも、このオルガンは教会にある楽器のことではないわよ。当然あなたはわかっているでしょうけれど」デボラの口から、笑いとも嗚咽ともとれる声がもれた。「閣下、あなたのフランス人の友人たちは、風刺画のあなたを見てうらやましがっていた？ そんなこと、きくまでもないかしら」

ジュリアンが顔を真っ赤にしてにらみつけてきた。「いいかげんにしろ、デボラ」

「あら、あなた、顔が赤いわよ。まさか恥ずかしいの？　わたしは褒めたつもりなのに」

「どうやらきみは神経が高ぶっているようだ」

だからどうだというの！　デボラは心の中で叫んだ。感情的になっているのは、自分でもよくわかっている。それでも、ここで引きさがりたくなかった。彼女はすかさず言い返した。

「妻もフランス人の娼婦も両方満足させることができて、さぞかしあなたは鼻が高いでしょうね？」

ジュリアンが顔をそむける。その横顔が言っていた。黙秘権を行使すると。勝手にすればいい。もううんざりだ。この人のそばには一秒たりともいたくない。デボラはドレスをつまみあげて向きを変えた。けれどもジュリアンに肘をつかまれ、彼のほうを向かされた。

「いまの質問に対する答えを知りたいか？　知りたいなら教えてやろう。だが、絶対に途中で口をはさむな。わかったか？」

「あの、閣下」ジョセフの声だ。彼はお辞儀をすると、おどおどした笑みを浮かべてあずまやに向かって歩いてきた。「お取り込み中すみません。ですが、アンリ・アントワーヌ卿がいなくなりました」

「いなくなった？」デボラとジュリアンは同時に声をあげた。

「三〇分ほど前に曲芸団が帰ったんですが、そのあと誰も坊ちゃまの姿を見ていないんです。ジャックが言うには、坊ちゃまはクマを見るのを楽しみにしていたそうです。でも、今日は連れてきていませんでした。そうしたらアンリ卿は……なんというか、その――」

「ふくれたんだな？　まったく、ハリーらしい」ジュリアンがあとを継ぐ。口ではそう言いつつも、彼の顔は心配そうに曇っていた。

「いま、使用人たちが屋敷と敷地の中を手分けして探しています」ジョセフはちらりとデボラに目をやった。「招待客は全員、食堂に向かわれました。公爵夫人はまだ外にいらっしゃいます。でも、公爵閣下に変だと思われないうちに、中に戻らなければならないそうです。それで、あなたを探してくるように言われまして」

「わかった。すぐ母のところに行くよ」ジュリアンはデボラにお辞儀をして、足早に歩き去っていった。

あずまやを出て、デボラはジョセフと一緒にジュリアンのあとを追った。石畳の散歩道を歩いている途中で、ハリーを探す使用人たちの姿がそこかしこに見えた。栗の木立のあいだにジャックの小さな体が見え隠れしている。こちらに向かって駆けてきた甥は三人に気づき、頭上で大きく手を振って、走る速度を速めた。

「オールストンおじさん！」ジャックが息を切らして話しだす。「早く行こう！　ハリーが待ってる！」

「ジャック、ハリーは見つかったの？」デボラは抱きついてきた甥の耳元でささやいた。

「ああ、よかった。ハリーはそんなに遠くに行ってなかったのね」

ジャックはおばのドレスに顔を押しつけて泣いている。ジュリアンは少年のかたわらにしゃがみ込み、やさしく声をかけた。「ジャック、ハリーはどこにいるんだい？」ジャックは芝生のほうを指差した。「テントの中か？　母上と一緒にいるのかな？」

「ハリーは裏口の門の近くにいるよ」ジャックがデボラのドレスから顔をあげた。鼻をすすりながら、シャツの袖で涙をぬぐう。「ハリーは曲芸師たちを追いかけたんだ。クマのことを聞きたくて。ごめんなさい。ぼくはいくじなしだ。びっくりしちゃって、何もできなかった。ハリーが急に発作を起こして地面に倒れたんだ。でも、もう大丈夫だよ。たぶん……」

「では、ジャック、ハリーが元気になったかどうか一緒に確かめに行こう」ジュリアンは笑みを浮かべて、少年の頭を撫でた。「心配するな。ベイリーがちゃんと手当てをしてくれたよ」

ジャックがジュリアンの顔を見あげて、ふたたび話しはじめる。彼の言葉を聞いて安心したのか、もう涙声ではない。

「男の人が……ハリーが倒れたとき、ちょうど門の前にいたんだ。その人は、ぼくがドクター・ベイリーを連れてくるまでハリーを見てるって言った。だけど、ぼくはおじさんに言われたことを思い出したんだ。門の外にいる人と話をしたらだめだって言ったでしょう？　だから、ぼくはハリーのそばを離れなかった。そうしたら、ドクター・ベイリーが来てくれたんだ。誰かが呼びに行ってくれたんだね」

「ジャック、それはどんな男の人だったの？」デボラはきいた。

「おばさんの知ってる人だよ。いつもバースのぼくたちの家に来てたもの。でも、ソンダースに追い払われてた。それがさ、ソンダースの言い訳が、笑っちゃうくらい下手なんだよ。ねえ、ジョセフ？」ジャックがジョセフを見あげる。「嘘だってすぐわかる言い訳だったよね？」

いぶかしげな表情のデボラを見て、ジャックがさらに続けた。「デボラおばさん、まだわからない？　ほら、頬に傷のある人だよ。思い出した？」

「なんてことだ《パルブルー》。くそっ《ノン》」ジュリアンがフランス語で小さく悪態をつき、石畳の散歩道を駆けだした。

ジュリアンは全速力で走りつづけた。まもなく芝生に点在するテントが見えてきた。その中でもっとも離れた場所にある、テントの入り口の前に母が立っていた。彼女の背後で、メイドがそわそわと行ったり来たりしている。母は使用人用の裏口の方向をじっと見つめていた。ジュリアンもそちらに目をやると、ロバート・セシガーがハリーを抱きかかえて歩いてくるところだった。ベイリーと五人の従僕も一緒だ。彼らはロバートに遅れまいと小走りになっている。ジュリアンは母親に駆け寄り、隣に並んだ。ほどなくしてふたりのもとにやってきたロバートはすぐにテントの中へ入り、ぐったりした小さな体を長椅子の上に横たえた。

ベイリーがハリーの脈を測りながら口を開く。今回の発作は軽くすんだという医師の言葉に、長椅子を囲んで立つ人々から安堵の声がもれた。母は長椅子の端に腰をおろし、息子の血の気を失った頬に手を当てた。ハリーが母親を見あげて弱々しく微笑む。

「曲芸団はクマを連れてこなかったんだ。約束を破るなんて最低だよ」ハリーは消え入りそうな声で不平をこぼし、それから顔を横に向けてロバートを見た。「でも、この人が教えてくれたんだ。明日はチュイルリー庭園でクマの曲芸が見られるって」

「そうなの。明日は庭園で、王太子の結婚をお祝いする催しがたくさん開かれるそうよ。きっとすべてを見てまわるのは無理ね。でも、まずは体を休めることが大切よ」母は笑顔で語りかけ、ハリーの額にキスをして長椅子から立ちあがった。

ベイリーが前に進み出て公爵夫人の横に立ち、ハリーのこめかみにラベンダーの香油を塗った。

「さあ、少し眠りなさい。こちらの紳士には、あなたの代わりにわたしがお礼を言うわ。ほら、目を閉じて」母はそう言ってから、ロバートに向き直った。あっぱれとしか言いようがない。母は、夫が自分と結婚するために捨てた女性が産んだ息子の目をまっすぐ見つめている。「ありがとうございます。あなたが助けてくださったおかげで、息子は大事に至りませんでした」

無表情で彼女を見ていたロバートは、何も言わずに背を向けてテントから出ていった。お辞儀すらしなかった。公爵夫人に対して、その態度は無礼にもほどがある。

「待て、ロバート！　失礼だぞ！」ジュリアンは追いかけて怒鳴りつけた。

ロバートは平然と青いフロックコートの袖についたしわを伸ばしている。彼はゆっくりと上を歩いてくる。

顔をあげてジュリアンを見据えた。ジュリアンのうしろからは、デボラとジョセフが芝生の

「それは聞き捨てならないな。あちらの態度こそ失礼じゃないか。ぼくはあの尻軽女の息子を助けてやったんだぞ。もっとぼくに感謝したらどうだ！」ロバートは嘲るような笑みを浮かべた。拳を握りしめたジュリアンに詰め寄られ、さっとうしろに飛びのく。「近づくな！ぼくたちの父親の屋敷で喧嘩はしたくない。そうだろう、ジュジュ？」

子どもの頃の愛称で呼ばれ、ロバートを殴りつけたい衝動に駆られたが、ジュリアンは落ち着いた口調で答えた。「骨の髄まで腐ったやつなど、ぼくははなから相手にするつもりはない」ロバートの拳が飛んできた。だがジュリアンはすばやく身をかわし、相手の手首をつかんだ。「ぼくたちの父親の屋敷で暴力はいけないな。少しは自分の言葉に責任を持てよ、ボブ」

ジュリアンはさらに力をこめてロバートの手首をねじあげた。たまらずロバートの口からうめき声がもれる。彼は食いしばった歯の隙間から声を絞り出した。「骨の髄まで腐ったやつだと？　ばかにするな。ぼくをこんな男にした張本人は誰だ？　言っておくが、それは母ではないぞ！」

ジュリアンはロバートの手首を握っていた手を離し、彼を突き飛ばした。「まったく女々しい男だ。被害者ぶるのもいいかげんにしろ」

ロバートは憎悪をたぎらせた目でジュリアンをにらみつけている。彼は近づいてきたデボ

ラとジョセフにちらりと目をやった。

「被害者ぶっているのはきみのほうじゃないか。正直に言えよ。どうやってミス・ルフェーブルにペチコートをまくりあげさせたんだ？　きみの父親がぼくの母を誘惑したときと同じせりふでもささやいたのか？　ああ、そうに決まっている。きみも彼女に〝結婚〟という言葉をちらつかせたんだろう？」

「まさか！　ぼくがそんな古くさい手を使うわけがない」ジュリアンは鼻で笑った。「ひょっとして、きみなんじゃないのか？　結婚をちらつかせてミス・ルフェーブルを誘惑したのは。まいったな。きみはもっと女遊びがうまいと思っていたよ」

「きみのような放蕩者にはわからないだろうが、ぼくとミス・ルフェーブルの関係は完全に健全だ」ロバートはこわばった口調で言うと、ジュリアンのすぐそばまで来たデボラに視線を向けた。

ジュリアンが目を丸くする。「それは知らなかった。きみはミス・ルフェーブルに振られたのか？　なぜだ？」

「よく言うよ。どうして彼女がぼくの求婚を断ったのか、その理由は知っているはずだ！」ロバートは声を荒らげた。「きみは公爵位の次期継承者だ。それを武器にミス・ルフェーブルを誘惑し、彼女もそれに応えた。なぜだかわかるか？　きみと結婚できると思ったからだ！」

「ミス・ルフェーブルがきみにそう言ったのか？　それなら彼女はふしだらなだけじゃなく、

嘘つきでもあるんだな」

「もしミス・ルフェーブルがふしだらで嘘つきなら、きみが彼女をそんなふうに変えたんだぞ！」

ジュリアンはお手あげだというふうに手をあげた。「ロバート、そうむきになるな。彼女がきみの求婚を断ったのは、ぼくのせいではない。もういいかな？　話がすんだのなら、入ってきた使用人用の裏口から出ていってくれ」

ロバートは、このままでは腹の虫がおさまらないといった表情だ。彼は大声で言い放った。

「話はまだ終わっていない！　いまに見ていろ。絶対に復讐してやるからな。きみの父親に捨てられた母のために。そして、きみにもてあそばれたミス・ルフェーブルのためにも。きみさえいなければ、ぼくは彼女と結婚できたんだ！　たとえ五年かかろうと、一〇年かかろうと、二〇年かかろうと――」

「ロバート、その口を閉じてくれないか。芝居じみたせりふは、もう聞き飽きた」ジュリアンはいかにも面倒くさそうに手を振った。だが、彼の目は鋭い光を放っている。「その頰の傷がどうしてついたのか忘れたのか？　たわごとを並べるのをやめなければ、今度こそ死ぬぞ。きみはぼくの父親の息子だとうそぶいているよな。父の血が本当に一滴でも流れているのなら、もっと堂々としろ」

ロバートが両手の拳を握りしめた。「偉そうに。いったい何さまのつもりだ？」

面白い冗談でも聞いたかのように、ジュリアンが声をあげて笑いだした。

「見事な捨てぜりふだ。ロバート、見直したよ」真顔に戻り、言葉を継ぐ。「はっきり言って、きみは悩みの種だ。だが、ぼくは生き抜いてみせる。たとえきみが、ぼくの人生を邪魔しようとしても。でも、これだけは覚えていてくれ。ぼくの家族に手を出したら容赦しない。アテネでのときのように、ぼくの厚意を当てにするなよ」

ジュリアンはロバートに向かって手で追う払う仕草をして向きを変えた。その瞬間、デボラにぶつかりそうになった。彼女は夫ではなく、ロバート・セシガーをじっと見つめていた。デボラの隣にはジョセフが立っている。ジョセフは引き止めようとしているように、彼女の腕をつかんでいた。

「お願いです、奥さま、やめてください。閣下がいやがります――」

「手を離して！　わたしはどうしても知りたいのよ！」デボラはジョセフの手を振り払い、夫には目もくれず、彼の天敵のほうへ歩きだした。

「ミスター・セシガー？　あら、ごめんなさい。わたしったら、ばかね。セシガー卿と呼ばなきゃいけないのに」昨夜もバースの社交場で一緒にダンスをしたとでもいうふうに、デボラは親しげに笑顔で声をかけた。ロバートが彼女の差し出した手を取り、お辞儀をする。

「この数カ月のあいだ、いろいろなことがあったわね。わたしも、あなたも……」

「ええ、まったく同感です」ロバートが勝ち誇った表情でジュリアンを見た。ジュリアンは憮然とした表情を浮かべてテントの中へ入っていく。ロバートはにやりとして、袖口を縁取るレースに手をやり、空を背景にそびえ立つ二重勾配の屋根の大邸宅を見あげた。「ぼくは爵位と財産を受け継ぎました。そして独立心旺盛だったあなたは豪華な屋敷の住人になり、自由のない生活をしている」

その皮肉を聞き流し、彼女は微笑んだまま先を続けた。「前にアッパー・アセンブリー・ルームでパリの話をしてくれたことがあったでしょう？　あなたが——」

「青い目の女性の話ですか？　あなたがその話を覚えているとは興味深いな」

「忘れられるわけがないわ。あなたは、わたしよりもドミニクのほうが美しいと言ったのよ」

「これは驚いた。彼女の名前まで覚えているんですか。そうか、あなたは相当傷ついたんですね」

「もう行きましょう」ジョセフがデボラの耳元でささやく。

「ふと思ったのだけど、その青い目のドミニクって、ミス・ルフェーブルのことなの？」ジョセフを無視して、彼女はさりげない口調できいた。けれども実際は、心臓が破裂しそうなほど激しく打っていた。

ロバートはなぜそんなことをきくのかと言いたげな顔をしたが、すぐにその表情を引っ込めてうなずいた。「そうです」

「ドミニク・ルフェーブル……」

その名前を口の中でつぶやいた。突然、何カ月も深い霧がかかったように漠然としていたものが、はっきりした形を取った。これでようやく自分の人生を取り戻すための一歩を踏み出せる。デボラは晴れ晴れとした声で別れの挨拶をして、ロバートに手を差し出した。
「明日、チュイルリー庭園に」彼はデボラの手を取り、お辞儀をしながら声を落として言った。「ミス・ルフェーブルが来ます。真相を知りたいなら、あなたも明日の正午にチュイルリー庭園に行ったほうがいいわ」
使用人用の裏口に向かって歩いていくロバートをしばらく見送ってから、デボラは向きを変えた。すると夫がテントの入り口の前で彼女を待っていた。デボラは作戦を練りはじめた
——明日、どうやって屋敷を抜け出せばいい？　ブリジットにも、ロクストン邸の使用人たちにも、夫にも気づかれずに抜け出すにはどうしたらいいだろう？　夫の不機嫌な顔も、ジヨセフの困り果てた顔も目に入らなかった。彼女は夫にエスコートされ、オールストン侯爵のイングランド人の花嫁に会うのを楽しみにしている何百人もの招待客が待つ邸内に入るときも、こっそり屋敷から脱出する方法を考えていた。

21

午前四時。最後まで残っていた招待客が従僕の手を借りて馬車に乗り込み、ロクストン邸をあとにした。その三〇分後、ジュリアンは天井から床まである巨大なタペストリーのうしろに作られた隠し扉を抜けて、デボラの寝室へ向かった。彼女は午前零時をまわる前に、自室に引きあげた。あのとき、自分も一緒に彼女の部屋に行きたいとどんなに思ったことか。ただでさえ何百人も集まる舞踏会になど顔を出したくなかったのだから、そういう気持ちになるのも当然だ。

ジュリアンはふと思った。

やはり、この隠し扉の存在をデボラに教えたほうがいいだろう。それとも、ブリジットから聞いてすでに知っているだろうか？　いや、ブリジットは口がかたい――まさにメイドの鑑《かがみ》だ。彼女は話していないに違いない。

ジュリアンはデボラの寝室に入った。妻は体を丸めて眠っていた。濃い赤褐色の長い髪が枕の上に扇のように広がっている。彼はベッド脇のテーブルにろうそくを置いて、ずり落ちた上掛けを妻の体にかけ直し、それからカーテンを閉めた。その音に気づいたのか、デボラが目を覚ました。

「眠ってなんかいないわ」寝ぼけた声で言う。

「ああ、そうだね。きみは眠っていなかった」ジュリアンはさらりと返し、ベッドの縁に腰をおろした。

デボラは片肘をついて体を起こした。ジュリアンを眺め、眉をひそめる。

「ベッドに入る格好ではないわね」彼はフロックコートとベストは脱いでいたが、まだシャツとブリーチズ姿だった。

「きみの様子を見に来ただけだ。昨夜は大勢の視線にさらされて、疲れたのではないかと思ってね。ぼくもなんだか眠れなくて……昨日、ジョセフが来て会話が途中で終わってしまっただろう？　それが気になっていたんだ」

デボラの眠そうだった目がぱっと開いた。

「じゃあ、いま話してくれる？」

「本当はずっときみに話そうと思っていた。ぼくのことを……」

寝室に落ちた沈黙を埋めるように、デボラが口を開く。「ねえ、ジュリアン、その前にひとつ質問してもいい？」ジュリアンがうなずくと、彼女は単刀直入にきいた。「ミス・ルフエーブルのファーストネームを知っている？」デボラは彼の手を握り、笑顔で続けた。「これはとても重要な質問なの」

ジュリアンは肩をすくめた。「いや、知らない」

「だったら、ミス・ルフェーブルの目の色は？」

「質問はひとつじゃなかったかな？」

デボラがにっこりする。「これが最後の質問よ。約束するわ」

彼はふたたび肩をすくめた。「いや、それも知らない。なぜきみは彼女のファーストネームや目の色に興味があるんだ？」

彼女は唇を噛んで笑みを抑えた。「そのどちらにもまったく興味はないの。でも、どうしてもきいておきたかったのよ。詳しいことは、明日必ず教えるわ。まずイヴと話をしてから。さあ、今度はあなたの番よ」

デボラはいたずらっぽく瞳を輝かせている。ジュリアンは眉をひそめ、彼女の手を取って軽く口づけた。「わかった。明日まで待つよ」いったん言葉を切り、大きく深呼吸をしてから話しはじめる。「ぼくたちが初めて会った夜……あわただしく結婚式を挙げたあの夜、ぼくは誓ったんだ」

「誓った？　何を？」デボラが目を大きく見開いた。勢いよく起きあがり、ヘッドボードに羽根枕を立てかけて背中を預ける。

こちらに向き直った彼女に、ジュリアンの目は釘づけになった。ろうそくのやわらかな光を受けて、シルクの夜着の生地越しに豊かな胸の輪郭が浮かびあがっている。その光景にジュリアンは欲望をかきたてられたが、意志の力を総動員させて視線を引きはがした。デボラに対する自分の気持ちを、今度こそ正直に打ち明けると決めたはずだ。彼女の胸に見とれている場合ではない。

「ぼくは子どもに誓いを立てた。やがて、ぼくたちのあいだに生まれてくる子どもたちに。ぼくはずっと大家族にあこがれていたんだ……」ジュリアンはデボラの目を見つめた。「貴族の男は不道徳なまねをしても、その責任を取ろうとはしない。結局、女性はひとりで子どもを育てる羽目になる。当然そうなると、自分と血のつながったきょうだいがどこかにいるというわけだ。幸せならまだいい。でも父親に見捨てられた彼らは、たいてい貧しい生活を強いられる。しかも、それが一生続くんだ。ぼくは何不自由なく気ままに暮らしているというのに……。貴族社会の身勝手で傲慢な大人たちの姿は、ぼくの人生観に大きな影響を与えた。きみにわかるかな？　ロバートと異母兄弟だと知ったときの、ぼくの驚きを。想像してみてくれ。目の前にぼくの父の息子がいるんだ……あの衝撃は忘れられない……。ロバートはぼくの母を恨んでいる。あいつにしたら、母は自分から父親を奪った女になるんだろう。だがぼくの父に対しては、ロバートの感情はもっと複雑で、憎みつつもロクストン公爵の血が自分にも流れていることを誇りに思っている。ぼくは子どもを悲しませる父親にはなりたくない。だからあの夜、誓ったんだ。ぼくたちの子どもには、絶対に自分と同じ思いをさせまいと」

デボラが口を開いた。「ごめんなさい。マーティンの家で、あなたにあんな――」

「いや、きみは謝らなくていい」ジュリアンはさえぎった。「謝るのはぼくのほうだ。あのときはひどいことを言ってすまなかった。正直に打ち明けると、きみに辛辣な言葉を投げつけられて、傷ついたのも事実だよ。混乱もしていた。ぼくたちは新婚旅行先ですばらしい時間を過ごしただろう？　ぼくにとって、あの一〇週間は最高に幸せだった。それなのに旅行が終わったとたん、一気に天国から地獄に突き落とされた。きみに思いきりなじられたからね。それで、ぼくはきみに非難されればされるほど意固地になった。あんな態度を取って後悔しているよ。本当はきみにぼくがどういう人間なのか知ってもらいたいと思っていたのに、自分の頑固な性格のせいで、その機会を逃してしまった」ジュリアンは照れくさそうに微笑んだ。「デボラ、きみにぼくをもっとよく知ってもらいたい。そしてぼくを愛してほしい……ぼくが……きみを愛しているように。きみはぼくの妻だ。でも単に妻であるだけでなく、それ以上の存在で、ぼくの人生そのものなんだよ。デボラ、きみを愛している。ぼくは心の底から、きみを愛しているんだ」

デボラは目に涙を浮かべて、夫の腕の中に飛び込んだ。ジュリアンは妻をきつく抱きしめ、濃い赤褐色の豊かな髪に顔をうずめた。しばらくふたりは無言で抱きあったまま、互いの体のぬくもりを味わっていたが、やがてジュリアンは体を離し、ベッドの上に座り直した。彼女にすべて打ち明けると決めた以上、最後まで話すつもりだった。

デボラは何も言わず、ふたたび枕に背中をもたせかけ、夫の手を握りしめた。

ジュリアンは大きく息を吐き、覚悟を決めて口を開いた。「正直に言うよ。きみには包み隠さず話す。そうすることが、ぼくたちにとって何よりも重要だから……じつは、コンスタンティノープルに住んでいた頃、ぼくにはつきあっている女性が――」

「その話は聞かなくてもいいわ」

「彼女はぼくより一〇歳年上だった」ジュリアンは静かな声で続けた。「ロマノフ家の遠い親戚で、ロシア大使の妻だった。彼女にはいろいろなことを教わったよ。愛についてや、人生について――」そこでふっと笑う。「四カ国語を話せるようになったのも彼女のおかげだ。それに何より、ぼくに自信を持たせてくれた」

デボラは指を絡めたふたりの手をじっと見おろしている。

「そういう話は聞きたくない。あなたは子どもを悲しませる父親にはならないと誓った話をしてくれたばかりじゃない。それなのにもう、愛人だった年上の女性との思い出話をうれしそうにするのね」

「デボラ、聞いてくれ。彼女とぼくは――ぼくたちは厳密な言い方をすれば、愛人関係ではなかったんだ。正直、これまで女性経験が何もなかったとまでは言わない。だが、ぼくは――くそっ！」ジュリアンはいらだたしげに髪をかきあげた。「なぜはっきり口に出して言えないんだ？」

デボラは寄りかかっていた枕から体を起こした。「あなたが何を言いたいのかわかったわ」ジュリアンの首に両手をまわし、唇に軽くキスする。「女性経験は量より質のほうが重要だと思うわよ」

彼はデボラを抱き寄せて、キスを返した。

「これはぼくの個人的な意見だが、女性は夫にするなら男女の営みに精通した経験豊富な男のほうがいいと思うんじゃないかな」顔をしかめた。「すまない、デボラ。ぼくはぺてん師だ」

「どうして?」

「ぼくにとって、つかのまの気軽な情事を楽しむより、一度立てた誓いを守ることのほうがはるかに重要だった。だが、いろいろ噂されても否定しなかったんだ。勝手に言わせておけばいい、とね。そうしたらいつの間にか、本人と大きくかけ離れたオールストン侯爵像ができあがっていた。噂がひとり歩きしてしまったんだよ」ジュリアンは苦笑いを浮かべた。

「オールストン侯爵の本当の姿は、新聞やビラに書かれたような人物とはまったく違うんだ」

「じゃあ、オールストン侯爵は本当はどういう人なの、ジュリアン?」デボラがやわらかい声できく。

彼は照れくさそうに目を伏せた。「そうだな、オールストン侯爵は――きみのまじめで誠実な夫は、ごくごく平凡な男だよ」

「あら、あなたって次から次へと情事を重ねる放蕩者の貴族じゃなかったかしら? 平凡だなんて、なんだか全然違うのね」彼女のがっかりした口調に、ジュリアンはまた顔をしかめた。その表情を見て、デボラがぷっと吹き出す。「まじめで誠実な夫を持った妻は最高に幸せ者よ。彼女は絶対、ほかの男性には見向きもしないわ」

「それを聞いて安心したよ」確信に満ちた彼女の言葉に、ジュリアンの不安は薄らいだ。妻の両肩をつかんでまっすぐ目を見つめる。「デボラ、ぼくがどれだけきみを愛しているかわかるか？　どれだけきみと一緒に生きていきたいと願っているかわかるかい？」

「どのくらいそう思っているの？　はっきり言葉にして言って」

彼は顔を寄せて、デボラの唇に唇を重ねた。

「いとしい人、ぼくのきみへの愛は、言葉だけでは言い表せないよ……」


ジュリアンは妻を腕に抱き、笑みを浮かべて深い眠りについた。

五時間後、ノックの音で目を覚ました。寝ぼけたままベッドから這い出て扉を開けると、そこにフルーとブリジットが立っていた。妻のメイドに母からの伝言を聞かされた瞬間、幸せの余韻も眠気も一気に吹き飛んだ。〝いますぐ南翼に顔を見せるように〟子どものとき以来、ロクストン邸のその場所には行っていなかった。南翼は両親だけの聖域で、出入りできるのは父がもっとも信頼を寄せるひと握りの使用人に限られており、家族でさえも立ち入り禁止となっている。

つまり、突然母に呼びつけられた理由はひとつしかない。

ジュリアンはブリジットにこのまま妻を寝かせておくようにと言い残し、急いで自分の部屋へ戻った。ぬるま湯で手早く入浴をすませ、あわてて服を着る。もはや、ひげを剃る時間はなかった。そう主人に言われたフルーは言葉を失い、目を丸くしている。ジュリアンはダマスク織の濃紺のフロックコートを羽織り、部屋を飛び出した。巨大な中央階段を二段抜かしで駆けあがり、両親の私室を目指す。公爵夫妻が二五年間ともに暮らした部屋の入り口の前には、見張り役の使用人がふたり立っていた。ロクストン公爵の危篤の知らせは、一一月に吹きすさぶ冷たい疾風のごとく使用人全員に広まるだろう。

ロクストン公爵夫人――アントニアは東洋風に統一された朝食室のテーブルにつき、手紙を読んでいた。従僕が片づけ終えたテーブルの上には、湯気があがっているコーヒーポットと磁器のコーヒーセットが二客すでに置かれている。彼女は襟ぐりの広いモスリン地の簡素なドレスを着ていた。蜂蜜色の豊かな髪はシニヨンにして、うなじにシルバーのネットに包んでまとめてある。白い肌にはまるで化粧っ気がなく、宝石のたぐいもいっさい身につけていない。

ジュリアンは朝食室に入り、フロックコートのボタンを留めながら母に近づいていった。

「母上？」

アントニアが手紙から顔をあげて、目を大きく見開いた。「あら！　早いわね」

「伝言を聞いて、すぐ来たんです」ジュリアンは従僕にちらりと目をやった。「父上はどこです？　いまどんな状態なんですか？」

アントニアはゆっくりと手紙をたたんだ。その手紙を銀のトレイには戻さず、ミルクピッチャーに立てかけて少しのあいだじっと見つめてから、息子に視線を向けた。

「あなたのお父さまは図書室にいるわ」

「図書室ですって？」ジュリアンはオウム返しにささやき、体をこわばらせた。危篤状態にある者が図書室にいるわけがない。あわてて駆けつけてきた自分がばかに思えた。「母上、いったいなぜ使用人に伝言を頼んだんですか？」いらだった口調になる。「父上の体調に変化はないんですね？　それなら、ぼくは部屋に戻ります。ひげもまだ剃っていないので」

アントニアは従僕にさがるよう手で合図をして、両手を膝の上に置き、ふたたび息子に視線を戻した。自分が嘘つきなのは百も承知だ。呼びつければ父親に何かあったに違いないと思い、ジュリアンが急いでここに来ることもよくわかっていた。それでも長年の秘密を彼に話すには、この方法しか思いつかなかった。

アントニアは小さくため息をつき、コーヒーポットに手を伸ばした。すかさずジュリアンも手を伸ばし、母のために磁器のカップにコーヒーを注ぐ。だが、もうひとつのほうには注がなかった。

「座ってちょうだい、ジュリアン」アントニアは言った。「あなたの顔がひげだらけでも、わたしは少しも気にならないわ。コーヒーを飲みたくないのなら、それもかまわない。とにかくわたしはあなたと話がしたいの」

ジュリアンはまだ立ったままだ。

「別にわざわざぼくをここへ呼び出さなくても、話はできたはずです」

彼女は背筋を伸ばして座り直し、眉をあげた。

「では、野原の真ん中で家畜の群れに囲まれて話すほうがよかったかしら？　でも、わたしはそういうところで話はしたくないの。シルクの靴が泥で汚れてしまうでしょう？」

ジュリアンは歯を食いしばっている。

「母上、泥くらい、どうってことないじゃないですか。変な憶測をされるよりましです。いまごろ使用人たちは、なぜぼくが南翼に呼び出されたのだろうと想像をたくましくしていますよ」

「あなたを野原に呼び出すほうが、使用人たちは不思議がるでしょうね、息子よ《モンフィス》」

ジュリアンはお手あげだというふうに両手を広げて肩をすくめると、窓のほうへ歩いていった。窓の向こうには手入れの行き届いた薔薇園が広がり、公爵が愛する妻のために選んだ白い薔薇が見事な花を咲かせている。

部屋に沈黙が落ちた。アントニアは無言で窓の外を眺めている息子の背中に話しかけた。

「わたしはあなたのお父さまがなぜああいう措置を取ったのか、何もきかなかったの。けれど、あの年であなたが大陸旅行に行かされたときは……胸が張り裂けそうなほどつらかった。しばらくして……あなたがいなくなってしばらくしてから、ようやく公爵閣下が話してくれたのよ。あなたを結婚させたと。一瞬、耳を疑ったわ。わたしはひどく腹を立てた。閣下にあれほどの怒りを感じたのは、あとにも先にもあのときだけよ……ジュリアン、聞いている？」

「父上は、それがぼくにとって最良だと思ったのでしょう」

「だけど……政略結婚よ。わたしは自分の息子にはそういう結婚をしてほしくなかった」

ジュリアンは窓辺から離れてテーブルについた。気まずい沈黙を埋めたくて、コーヒーをカップに注ぎ、スプーン一杯の砂糖を入れてかきまぜる。そこでようやく母と目を合わせた。

「父上もほかに選択肢がなかったんじゃないですか？　ぼくが屋敷を追い出された腹いせに、旅先で知りあったどこの誰ともわからない相手と結婚したらどうします？　それは絶対に避けたかったはずだ。だから父上はキャヴェンディッシュ家の娘とぼくを結婚させたんですよ。あの家は名門ですし、財産もある。結婚相手としては申し分ないでしょう。あるいは、父上が政略結婚にこだわったのは、一刻も早く孫の顔を見たいと思ったからかもしれません――父上は若くないですから。ぼくたちのあいだに息子が生まれ、血統が途絶えないことがわかれば、父上も安心して死ねるでしょう。自分がいなくなったあと、ひとり残された母上に世継ぎ問題のことで心配をかけさせたくないと父上が考えたとしても不思議ではありません」

アントニアが鮮やかな緑の瞳に浮かんだ涙を隠そうとして顔をそむけた。ジュリアンは自分の舌を噛み切りたくなった。

「すみません、母上を悲しませるつもりは――」

「わたしだって、よくわかっているわ……あの人と一緒に年を重ねられないことくらい」アントニアはジュリアンの話をさえぎり、フランス語なまりの英語で話しだした。久しぶりに聞く母の英語だ。「あなたのお父さまはもうすぐ……わたしたちのもとからいなくなる。わたしは――わたしはレナードのいない人生を生きていかなければならない……」

「母上、もうこの話はやめま――」

「いいえ、言わせてもらうわ」アントニアが早口で言う。「二度とこの話はしたくないから。

レナードがわたしのそばから永遠にいなくなるなんて、そんな恐ろしいことは考えたくないの。でも、これだけはどうしてもあなたに言っておきたいのよ」母はハスの花と鶴が描かれた壁紙が張ってある向かい側の壁を見つめている。「どうして英語で話す気になったのかしら……そのほうが現実味がないからかもしれないわね。英語はもう何年も使っていないの。聞き取りにくいと思うけれど、我慢してちょうだい」

アントニアはなんとか気丈にふるまおうとしていた。そんな母はいつも以上に実年齢よりも若く、ひどくはかなげで傷つきやすそうに見える。深い悲しみをたたえた母の目を、ジュリアンは直視できなかった。

「ジュリアン、わたしたちはお互いによく理解しあっているわよね？」アントニアが涙をこらえて続ける。「わたしはあなたのお父さまと一緒にいられる幸せを毎日嚙みしめているの。医師の診断なんて、ちっとも信じていない。レナードは絶対に長生きするわ！」

「ええ、母上。父上はきっと長生きします」ジュリアンはやさしい声で応えた。だが、これは嘘だ。本心ではそう思っていない。

「嘘をおっしゃい。気休めはいいの。わたしにも現実は見えているわ。いいこと、ジュリアン、よく心に留めておいて。レナードは誰よりも洞察力に優れた人よ。あなたが彼の放埓《ほうらつ》な過去を軽蔑していることは知っているわ。それに彼が公爵位を継承したときとはまったく違う生き方を、あなたがしていることも」

「ですが、ぼくは父上を非難したことなど一度もありませんよ！」

アントニアは小さな手で息子の手を包み込み、笑みを浮かべた。

「ええ、そうね、モンフィス」思わずフランス語が口から滑り出た。「でも、レナードは気づいているの。あなたが次期公爵になることに強い不安とためらいを感じているのも見抜いているわ」

「当たり前です！　公爵になどなりたくありません。爵位の継承は父上の死を意味するんですよ。ぼくがそれを楽しみにしているとでも？　敬愛する父上が土の中で冷たく横たわっているのに、公爵になったと諸手《もろて》をあげて喜ぶと思いますか？　母上、よしてください。あなたが一番よく知っているはずだ。ぼくがロクストン公爵になる日をどんなに恐れているかを」

「ええ、知っているわ、ジュリアン」母の声は悲しげだった。頬には涙が光っている。「けれど、その気持ちを外に出さないでほしいの。レナードはあなたが高貴な称号を心から喜んで受け入れている姿を見届けて、この世に別れを告げたいと思っているわ。彼がおじいさまから爵位を継承したときと同じように。レナードはデボラの妊娠をとても喜んでいるし、ほっとしてもいる。でも彼の最後の瞬間に安らぎを与えられるのは、あなただけなのよ」

ジュリアンは椅子の上で居心地悪そうに身じろぎをして、無精ひげの伸びた頬に手をやった。「父上は何か言っていましたか？　ぼくたちが別れるかもしれないことについて……」

アントニアはレースで縁取りされたハンカチで涙を拭きながら、首を横に振った。

「あなたたちは別れないわ。そういうばかげた話をするのはおよしなさい。たとえ目が見えなくても、あなたとデボラが愛しあっているのはわかるはずよ。ふたりが深い愛情で結ばれていて、わたしたちもとてもうれしいわ」

不覚にも、ジュリアンは頬を赤らめた。「不思議ですね。デボラも父上と母上について同じことを言っていました」

「それはね、彼女の心がきれいだからよ。だから真実が見えるの」母は身を乗り出した。「聞いて、ジュリアン。これから話すことは、わたしたちふたりだけの秘密にしてほしいの。いいわね、モンフィス?」ジュリアンがうなずいたのを見て、話しはじめる。「じつはわたしがこの話をあなたにすることを、レナードは知らないの。彼に隠し事はしたくないけれど……あなたと、これから生まれてくるあなたの息子たちが不安のない人生を送るには、過去に終止符を打つことが何よりも重要だと思うのよ」

アントニアは息子の手を包む自分の手に視線を落とした。

「ジュリアン、デュラス・ヴァルフォンス伯爵夫人がロクストン公爵の息子を産んだと言いつづけているのは知っているわね。レナードは国王とフォンテーヌブローへ狩りに出かけたことがあるの。そのときに、彼女は公爵の息子を身ごもったと断言しているわ。たしかにその国王主催の狩りから九カ月後に、彼女は男の子を出産しているのよ。それは教区簿冊にも記録されているわ。そして、わたしも彼女と同じ頃にあなたを産んでいる……」アントニアはじっと聞き入る息子の顔をちらりと見あげ、ふたたびうつむいて小さくため息をついた。「わたしがあなたのお父さまと結婚したのは、この狩りの二カ月後よ。それから七カ月後にあなたが生まれた。早産で生まれた赤ちゃん。みんな、そう思っているわ。だけどこれは嘘なの。あなたは小さかったから、誰も疑わなかったけれど。あなたは予定日どおりに生まれたのよ」

ジュリアンは顔をしかめた。こういう夫婦だけの秘め事は、できれば聞きたくなかったのだ。どうにもいたたまれず、彼は椅子の上で落ち着きなく体を動かした。

「だからどうだというんです、母上？　父上の過去を考えたら、愛人を捨ててあなたと結婚したと聞いても、別に驚きません。父上はあなたと出会って、放蕩三昧の生活をやめた。それだけ知っていればじゅうぶんです」

アントニアは息子の手をぎゅっと握りしめた。

「ジュリアン、わたしの話をよく聞きなさい」強い口調で言う。「あなたのお父さまは、デュラス・ヴァルフォンス伯爵夫人とは一度も男女の関係になったことはないの。だけど、彼女はわたしと同じ時期に子どもを身ごもっていた。これが何を意味しているかわかるでしょう？　レナードが放蕩者で鳴らした人であることは否定しないわ。でも、わたしがレナードに夢中になった頃には、すでに以前の彼ではなかったのよ」

ジュリアンは母親に向かって眉をつりあげた。

「父上と彼女のあいだには何もなかったと本当に言いきれますか？」

アントニアは手をあげて息子を制した。

「お願いだから、何度も話をさえぎらないでちょうだい。話し終わらないうちに、レナードが戻ってきてしまうわ」アントニアはため息をついた。「これを聞いたら、あなたも納得するんじゃないかしら。わたしが一八歳のとき、レナードはわたしの後見人になったの。その日を境にして、彼は生活態度を改めた――当時、わたしはこの屋敷に住んでいたのよ。わたしたちが結婚する何カ月も前から、彼はほかの女性には見向きもしなかったわ。わたしがほかの男性と婚約しているあいだも。これは本当よ、ジュリアン」

「信じましょう、母上」ジュリアンは内心の驚きを隠して穏やかな口調で言い、いぶかしげな表情を浮かべている母に微笑みかけた。

「レナードがわたしの後見人をやめた日、わたしはロンドンに住む祖母を訪れる予定だった。彼はフォンテーヌブローへ、エスティはヴァレンタインと彼女のおばのヴィクトワールに会いにサンジェルマンへ出かけたわ。つまり、ロクストン邸の住人はみんないなくなったの。それでわたしはイングランドへ出発する日をずらした。レナードも夕方にフォンテーヌブローから戻ってきたわ――わたしと過ごすために。このことを知っているのはマーティンだけよ。わたしたちはこの南翼で一週間、ふたりきりで過ごした。そのときよ、あなたを身ごもったのは」アントニアは息子に目を向けた。「ジュリアン、あなたのお父さまがデュラス・ヴァルフォンス伯爵夫人の話を否定しなかったのは……わたしたちがふたりで屋敷にいたことを秘密にしなければならなかったのは……」

じっと座っていられなくなり、ジュリアンは窓のほうへ歩いていった。そしてまた戻ってきて、フロックコートのポケットに両手を突っ込んだまま、頬を染めて目を伏せている母親を見おろした。

「自分の保護下にある無垢な娘に手を出したことを知られたら、父上の名声が地に落ちるからでしょう？」

アントニアが息子をまっすぐ見あげた。

「モンフィス、貴族社会が放蕩者に寛大なのは、あなたもよく知っているわね。でも、自分の保護下にあるうら若き娘を誘惑したら……その娘が自分と同じ階級で、そのうえほかの男性と婚約していたとなれば事情は違ってくるの。彼は——」

「その男は、自分が属する社会の者たちから二度と紳士とは見なされなくなる」ジュリアンはあとを継いだ。「彼は仲間たちに相手にされなくなり、貴族の恥さらしだと一生非難されつづけるでしょうね」

「そんなふうに言わないで。彼は恥さらしなどではないわ！　レナードとわたしは愛しあっていたの。たしかにあと先を考えない行動だった。けれど永遠に離れ離れになる前に、どうしてもふたりでいたかったのよ。たとえほんの数日だけでも」ジュリアンは首を横に振った。それを見て、アントニアは声を張りあげた。「モンフィス、あなたはお父さまを非難するつもりなの？　もしそうなら、あなたは非難する相手を間違っているわ。お父さまではなく、わたしを非難しなさい！　わたしが後見人のレナードを誘惑したのよ！」

ジュリアンは必死に夫を擁護する母に笑みを向けた。「母上、ぼくは父上もあなたも非難する気などありません。かえって、何もかも打ち明けてくれて感謝しています。そもそもぼくは、人を非難できる立場ではないんです。デボラをだましたのですからね。オールストン侯爵であることを隠し、ジュリアン・ヘシャムとして彼女と結婚したんですから。あのときのぼくもあと先を考えずに行動していた。理性より感情が先走っていました」

ジュリアンは母を椅子から立たせて抱きしめた。全身に安堵感が広がっていく。

「ありがとう《メルシ》、母上《マメール》。これで不安が消えました。あなたの秘密は誰にも言いません」

アントニアは一歩うしろにさがり、息子を見あげた。「あの男性は、あなたの兄弟ではないのよ。もう彼に煩わされることはないわ」

ジュリアンは母の手を取ってキスをした。「はい」

母と息子のふたりだけの時間は、突然断ち切られた。朝食室の扉が開き、アントニアのメイドが入ってきたのだ。彼女はお辞儀をして女主人の耳元で何かささやき、扉を開けたまま部屋から出ていった。

「奥さま、おくつろぎのところ申し訳ございません。オールストン侯爵が部屋にいなかったので――ジュリアン！」入り口に現れたマーティンが驚いた声をあげた。アントニアに近づいて差し出された手を取り、お辞儀をしながら名づけ子をちらりと見る。

「どうしたの、マーティン？」アントニアの顔に警戒の色が浮かんでいる。公爵に何かあったのかもしれないと思っているのだろう。

「公爵閣下のことではありません」きっぱりとした口調のわりには、マーティンの表情は不安そうに曇っていた。「アンリ・アントワーヌ卿です。ハリー坊ちゃまがいなくなりました。

ベイリーが言うには、どうやらチュイルリー庭園へ行ったようです」彼はジュリアンの顔を見て、わずかに口元をゆがめた。「ハリー坊ちゃまは、どうしてもクマが見たいらしい」

ジュリアンはアントニアの肩に手をかけた。「心配はいりません、母上。ぼくが見つけます」無精ひげの生えた顎を撫でつつ、マーティンに向かってにやりとしてみせる。名づけ親の顔に不快げな表情がよぎった。「ひげを剃るのはチュイルリー庭園から戻ってきてからだな」

アントニアがマーティンの腕に手を置いた。「公爵に言わないでくれてありがとう。助かったわ。これ以上、彼に心配をかけたくないから。いまだって、サルティンが彼のところに来ているのよ。あの人、突然押しかけてきたの」

ジュリアンは母に顔を向けた。「警視総監が来ているんですか？　なんの用で？」

「どうせたいしたことではないわ」アントニアはそっけなく答え、息子を扉のほうへ追いやった。「それより弟を早く見つけてちょうだい。頼むわね。あの子が帰ってきたら、厳しく叱らなくては。さあ、ジュリアン、行って。あなたのお父さまが来る前――あら、閣下！」

動揺をおくびにも出さず、彼女は笑みを浮かべて夫に近づいていった。公爵は杖に軽く寄りかかって入り口に立ち、片眼鏡越しに妻をじっと見つめている。「警察の方たちは帰ったの？」

「何事だ、アントニア？」ロクストン公爵は片眼鏡についた黒いシルクのリボンに手をやり、ゆったりした口調で言った。眉をひそめているが、黒い目は面白がっているように輝いている。「ここは二五年間、わたしたち夫婦だけの空間だった。それがほんの一時間ほど席をはずして戻ってみると、なんともにぎやかではないか。まさか妻が——夫のわたしがいないのに、息子とその名づけ親と楽しく話をしている姿を見ることになるとは想像もしていなかったよ」

アントニアはつま先立ちになって、夫にキスをした。茶目っ気たっぷりに微笑む。

「レナード、この二五年間、わたしたちは毎日一緒に朝食をとっていたわ。でも、今日はひとりきりで食べたのよ。だから寂しかったの」

公爵がキスを返し、妻の頭に顎をのせた。

「そうか、すまなかったな。二度ときみをひとりにしない」

「父上、サルティンが来ていたそうですが、なぜぼくは呼ばれなかったのですか？」両親が仲むつまじく軽口を叩きあっているところに、ジュリアンは口をはさんだ。

「あの男はわたしに会いに来たからだ」公爵がにべもなく言う。「興味深い話が聞けた——ルフェーブルの一件に動きがあったんだ」

「どのような動きですか？」

公爵は息子を眺めている。何を考えているのかわからない目つきだ。

「思うに、おまえはすでに知っているはずだが」

「いいえ、見当もつきません」ジュリアンは片方の眉をあげた。「ひょっとして、ようやくルフェーブルが潔く真実を告白する気になったとか？」

「さあ、どうだろう。あのルフェーブルが果たして潔く真実を告白するかな」

ジュリアンは口をゆがめた。マーティンが困惑した顔をしている。公爵はポケットからかぎ煙草入れを取り出し、その表面をこつこつと指で叩きはじめた。

アントニアが三人の顔を代わる代わる見て言った。「いったいなんなの？　わたしにはさっぱりわからないわ！　レナード、動きがあったとはどういうこと？」

「ジュリアンにきくといい、いとしい人。わたしはこのルフェーブル問題には、ほとほと疲れたよ」

ジュリアンは口を開きかけた。そのとき公爵の妹、エスティ・ヴァレンタインが朝食室に駆け込んできた。ドレスの裾を派手にはためかせ、リボンを編み込んだ白髪を振り乱している。髪のセットも化粧も途中で投げ出してきたみたいな姿だ。エスティは手紙を握りしめた手を激しく上下する胸に押し当て、兄に目を向けた。公爵がやれやれという表情で天井を見あげ、椅子に腰をおろす。エスティは大声で泣きながら、義姉の腕の中に飛び込んでいった。

「アントニア！　あの子、駆け落ちしたの！　わたしの息子が！　わたしのかわいい坊やが！　イヴリンが汚らわしい中産階級の女と駆け落ちしたのよ！」

22

こんな天気のいい日は、できれば歩いてチュイルリー庭園に行きたかった。デボラは馬車の窓から外を眺め、そう心の中で思っていた。結局こっそり屋敷から抜け出す作戦は失敗に終わり、ブリジットとジョセフのほかにロクストン邸の筋骨たくましい従僕ふたりもついてきた。それでも、彼らを振りきってひとりで出かけたことを夫や義父に告げ口されるより、こうしてそばに張りつかれているほうがまだましだ。馬車が門を通り抜け、園内に入っていく。その中央には広い遊歩道がまっすぐ伸びていた。大きな噴水の脇に、音楽家たちや彼らの楽器や椅子を持った使用人たちが集まっている。そこにイヴリンとジャックの姿も見えた。馬車はふたりの横で止まった。

イヴリンたちが演奏会に向けて準備をしているあいだ、デボラは両脇に屋台が立ち並ぶ遊歩道を、ジョセフとブリジットと一緒にぶらぶらすることにした。ふたりの従僕も一定の距離を保って、うしろからついてくる。

それにしても、すごいにぎわいだ。人々は広大な園内でそれぞれ思い思いの時間を過ごしていた。木の下で打ちあわせをしている新聞記者たち。木陰でチェスを楽しむ老人たちや、スキットルズ（ボウリングの前身。木製のボールを転がして九本のピンを倒すゲーム）に興じる若者たち。屋台で買ったカフェオレを飲んでいる男女の一団。竹馬に乗って歩いていたり、人形劇やパントマイムをしたりしている人もいる。

この市が主催する、王太子とオーストリア皇女マリー・アントワネットの結婚を祝う催しに詰めかけた人々を眺めているうちに、デボラの気持ちも高揚してきた。とはいえ、チュイルリー庭園に来た一番の目的は、イヴリンと一緒に演奏するジャックの雄姿をこの目にしっかり焼きつけることだ。そしてもうひとつ、ミス・ルフェーブルに会うこと。ロバート・セシガーが昨日言っていたように、本当に彼女もここに来るといいのだけれど。

そういえば、どうもイヴリンに避けられているようだ。先ほど馬車からおりるのに手を貸してくれたとき、彼はデボラと目を合わせようとしなかった。まったく情けない。ミス・ルフェーブルはもっと堂々とした女性であってほしい。

デボラはちらりと振り返ってみた。にぎやかな人波にまざり、従僕たちの大きな姿が見える。彼らの存在は心強かった。ブーツに縫いつけたホルスターに忍ばせてきた拳銃と同じくらいに。グリップに真珠が埋め込まれたこの小型拳銃はオットーが贈ってくれたもので、パリの街中を歩くときは必ず持っていくよう彼に言われていた。

果たして、こんな人込みの中でミス・ルフェーブルやロバートを見つけられるだろうか？不安になりかけた頃、ロバートの姿が目に飛び込んできた。彼は顔におしろいを塗ってつけぼくろを貼りつけた若者の集団から離れ、こちらに歩いてきた。青い目を輝かせ、デボラの差し出した手を取ってお辞儀をする。

「よろしければ一緒に歩きませんか?」ロバートはデボラの背後に控えているジョセフとブリジット、さらに離れたところにいるふたりの従僕に目をやった。わざとらしく満面の笑みを浮かべて、デボラに肘を差し出す。

すかさずジョセフが口を開いた。「奥さま、昨日結婚のお祝いを言いそびれました。いま、あなたはお幸せですか?」

デボラはうしろを向いて、彼と視線を合わせた。「ええ。とても幸せよ」

ジョセフは笑みを浮かべているが、彼女の言葉を信じていないのは火を見るよりも明らかだ。デボラはロバートの肘に軽く手を添えて歩きだした。苦虫を嚙みつぶしたような顔をした使用人の男女と、お仕着せ姿の大柄な従僕ふたりを従えて歩く美男美女を、みなが振り返って見つめていた。

彼らの前方に竹馬乗りの一団と鼓笛隊がいた。徐々に前が詰まり、散歩を楽しむ人々の足取りも遅くなってきた。デボラとロバートはいったん休憩することにして、遊歩道の脇に設置されたカフェオレが飲めるテントに向かった。

「ときどき思うんです」ロバートが眉をひそめて言う。「ぼくがもっと早くミス・ルフェーブルの身持ちの悪さをあなたに話していたら、オールストンとの結婚生活もうまくいっていたんじゃないかと」

「あら、そんなことを言っていいの? たしかあなたは体面を傷つけられたミス・ルフェーブルのために、わたしの夫に復讐すると言っていなかったかしら？」

「そうですが、それは次善の策です。あなたはとても美しいし、ぼくとしてはあなたと情事を楽しむ関係になりたかった。そうなればオールストンは〝妻を寝取られた男〟という烙印を押され、いい笑い物になる。彼にとって、これほどの屈辱はないでしょう？」ロバートは頬に残る傷跡を引きつらせてにやりとした。「しかし残念ながら、この作戦はうまくいかなかった。あなたがあまりにも堅物なせいで。それでぼくは、策を練り直さなければならなくなりました。安泰な未来を手に入れるために」

ロバートは遊歩道をそぞろ歩く人波に目をやり、またデボラに視線を戻した。いかにも申し訳なさそうに、髪粉を振りかけた頭を振る。「できれば、ロクストン家とぼくの確執にあなたを巻き込みたくなかった。でも父と息子である以上、公爵には自分の行動の責任を取ってもらわないと」

「言っている意味がわからないわ。あなたたちの確執に、わたしはどう巻き込まれるの？」

「わからない？　あなたは意外と鈍いんですね」ロバートが考え込むような顔になった。「公爵の嫡子は欲しいものをすべて手に入れられる――望めば世界だって自分のものにできるんです。なぜなら、彼の父親と母親が正式に結婚したから。かたや公爵の庶子は――ぼくにも彼の父親と同じ血が流れているのに、認知されていない。そんなの不公平だと思いませんか？」

「だけど、それはわたしの夫のせいなの？　あなたは自分の母親が何をしたのか、都合よく忘れているわ。あなたのお母さまは、自らの怒りや恨みをずっとあなたに植えつけてきたのよ。公爵が愛した若い女性に嫉妬したから。その女性は何も悪くないのに」デボラは悲しげに微笑んだ。「考えてみれば、あなたも悪くないわね。生まれたときから悪口を聞かされつづけてきたんですもの。ロクストン家を憎みたくなるのも無理はない。でもあなたのお母さまは、公爵と同様に罪作りな人よ」

ロバート・セシガーの礼儀正しい仮面がはがれ落ちた。

「わかったふうな口をきかないでくれ！　きみはあの傲慢家族にうまく丸め込まれたんだ。まったく、単細胞にもほどがある。ぼくの母は娼婦のまねをさせられて、あげくに捨てられたんだぞ。きみの夫がミス・ルフェーブルにした仕打ちと同じように」

「もういいかしら。あなたがわたしやわたしの嫁ぎ先の家族のことをどう思おうと興味はないわ」デボラはすげなく言い返した。

あたりを見まわして、イヴリンと甥がいる場所へ戻る近道を探す。けれども、曲芸師や大道芸人の一団と彼らの演技を楽しむ見物人たちで、どの小道もふさがっていた。彼女はロバートに少し近づき、ふたたび口を開いた。

「ねえ、こうも考えられない？　ミス・ルフェーブルは上流社会の仲間入りをしたくて、わたしの夫に近づいたの。彼は高い爵位と財産の両方を持っている。彼女としては、ぜひとも結婚したい相手でしょうね。だけど彼に見向きもされなかった。それで彼女は、自分の野望をかなえてくれる別の紳士に目を向けたのよ。ロクストン家と親族関係にある紳士に」

何を言っているのかわからないと言いたげな顔で、ロバートはデボラを見ていた。

「どこからそんなことを思いつくのかな？　ミス・ルフェーブルがほかの男に目をつけたのなら、なぜ彼女はオールストンを告発したんだ？」

デボラは肩をすくめた。「相手にされなかったことに、よほど腹が立ったんでしょうね。それに本当の恋人の存在を知られたくなかったんじゃないかしら。とくに、オールストン侯爵と自分の娘を結婚させたがっていた父親には。まあ、ミス・ルフェーブルの父親の気持ちもわからなくはないわ。だって未来の公爵と結婚するのと、庶民の男性と結婚するのとでは、まるで違うでしょう？」

ロバートが意地の悪い笑みを浮かべた。「ひとつきいてもいいかな？　もうすぐ公爵夫人になるというのはどんな気分だい？」

「わたしからも、あなたにききたいことがあるわ。どうしてあなたはそこまで復讐にこだわるの？　なぜわたしの夫をそんなに陥れたいの？」デボラは穏やかな口調で切り返した。彼女の背後で、ジョセフが大きく咳払いをする。「あなたは彼より自分のほうが次期公爵にふさわしいと、本気で思っているの？　だとしたら、その根拠は？　彼も公爵の若い頃と同じで傲慢な放蕩者だから？　でもそんなふうに考えているのなら、あなたは間違っているわ。わたしの夫は傲慢な放蕩者ではないもの」

「はっきり言わせてもらう。きみの夫は公爵の爵位継承者にふさわしくない。嫡子として生まれたのは、たまたま運がよかっただけだ。だいいち、社交界のつきあいは二の次で田舎の領地に引っ込み、豚や羊や小作人たちに囲まれた暮らしを好む公爵を誰が尊敬する？　イートン校でも、オールストンはおとなしくて目立たなかった。それなのにおべっか使いどもに囲まれて、いつも輪の中心にいるんだ。それはいまも変わらない。なぜだかわかるか？　将来あいつはロクストン公爵になるからだ！」

「あなたはわたしの夫のことを何もわかっていない。だから、そうやってばかにできるんだわ」デボラはいらだたしげに語気を強めた。「彼の立場になって考えてみて。親友と呼べる人はひとりもいない。まわりを見渡せばご機嫌取りばかり。彼らにとって、あなたの性格や人柄なんてどうでもいいの。ただ将来高い地位につく人物だからという理由だけで、すり寄ってきている。そんな人たちに囲まれた人生をあなたは生きたい？　わたしの夫は自分の身分をひけらかす人ではないわ。そういうことをみっともないと思っている。彼はいつの日か自分がつく社会的地位や、それに伴う責任を重んじる人なの。そういう彼を、あなたは――腰抜けだと言うの？　それは彼の本当の姿から大きくかけ離れているわ！」

デボラの反論をロバートは鼻で笑い、言い返してきた。「公爵がぼくの母に誠意を見せてくれていたら、ぼくが次の継承者になっていたんだ！」声を荒らげる。「だが、ぼくはオールストンみたいな腰抜けとは違う。公爵になったら、その立場を最大限に利用するぞ！」

それは簡単に想像がつく。自分の社会的地位を振りかざして威張っているロバートの姿が、目に見えるようだ。デボラは心の中でため息をついた。彼とこれ以上話を続けても無駄だろう。ロバートは嫉妬や恨みに取りつかれていて、何を言っても聞く耳を持とうとしない。どんなに議論を重ねたところで、彼のゆがんだ人生観を変えるのは無理だ。堂々めぐりの会話はやめて、もう演奏会の会場へ戻ったほうがいい。

きっとミス・ルフェーブルも来ているはず。ただ問題がひとつある。彼女がどういう外見をしているのかわからないのだ。デボラはあたりに視線を走らせた。ありがたいことに、遊歩道を歩く人の流れが速くなっている。彼女はジョセフとブリジットに向かって目で合図をして、ロバートに手を差し出した。

「ごきげんよう、閣下。セシガー男爵となったあなたの人生が、喜びと幸せに満ちたものになることを祈っているわ。では、わたしはもう失礼するわね。甥が待っているの。これからミスター・フォルクスと一緒に演奏するのよ。演奏会を聴きに来る観客の中から、ミス・ルフェーブルを見つけられるといい――」

「それはあきらめるんだな」ロバートがデボラの背後に目をやりながら、一歩近づいてきた。「じつはミス・ルフェーブルとは、もう三カ月以上も会っていないんだ」

「でも……昨日、言っていたでしょう？　今日の正午に彼女はここに来ると」デボラは困惑して、目の前を行き交う人の顔を見渡した。「彼女は必ず来るわ。だって――」

「ミス・ルフェーブルが来ようが来まいがどうでもいい」デボラがあとずさりするより早く、ロバートが彼女の手首をつかんだ。

彼は力まかせにデボラを引き寄せた。その拍子に、背中がロバートの胸に勢いよくぶつかる。すかさず彼はデボラの腕をうしろにねじあげ、大道芸の一団がいる場所へ向かって歩きだした。あっという間の出来事で、ジョセフもブリジットもどうすることもできなかった。

「ようやくこの茶番を終わらせるときが来た」ロバートが彼女の耳元でささやく。

彼は遊歩道の真ん中で凍りついているジョセフとブリジットをにらみつけ、筋骨隆々とした従僕たちに視線を向けた。彼らはロバートが次の行動に移る瞬間を待ち構えているかのように、じっと目で追っている。ロバートはデボラのもう一方の手もつかみ、手のひらを彼女の腹部に押し当て、その上から自分の手をかぶせた。

「たいした早業じゃないか。きみの腰抜け亭主も、こういうことは得意なんだな」デボラが息をのむ声を聞いて、ロバートがせせら笑う。「こんな重大な話をぼくに秘密にしておくつもりだったのか？　それはあんまりだろう。ぼくはこの子どものおじだぞ？」

「あなたには関係ないわ！」

「それが大ありなんだ。男の赤ん坊だったら、ロクストン家にとってその孫は何を意味する？」

デボラは逃げようともがいたが、ロバートは彼女の腹部に置いた手をさらに強く押しつけてきた。

「放して！　あなたも首に縄をかけられたくないでしょう！」

「その孫はロクストン公爵の爵位継承者に――」

「それはもう決まっているわ！　次の爵位継承者はわたしの夫よ！」

ロバートがあきれた顔をした。

「あいつは社交界に顔を出すより、田舎で暮らしているほうが好きな男だ。そんな息子をロクストン公爵が自分の後継者にさせたがっていると思うか？　冗談はやめてくれ」

「この子を人質に取っても、公爵の考えは変えさせられないわよ！」

「ぼくを見くびるな」ロバートが低い声でうなる。彼は踊ったり、ぐるぐるまわったり、宙返りしたりしている大道芸人の集団の中にデボラを押し込んだ。「ぼくの望みは人質ではない。復讐だ」

道化師が後方宙返りをして近づいてきた。デボラの目の前で止まり、煙草のやにで汚れた歯を見せてにやりと笑い、ウインクを投げる。その瞬間、彼女は気づいた。ここにいる大道芸人たちは、デボラの誘拐を手助けするためにロバートに雇われたのだと。にわかに心臓が早鐘を打ちはじめる。見物人たちは、自分たちのすぐそばで犯罪が進行中だとは夢にも思っていないだろう。現に人々は、ロバートとデボラをあいだにはさんだままセーヌ川へ向かってにぎやかに行進していく大道芸人たちに、盛んに拍手を送っている。

デボラは振り返り、ジョセフとブリジットの姿を探した。

「前を見て歩け！」ロバートが声を張りあげる。

大勢の大道芸人たちに取り囲まれ、そのうえロバートの腕がウエストにしっかりとまわされた状態で歩いているうちに、吐き気がこみあげてきた。たちまち恐慌をきたしそうになる。デボラは目まぐるしく考えをめぐらせた。とにかくこの集団から逃げ出さなくては。それにはどうしたらいい？

気絶したふりをするのはどうだろう？　ロバートは立ち止まり、わたしを助け起こそうとするはず。そのときなら逃げる隙があるかも……。

デボラは躊躇なく膝からくずおれた。ところが予想とはまったく異なる展開になった。なんとロバートは、砂埃の舞う遊歩道に倒れたデボラを残して立ち去ったのだ。彼女のまわりでは大道芸人たちが陽気に跳びはねたり、シンバルを叩いたり、クラリネットを吹いたりしている。助けを求める彼女の叫び声は、誰の耳にも届かなかった。

デボラは手を伸ばし、近くにいる大道芸人のズボンをつかんだ。たくましい体つきをしたその男が彼女を見おろす。そして別の大道芸人に踏みつけられそうになった彼女を間一髪のところで地面から引っ張りあげ、太い腕に抱きかかえると、そのまま川のほうへ歩きだした。

大道芸の一団もふたたび行進を始める。

宙に浮いた足がぶらぶら揺れるたびにキッド革のブーツがぶつかりあい、何かかたいものが足首に当たった。兄のオットーがくれた拳銃だ。愚かな自分を叱りつける。わざわざブーツを履いてきたのは拳銃を持ってくるためだ。なのに、いまごろになって思い出すなんて。デボラの気持ちは一気に楽になった。拳銃があれば怖いものはない。自分を抱きかかえてくれた、この浅黒い顔の大道芸人に感謝しなくては。もう暴れたり叫んだりする必要はない。ただホルスターから銃を抜く頃合いを待つだけ。そのときはまもなくやってくる。

遊歩道の突き当たりで行進が止まった。この先はセーヌ川だ。そこで一艘《そう》の船が待ち構えていた。大道芸人のひとりが誘拐の成功に浮かれて、後方宙返りを披露する。男は着地の瞬間に大きくバランスを崩し、生垣に突っ込んだ。仲間たちの笑い声がどっと沸き起こる。

デボラを抱えていた男が彼女を地面に座らせた。デボラと大道芸の集団以外、まわりには誰もいない。ついに自分の時間が来た。彼女は慎重にブーツに手を伸ばし、ホルスターから拳銃を抜き取ると、撃鉄を半分起こした状態にしてドレスのひだの中に隠した。誘拐犯たちは何も気づいていないようだ。

ひとりの男が、この女と少し楽しもうぜと大声をあげた。その提案は一笑に付されたが、何人かはいやらしい目つきでデボラを眺めている。彼らはこれほど近くでレディを見たことがないのだろう。貴族の女の肌が噂どおりシルクみたいにやわらかいのかを確かめる、またとない機会だ。

生垣に突っ込んだ男の手が伸びてきた。電光石火の速さでデボラのドレスの裾をつかみ、たくしあげていく。仲間たちがやんやとはやしたてた。それに気をよくして、男はドレスを膝の上まで持ちあげた。いまや、白いシルクのストッキングに包まれた両脚と靴下留めが男たちの目にさらされている。

突然、銃声が鳴り響き、下品な歓声がかき消された。

たちまち大道芸人たちが身をこわばらせた。そして一瞬ののち、静寂の中に甲高いわめき声がとどろいた。デボラのドレスをめくりあげていた男だ。彼は地面に倒れ込み、両手で足首を押さえてのたうちまわっている。よく見ると、ブーツに銃弾の穴が開いていた。仲間たちは相変わらずかたまったまま、目を見開いてデボラを見つめている。彼女は煙があがる銃口を男たちに向けていた――弾はあと一発残っている。

女性に発砲されて、大道芸人たちは完全に度肝を抜かれている様子だ。しかもその女性は上流階級のレディなのだから、言葉を失うのも無理はない。彼らは目配せをしあい、無言の会話を始めたが、ものの数秒で全員の意見が一致した。このいかれたレディから、とっとと離れようと。やはり拳銃の威嚇効果は絶大だ。男たちは散り散りに逃げていった。だが、ロクストン邸の従僕ふたりが逃げ道をふさいでいる川のほうへ向かう者はひとりもいない。デボラに撃たれた男はひとしきり彼女に悪態をつき、仲間に両脇を支えられてその場から去った。

従僕たちは彼らを追いかけなかった。ふたりにとっての最優先事項は侯爵夫人の身を守ることだからだ。従僕のひとりがデボラの手から拳銃を抜き取り、撃鉄をおろした。もうひとりが彼女を抱きあげて土手に歩いていき、そこの階段にそっと座らせる。従僕はお辞儀をすると、気持ちが落ち着くからと言って、スキットルを差し出した。自分では落ち着いているつもりだったが、デボラの手は震えていた。彼女はありがたくスキットルを受け取り、蓋を開けて中身をひと口喉に流し込んだ。

ブランデーの助けもあるが、誘拐されそうになったことを考えれば、心は驚くほど穏やかだった。どこもけがはしていない。おなかの赤ちゃんも無事。誘拐は未遂に終わったし、クマ並みに大きな従僕たちもそばにいる。それでもロクストン邸に戻るまでは、注意を怠らないほうがいいだろう。完全に危険が去ったとは、まだ思えない。その勘は当たっていた。土手の階段の一番上にロバート・セシガーが立っていたのだ。彼の姿を目にしたとたん、デボラの心臓が跳びはねた。従僕のひとりは階段を一段あがって、ロバートににらみをきかせている。もうひとりはデボラの拳銃を彼に向けて構えていた。

ロバートが階段をおりてきた。行く手をさえぎるようにして立っている従僕には目もくれず、デボラも、銃を構えている従僕も無視された。ロバートはただ一点をまっすぐに見つめている。デボラはその視線を追った。どうやら彼は遊歩道のほうを見ているようだ。そこは銃声を聞いて逃げまどう人々で騒然となっている。ロバートが突然フロックコートを脱ぎ捨て、剣を鞘《さや》から抜いた。

彼の視線の先には、遊歩道をこちらに向かってやってくるデボラの夫がいた。

ジュリアンは遊歩道を歩いて弟を探していた。ハリーはまだ見つからない。まわりの人より頭ひとつ分背が高い彼は、首をめぐらせてあたりを見まわした。そのときだ、デボラの姿が目に留まったのは。よりにもよって、妻はロバート・セシガーと一緒だった。ジュリアンは混みあう遊歩道の真ん中でぴたりと足を止めた。ベッドで眠っているはずなのに、なぜデボラがここにいるんだ？　わけがわからないまま見つめているうちに、ふとジャックが演奏会でヴィオラを弾くことを思い出した。デボラが最愛の甥の初舞台を見逃すわけがない。彼女はジュリアンの天敵と何やら話しながら歩いている。その光景に、怒りだけでなく不安もこみあげてきた。なんとなくいやな予感がする。ロバートのほうからデボラに近づいていったのは、まず間違いない。いったいあの男は何を企《たくら》んでいるのだろう？ ジュリアンはロバートに視線を据えた。こちらを見ろと念じる。その思いが届いたのか、ロバートがジュリアンと目を合わせてにやりとした。その不気味な笑みを目にした瞬間、無意識のうちにジュリアンはふたりに向かって歩きだしていた。チュイルリー庭園に来た目的も忘れ、脇目もふらず妻のもとへと歩を進める。ロバートがデボラの腕をつかみ、自分のほうへ引き寄せた。身を振りほどこうとする彼女のウエストに、すかさずロバートが腕をまわす。ジュリアンは歯がゆい思いに拳を握りしめ、足を速めた。

人込みをかき分け、必死に前へ進もうとする。気が急いているせいか、一歩進むごとにさらに人が増えてくる気がした。のんびりと散歩を楽しむ紳士淑女の集団をようやく抜けると、今度は竹馬乗りや騒々しい音楽隊、曲芸師たちが遊歩道をふさいでいた。ジュリアンはそこも突破しようとしたが、彼らは道を譲ろうとしなかった。なんでも、この先は現在閉鎖されているらしい。

それでもジュリアンは彼らの制止を振りきって突き進んだ。ところが足を蹴られてバランスを崩し、そのまま地面に倒れ込んでしまった。間髪をいれずに曲芸師のひとりが彼を押さえ込む。この男もジュリアンの高級な服や、たこも傷もない手、柄に凝った装飾が施された剣を見れば、貴族だというのはわかるだろう。男の頭の中が透けて見えた。ひ弱な貴族。おまけに多勢に無勢。いくら抵抗したところで、ジュリアンに勝ち目はないと思っているに違いない。

だが、あいにくその読みは完全に間違っていた。洗練された服装の下には、鍛えられた筋肉質の体が隠れているのだ。そのうえ、妻とおなかの子どもを危険から救う使命に燃えた男の全身には、多勢に無勢をものともしない力がみなぎっている。ジュリアンは自分に覆いかぶさっている頑丈な体を突き飛ばして立ちあがった。目の前にいた曲芸師ふたりを殴り倒したところで、隣にジョセフがやってきた。彼の鼻は血まみれで、目のまわりには黒いあざができはじめている。ジョセフがにやりとした。顔は痛々しいが、どうやら喧嘩を大いに楽しんでいるようだ。

「早く奥さまのあとを追ってください！」ジョセフが叫んだ。

ジュリアンはうなずき、すぐさま駆けだした。遊歩道の突き当たりでたむろしている大道芸の一団の近くまで来たとき、ロクストン邸の従僕ふたりの姿が目に飛び込んできた。彼らは遊歩道を離れ、花壇のほうへ歩いていく。ジュリアンは走る速度をゆるめた。あのふたりは何をするつもりなのだろう？　彼らと一緒に行こうか迷っていると、いきなりロバートが現れた。彼は遊歩道脇に並ぶ二軒の屋台のあいだを通り、姿を消した。ひとりだった。

それから数分後、一発の銃声がとどろいた。一瞬あたりが静まり返り、続いて悲鳴や叫び声や泣き声が響き渡った。庭園内は大混乱に陥り、何百人もの人がいっせいに四方八方へ逃げ出した。親子連れも、屋台の店主も客も、着飾った紳士淑女も、人形使いも、パントマイム師も、犬や猿を連れた調教師も、われ先にと一番近い出口を目指して走っていく。中には魚が泳ぐ池に飛び込む者もいた。

耳をつんざく鋭い発砲音が聞こえた瞬間、ジュリアンは胸騒ぎがした。逃げる人波を肘でかき分けて進みながら、首をめぐらせてデボラを探す。そしてついに見つけた。彼の美しい妻は、ふたりの従僕に守られて土手の階段に座っていた。彼らには、デボラが外出するときは必ず付き添うように命じてあった。彼女は落ち着いた様子で座っている。ドレスは汚れ、髪も乱れているが、どこもけがはしていないようだ。周囲の騒音はジュリアンの耳には聞こえていなかった。彼にとっては、この発砲事件の犯人がまだ庭園のどこかに隠れているかもしれないことも、たいした問題ではない。重要なのはただひとつ、デボラが無事だったことだ。ジュリアンは大きく深呼吸をした。ロバートを見かけてからずっと感じていた不安がようやく消えた。

ジュリアンは頭上で手を振り、妻に向かって歩いていった。デボラも気づいて、手を振り返してきた。思わず彼の顔がほころぶ。だが、デボラはあまりうれしそうではない。彼女は目に浮かぶ涙を隠そうとして顔をそむけた。ジュリアンの幸せな気分が一気に吹き飛んだ。妻のもとへ向かう足取りが、泥道を歩いているみたいに重くなる。何があったのだ？　なぜあんなにこわばった顔をしているのだろう？　彼はデボラの涙に濡れた目が見つめる先をたどった。そこにはロバートがいた。彼は抜き身の剣を手に遊歩道の突き当たりに立ち、ジュリアンを待ち構えていた。

23

チュイルリー庭園での真昼の決闘は、いっさいルールは決めず、妻が見守る形で始まった。こんなことはばかげている。そうわかってはいるものの、自然と笑みが浮かんだ。ロバートは剣のしなり具合を確かめている。この男はやる気満々だ。宿敵を倒すためなら、汚い手もためらわずに使ってくるだろう。命すらも惜しくないと思っているはずだ。まあ、好きにすればいい。こちらは受けて立つまでだ。

ジュリアンはフロックコートを脱ぎ捨て、シャツの袖口のレースをはずすと、袖を肘までまくりあげた。それから曲芸師との取っ組みあいで乱れた髪を結び直す。準備完了だ。鞘から剣を抜き、ロバートに近づいていく。ふたりは軽く挨拶をして、刃と刃をぶつけあった。決闘開始だ。

互いの剣が交差した瞬間から、ロバートは攻撃を仕掛けてきた。彼の激しい剣さばきに押され、ジュリアンは防戦一方だった。ロバートは次々と技を繰り出してくる。ジュリアンの一瞬の隙を見つけ、すばやく突いてきた。間一髪のところで、ジュリアンは巧みに相手の攻撃をかわしたが、運悪くロバートの剣の先端部分がまくりあげた袖口の中に入り込んでしま

った。剣身が弓のごとく大きくしなって剣先が飛び出てきた。その拍子に袖が裂け、筋肉が

張りつめた腕の皮膚も切れた。見る見るうちに傷口から血がにじみ、腕を伝って流れ落ちて

いく。

だが、ロバートは戦いを中断する気はないらしい。「構えろ《アンガルド》!」彼が吠える。それならそ

れでいい。ずきずき痛むが、たいした傷ではない。ジュリアンはしたたり落ちる血など気に

も留めず、突進してくるロバートの剣を払いよけた。

ふたつの刃が鋭い金属音を響かせて何度もぶつかりあう。いまのところ互角の勝負だ。と

はいえ、ロバートに疲れが見えはじめてきた。その証拠にシャツには汗がにじみ、額には玉

の汗が浮いている。ふいに彼がうしろに飛びのいた。ロバートが額の汗をぬぐっている合間

を縫い、ジュリアンも腕を赤く染める血をシャツで拭いた。ふたたびロバートが剣を突き出

してきた。戦いは再開したが、ロバートの動きに先ほどまでの勢いはない。

ふたりは接近戦を繰り広げた。一進一退の攻防が続く。ロバートがあわててあとずさりし

た。ジュリアンの力強い突きを払いのけたものの、ロバートは背中から土手の階段に向かっ

て倒れ込んでいった。その階段の一番上にデボラが座っている。彼女の隣にはロクストン邸

の従僕がいた。彼は銃を手に持ち、ふたりの戦いを見おろしている。

ロバートはすぐに立ちあがり、笑みを浮かべてデボラにちらりと目を向けた。そして「ア

ンガルド」と叫ぶ。だが、ジュリアンは挑発には乗らなかった。ロバートの魂胆は見え見え

だ。感情的になると、そこに隙が生まれる。こちらの怒りをあおり、構えが崩れるその一瞬

を狙っているのだ。ロバートが肩で息をしながらせせら笑った。

「きみの妻と――いとこは――恋人同士だったんだ――彼女はパリに住んでいたことがあるだろう？　そのときだよ――彼女の初めての相手は、きみのいとこさ」

「この嘘つきめ！」ジュリアンはうなり声をあげた。

頭に一気に血がのぼった。ロバートの作戦勝ちだ。フェンシングの指導者から叩き込まれた〝常に冷静であれ〟という教訓も、今度ばかりは頭の片隅にも浮かばなかった。

息を吹き返したロバートがジュリアンを追いつめる。ジュリアンは応戦しつつもじりじりと後退していき、ついには土手の石壁に背中が当たった。その瞬間をロバートは逃さず、ジュリアンの心臓めがけて剣を突き出した。ジュリアンは反射的にその一撃をかわし、壁から背中をすばやく離して反撃に出た。今度はロバートが追い込まれた。剣さばきの精度も悪くなり、ことごとく狙いがはずれる。

ロバートが勢いよく踏み込んできた。けれども剣先が大きく空を切り、前によろけた。彼はそのまま壁にぶつかっていき、ずるずると地面に倒れ込んだ。剣が少し離れたところに転がっている。ジュリアンはロバートの汗で濡れた襟をつかんで立たせると、剣を拾いあげて彼に向かって放った。そしてうしろにさがり、合図を出す。「アンガルド」

ロバートはためらった。疲れきっているのは自分でもよくわかっていたからだ。それにふたたび剣を交えれば、間違いなくオールストンに殺されることも。しかし、この男の体力には驚かされる。これではどうあがいたところで勝ち目はないだろう。いまの絶体絶命の状況から抜け出すにはどうしたらいい？　ロバートは額からしたたり落ちる汗をぬぐった。そのとき階段に腰かけている侯爵夫人の姿が視界の端に入り、そちらへ目を向けた。彼女は青ざめた顔で一心に夫を見つめている。ロバートは宿敵に視線を移した。オールストンは背筋を伸ばして立ち、汗で湿った髪は目にかかっている。鋭く光る緑の目に。母親の公爵夫人と同じ色の目に。ロバートの顔が憎悪にゆがむ。彼は剣を構えた。そして次の瞬間、宿敵の足元に剣を放り投げ、土手の階段に向かって駆けだした。

彼は二歩で階段の一番上までのぼり、侯爵夫人の隣に立って彼女を見おろした。

デボラは身をこわばらせてふたりの戦いを見つめていた。現実感がまるでなく、何か悪い夢でも見ているような気分だ。ロバートが放った突きが夫の腕に当たり、血が流れだした。思わずデボラは決闘を止めに行きたくなった。それでもこうして静かに座っている。アッパー・アセンブリー・ルームの舞踏会で、メヌエットを踊っている男女を眺めているかのように。決闘なんて見慣れているかのように。

ようやくジュリアンが戦いを有利に運びはじめた。デボラはほっと安堵の息をつき、体の力を抜いた。だがそれもつかのま、ジュリアンがふたたび劣勢になった。ロバートが心臓を狙って突きを入れようとした瞬間は、反射的に目をきつく閉じた。それから勇気を振りしぼって目を開けてみると、ロバートは地面にぐったりと座り込んでいた。いまは立ちあがっているけれど、戦う気力はもう残っていないようだ。

ところが突然ロバートが動き、気づいたらデボラの隣に立っていた。まるで瞬間移動したとしか思えない速さだ。背後で撃鉄を起こす音が聞こえた。彼女が撃たないでと言おうとしたとき、ジュリアンが従僕に向かって銃をおろせと叫んだ。けれども従僕がその命令に従うより早く、ロバートが拳銃に手を伸ばした。

　ふたりの男がもみあう。

　そして銃声が聞こえた。

　不気味なほどひっそりしているチュイルリー庭園に、その音が鳴り響く。

　従僕もロバートもじっと立ったままだ。どちらが撃たれたのか、デボラにはわからなかった。すると従僕が一歩うしろにさがった。彼は拳銃を握りしめている。お仕着せの前身頃には血が飛び散っていた。ロバートがゆっくりとデボラに向き直った。大きく見開かれた青い目はうつろだ。彼は両手で腹部を押さえている。指のあいだから血が流れ落ちていた。ロバートが一歩足を踏み出した。その場でくずおれ、階段を転がり落ちていく。

　ジュリアンはロバートに駆け寄り、膝をついて彼の頭を抱きかかえた。ロバートの目がぱっと開く。自分を見おろしている顔を見て、眉をひそめた。彼が口を開いた。歯が血に染まっているのが見える。

「まだ――勝負は――ついていない……」なんとか声を絞り出す。ロバートはふっと息を吐き、まぶたを閉じた。

　ジュリアンはロバートのフロックコートを拾いあげ、彼の体の上にかけてやった。そしてブリーチズのポケットからハンカチを取り出す。デボラは階段を駆けおりて夫のもとへ向かい、彼の手からハンカチを取りあげて、傷口に手際よく巻きつけた。ジュリアンが礼を言った。そのあとは互いに言葉が見つからず、しばらくのあいだ、ふたりはただじっと見つめあっていた。ふいにデボラは夫の腕の中に飛び込んだ。涙がとめどなくあふれ出す。安堵と恐怖が入りまじった涙だった。

「ああ、デボラ」ジュリアンは妻の髪に顔をうずめ、さらに強く彼女を抱き寄せた。「すまない、きみをこんなことに巻き込んでしまって」

「謝らないで。わたしたちは生きているわ。わたしはこうしてあなたといられる。だからもういいの」

彼は笑みを浮かべ、デボラをきつく抱きしめた。全身から緊張がほどけていく。永遠とも思える時間が過ぎた頃、人の声が聞こえてきた。ジュリアンは彼女の髪にキスをして顔をあげた。

イヴリンと彼の音楽仲間が、がらんとした遊歩道をこちらに向かって歩いてくる。彼らの少しうしろには、馬に乗ったふたりの民兵がいた。決闘で命を落とした男をひと目見ようと集まってくる野次馬たちを追い払うために来たのだろう。音楽家集団の背後から、白と薄紫色のドレスを着た青い目の美女が姿を現した。彼女がジュリアンに向かって駆け寄ってくる。彼は足を踏み出した。その女性と挨拶をするためではなく、好奇心丸だしの目から妻を守るためだ。けれどもジュリアンの意図などおかまいなしに、青い目の美女は彼の胸に勢いよく飛び込んできた。

「ドミニク！　そんな芝居じみたまねはやめろ！」イヴリンが大声をあげる。

いとこが目を丸くしてかたまっているジュリアンのそばに来た。彼の胸から美女を引きはがそうとするものの、彼女は首に両腕を巻きつけてくる。おかげで窒息しそうになったが、ジュリアンは耐えた。でも、一〇秒が限界だった。ジュリアンはその女性にやさしく話しかけた。なんだか駄々っ子を諭す親になった気分だ。彼女はすぐに体を離した。聞き分けがよくて、ほっと胸を撫でおろす。そうでなければ、ブリュッセルレースのクラヴァットもシノワズリ模様のベストも台なしになるところだった。今日は午後だけで、人生を三回分生きたような大変な一日だったのだ。このうえ、気に入っている服までだめにされてはたまったものではない。

「演奏を聴きに来なかったたな。たいした演奏会ではなかったけどね。まあ、ぼくに会えただけでも運がよかったと思ってくれ」イヴリンが文句を言った。初の野外演奏会が銃声やその後の大混乱で失敗に終わってしまい、まだ怒りがおさまらないらしい。彼はほんの数メートルほどしか離れていないところに血だらけで横たわっているロバート・セシガーには、目もくれなかった。「感謝しろよ。ぼくが演奏会の会場の椅子でバリケードを作って遊歩道を封鎖しなければ、いまごろここは家畜の放牧場みたいになっていたんだぞ！」

「家畜？」美女が青い目を大きく見開いてあたりを見まわす。「だけど、イヴリン、ここには家畜なんていないわよ。ね、一頭も見当たらないでしょう？」

「家畜！　平民！　どこが違う？　同じじゃないか！　両方とも教養がないからな！」イヴリンが声を荒らげる。彼はずれたかつらを直し、いらだたしげに肩をすくめた。

　そのときようやくイヴリンは、すぐそばに倒れている血染めの男に気づいたようだった。ふたりの民兵が地面に膝をつき、フロックコートをめくってロバートの体を入念に調べている。馬に乗った民兵がさらに集まっていた。彼らは野次馬たちが凄惨な現場に近づかないよう、遊歩道をふさいでいる。

　イヴリンがジュリアンのほうにさっと向き直った。くしゃくしゃに乱れた髪、血で汚れたシャツ、包帯代わりに腕に巻かれている血のにじんだハンカチへと視線を移していく。そして大きく息を吸い込んだ。

「オールストン、ここで何があった？」

「見てのとおりだ」ジュリアンは淡々と続けた。「ロバート・セシガーは、ぼくの妻と子どもを誘拐しようとした。それで死ぬはめになった」

「なんてことだ《モン・デュー》！」イヴリンが十字を切り、震える手で口を覆う。「デ、デボラは――無事なのか？」

　デボラはジュリアンの背後から前に出た。ドレスはしわくちゃで、濃い赤褐色の髪はほつれて肩に落ちている。彼女は、イヴリンの腕にしっかり腕を絡めている青い目の美女に視線を向けた。その様子から、この女性が誰なのかすぐにわかった。

「わたしは無事よ、イヴ。オットーからもらった拳銃が役に立ったの。そのせいで大騒ぎになってしまったけれど」

ジュリアンは眉をつりあげた。妻の勇気ある行動には感心するが、これでは心臓がいくつあっても足りない。

「まったくそのとおりだ。拳銃を使うのは雉狩りのときだけにしてくれ。二度と拳銃を持ち歩かないように。わかったかな？」デボラは素直にうなずいたが、目をきらきら輝かせて微笑んでいる。ジュリアンは彼女の肩を抱き寄せ、耳元でささやいた。「あとでお仕置きだ。ぼくの奥さんは、とんだはねっ返りだな」

「あら《オララ》！　じゃあ、この方がオールストン侯爵夫人なの？」青い目の美女がいきなり口を開いた。「ああ、なんて美しい女性なのかしら！　イヴリン、わたしに教えてくれないなんてひどいじゃない」

「あなたはドミニクね？　それともリゼットと呼んだほうがいいかしら？」デボラは何食わぬ顔できいた。

「はい《ウィ》、奥さま」リゼット・ルフェーブルは深々とお辞儀をして答えた。それから自分の恋人をじっと見ている侯爵にちらりと目を向ける。

「イヴリン、どういうことだ？　ちゃんと説明してくれ」ジュリアンがそっけなく言った。

「ぼくに言いづらいなら、せめて妻には真実を話してほしい」

イヴリンがごくりとつばをのみ込んだ。彼はジュリアンの険しい顔とデボラの笑顔を交互に見ている。その隣で、リゼット・ルフェーブルが大きく深呼吸をして話しはじめた。

「閣下、イヴリンを責めないでください。その……警視総監にいろいろきかれたことで。悪いのはわたしなんです。小さな嘘がこんな大事になるとは思ってもいませんでした」リゼットはイヴリンを見あげてから、うつむいて先を続けた。「怒るならわたしを怒ってください、閣下。オペラ座やオルレアン公の舞踏会であなたに無視されて、わたしは悲しくてたまりませんでした。それで……嘘をついたんです」

「なんてことを、ドミニク！」イヴリンが激しい口調で吐き捨てる。「何度も言っただろう。どうしてきみは人の話を聞かないのかな。オールストンは注目されるのが嫌いなんだよ」

「でも、イヴリン、そんなの考えられないわ。彼は公爵の息子さんなのよ。どうして注目の的になるのがいやなの？　貴族の男性はふつう――」

「ドミニク、頼むから急いでくれ。きっといまごろはもう、母に頼まれて公爵が民兵をここに向かわせているはずだ。このままではきみが説明を終える前に、ぼくはとらえられてしまう。そうなったら、ぼくたちは結婚できないじゃないか」イヴリンは一転して哀願口調になっている。彼はこめかみを押さえた。

リゼットが頬を赤く染めた。甘い声と美貌をもってしても誘惑できなかったハンサムな侯爵をおそるおそる見あげて、また話しはじめる。

「あなたにダンスを断られたとき、友人のベアトリスに思いきり笑われたんです。それが悔しくて、嘘をついてしまいました。ベアトリスはおしゃべりだから、必ず噂が広まります。それでわたしは彼女にこう言いました。侯爵はわたしを無視するふりをしているだけで、本当はわたしたちは恋人同士なのよ、って」

イヴリンがうめいた。彼はがっくりとうなだれている。

「イヴリン、そんな悲しそうな顔をしないで。わたし、泣いてしまうわ。泣いたら話せなくなるじゃない。別に嘘をついても問題ないと思ったのよ。だって、侯爵の誘惑した女性のリストにわたしの名前が加わるだけでしょう？　噂では――」

「噂だって？　なんとくだらない。なぜそんなものをうのみにする？　噂はあくまでも噂で、真実ではないんだ」イヴリンが声を張りあげた。仏頂面のいとこには目も向けずに言葉を継ぐ。「真実を知りたいなら教えてやろう。だが、きみはがっかりするだろうな。胸を大きく揺らして、ぼくのいとこの胸に飛び込んでいく女性なんて実在しないんだ。このいとこほど頑固で道徳心の高い男を、ぼくは知らない。オールストン侯爵は、女遊びにうつつを抜かしているそのへんの放蕩者とは違うんだよ！」

リゼットは鼻をすすって涙をこらえ、すねた口調で言い返した。「そんなに怒らなくてもいいでしょう。あなたはオールストン侯爵に焼きもちをやいているのよ。そういう胸の豊かな女性は、あなたの胸に飛び込んでいかないから！　それにわたしがベアトリスに言ったことは、真実からそう大きくはずれているわけではないわ。オルレアン公の舞踏会があったとき、もうわたしたちは恋人同士だったのよ。つまり、あなたは侯爵のいとこなんだし――」

「そんな理屈は通らない――」

「イヴリン、口をはさむな。ぼくはミス・ルフェーブルの話の続きが聞きたい」ジュリアンが冷ややかに言い放った。

「ありがとうございます」人前で恋人と喧嘩をしていることにようやく気づいて恥ずかしくなったのだろう、リゼットが小声で言った。「この作り話をベアトリスにしたのは、オルレアン公の屋敷の庭にいたときです。庭じゅうの木にはタンロン（中国の提灯）がぶらさがり、池にもろうそくがたくさん浮かんでいたけれど、それでもあたりは暗くて……ミスター・セシガーがそばで盗み聞きしているなんて、まったく気がつきませんでした。彼はわたしのあとをつけて庭に出てきたに違いありません。ベアトリスがひとりで屋敷の中に戻ると、ミスター・セシガーが木の陰から出てきました。そして、いまの話は本当なのかときいてきたんです」リゼットがぶるっと体を震わせた。涙で潤んだ大きな青い目をジュリアンに向ける。「あなたもミスター・セシガーを知っていますよね？　彼はわたしと結婚したがっていました。それはもうしつこいくらい、何度も求婚してきたんです。だけど、わたしは断りつづけました。公爵の庶子となんか結婚したくありませんから！　わたしの家族だって、そんな人と結婚しても喜びません。それでわたしは、ベアトリスにした話は本当のことだと言えば、彼はわたしを嫌いになって、もう近づいてこないと思ったんです」

　リゼットはデボラに視線を移した。見る見るうちに頬が赤くなる。彼女はうつむいて話を続けた。

「ミスター・セシガーはわたしの話を信じました。そして、わたしのことを本当に嫌いになりました。彼はその話を、わたしの父に告げ口したんです。ここから小さな嘘が大事になっていきました。わたしは家に閉じ込められて、父の弁護士にいろいろ質問されました。それにあの恐ろしい警視総監にも、あなたを告発する書類に署名しろと言われたんです。わたしは署名なんてしたくなかった。でも署名しなければ一生家から出さないと、父が言いだしたんです。そんなことになったら、わたしはイヴリンと駆け落ちできません。お願いです、わたしを許せないというなら、それでもかまいません。だけどイヴリンのことは許してください。イヴリンはあなたを兄弟みたいに愛しています。ただ、駆け落ちの準備が整うまで何も話せなかったんです。イヴリンとわたしは、父が真実を知る前にイタリアへ逃げるつもりでした。イヴリンは悪くありません。すべてわたしが悪いんです！」

リゼットは声をあげて泣きだした。そんな彼女をイヴリンはやさしく抱き寄せ、耳元で何かささやいている。やがてリゼットは泣きやみ、重い沈黙が広がった。その沈黙を破ったのは、イヴリンに話しかけるジュリアンの声だった。

「正直に打ち明ける機会はいくらでもあったはずだ。それなのにきみはこそこそ行動しつづけて、ぼくの父や自分の母親にもずっと真相を隠していた。人に罪をなすりつけておいて、よく平気な顔をしていられたものだな。イヴリン、きみのその神経の図太さには感心するよ」

「裁判沙汰にまでなって、きみにはすまないことをしたと思っている。本当だ、信じてくれ！」

「無理だな。きみはミス・ルフェーブルの嘘の片棒を担いだんだ。そんな男の言葉にはなんの価値もない。きみに良識のかけらでも残っているなら、駆け落ちの準備がどうとか言っていないで、さっさと彼女と結婚しろ！」

イヴリンがデボラに視線を向けた。「きみを危険な目に遭わせて悪かった。ぼくはこの一件をこんなに長引かせるつもりはなかったんだ。ただ、ドミニクをロバートの手の届かない安全な場所に連れていくまで、あいつにはぼくたちのことを知られたくなかった――」

「決闘を申し込まれるのが怖くて、ロバートには隠しておきたかったのか？」ジュリアンが嘲るような口調でさえぎった。「愛する女性のためなら命をかけられるはずだ！」

イヴリンはうつむいた。何も言い返せなかった。図星だったからだ。正直なところ、ロバート・セシガーの決闘の相手が自分ではなくいとこでよかったと思っていた。

「ドミニクとぼくはイタリアに行く」イヴリンは静かな声で話しはじめた。「きみとまた会えるかどうかわからないが、公爵から家族の一員に戻る許しを得られたら……ジュリアン、ぼくたちは親友で兄弟同然だったときもあった……頼む、ぼくを許してほしい」

ジュリアンはイヴリンと視線を合わせた。いとこは真剣な目で訴えかけている。デボラがそっと手を握りしめてきた。彼女のほつれた髪からふわりと香水の香りが漂い、ジュリアンは表情をやわらげた。

「そう簡単に許すわけにはいかない。だが、きみが新婚旅行から戻ってきたときは――許してもいいと思っているかもしれないな」

ジュリアンはいとこに背を向け、遊歩道をこちらに向かって笑いながら歩いてくるふたりの少年を迎えに行った。少年たちの両脇にはジョセフとブリジットがいる。ジョセフの顔には鼻血の跡が残っており、目のまわりもあざができているが、曲芸師の集団相手に殴りあいの喧嘩をしたわりには足取りが軽かった。ブリジットのほうも、ひと勝負終えてきたみたいに髪もドレスもぐちゃぐちゃだ。

デボラはイヴリンを抱きしめて、彼の頬にキスをした。

「イヴ、あなたの幸せを祈っているわ。絶対に幸せになるのよ。イングランドへ戻ってきたら、わたしたちに会いに来てね。大丈夫、時間が経てば、ジュリアンも許してくれるわ」

イヴリンも抱擁を返した。

「そうだな、ジュリアンは許してくれるかもしれない。でもぼくたちが再会するときは、どうしようもないほど頑固な公爵になっているんだろうな。デボラ、必ずまた会おう。ジャックがどれだけヴィオラをうまく弾けるようになっているか、聴くのを楽しみにしているよ。あの子には才能がある。きっとすばらしい音楽家になるぞ」

リゼットがお辞儀をし、イヴリンと手をつないで遊歩道を歩きだした。どちらも振り返らなかった。

ふたりの姿がだんだん小さくなっていく。やがてデボラは向きを変えた。そのとき、荷車に乗せられて運ばれていくロバート・セシガーの亡骸《なきがら》が目に飛び込んできた。彼女は視線をそらし、ジュリアンのもとへ向かった。彼はその光景を見せないように、ジャックとハリーの前に立っている。

少年たちは心躍る体験を夢中になってジュリアンに話していた。ふたりにとっては、銃声を聞いて四方八方に逃げ出した群衆の姿が面白かったようだ。それに音楽家たちと一緒に椅子でバリケードを作ったのを楽しかったらしい。銃声の音に驚いて騒ぎだした動物たちを必死に静かにさせようとしていた調教師の様子を、身ぶり手ぶりを交えてジュリアンに教えている。ふいにハリーが真顔になった。ジャックの独奏の最中に銃声が鳴り響き、そこで演奏会が終わってしまったのは残念だったとこぼす。でもまたすぐに愉快な話に戻り、少年たちはおなかを抱えて笑いだした。彼らの嬉々とした表情を見れば、一生忘れられない最高の一日になったのは間違いない。

ジュリアンはハリーとジャックの話に熱心に耳を傾けていた。少年たちの目がきらきら輝いている。こんなふうに笑顔で溌剌《はつらつ》と話す姿を見せられたら、屋敷をこっそり抜け出した弟を叱る気にはなれなかった。今日の出来事がふたりの心に傷を残さずにすんで、ジュリアンはほっとした。彼は笑みを浮かべ、ハリーとジャックの頭をくしゃくしゃと撫でてから、馬車の脇にいるジョセフのところへ少年たちを連れていった。それから、土手の階段の一番下の段に腰かけて自分を待っているデボラに目をやった。彼女は両手で顔を覆っている。

ジュリアンはあわてて駆け寄り、片膝をついた。

「どうした？　何があったんだ？」

「何もないわ。ただ、ちょっと考えていたの」彼女は涙に濡れた顔をあげて微笑んだ。「最近はいつもこうなのよ。おなかの中に赤ちゃんがいると、涙もろくなるみたい」

ジュリアンは眉をひそめた。「本当に体は大丈夫か？　けがはないかい？」

「ええ、たぶん……どこもけがはしていないと思うわ」デボラは表情を曇らせ、無精ひげが伸びた夫の顔を見つめた。「だけど、あとで――もし……ああ、ジュリアン、この子を失ったらどうしたらいいの？」

「そんなことはありえない！」内心の不安を隠して、妻の言葉を一蹴する。

「でも……自分が気づかないだけで、体に負担がかかっていたかもしれないわ。この子を流産したら、ロバートは手を叩いて喜ぶでしょうね。自分の目的が達成できて……」

ジュリアンはデボラの隣に座り、彼女を抱きしめた。

「もし、ぼくたちの子どもが無事に生まれてくることができなかったら――」デボラの不安をやわらげてやりたくて、穏やかに話しかける。「悲しいし、残念でしかたがないよ。そういう気持ちになるのは当然だ」彼女がジュリアンの肩にうずめていた顔をあげた。彼はデボラの顎に手を添え、目をのぞき込んだ。「デボラ、ぼくたちは子どものために一緒にいるわけじゃない。たしかに以前のぼくは、結婚は跡継ぎを作るためにするものだと思っていた。でもきみと出会って、考え方が変わったんだ。結婚というのは、これからの人生をふたりがともに生きていくものなんだと気づいたよ。森できみに出会ったあの瞬間から、ぼくはきみさえいれば、ほかには何も望まなくなった。もちろん、この子は無事に生まれてきてほしい。その思いはきみと変わらない。だがもしだめだったとしても、悲しみをふたりで乗り越えて、また子どもを作ろう。デボラ、ぼくは六人子どもが欲しいんだ。欲張りすぎかな？　もっとも一番の願いは、残りの人生をきみと一緒に過ごすことだよ」

デボラは目に涙をためて微笑んでいる。「じゃあ、もう一度聞かせて。昨夜ベッドの中で言ってくれたことをここで聞きたいわ。明るい太陽の下で、あなたが言ってくれるのをずっと待っていたの。森で出会った瞬間にあなたに恋をした、あの日からずっと」

ジュリアンは声をあげて笑った。片膝をついて彼女の両手を取り、しっかりと握りしめる。「ぼくの愛するレディ・オールストン――デボラ、ぼくにとって唯一無二のいとしい人」彼は身をかがめ、握りしめたデボラの両手に片方ずつそっと口づけた。「愛している。この愛をきみだけに捧げよう。心の底から愛している。ぼくは死ぬまできみを愛しつづけると誓うよ」

エピローグ

一七七四年、イングランド、ハンプシャー
ロクストン公爵領にあるカントリーハウス

アントニアは手に持ったカードをクルミ材のテーブルの上に放り、ヴァレンタイン卿に茶目っ気たっぷりな笑顔を向けた。

「ルシアン、この勝負もレナードとわたしの勝ちね。三回ゲームをして、三回ともわたしたちの勝ちよ！」

「たまには手加減してくれてもいいだろう、おてんば娘」ヴァレンタイン卿はぶつぶつこぼすと、ゆっくりと椅子から立ちあがり、骨張った膝を伸ばした。「くそっ！　いつまで待たせる気だ！　もう着いてもいいはずだぞ」

「そのせりふは聞き飽きたわよ、ルシアン。この三日間、あなたは口を開けばそれしか言わない。いいかげん、いらいらしてきたわ」エスティ・ヴァレンタインがうんざりした表情を浮かべる。「お兄さまもいらいらするでしょう？」

膝掛けをかけて、暖炉脇のお気に入りの椅子に座っている公爵が妹に目を向けた。

「エスティ、三日ではなく四日だ。さすがにわたしの堪忍袋の緒も切れかかっているよ」

「ふん。二日だろうと、三日だろうと、四日だろうと、それがどうした！」ヴァレンタイン卿は観賞用庭園を眺められる応接間を行ったり来たりしはじめた。いきなりぴたりと立ち止まり、フロックコートのポケットから懐中時計を取り出して、真珠貝の文字盤をにらみつける。「もう六日だぞ。それなのに、うんともすんとも言ってこない。待ちくたびれて死にそうだ！」

「どうしてそんなにかりかりしているのか、さっぱりわからないわ」アントニアはヴァレンタイン卿のそばへ行き、金の懐中時計の表面を指でこつこつと叩いた。「ルシアン、あなたがにらみつけたら、この時計はいつふたりが戻ってくるのか知らせてくれるの？」彼女がからかう。「ねえ、わたしにも教えて。ふたりはいつ戻ってくるの？　一時間後？　それとも二時間後かしら？」

ヴァレンタイン卿の背後から笑いが沸き起こった。彼はむっとした顔で懐中時計の蓋を閉じ、フロックコートのポケットにしまい込んだ。

「笑っていられるのもいまのうちだ。わたしが賭けに勝ったら、思いきり笑い返してやる。覚えておけよ！」

アントニアはわざとらしく緑色の目を大きく見開いてみせた。

「でも、ルシアン、あなたはわたしと賭けをしているのよ。つまりあなたに勝ち目はないの。

レナード、わたしは賭けに負けたことがあったかしら?」

ヴァレンタイン卿はくるりと公爵に向き直り、人差し指を振り立てた。

「いや、何も言わなくていい。ふたりとも、わたしを物笑いの種にするな! そもそもなぜ笑っていられる? これは真剣勝負なんだぞ。エスティ、きみも言ってやってくれ!」

「ルシアン、少し落ち着いたらどう? 賭けの結果はもうすぐわかるわ」エスティがすげなく返す。「アントニアが勝つに決まっているけれど」

「心強い援護射撃に感謝するよ。きみはすばらしい妻だ」ヴァレンタイン卿はいらだたしげにつぶやくと、公爵の向かい側の椅子に腰をおろした。赤ワインの入ったグラスをアントニアから受け取り、彼女を見あげて口の端に笑みを浮かべる。

「考えてみれば、おてんば娘もついにおばあちゃんなんだな」彼はアントニアに向かってグラスを掲げた。「きみの健康に乾杯!」

アントニアは夫が座っている椅子の肘掛けに腰かけた。「ねえ、ルシアン、賭けはやめたほうがいいわ。あなたが負けるのは目に見えているもの。ジュリアンとデボラの子どもは娘よ」

「なぜそう言いきれる?」ヴァレンタイン卿が喧嘩腰で言う。「まだわからないだろう?」

アントニアは眉をあげた。その表情を見るなり、彼がはっとした顔をする。「きみは知っているのか! 小僧たちだな? あのわんぱくどもが、こっそりきみに手紙を送ったに違いない!」

アントニアの顔から笑みが消えた。

「手紙なんて受け取っていないわ。ハリーとジャックから最後に手紙が来たのは、聖ミカエル祭よりも前よ。それにあの子たちから直接話も聞いていない。わたしは今日も明日も明後日も、そんな卑怯《ひきよう》なまねをするつもりはないわ！」

「ならば、どうしてそこまで賭けに勝つ自信があるんだい？」ヴァレンタイン卿はなだめるような口調できいた。「〈ホワイツ〉では、女の子が生まれる賭け率は一五対一で、男の子が生まれる賭け率は三対一だ。これでわかるだろう？　男の子が生まれる可能性のほうが高いんだよ。しかも、きみが産んだ子もふたりとも男だ」

アントニアは肩をすくめた。

「賭け率は当てにならないわよ。わたしはデボラに女の子が抱きたいと頼んだの。そうしたら、彼女は頑張ると言ってくれたわ。だから赤ちゃんは女の子なの」

ヴァレンタイン卿は口をぽかんと開けて聞いている。そして突然、膝を叩いて笑いだした。その拍子に、手に持ったグラスからワインがこぼれそうになる。彼はハンカチで涙をぬぐい、頭を振りながら話しはじめた。笑いすぎて息を切らしている。

「これは驚いた。アントニア、きみは面白いことを言うな。これで確信したぞ。今度こそ、わたしの勝ちだ。ロクストン、きみもそう思うだろう？」

「ヴァレンタイン、わたしは賭け事の達人ではないからわからないよ」

アントニアとエスティが顔を見あわせて微笑んだ。ふたりの表情が言っている――いいえ、勝利はこちらのものだと。ヴァレンタイン卿は女性たちのほうにちらりと目をやり、それから公爵と話を続けた。

「ロクストン、この賭けはじゅうぶん勝算がある。ジュリアンにはすでに息子が三人いるんだ。四人目も男の子だと考えるほうが理にかなっているだろう」

「ルシアン、どうしてあなたはそう単純なのかしら？」エスティがため息をつく。「デボラはもう男の子を三人産んだわ。アントニアが孫娘を抱きたいと言っているの。だから、次は女の子と決まっているのよ」

またしてもわけのわからない理屈を聞かされ、ヴァレンタイン卿は反論しようとして口を開きかけたが、また閉じた。隣の控えの間から話し声が聞こえてきたのだ。

四人の目がいっせいに扉へ向けられた。すぐに勢いよく扉が開き、旅の疲れがにじむ顔をした、脚の長い少年ふたりが並んで応接間に入ってきた。アントニアはふたりに駆け寄って抱きしめた。ハリーが母親を抱きあげてくるりとまわる。彼はアントニアを床におろして父親のほうへ向かい、身をかがめて頬にキスをすると、おばの頬にもキスをして、おじと握手をした。ジャックは全員と握手をした。ふたたびハリーが母に向き直り、笑みを浮かべて手にキスをする。アントニアの鮮やかな緑の瞳が期待にきらきらと輝いていた。

「母上、オールストン家はみんな元気ですよ」ハリーが安心させるように言った。「手紙を預かってきました。それから報告も山ほどあります。一家は今月の末にここへ来ると言っていました。全員、父上と母上に会うのを楽しみにしていますよ。男の子たちはそれまで待ちきれなくて、ぼくたちと馬車に乗っていくと言って聞かなかったんです。一緒に連れていけないことを納得させるのに、ちびっ子たちの遊びにつきあわなきゃなりませんでした。あれは大変だった。そうだろう、ジャック？」

ジャックがにやりとする。「ぼくはフレデリックに、もう四歳だから子ども扱いするなと言われました。四歳は本物の拳銃を使えるくらい大人なんだそうです。双子たちは――ルイとオーガスタスは独楽《こま》遊びで満足してくれました。でもフレデリックには、魚釣りをしたいから三人全員を湖に連れていってほしいと言われて、もうへとへとになりましたよ」

突然、ヴァレンタイン卿が声を張りあげた。その声の大きさに、ちょうどハリーとジャックのための飲み物と食事を応接間に運んできた執事とふたりの従僕が腰を抜かしそうになった。

「小僧たち！　長ったらしいおしゃべりはもう終わりだ！　もっと大事な話があるだろう。わたしたちが首を長くして待っていた報告を早くしろ」

ハリーとジャックは一瞬目をぱちくりさせたが、平然としている。ヴァレンタイン卿の口の悪さには慣れていたし、ロクストン公爵夫人と賭けをしているのはみんな知っている。ふたりはにやにや笑いを抑えられなかった。

「ヴァレンタインおじさま」ハリーが父親とそっくりのゆったりとした口調で話しだした。「母上は女の子の孫を抱きたいと望んでいました。そしてレディ・オールストンは、その願いを見事にかなえてくれました。赤ん坊の名前はジュリアナ・アントニアです」

「でも、ぼくたちはジュリアと呼んでいます」ジャックが誇らしげな顔をする。

ヴァレンタイン卿は妻に手のひらを突き出した。

「エスティ！　一〇ポンドだ」

訳者あとがき

ルシンダ・ブラントの『愛の誓いは夢の中』をお届けします。
ある晩、一二歳のデボラは寝ているところを起こされ、泣きわめいている少年と結婚させられます。ところが薬をのまされていたために夢だと思って成長し、八年後、森で重傷を負っているところを助けた男性と惹かれあいます。名乗らないまま別れて互いに相手を探していたふたりは、彼の名づけ親の屋敷で偶然再会するのですが、じつは彼こそデボラが何年も前に極秘結婚させられた相手だったのです。そろそろ名前だけの結婚を本物にしなければと考えていた彼は、相手が森で出会ったデボラだったという偶然に喜びます。ところが身分や財産に関係なく素の自分を好きになってほしいとの思いから、正体を明かさずに強引に彼女と結婚してしまい……。

当時の貴族社会では、政略結婚をするのが当然とされていました。結婚は家の存続を確保する手段として存在し、相手は当人の意向とは関係なく、血筋や財産を慎重にはかりにかけて決定されていたのです。ところがデボラは一家の長である長兄に逆らって、次兄の看病をするためにパリへ家出するほど独立心旺盛な女性。次兄の死後は、彼がロマ族の妻とのあいだにもうけた男の子を引き取り、社交界の人々に眉をひそめられても毅然として生きています。そして結婚は愛する男性としたいと考えていたために、自分について何も語ろうとしないジュリアンに不信感を覚えつつも、彼との駆け落ち結婚を受け入れます。

一方ジュリアンは貴族である者の務めとして、政略結婚を当然のものと考えています。とはいえ家柄や財産だけを見てすり寄ってくる女たちにはうんざりしていて、デボラには素のままの自分を好きになってほしいという思いに抗えません。

このように、結婚をめぐって一見正反対の意見を持っているように見えるふたりですが、じつは似た者同士という気がしてなりません。デボラは結婚相手に身分を求めず愛を至上のものとしているにもかかわらず、自分の血筋が軽んじられていると感じると、猛然と反論します。一方ジュリアンは政略結婚を当然と考えながらも、身分や財産といった条件だけで自分を判断されるのをいやがっています。素の自分を見てほしいというのは、愛を求めている証ではないでしょうか。

愛しあっているのに、なかなかわかりあえないふたり。その愛の行方がどうなるのか、個性豊かな脇役たちのユーモラスな描写も交えて、物語は展開していきます。

ストーリーとは直接関係ありませんが、マリー・アントワネットが結婚した当時のフランス貴族の風俗が描かれているのも、本書の魅力となっています。彼らは男女ともにおしろいを塗り、かつらをかぶって、ふんだんに髪粉を振りかけていました。また当時の女性のかつらは、現代では考えられないほど高く盛りあげたものだったようです。マリー・アントワネットの時代には、頭に船の模型をのせるなど驚くような髪型まで登場したそうで、宮廷生活の豪華絢爛《けんらん》ぶりが目に浮かびます。男性が踵の高い靴を履いているのを〝パリの流行〟としている描写もあり、英仏両国のお国柄の違いも興味深いところです。

ルシンダ・ブラントの作品が邦訳されるのは初めてですが、じつは本書はシリーズの二作目にあたります。一作目はジュリアンの両親であるロクストン公爵とアントニアの物語。本書の中でも、かなり年の離れたふたりが当時珍しい恋愛結婚だったと述べられています。しかもアントニアは三作目のヒロインでもあるという活躍ぶり。現在五作目まで出版されている人気シリーズのこの作品を、日本の読者のみなさまにも楽しんでいただけることを願っています。

二〇一七年八月

ライムブックス

愛《あい》の誓《ちか》いは夢《ゆめ》の中《なか》

著　者　ルシンダ・ブラント
訳　者　緒川久美子《おがわくみこ》

2017年9月20日　初版第一刷発行

発行人　成瀬雅人
発行所　株式会社原書房
〒160-0022東京都新宿区新宿1-25-13
電話・代表03-3354-0685　http://www.harashobo.co.jp
振替・00150-6-151594
カバーデザイン　松山はるみ
印刷所　図書印刷株式会社

落丁・乱丁本はお取替えいたします。
定価は、カバーに表示してあります。
 ISBN978-4-562-06502-8 Printed in Japan